中國模範山

ZHONGGUO
MOFANSHENG

中国模范生

浙江改革开放30年全记录

胡宏伟◎ 著

浙江人民出版社

Centents

|目 录|

一个模范记者的《中国模范生》

吴晓波

这是一本关于浙江改革开放30年的正史之作。

这个偏居东南一隅、自然资源十分匮乏的省份，是怎样成为中国最重要的经济重镇的？那些不起眼的商人是怎样"洗脚上田"、成为最受关注的商帮集团的？温州模式的真实内涵是什么？为什么这里会聚集中国最大规模的专业市场集群？"中国制造"是如何在这里萌芽并遭遇困境的？快速发展的经济列车与自然、社会环境有没有可能和谐相处？

这都是让人着迷的"世界级课题"，在这些问号的背后几乎隐藏着"中国崛起"的全部民间答案。

胡宏伟以时间为经，空间为纬，变革主题为中轴，对浙江改革开放30年进行了一次清晰而颇有深度的解读，他的工作让人产生敬意。

近年来，随着经济的崛起，研究中国问题已成为一门"显学"。无论在国内学界还是国际学界，目前最流行的学术视角是制度变革，芝加哥流派的制度经济学因此颇受倚重。与之相比，胡宏伟的观察则显得更加的广阔，除了在制度层面上进行抽丝剥茧式的剖析之外，更采用了发展经济学的分析工具，对一个后发展中地区的超越式成长进行了全方位的审视和研究，描述了浙江民众在各种不利条件下进行的创新和他们的行为模式，强调了变革的本土性、阶段性和妥协性的特征。在过去的30年中，浙江与其他沿海地区相比，经济发展模式更加稳健，民众的富足与地方政府的财政增长比较均衡，社会矛盾相对缓和，基层民主建设循序渐进，正是这些发展成果让浙江经济成为最具标本意义的研究对象。而对这些现象的研究与解释，正是制度经济学和发展经济学的共同课题。因此，胡宏伟提供的大量事实和数据堪称珍贵。

与此同时，胡宏伟还充分强调了民众的创造力和人的进步。在本书中，给人留下最深刻印象的是那些历经百难的浙商群体。

从商业史的角度上来说，每一个企业家，都恰如其分地出现在属于他的那个年代。当美国大工业即将崛起的时刻，洛克菲勒、J.摩根和安德鲁·卡内基出现了；当电脑开始进入千家万户的时候，比尔·盖茨、戴尔出现了；当日本从一片战争废墟中摇摇晃晃地站起来的时候，松下幸之助和井直熏出现了。在30年的中国企业史上，正是一群出身草莽的小人物烘托起了一个火热的创业时代。他们或许从来没有想到过，自己将在历史上扮演如此重要的角色。这群改变了时代和自己命运的人俱出身卑微，几乎没有受过任何商业教育，他们的创业历程从穷乡僻壤起步，跌跌撞撞，倔强前行，终成一支显赫的商业力量。30年后，他们创造了一个无比活跃、经济持续增长时间最久的商业奇迹，他们自己也成为全世界最不容易被打败的商人。这群看上去很普通的人，不是"产生"于某个时代，而是他们自身创造了这个时代。以提倡大历史观而著名的华裔学者黄仁宇在晚年曾指出，"中国所面临的变革，其深其难，实在于中国人的生活宗旨的改变"。胡宏伟的研究其实已经很真实地触摸到了这个深度，而这正是中国未来将面临的最大变数和挑战。

2007年底，浙江人民出版社楼贤俊社长问我："如果要写一本关于浙江改革开放30年的书，你推荐谁来写？"我脱口而出："胡宏伟。"

这不仅是因为我们是相交近20年的朋友，更重要的，是我找不出比他更合适的人。

在超过20年（1986—2008）的传媒业经历中，胡宏伟几乎目睹乃至参与了浙江变革的所有过程。正如他自己所说的："由于职业的缘故，在过往的20多年里，我走遍了浙江的每一个县市。那不是一种类似踏青者心绪漂浮的游历，而是如同老农伺候自家后院的一亩二分地，时时伏下身去嗅闻泥土的气息，小心翼翼地深耕，仔仔细细地观察。我一直相信，在这片土地上，在改革开放的雨露之下，秋天，必定会有不同寻常的收获。"他是温州模式最权威的研究学者，有过专著《温州悬念》；他是最早对浙江专业市场和产业模块进行研究的记者；他是"炒房团现象"的最早观察者，著有《温州炒房团》一书；他是很多著名浙江企业家的好朋友，写过《非常营销》一书。他用脚走遍了浙江的每个角落，用手写了数百万字的报道文字，用脑思考了无数个问题，如他这般"脚、手、脑"并用、持续20多年专注于一块土地万千演变之人，举目浙江，已是非常罕见。所以，他正是这一选题的最佳创作人选。

正如胡宏伟在后记中所深情流露的："我始终认为，自己最幸运的，是生逢浙江。这个清秀的、有山有水的沿海小省，却蕴藏了中国改革开放最鲜活、最深厚、最强劲的动力元素。"我很了解这位知交多年的老朋友，能非常真切地感受到他写下这段文字时的内心激荡，也为他能以如此富有责任感的心境和充满才情的文笔完成一部即将流传的作品而无比的高兴。在他最终完成的这部书中，我们能够读出一种深思与反省的气质，他在改革开放的时空背景下，旧地重游、旧时再历、旧人再访、旧事再思，就跟他一直以来所秉持的职业原则那样，始终保持着一种独立的姿态，坚守着知识分子的底线。

《中国模范生》的价值既在当下，更在未来。梁启超在论及当世人写当世史时，曾经说："此时不作，将来更感困难。此时作，虽不免杂点偏见，然多少尚有真实资料可凭。此时不作，往后连这一点资料都没有了。"事实上，胡宏伟用自己的心血凝造出了一个踏实而精致的台阶，从此往后，对浙江变革的观察将剑及履及、由此而进。

是为序。

（吴晓波：知名财经作家，《大败局》、《大败局Ⅱ》、《激荡三十年》、《非常营销》等畅销书作者，"蓝狮子"财经图书策划人。）

浙江样本的中国价值

2004年3月5日晚7时30分,北京长安大饭店宴会厅,十届全国人大二次会议记者招待会如期举行。

当晚的主角是本次人代会浙江代表团的7位全国人大代表,他们的另一个共同身份是私营企业主。掌控总资产超过500亿元的七巨头均声名显赫:万向集团董事局主席鲁冠球、正泰集团董事长南存辉、广厦控股公司董事局主席楼忠福、娃哈哈集团董事长宗庆后、雅戈尔集团董事长李如成、纳爱斯集团董事长庄启传、万事利集团董事局主席沈爱琴。其中4位旗下的企业曾先后跻身中国十大民营企业之列。

近200名中外记者的"长枪短炮"一字排开。中国—浙江—私营企业主,可供联想的空间无限,提问注定是充满火药味的。

"如果卡尔·马克思来到今天的浙江,他将会有什么感想?"提问者是德国《明镜周刊》的驻华记者,来自伟大导师马克思的故乡。

短暂的沉默,尴尬的笑声。政治教科书上从未对此给出过可能的答案,哪怕一点提示。

"我来回答一下这个问题。"谁也不知道性格豪放的楼忠福会作出怎样"豪放"的解答,面对初中辍学、泥水工出身的楼忠福,为他捏把汗当属情理之中。"我想马克思如果来到浙江,看到浙江经济发展得这么成功,首先肯定会很高兴;第二点,我想他老人家也会很惊讶,因为我们的实践已经超越了他的理论。"楼忠福的回答出人意料的从容。

那位德国记者肯定没有想到,这个带有调侃、荒诞意味的提问,竟会得到浙江私营企业主如此坦然而自信的回应。他更没有想到的是,这一穿越时空的假设居然还真的会出现有趣的历史交会点。

另一位伟大导师恩格斯的故乡在德国莱茵河畔一座叫巴门市的秀美小城。1991年,一位浙江人不知怎么就"流浪"到了那里,并在导师的故居前开了一家中国餐馆。

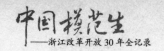

这位名叫李为州的浙江人就这样成为与恩格斯朝夕相处的邻居。时间久了,故居的德国工作人员半开玩笑地说:"李,你是不是中国政府派来保护你们的导师的?"

李为州嘿嘿地笑,不作答。他知道,在这座德国西部的小城,和他一样漂洋过海来此经商的浙江人有 10 多位。而在整个德国,浙江商人至少有几千人。

每天眺望着对面的红房子,李为州总会有一种很亲近的感觉。关于自己曾经历的贫困,关于自己小小的财富梦想,他很希望对导师诉说点什么,聆听些能解决实际问题的教诲。

那位睿智而博学的老人一定会对他的故事感兴趣的。因为差不多一个世纪后,李为州等千百万浙江人创业创新故事的价值足以跨越浙江,超越时空。

即将走过的改革开放 30 年如同一场谁都无法预知答案的世纪"大考",把浙江称之为这场"大考"中成绩优异的"中国模范生"应该是恰如其分的。其模范的意义并不仅仅在于它在这片土地上贡献了令人叹为观止的经济增长数据,更在于其每时每刻所展现出的与旧思维迥异的改革新世界。很多情况下,活泼泼的改革新世界生发于浙江,进而绽放于中国。

正是循着这样的视角,我们清晰地发现了改革开放 30 年浙江样本的中国价值。

释放民间力量的精灵

弗·哈耶克在其 1988 年出版的著作《致命的自负》中,有这样一段关于社会发展规律的经典阐述:"社会文明进步的扩展秩序并不是人类的设计或意图造成的结果,而是一个自发的产物……人们不知不觉地、迟疑不决地、甚至是痛苦地采用了这些做法,使他们共同扩大了利用一切有价值的信息的机会,使他们能够'在大地上劳有所获,繁衍生息,人丁兴旺,物产丰盈'。"

几乎在同一时期,中共农村问题元老杜润生评点温州及浙江改革开放成功的基本经验是——"民办、民营、民有、民享。它是自发的,又是稳定的可持续发展的经济秩序"。

杜润生进而断言,浙江的事实表明,在民众的自发秩序下,出现先行者的实践样板,产生诱导作用,通过相互博弈,不断扩张完善,形成新的体制、新的制度,这正是社会进步的一般规律。

改革开放 30 年来,作为领跑者,浙江的秘密就像哈耶克与杜润生所描绘的如下画卷:释放民间力量的精灵,由小及大、由近及远、由弱及强,并最终汇聚成如同浩荡钱江大潮一般的自发扩展的秩序。

民间力量在浙江人烹制的财富大餐上的分量,必须用"蔚为壮观"这样的字眼才足以形容。

截至2007年,浙江民营经济占全省经济总量的比重超过70%;个体私营经济注册资本、经济总产值、销售总额、社会消费品零售额、出口创汇额、贸易顺差及上市公司户数等重要指标均居全国首位;国家工商联发布的"中国民营企业500强"榜单浙江一骑绝尘,上榜企业连续多年保持在200家以上,一省独享四成份额。

经济总额的占比与"浙江制造"的数量,还不能完全彰显民间的力量。几乎在浙江的每一个角落,你都可以嗅到这股神奇能量的气息。

1984年,6300多户"有点钱"的乡下人集资2亿多元,中国第一座农民城龙港旁若无人地从昔日的滩涂上崛起;

1990年,很想"飞起来"的老板们掏出了占总投资额80%的9000万元,中国第一个以民间集资为主建造的温州机场建成首航;

1994年,为了建设漂亮的体育馆,温州市政府以投资5万元即可赢得前排"贵宾席"座位终身享有权的思路,一个下午便从民间"借"到了上千万元;

2003年,浙江开建世界最长的杭州湾跨海大桥,17家民营企业组成的6家投资公司占股55%,启动了中国民间资本进入"国字号"大型基建项目的破冰之旅;

2005年,中国首条民资参股的干线铁路衢常铁路动工,浙江民营企业独家持股18.88%。

如水银泻地,无所不在;如精灵翻飞,魔力无边。"政府一毛不拔、事业兴旺发达",这恰是浙江民间力量看似夸张却又精准传神的写照。

必须看到,浙江民间力量超乎想象的生发膨胀,并非人们猜想之中的制度安排。改革开放之前30年,国家投资的严重匮乏、国有经济的脆弱无力,以及与此相伴随的计划经济主流思想的相对淡漠,为浙江民间力量率先于夹缝中求生存创造了客观的"边区效应"。

十分幸运的是,浙江省各级政府对此给出的集体性姿态是默许和宽容。这一姿态的基本前提是,他们较早就清醒地意识到,浙江民众生活艰苦,政府可供运作的资源有限,放手让民众为摆脱贫困"各显神通、八仙过海",这是实事求是的执政选择,也是必须具有的最起码的政治良心。

于是,改革开放在浙江已回归了其应有的本源:改革的本质不是一场浮华的高高在上的意识形态运动,而是以千百万民众为主体的朴素的脱贫致富的伟大长征。

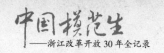

这样的回归对执政者来说是巨大的自我考验。它意味着必须摆正心态、放下身段,甚至放弃某些被长期认为是理所应当的权力。这需要理性的光芒和可贵的勇气。当我们为民间力量的雄起欢呼时,真的不应忘记同样要为执政者的理性和勇气鼓掌。

有观察者曾将浙江的民间力量形象地比喻为"老百姓经济"。很普通,很不起眼,但它作为顺乎自然规律的产物,在市场力量的推动之下,最终聚沙成塔、滴水成河,蕴涵着、迸发出势不可当的生命力与创造力。

2008年年中,当我即将完成本部书稿时,正逢"中国经济最困难的一年"渐露峥嵘,不时传来有关浙江民营中小企业"大量倒闭"甚至"四面楚歌"的消息。当媒体记者就此向我求证并希望我对未来的经济趋势进行预测时,我不禁想起了白居易的《赋得古原草送别》中几行人所皆知的诗句:离离原上草,一岁一枯荣。野火烧不尽,春风吹又生。

浙江民间财富力量原本就是荒地里自发、自由生长的"杂草",物竞天择的大自然早已赋予其不惧风霜、顺势勃发的"野性"。为之担忧,大可不必。

来一次人的解放

"七山二水一分田",这是用来形容浙江的最广为人知的一句话。

有山、有水、有田,听上去很美,但真实的境况是:改革开放之初,全省人均耕地为0.68亩,不足全国人均量的一半,约为世界平均水平的1/6,其农作物产出仅够果腹;由于山高水深,交通极为不便,人称"浙江到,汽车跳"。一个陆域面积为10万平方公里的小省,从省城杭州驱车前往距离不过400多公里的边远县市,竟然要颠簸劳顿将近20个小时。

再看各类矿产资源,更是十分匮乏,几乎没有。名声最响的浙江北部国有长广煤矿也于2007年因矿藏资源枯竭被彻底关闭。据官方权威统计,如果以全国平均指数为100计,浙江自然资源人均拥有量综合指数仅为11.5,即相当于全国平均指数的11.5%,仅略高于上海及天津,居倒数第3位。

可怜的浙江!

然而,改革开放30年后,浙江却创造了令许多学者大跌眼镜的"零资源经济"奇迹。

地处水乡平原的嘉善县没有森林也不产木材,但平地而起的600多家胶合板企业的年产量却占了全国市场的1/3,一个只有30多万人口的江南小县的生产能力,超过了世界胶合板传统强国马来西亚整个国家;海宁市本地不出产一张毛皮,却崛起了全国最大的皮革市场,年产皮衣上千万件;浙江最南端的苍南县与人参、鹿茸毫不搭界,其县城灵溪镇竟一度成为中国南方最负盛名的参茸集散中心,满大街用麻袋堆放的高中低档人参足以让所有到访者目瞪口呆。有数据显示,在浙江的500多个傲视全国的区域特色产业集群中,至少有80%完全没有当地资源的依托,属于彻头彻尾的无中生有。

从无到有、点石成金的唯一答案,是在浙江这片狭小的土地上,奔走着一大群无拘无束的被解放的人。他们,才是浙江最为稀缺、难以复制的宝贵资源。

印象中,浙江人体态瘦小、吴侬软语,很少有人用大嗓门说话。但是改革开放30年间,关于他们纵横四海、放手搏命的“大胆”故事可谓车载斗量,无一省市可比。

25岁的苍南县农民供销员王均瑶心比天高,开出了国内第一条私人承包的班机航线。“胆大包天”从此成为一代浙江人敢于向命运挑战的绝版案例。

温州第一位下海官员叶康松,只身飞往大洋彼岸的美国创办了中国第一个农业跨国公司。不懂英文的叶康松口袋里揣着一叠小卡片,正面是汉语,背面是英文。交流时他就掏出来一个劲地比画,跌跌撞撞闯出了一片天地。

“汽车疯子”李书福迄今的成功人所共知。但很多人不知道的是,当年中国还不允许私营资本涉足汽车领域,李书福根本拿不到生产许可牌照。“请给我一次失败的机会!”这位台州佬一番惊世骇俗的表白令前来视察的中央高官都为之动容,而不怕失败的背面蕴藏着的恰恰是成功的机会。

30年了,浙江英雄辈出。事实上,所谓英雄,如原农民供销员王均瑶,本是乡间极草根的小人物,胆子大了,天地也就大了,因此一切皆有可能。更为关键的是,像这样渴望成功、无惧失败的英雄在浙江不止一个,而是一群,是千百万。

关于民营经济的率先突起、专业市场的率先发育、民间力量的率先勃发,所有对浙江改革中具有样本价值的现象的解读,都将无一例外地回归于人的解放。

准确地说,在全国改革开放政策的大背景下,发生于浙江的人的解放并不是一个被灌输、被教育的被动等待的过程。我们可以在此后描述的大量事实中观察到,作为改革演进的主体力量之一,在浙江的民营经济创业者、实践者中,80%是农民,只有初中以下文化水平,他们既不可能获得来自遥远京城的灵通消息,也没有对玄奥高深的政策精神的高超领会能力。他们最原始的改革驱动力仅仅是为了让家人不再挨饿,让自己的后代远离贫困。怀揣着这一炙热的冲动,他们义无反顾地行动起来,并在市场经济体制的艰苦实践中实现一次次的自我教育、自我解放。

具有浙江个性化特质的是,由于历史渊源的积淀,地域广泛的迁徙与游商的传统习性,为浙江人的自我教育、自我解放提供了无限的机会和可能。费孝通在分析社会变革的内在根源时曾认为:"社会变迁起于人口的流动。人口流动非但使个人能够见到不同的生活形式,而且使个人遭遇新环境,要求新应付。"正是因为比其他省份人群更为频繁地"遭遇新环境,要求新应付",浙江"人的解放"豁然洞开。

改革开放30年来,浙江呈现的鲜活事例表明,人的解放必定会生发出财富的解放。换言之,如果没有人的解放而仅有财富的解放成为改革的全部内涵,那么从某种意义上说,这样的改革是苍白且失败的。

我们在浙江看到的最为激动人心的情景是,被这场伟大的改革所解放的,不仅仅是这片大地上的人们的手脚,更重要的是解放了他们的视野、他们的精神以及他们自由的灵魂。

温和派改革的胜利

2007年11月,中国首届"十大最具幸福感城市"评选结果揭晓。全国共有269个地级以上城市参评,杭州位列榜首。中国"十大最具幸福感城市"中,唯有浙江独揽三元,分别是杭州、宁波、台州。

国民幸福感概念的最早提出,缘于中国的邻居——国土面积约为浙江一半的小国不丹。20世纪80年代末,不丹国王吉格梅·辛格·旺楚克在全球首创了"国民幸福总值"(GNH)体系。该体系主要涵盖了发展经济、保护文化遗产、保护环境和实行良政四个方面,其核心价值指向为人民幸福。

美国《洛杉矶时报》曾在一篇题为《追求另一种经济发展》的文章中写道,很多年以来,我们一直把以国内生产总值衡量的经济增长与幸福当成同一件事。但与半个世纪前相比,美国人的财富增加了两倍,幸福感却并未增加。"不丹的'国内幸福总值'重新提出了这样一个问题:怎样才是一个国家为最多的公民谋取最大幸福的合理方式?"

在中国,在浙江,从普遍贫困起点上出发的30年改革开放的基本脉络,显然是坚忍不拔地走向民富国强。与不丹人理想境界的幸福观相比,低起点的阶段性取向,决定了中国改革开放的所谓幸福感在相当时期内仍必须紧紧围绕如何加快经济增长而展开。浙江发生的事实是,不追求急风暴雨式的改革演进,以十分注重均衡社会各阶层利益的姿态,面对财富的生产及分配等改革的核心命题。在温和派改革理念的主导之下,最大多数的社会群体普遍成为改革的受益者,改革裂变可能带来的惶恐与震荡得以减缓，从而实现了最广泛意义上的身心和谐。

善于妥协、谋求平和，这在浙江有着悠久的文脉。有人评点说浙江人属"水"，懂得表面的回避和退让，最终却总能滴水而石穿。与此相关联的还有诞生于浙江的"黄酒文化"，入口柔和绵长，不激昂、不壮烈，却足以在不经意间让你醉卧花丛。

很多人都知道南宋小朝廷曾苟延残喘、偏安杭州150年。事实上，给这片江南富庶之地打下最深刻历史印记的，当属再向前推约200年的唐末宋初的钱氏吴越国（包括今苏南闽北）。其时，盛唐式微，"五代十国"风水轮转，天下大乱。首任吴越王钱镠即定下国之大计：以谦和为上，避锋芒得民富国安。钱氏王朝共5代计72年，从来无意逐鹿中原，而一概对北方强国献表称臣。由此，腾出手脚埋头精耕江南，终得农商兴旺，富足殷实。"上有天堂、下有苏杭"自吴越国始，而谦和妥协、求实不求名的"吴越文化"传承绵延，深深地影响了1000年后的浙江人。

在浙江30年改革开放的多个时期，我们都不难发现许多有意而为之的充满玄机的"模糊地带"。比如说以集体经济之名行个体、私营之实的"挂户经营"，比如说"非驴非马"的股份合作经济创举，等等。以退为进的妥协，实在是一种难得糊涂的大智慧，它使得"摸着石头过河"的改革闯关能够以最小的代价绕过风险莫测的险滩。

财富总量的爆发式增长，既是中国改革突飞猛进最优质的助推剂，也可能成为扼杀改革的最危险的旋涡。关键在于，财富是怎样产生的，以及财富的流向是否具有良性的制度安排。

改革开放30年间，浙江市场机制发育及民营经济勃兴的过程中，全民参与的广泛性是其他省市难以比拟的。这与我们此前所阐述的浙江人的解放的广度和深度密切相关。全民参与的广泛性决定了改革主体的力量不再是少数背景特殊的上层人物，而是像作家梁晓声所描绘的这样一大群人："他们原本不过是些普通的工人、农民，脱去军装复员的下级军人，甚至是一些失业者，某一个时期内几乎穷途末路的人。"于是，符合逻辑的必然结果是，社会民众参与改革并获取财富的机会相对均等，财富的累积亦相对均衡。再进一步的合理推论是，在浙江，千百万白手起家的成功者赢得了应有的尊重，仇富心态难以成为主流意识，因财富裂变可能产生的社会结构性压力消融于无形。

一个有序、公平、和谐的社会形态是从来不会自发形成的，作为"守夜人"，执政者的职责无可或缺。从改革之初起始，浙江地方政府就没有将自己定位于先知先觉的"引导者"，而是审慎且积极地放手民间创造性力量的涌动。操作技巧上讲究平滑过渡、顺势而上，极力避免剧烈冲撞产生硬伤。正如里奥·霍恩在英国《金融时报》题为《改革开放30周年——中国模式背后的真相》一文中所提到的,"中国改革者的智慧是'让路',为试验和大量的自主性留出空间,抓住总会到来的运气成分并巧妙地加以利用"。

执政者可以做的事还有很多。在政府力量的推动下,1985年以后,浙江农民人均纯收入连续22年居全国各省区首位;1997年,浙江是全国第一个消灭贫困县的省份;2005年,浙江成为全国最早取消农业税的省份之一,2000多年的"皇粮国税"终于被画上句号;浙江农村社会保障覆盖率同样高居全国之首。在努力将财富二次分配的天平向弱小群体倾斜的同时,由于得到了执政者的鼓励,浙江底层民众开始扩展表达自我主张的空间,民主新芽稚嫩而鲜活。从经济、社会、政治的多维层面,越来越广泛的浙江人汇聚到了政通气顺、荣辱相依的同一面改革旗帜之下。

可以确信,中国改革不欢迎颠覆性对抗,根本目的是在温和的变革中制造终极快乐。它肯定不应该仅仅是一场少数人的盛宴,而需酿造最大多数人得以分享的幸福。唯有如此,改革方才显现出其永远迷人的魅力。

在浙江,我们已率先看到了这一令人欣慰的景象。

下一个30年

30年很长,也很短。

我们一直在改革开放的时光隧道中疾步狂奔。蓦然回望,我们对自己已经赶了那么远的路、翻越了那么多的坎感到大吃一惊。

其实,在人类历史长河中,一万多天亦不过是转瞬之间。30年,我们破解了数不清的改革难题,但尚未破解的难题肯定比已经破解的这些难题要多得多。

首先必须想清楚的是,为什么要回望改革开放30年?回望,不是为了再一次证明我们曾经有过的正确抉择,也不仅仅是为了一场等待已久的盛大庆典。回望,必定是一次梳理,是一次充满理性思辨的总结。循着蜿蜒曲折的历史轨迹,我们艰难而努力地为下一个30年寻找前行的方向。

正是在这样的思维基点上,我们开始回望浙江改革开放30年。

本书稿的总体构架以时间演进为描述主线。分为四大板块:1978—1984年;1985—1991年;1992—1999年;2000—2008年。其间的分隔点有三个:一是1985年"温州模式"浮出水面;二是1992年邓小平南方之行;三是"非公有制经济是社会主义市场经济的重要组成部分"的重要论断被正式载入修改后的国家宪法。这三个分隔点分别确认了中国改革开放30年的三个本质性命题:社会主义能不能发展商品生产？社会主义能不能培育市场体系？社会主义能不能壮大非公有制经济？商品、市场、所有制，三大命题均首先在浙江获得了突破，甚至达到一定程度的理论提升。

而后，再依照浙江改革开放的重大历史事件集纳起不同话题，分别置放于上述四大板块。比如，第一章的包产到户缘起，第三章的"温州模式"出山，第六章的产权大变革，等等。其中，许多话题的产生、发展是一个时间跨度颇大的历史过程，具体置放于哪一板块，则以其矛盾冲突最为集中和典型的某一时期为依据。

需要说明的是，本书稿不是浙江改革开放30年完整的发展史，而是以"改革"作为梳理相关事实关键词的改革简史。同时，我们仅仅是努力对此进行冷静客观的记录，无意于居高临下地得出若干经验性的判断并强加给读者。我们始终认为，浙江30年改革开放鲜活而纷繁，它至今仍是一种快速演变的过程，绝非尘埃落定的终局。我们能够做到的，只是忠实地记录曾经发生了什么、怎么发生的以及为什么会发生。

30年间，关于中国改革开放有过三次大的辩论。辩论的正反方无一例外均为改革"好得很"派和"糟得很"派，最近一次郎咸平与皇甫平的"两平之争"硝烟犹存。而事实上，观点如此截然对立的激辩并无实质意义。30年间所造就的物质与精神的双重解放，已经使坚持改革开放成为中国未来的代名词，对此发动挑战，必将无人喝彩。关键在于，下一个30年继续改革开放的真实内涵是什么？对所有社会阶层而言，其价值取向是否还能完全或基本一致？

无需回避，面对巨大的既有改革红利，相对分离或彼此交叠的利益集团悄然形成。我们已经告别了改革攻坚目标十分明确的纯真年代，大无畏的改革勇气不再是解决所有问题的灵丹妙药。利益的多元化使得改革的含义开始变得多元化，在令人振奋的改革口号声中，我们的眼前却常常是大雾弥漫。

但是，我们的改革共识已坚不可摧，我们对未来始终心存炙热的渴望。2007年十届全国人大五次会议记者招待会上，温家宝总理说："中国的前途在哪里？去问开化的大地，去问解冻的河流。"从浙江到中国，下一个30年是一个开放式的悬念。让我们共同期待。

中国模范诞生

——浙江改革开放30年全记录

第一部

1978—1984

早春的萌动

第一章

"阳关道"还是"独木桥"

所有农民都成年累月地过着贫困的生活，他们有经得住任何考验的耐心，有委曲求全的非凡能力。他们反应迟钝，但必要时却以死相拼；他们在任何场合总是慢吞吞地拒不接受新鲜事物，但为维持始终岌岌可危的生计，却表现出无比的坚忍。

——费尔南·布罗代尔（法国）

在中国 30 年改革开放的地理图谱上，发生于浙江的生动事例具有以下鲜明的特征：改革首先从无数个村落萌生，由千百万农民掀起惊天巨浪；他们文化水平不高甚至目不识丁，但执拗坚忍，前赴后继；农民始终是浙江改革故事的主角，并在乡村中国放射出最绚烂的霞光；更为幸运的，农民始终是浙江改革后累累财富的重要分享者。

30 年前，浙江农民最初的改革冲动缘于"吃饱肚子"的强烈渴望。这一无可厚非的生理性需求，却遭受了走社会主义"阳关道"还是走资本主义"独木桥"的严格审视。

迟到的"包产到户"

曾经前来浙江考察的著名学者都普遍认同于"大胆探索、敢吃第一只螃蟹"所带来的显而易见的先发优势，是创造浙江改革奇迹的关键。

然而，在中国改革第一突破口——农村家庭联产承包责任制的推行上，至少从全省范围而言，浙江却显得有些千呼万唤始出来。

1978 年 12 月 18 日至 22 日，中共十一届三中全会在北京召开。这一堪称"拐点"的重要会议对以下论断作出了历史性定格：批判并抛弃了"两个凡是"；终结"以阶级斗争为纲"，全党工作重点转移到社会主义现代化建设；确立解放思想、实事求是的指导方针。

中国改革开放由此起航。

但是,十一届三中全会仍原则通过并下发了《农村人民公社工作条例(试行草案)》,重申"人民公社要坚决实行三级所有、队为基础的制度,稳定不变",并在第九章中明确表示"不许包产到户,不许分田单干"。从1953年全面推行农业合作化开始,包产到户就被划作人民公社体制的天然公敌,你死我活,势不两立。

而事实上,变通与突破早已在离北京千里之外的中国各地乡村悄然萌动。

1977年11月15日,时任安徽省委书记的万里主持召开全省农村工作会议,通过了一个被称为"安徽六条"的文件。文件规定,生产队可以实行定任务、定质量、定工分的责任制,甚至可以责任到人。这就为农民自发地搞包产到户开了路。到1979年春耕时,包括安徽农村在内,全国已有200万个生产队的3亿社员公开或半公开地加入到包产到组的队伍中,距离包产到户仅一步之遥。

浙江传来的消息似乎就没有那么激动人心了。

1978年11月25日,《浙江日报》披露了一桩轰动一时的因黄豆苗引发的"犁豆风波"。

天台县平桥公社长洋大队地处丘陵,社员素有种植黄豆的习惯。这年年初,他们得悉国家规定,每交售100斤黄豆,可抵200斤稻谷,还能奖励20斤化肥。社员们合计,本队土地贫瘠,如果种早稻每亩可收四五百斤,但化肥用得多,成本高;如果种黄豆,撒些灰肥就行,既省工又省成本。每亩可收200多斤黄豆,折原粮四五百斤,又可得奖励化肥40至60斤。由于黄豆收获期一般比早稻提前,可以使晚稻抓住季节;同时,豆苗有根瘤菌,豆叶落土肥田,能使农田增加养分,通风透气,晚稻亩产五六百斤不成问题。

左算右算,怎么也是种一季黄豆划算。虽然此前县委领导早就在广播里苦口婆心地劝说,又上升到"动摇以粮为纲"的高度威吓,凡是能种水稻的田都必须种早稻,但小农的私欲一"膨胀",就顾不得那么多了。他们决定,全大队清明前后种下80亩4分地的黄豆。

他们种下的不是黄豆,而是祸根。

清明之后的5月22日,县委一位副书记下乡检查工作,一眼就看见了长洋大队种在公路旁已经透出嫩芽的黄豆苗。他顿时拉下了脸,责成平桥公社党委:立即逐丘排查,可以种水稻的,一律把黄豆苗犁掉!

第二天,公社党委在长洋大队紧急召开现场会;第四天,又马不停蹄地召开全公社29个大队的生产队长以上干部扩大会议。主题只有一个:如何摆正黄豆苗犁掉还是不犁掉的大是大非!

长洋大队的贫下中农们紧张了,但又心存侥幸:再拖延拖延,说不准还能逃过一劫。

等待他们和 80 亩 4 分黄豆苗的,是无产阶级专政的暴风骤雨。26 日,一辆拖拉机隆隆开进长洋大队的黄豆田,压阵的是一溜脸色阴沉的公社领导。40 多名长洋男女社员不顾一切拥上前去——为了黄豆,斗胆拼了!他们手挽手坚决拦住了拖拉机:"长势这样好的黄豆,犁光了我们今年吃什么?"

一位公社革委会副主任对拖拉机手下了死命令:"冲过去,冲过去!"社员洪昌兴对 30 年前的这一幕至今铭刻脑海。他清楚地记得,当时自己乘人不备,悄悄过去关掉了拖拉机油门。队里另一名社员气愤地指着公社领导的鼻子大喊:"无法无天,伤天害理!"于是他立即被抓到公社关了起来。公社领导明确指示:这一恶性事件背后一定有坏分子在搞鬼,一定要把坏人揪出来示众!

贫下中农们不得不选择退却。这已经不是几亩黄豆的问题了,谁都清楚阶级斗争意味着什么。三天之后,62 亩 4 分黄豆苗被齐刷刷犁平。黄豆没了,由于已错过了季节,补种的早稻也随之严重减产。

《浙江日报》在头版头条刊登了这一事件的长篇记者调查,还连续展开了近一个月的读者大讨论。《人民日报》对此事件也迅速作了转载并加了编者按。

"犁豆风波"传递给我们的一个十分清晰的信息是,在当时,浙江农村生产队的生产经营自主权仍然被严重剥夺,至于以家庭为主体的包产到户则更是痴心妄想!

全国的风向标则依循十一届三中全会既定的改革目标继续艰难而坚定地前行——

1980 年 1 月,安徽再次召开全省农村工作会议。省委明确表示,在现实特定条件下,包产到户是农业生产责任制的一种形式,这事实上宣布了包产到户的合法化。当年春耕前后,安徽农村 23%的生产队推行了包产到户。

1980 年 5 月 31 日, 对包产到户的争论一直保持沉默的邓小平发表了重要讲话。他说:"农村政策放宽后,一些适宜搞包产到户的地方搞了包产到户,效果很好,变化很快。安徽肥西县绝大多数生产队搞了包产到户,增产幅度很大。'凤阳花鼓'中唱的那个凤阳县,绝大多数搞了大包干,也是一年翻身,改变面貌。有的同志担心,这样搞会不会影响集体经济,我看这种担心是不必要的……总的说来,现在农村工作中的问题是思想不够解放。"①

---

① 《邓小平文选》第二卷,人民出版社1994年版,第315页。

1980年8月，万里调任国务院副总理兼国家农委主任，主管全国农业。9月，中央召开专门讨论农业生产责任制问题的省市区第一书记座谈会，最终形成了《关于进一步加强和完善农业生产责任制的几个问题》的会议纪要，即"中发1980年75号文件"。文件规定，在那些边远山区和贫困落后地区，"群众对集体丧失信心，因而要求包产到户的，应当支持群众的要求，可以包产到户，也可以包干到户，并在一个较长的时间内保持稳定"。75号文件虽然没有全面肯定包产到户，存在历史局限，但它突破了长期以来"包产到户就等于资本主义复辟"这一根深蒂固的思想，是全党对包产到户再认识的重大转折。在此次会议上，围绕反对还是支持包产到户，黑龙江省委书记杨易辰与贵州省委第一书记池必卿展开了激烈的关于"阳关道"与"独木桥"的唇枪舌剑。11月，《人民日报》以两位省委书记的激辩为引子，用整版篇幅发表长文《阳关道与独木桥》。

春雷已然鸣响。

然而，1980年10月，在贯彻中央75号文件的浙江有关会议上，一些人士对浙江农村的基本判断仍然是：吃粮靠返销、生产靠贷款、生活靠救济的穷困地区，在全省属极少数。全省绝大多数地方和社队，农业生产是持续发展的，集体经济是比较巩固的，不需要也不应该去推行包产到户。

此时，浙江农村基层的包产到户之风已是暗潮涌动，尤其以浙江南部的温州、金华、丽水为甚。

怎么看？怎么办？包产到户究竟只是少数边远山区和贫困落后地区解决当地农户吃返销粮难题的短期救急之策，还是适应各地广大农村生产力现实水平的普遍真理？是万恶的复辟末路，还是"农村的曙光，中国的希望"？直面一连串的疑问，必须作出清晰的回答。

1981年1月4日，浙江省有关部门在当日的《浙江日报》头版头条发表了对绍兴县加强和完善农业生产责任制的长篇调查报告，题目是《沿着农业集体化的阳关道前进》。

调查报告写道，集体经济具有个体经济不可比拟的优越性，这已被20多年来农业发展的历史所证明。为什么现在要重新提出在干部和群众中进行集体经济优越性的教育呢？这是因为真理的山峰被蒙上了一层薄薄的迷雾，使人们看不清它的本来面目。绍兴县的基层干部普遍反映，近年来，那些怀疑、动摇农业集体化方向的议论多了，宣传个人发家致富的言论多了，似乎集体经济不那么吃香了。"若要富，个人找出路"的说法，简直成了时髦的口号；分队、分田到户的消息，不胫而走，到处流传。于是有些干部和社员产生了误解，以为"分田单干，势在必行"，迟早要分，还是趁早分掉算了。大多数干部和社员对集体经济能不能坚持和发展很担心,特别是一些为集体经济奋斗了20多年的老干部、老社员,感到脸上无光,话也讲不响了。

根据绍兴的实践,调查报告得出的结论是:大家公认,农业集体化一开始就显示出巨大的优越性和生命力,正是依靠集体经济的力量,农民的温饱问题才基本得以解决,并且逐步富裕起来。

为增强说服力,调查报告还浓彩重墨地描绘了一位"单干大王"的新旧两重天。

这位被推为典型的"大王"名叫占三九,绍兴县鉴湖公社行宫山大队社员。称之为"单干大王"可谓名副其实,此人直到全国人民公社遍地开花10年后的1969年才入社(全县最后一个入社)。占三九全家7口人,4个儿子、1个女儿,有3亩地、1条乌篷手划船。仗着自己家劳力多,他一直单干,靠捕鱼和种田谋生。

远离了集体的温暖,"大王"也只能沦为朝不保夕的草寇。占三九一家住的是4间破草房,4个儿子挤睡一张铺,"大王"夫妻加小女儿合睡一张用砖头搭起来的小床,全部家产顶多值500元人民币。自从被社会主义集体经济大家庭"招安"之后,"大王"才第一次抖起威风来了。他的大儿子进了公社渔场,另外3个儿子成为队里的种田好手。1979年,全家集体分配收入2102元,年终余下现金1072元。几年间造起3间平房外加1间披屋,买了1只收音机、2只手表、3双皮鞋,添置了1条新划船。如今,女儿风光出嫁,大儿子也娶进了媳妇。社员们异口同声地说:"如果占三九不死脑壳黑灯走单干的独木桥,另外几个儿子的媳妇怕是也早就进门喽。"

典型开道,苦口婆心,为的就是"以正压邪"。"顶牛"与"拉锯"间,家庭联产承包责任制的早春快车在浙江尚未解冻的大地上一再晚点。

北京的天空愈显晴空万里,艳阳高照。

1981年冬,中共中央召开了全国农村工作会议。当时的国家农委副主任、党内最资深的农村问题专家杜润生在其回忆录《中国农村体制变革重大决策纪实》中透露,会后不久,时任国务院总理的一位中央领导到东北考察,写回一封信,他说:关于农业生产责任制不要再强调不同地区不同形式了。要让群众自愿选择,选上啥就算啥,干部不要硬堵了。

根据这一精神,国家农委起草了《全国农村工作会议纪要》。1982年1月1日,中共中央下发了该纪要,即著名的1982年中央"一号文件"。此后,中共中央围绕农业问题连续5年下发了5个"一号文件",成为中国30年改革史上可圈可点的破冰之举。

1982年"一号文件"的关键词是:"目前实行的各种责任制,包括小的包工定额计酬,专业承包联产计酬,联产到劳,包产到户、到组,包干到户、到组等,都是社会主义集体经济的生产责任制。"

这是党的文件第一次明确肯定包产到户、包干到户属于社会主义性质。近30年你死我活的激辩与抗争就此谢幕。

大江东去,春风浩荡。当年8月9日至17日,中共浙江省委在杭州召开全省农村工作会议,主题十分明确——"研究确定完善农业生产责任制的措施"。会议的结论亦极为鲜明——"凡是宜于农民个人、一家一户或小组干的事情,都应该放手分包给他们去干"、"只要是有利生产、群众满意的,就不要轻率变动,更不要回到吃大锅饭的老路上去"。

此次会议之后,家庭联产承包责任制开始被有领导、有组织地推行到农业生产水平较高、"集体经济不容动摇"的浙江中北部,半径涵盖杭(州)嘉(兴)湖(州)及宁(波)绍(兴)平原地区。

在浙江农业部门官员的记忆中,由于春耕秋收的农业节气之故,数十年间全省农村工作会议的召开一直都在每年年末。只有1982年的会议,被破例提前到了夏季举行。唯一的解释是:已经迟到了,就决不能再迟到了。

新华社于1982年8月21日以《"双包"责任制是治贫致富的"阳关道"》为题播发的一则消息足以为这一解释佐证。消息称:党的十一届三中全会以后逐步兴起的包产到户、包干到户农业生产责任制,现在已经在全国74%的生产队中广泛推行,势不可当。

被毛泽东树为中国农业集体化的一面旗帜的山西省昔阳县大寨大队成为包产到户最后的聚焦点。1980年8月,已经从国务院副总理的显赫高位上黯然离职的原大寨大队党支部书记陈永贵坚定地认为,曾经跟着自己为农业集体化"战天斗地"的大寨人决不会认同带有资本主义私念的"独木桥"!然而,大寨社员的顺口溜却是:"砸了大锅饭,磨盘不推自己转;头儿不干,咱大家干。"1982年底,包括大寨在内,昔阳县的所有农村生产队一夜间"城头变换大王旗",包产到户扎根,社员喜笑颜开。

消息传到京城,陈永贵哑然无语。

"迟到"与否的正反效应也很快在浙江南北地区显现出来。

根据1983年的官方统计,推行包产到户最为迟缓的浙北嘉兴、湖州,当年农业总产值分别比上一年下降1.7%与3.4%。

而在包产到户最早涌动的浙南温州,全市1980年的农业总产值比1978年

包产到户大丰收后的浙江农户在堆满番薯的晒场上拍摄"全家福"

增长了 27.5%，年均递增 12.8%，"这在温州历史上是从未有过的"。

在包产到户上与温州遥相呼应的浙中金华，时任地委书记的厉德馨算过一笔账：新中国成立以来，金华粮食产量从 20 亿斤到 30 亿斤，用了 16 年时间，即从 1951 年至 1966 年；从 30 亿斤到 40 亿斤，用了 11 年时间，即从 1967 年至 1977 年；从 40 亿斤到 50 亿斤，用了 4 年时间，即从 1978 年至 1981 年；而 1982 年，仅仅 1 年时间就增产了 10 多亿斤！

耐人寻味的是，我们随后可以观察到，在几乎整个 30 年改革的时期内，以温州为圆心的浙南板块与以嘉兴、湖州为代表的浙北板块，一热一冷、一盛一衰，并呈现出南风北渐的景象。不难理解，自包产到户的改革启动始，胜负已经了然。

比小岗村早 22 年

1998 年 7 月 27 日，温州永嘉县上塘镇，"纪念永嘉农村包产到户 42 周年"会场。原国务院农村政策研究室主任杜润生带着浓重的山西口音的致辞，穿越 42 年的时空，仍在会场久久回响："今天，历史出了头了，它出来作证，也告诉永嘉的同志们，1956 年的那次行动是正确的，是必要的，是值得肯定的。永嘉县是我们中国包产到户的先驱者。"

然而，有一位最重要的被邀请者却缺席了。他已经永远地伫立在了历史的那一端。

他，就是李云河，42 年前任职永嘉县委主管农业的副书记，是当年永嘉包产到户的直接领导者、实践者，在这次纪念会召开前 20 天因患肝癌离世。7 月 3

中共农村问题元老杜润生1997年10月在温州雪山饭店

日,自知来日无多的李云河在病榻上口授了原拟赴会永嘉的发言提纲,他说:"几十年农村工作的经验,中国要稳住,农村是基础;不到户农村稳不住,'包'字是基础……从理论上看'包'字很简单,但是我们党却付出了很大的代价。"

作为纪念会的特殊代表,李云河的妻子包于凤手捧骨灰盒来到永嘉。在清澈如水晶般的楠溪江畔,包于凤将李云河轻轻送回了那片大山,也为他执著的梦想画上了圆满的句号。

1978年11月24日夜晚,安徽省凤阳县梨园公社小岗生产队的18位农民代表悄悄齐聚于社员严立华家的一间草屋,神色极为严峻地写下了一纸契约,全文如下:

> 我们分田到户　每户户主签字盖章　如此后能干　每户保证完成每户全年上交和公粮　不在(再)向国家伸手要钱要粮　如不成　我们干部作(坐)牢杀头也干(甘)心　大家社员也保证把我们的小孩养活到18岁

作为中国当代史的珍贵文物,这份摁满血红手印的生死契约收藏在中国国家博物馆,藏品号为GB54563。杜润生在其回忆录中认为,这个惊天动地的故事,经调查细节上虽有出入,但流传却甚广,生动反映了中国农民为实行包产到户甘冒风险的巨大决心。

中国改革开放本身是一部旷无前人的伟大传奇。虽然细节尚可推敲,但正由于其令人赞叹的传奇色彩,小岗故事已被官方高调定格为大包干改革创举的公认"摇篮"并得以载入史册。

然而,毫无疑问,1956年首倡包产到户的永嘉实践,比小岗人的传奇早了整整22年。

陈康瑾在其报告文学《他没有在旋涡中沉沦》中,为我们记录了那沉重的历史一页。

1956年2月下旬,永嘉县第一个集体农庄高级社——潘桥集体农庄呱呱坠地。在此前后,"小脚女人"和"右倾保守"思想在各地受到严厉批判,中国农村社会主义集体化改造突飞猛进。打土豪、分天地的喜悦尚未散尽,初级社、高级社又纷纷从天而降。

一夜进入社会主义,举国欢腾。

狂热,替代不了生产力发展必须遵循的铁律。在永嘉农庄,甚至在全国农村,"干部乱派工,社员磨洋工,上工一条龙,干活一窝蜂"等问题很快浮出水面。

脱离了生产力水平的基本实际后,归大堆、吃大锅饭的农业组织结构,除了在造水库、挖塘泥、并田整地之类的人海战役中,还能发挥所谓"惊天地、泣鬼神"的优越性外,在田头各生产环节,只能是一个成批制造懒人的梦幻工场。

有人按捺不住了。

当年春季,26岁的永嘉县委副书记李云河拉着县农工部干事戴洁天,在该县燎原社(今瓯海区郭溪镇)悄悄开始了在生产小组中实行"个人专管地段责任制"和"产量责任制到户"为主要内容的试验。

人还是一样的人,地还是一样的地,燎原社的变化却是前后两重天。

1956年9月,永嘉县委召开由全县高级社主任参加的千人大会,提出推广燎原经验,"多点试验包产到户"。几个月内,永嘉有200多个高级社实行了包产到户,占全县总社数的24%。

李云河、戴洁天笑了,农民们笑了。但笑意刚刚爬上嘴角,发难已扑面而来。

1991年重回永嘉县考察的李云河(左)

1956年11月19日,温州地委机关报《浙南大众》刊登了《不能采取倒退的办法》的评论,点名批判燎原社的包产到户试验是"打退堂鼓"。就全国范围来说,这是砍向包产到户的第一刀。

这并不能让李云河服气。他以燎原社实践为基础,一口气撰写了长达5500字、题为《个人"专管制"和"包产到户"是解决社内主要矛盾的好办法》的专题报告,从理论上探讨了"包产到户"的必要性。他在文中理直气壮地阐明了四大观点:一、包产到户没有改变所有制,因而绝不是"拉倒车",绝不会使合作社变质;二、包产到户是集体劳动的很好补充,可以继承和发挥社员的主动性和"绣花"精神;三、包产到户更能坚持按劳取酬、多劳多得的社会主义分配原则,使农民获得更多的物质利益;四、包产到户变"队长负责"为"人人有责",使每个社员可以在生产中"当家做主"。

1956年11月25日,李云河将此文分别寄送县、地、省、华东局、中央农工部。

8天后,李云河被指名赴杭州参加浙江省委调研会。分管农业的省委副书记林乎加主持会议,对包产到户给予了充分肯定。

1957年1月27日,浙江省委机关报《浙江日报》在二版以半个版面刊登了李云河的专题报告。这是全国报刊第一次公开发表论述包产到户的文章。

似乎又是一次雨过天晴。

然而,在"左"倾思潮如日中天的年代,作为"早产儿"的包产到户从一降生就注定了其多舛的命运。

中共"八大"召开没几天,"八大"制定的正确路线已面临被腰斩的危险,坚决打退对社会主义的猖狂进攻迅速升级为首要政治任务。包产到户转眼成为"包着糖的砒霜",热衷于包产到户的人被指责是"抱着狐狸精当美女"。

1957年的浙江省党代会期间,在杭州火车站旁的省委红楼招待所里曾经贴出过一张奇特的大字报:

新产品登记表	1957 年
产品名称:	包产到户
产品性质:	资本主义
产地:	温州、永嘉、燎原
发明创造者:	永嘉县委副书记李云河
检验员:	林乎加
产品鉴定机关:	浙江省委
推销员:	《浙江日报》

黑云压城。此时此刻,谁也救不了包产到户,谁也保不住小小的李云河了。

清查,批判;再清查,再批判。1957年7月13日,《浙南大众》刊发《打倒"包产到户",保卫合作化》的社论,罗列了包产到户的十大祸害。

同年10月13日,《人民日报》刊载新华社记者采写的《温州专区纠正"包产到户"的错误做法》的电讯通稿,文中四次点了李云河的名,指出包产到户是"中共永嘉县委副书记李云河去年派人到农业社试验后搞起来的"。

1958年春,包产到户的"罪魁祸首"——一批风华正茂、胆比天大的冒险者们终于走到了自己政治生命的尽头:

主谋李云河,被定为大砍社会主义的右派分子,开除党籍,撤销一切职务,下放劳动;

主犯戴洁天受到了刑事判决,戴上右派和反革命两顶帽子,被押送原籍管制劳动,子女户粮关系全部迁往农村,妻子陈小梅被开除团籍,从县文教局下放工厂劳动;

支持包产到户的幕后黑手、永嘉县委书记李桂茂被撤销党内外一切职务,由行政13级降为16级,划中右;

县委常委、农工部长韩洪昌,副部长吕克熙、周祥千,县农业局长胡宣哲……几乎所有与包产到户有瓜葛的人都无一漏网。因犯"煽动包产到户"罪被判刑的永嘉农民就有10多人。

永嘉轰轰烈烈的包产到户实践,暂时不得不被画上了一个苦涩的逗号。但这仅仅是"逗号"。

1974年,一批来自北京的作家、电影导演被赶到永嘉县里湾潭大队"体验生活",据此创作出电影剧本《苍山志》。后因种种缘故,最终没能被搬上银幕。

《苍山志》的创作背景,是1966年至1975年,永嘉不少地方的农民仍对包产到户念念不忘,"地下活动十分猖獗"。1973年春,江青亲自批示,把坚持"吃大锅饭"的里湾潭大队树为处在资本主义势力四面包围、坚定走社会主义道路的典型,以此来反证"包产到户"的"罪孽"。"四人帮"中的王洪文、姚文元也从不同角度对永嘉作了批示,并把拥护或反对里湾潭作为在永嘉划分"革命"与"反革命"的唯一标准。

没料想,永嘉农民根本不吃这一套,仍然我行我素。1976年,全县竟有77%的生产队土地到户,有1/3的山场到户。1976年冬的第二次全国农业学大寨会议上,永嘉被列为浙江省"分田单干,集体经济破坏最严重"的县。时任国务院副总理的陈永贵在大会报告中说,"温州地区,闹得很多地方分田单干,两极分化……""温州是资本主义复辟的典型","要看资本主义到温州"。

直到十一届三中全会之后的数年,由于当地官方的观望与迟疑,包产到户在永嘉依然是没有名分的"私生子"。里湾潭大队所在的五濑公社党委书记回忆说,那些年,针对包产到户,永嘉的官意与民意之间上演了三出戏:第一出是《武松打虎》，县里坚决要把社员自发的包产到户打下去；第二出是《陈州放粮》，社员消极对抗，荒着田不种，次年，县里只好发放 10 万斤返销粮和数万元贷款进行救济；第三出是《红楼梦》，政策总算有了松动，社员却又怕多变，包产到户又成红楼一梦。

好在，20 余年起落沉浮，燎原社的星星之火终于燎原，永嘉首创亦画上了完满的句号。

1982 年 12 月，抖落一身风尘的包产到户"罪魁祸首"李云河与戴洁天在一个霞光万丈的清晨，昂首挺胸重访永嘉燎原社；

1983 年，李云河被擢升为浙江省农村政策研究室副主任；

几年后，李云河撰写出版的《中国农村户学》，被美国纽约公众图书馆永久收藏。

两个半"单干理论家"的背影

从永嘉燎原社到凤阳小岗村，以包产到户为主脉的顽强的中国农村变革冲动，终汇成浩荡洪流。既然是承载亿万民心的洪流，李云河、戴洁天他们就肯定不会是孤独的英雄。

在浙江，透过历史的尘埃，两个半"单干理论家"的背影逐渐清晰起来。

1962 年 8 月 5 日至下旬，中共中央政治局在北戴河召开中央工作会议。毛泽东一改半年前在 7000 人大会上纠正"大跃进"错误、反思"左"倾教训的基调，突然开始转向严厉声讨包产到户。

9 月 24—27 日，召开中共八届十中全会。毛泽东再度猛烈炮轰党内的所谓"黑暗风"、"单干风"和"翻案风"，提出了"千万不要忘记阶级斗争"，阶级斗争必须"年年讲、月月讲、天天讲"的著名论断。

会议期间，毛泽东对时任浙江省委第一书记的江华说："你们浙江出了两个半'单干理论家'，必须彻底批判！"由于伟大领袖的语气十分严厉，这一事件成了一桩引人瞩目的历史公案。

毛泽东所谓的"单干理论家"含义很清楚，指的就是"包产到户理论家"。20 世纪 50 年代后，中央高官中被毛泽东点名批判甚至打倒的包产到户"党内代理人"、"幕后黑手"不少，但被领袖直接点名并斥责为理论家的"小人物"似乎仅此一例。

浙江新昌县镜岭区专职办社干部陈新宇无疑是这两个半"单干理论家"中的一位。1961 年，他将自己撰写的"鼓吹包产到户"的《关于当前农村阶级分析问题》及《关于包产到户问题》两篇文章寄给中共中央并转毛泽东主席。"文化大革命"中,浙江"造反派"的省级机关报用斗大的字公布了伟大领袖对陈新宇的批判,是为"罪恶滔天"的铁证。

那么,毛泽东所指的另外两位单干理论家是谁?谁是整个,谁又会是那半个?毛泽东从未对此做进一步明确的解说,遍查中共党史文献,也找不到只言片语。过去数年,我曾利用采访的机会多次向省内外有关官员及当事人反复询问求证。从现有掌握的线索和史料依据来看,除陈新宇外,几乎可以肯定另外两位"单干理论家"分别是:

浙江瑞安县湖岭区农技站畜牧兽医员冯志来;

浙江嵊县农技站蚕桑技术员杨木水。

他们三人的共同特征是:都在 20 世纪 60 年代初给毛泽东寄过信;信里均满腔热情地为包产到户歌功颂德,从实践和理论诸方面论证包产到户的现实价值和历史意义;都引起过各层面的强烈反响并招致了严厉打击。

至于"整个"和"半个"的疑问,我收集了他们三人寄送给毛泽东的主要文章细心研读,从字里行间大抵可以断定,冯志来与陈新宇的文章引经据典、逻辑严密,思辨色彩浓郁,当属"整个"的两个;杨木水没念过什么书,其文章则立足于当地生产实践,朴素直白,应该就是那"半个"。当然,这一结论只能是推测。喧嚣与疯狂的一幕已成历史,过往的人、事也随之沉寂。

他们胸怀赤子之心,他们满腔忧国之情,他们用自己的血和生命铺垫了今天改革的通天大路,岁月亦不应将他们的灵魂湮没。

怀着一份崇敬,我愿意循着作家高光的描述,以粗略的笔墨追记当年两个半"单干理论家"们顽强的抗争。

冯志来:一名兽医和他的"半社会主义论"

1987 年 10 月,党的十三大召开。题为《沿着有中国特色的社会主义道路前进》的大会政治报告,迅速引起了国内乃至国际社会各界的高度关注。

备受瞩目的焦点,是这一政治报告第一次系统地阐述了关于社会主义初级阶段理论:"我国的社会主义社会还处在初级阶段……以为不经过生产力的巨大发展就可以超过社会主义初级阶段,是革命发展问题上的空想论,是'左'倾错误的认识根源。"

社会主义初级阶段理论,是中国改革理论的基石,是中国革命历经曲折坎坷后获得的真知。这一评价并不为过。

冯志来

耐人寻味的是，中共十三大召开前25年，在与李云河包产到户的永嘉县相距不足100公里的地方，有一位年轻人书写了与社会主义初级阶段理论如出一辙的《半社会主义论》，而且居然斗胆想和毛主席对话。

他，就是冯志来。

1955年1月，20岁的冯志来从农校毕业，被分配到瑞安县农林科工作。5年后，作为摘帽右派分子，他被驱赶到偏僻的老革命根据地湖岭区农技站。

"大跃进"的狂想令年轻的冯志来感到迷茫，饥荒遍地的三年灾害深深地刺痛了他的双眼。

难道这就是社会主义？在生产力水平极端落后的中国怎样建设社会主义？什么是我们眼前的出路？

一个年轻的灵魂在厚重的马克思主义著作和沉重的现实之间徘徊。

"真理只有一个，而究竟谁发现了真理，不依靠主观的夸张，而依靠客观的实践。"在昏黄的煤油灯下，冯志来以毛泽东《新民主主义论》中的这段名言，为自己的《半社会主义论》破题。

"我们仍旧是一个经济落后的国家。如果我们将旧中国既有资本主义性质又有半封建小农性质的经济称作半资本主义经济，那么现在我们也可以说我们目前的经济是半社会主义性质经济。"

"中国不能通过资本主义而后进入社会主义，这是早有人论证过的，但它也不可能马上进入社会主义。只有通过半社会主义的相当长的发展阶段，才能完成社会主义建设。这是由中国的生产力状况所决定的。"

基于对半社会主义生产力水平的精确判断，冯志来大胆直言："我认为包产到户确实是唯一出路。这样做，完全是从中国现阶段生产力水平出发，完全是为了调动农民的劳动自觉性……这是6亿人民的呼声！"

1962年4月21日，《半社会主义论》完稿。一周后，冯志来踏上了北上的列车，之后在北京前门附近的一家小旅馆住下。他将文稿分送给了中共中央、《红旗》杂志和《人民日报》，并在所附的信笺上抄录了文天祥的千古名句：人生自古谁无死，留取丹心照汗青。

几天后，中共中央办公厅秘书室信访科的一位办事员接见了他。此人就是日后在十年动乱中出尽风头的戚本禹。戚本禹狠狠地训斥了冯志来对党中央、毛主席的不信任情绪,勒令他要好好清理那些危险的思想。

回到湖岭,冯志来总是在深夜辗转反侧,一腔热血在胸中奔涌:这个国家、这个民族,不能再这样下去了。

两个月后,冯志来撰写了比《半社会主义论》更尖锐的第二篇文章《怎么办?》。他将《怎么办?》抄写三份,再次寄给中共中央、《红旗》杂志和《人民日报》。为了引起"大人物"们的注意,避免上一次《半社会主义论》被打入冷宫、石沉大海的境遇,冯志来灵机一动,想起了远房族叔、老资格的革命党人冯雪峰。在给中共中央的信上,他特别注明自己是冯雪峰的侄子。

这一招果然奏效。在中央某次重要会议上,已被打倒的冯雪峰因此受到缺席审判。中央有关部门还立即通知浙江省委,要追查冯志来与冯雪峰的关系,揪出冯志来的黑后台。

当时的浙江省委主要负责人在这位思想冒险者的批判材料上大笔一挥:重戴"右派"帽子,遣返原籍,监督劳动。

1963 年,冯志来在一名武装警察的押送下,回到老家浙江义乌县乔亭村。大干快上的"社会主义"战车依旧是一路高歌,在中国大地上隆隆碾过,也彻底碾碎了冯志来淌血的心。

多少年以后,冯志来回首青春年少时的冲动和磨难,感慨万千,诗赠友人:

大梦谁先觉,平生几相知。

孤鸿悲落日,众鸟觅栖枝。

风雪终有尽,落花恨无期。

浩然浙江水,曲折顺时移。

冯志来告诉我,1963 年回到老家后,他真正地感到了从未有过的无助和绝望,为自己,更为这个国家。他利用做兽医的便利,花 1.4 元钱偷偷买了 100 粒安眠药,藏在贴身的衣袋里。这一藏就是 30 多年。

杨木水:从硬汉到死囚

杨木水浓眉大眼、声如洪钟,身材像一门小钢炮。他自称粗人,做起事来是典型的"拼命三郎"。

从小在杭州孤儿院长大、没上过任何正规学校的杨木水,平日里最不擅长的就是舞文弄墨。然而,当目睹了在"一大二公"的震天口号之下,四邻乡亲贫病交加、纷纷逃荒的惨状后,这位向来以指导农民种桑养蚕为天职的小小技术员,终于忍不住要扛起重如千斤的笔杆子写点什么了。

杨木水

杨木水写了一篇题为《恢复农村经济的顶好办法是包产到户》的文章，整整有1万字，可能比他此后写的字都要多。

他思前想后，决定把这篇费尽心血的调查文章呈给毛主席。他知道，只有毛主席才能管大事、救百姓。

几个月过去了，石沉大海，渺无音讯。杨木水认为，伟大领袖日理万机，一定是太忙了。怎么才能引起毛主席的注意呢？他想起了在广播里听说过的嵊县同乡、大名鼎鼎的经济学家马寅初。他认为，马老耿介豁达、敢于直言，又和共产党肝胆相照，于公于私都会帮这个忙的。

1961年11月，杨木水把文章工工整整地抄了一份寄给马寅初，在附信中恳请其转呈毛主席。翌年元月，由浙江省粮食厅厅长丁友灿陪同，已达80高龄的忧国忧民的马老竟然真的来了。

杨木水被一位副县长带到了嵊县县委招待所马寅初住的房间。前一天，县委农工部部长亲自找杨木水谈话，警告他在马老面前不许乱说话，特别是千万不能说出嵊县曾经发生过大范围的包产到户。

但当杨木水见到面目慈祥的马老时，他还是"乱说话"了。

马老与杨木水促膝而坐，极认真地倾听杨木水畅谈每一点滴来自乡村的呼声，还逐字逐句地帮他把万言书中关于包产到户的13条优越性修改提炼成10条优越性。

随后，马寅初又在嵊县进行了长达7天的调查研究。回北京时，他的行囊里揣着杨木水修改好的万言书和厚厚一叠调查手稿。

此后的结果是可想而知的。能通天的马寅初带给杨木水的是通天的大罪。1963年春天，杨木水以"反革命罪"被逮捕，判处8年有期徒刑，押送杭州近郊临平的浙江第二监狱。详细罪状是："恶毒攻击党的路线政策，鼓吹包产到户，反对三面红旗，反对社会主义"。

几年后一个阴冷的早晨，"死性不改"的杨木水又因为在狱中当众恶毒攻击"林副统帅"，再度被加判死刑。双脚被戴上36斤重铁镣的杨木水，随时等待执行枪决。

陈新宇：为包产到户终身不娶

陈新宇正好与杨木水相反，他是个出身地主家庭、清瘦斯文的小秀才。

急欲改造自我灵魂的陈新宇曾经满腔热情地投身于创造美好的新世界中。1955年9月16日，他以《我爱农村》为题，撰文投书《浙江日报》。他大声地欢呼："我爱农村，我回到农村来了。亲爱的、熟悉的农友们，我将随你们一道前进，直到把我们的合作社变成社会主义的集体农庄！在我们肥沃的土地上建立起美满幸福的乐园。"

陈新宇

乡村凋敝的现实生活却是冰冷的，小知识分子的率真和不成熟又让他蠢蠢欲动了。1961年6月，从理想国度中慢慢冷静下来的陈新宇根据自己下放劳动时调查所得的第一手材料，写出了《关于当前农村阶级分析问题》和《关于包产到户问题》两篇文章，从阶级分析的角度阐述了实行包产到户的重要性和必然性。

自我斗争了整整两天两夜之后，陈新宇最终将文章分别抄寄中共中央和《人民日报》。也许是出于对自己地主家庭成分的天然警觉，他从此下定决心：疏远一切亲友，不谈恋爱，坚持独身，不株连他人。"文化大革命"中，造反派因此斥责陈新宇是"彻头彻尾的单干"——不仅是"单干理论家"，提倡农民单干，而且居然要终身单身。

这还不算，随后的一年间，陈新宇接连给《人民日报》发去8封读者来信，辩论的话题都是包产到户。当时，中央高层对包产到户仍持"糟得很"与"好得很"两种观点，毛泽东则暂时保持沉默。于是，1962年6月前后，《人民日报》在内部刊物《读者来信》中几次刊发过陈新宇的来信，共汇给他稿费25.5元。陈新宇用这些钱买了稿纸，还买了几十斤桃子，得意地与同事分享。

很快，陈新宇就发现这桃子绝不是那么好吃的，吃了也照样得吐出来。"文化大革命"开始，他第一个被揪出来游街示众，共计揪斗120次，抄家7次，监禁32天。1969年12月22日，新昌县革委会人保组以审字第146号文件判决："以右派分子论处，开除公职，管制3年。"

陈新宇被连夜押送到农场进行劳动改造。他记得，那天正值冬至。冷，寒心刺骨的冷。

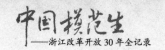
最后，再交代一下两个半"单干理论家"的后世今生。

——冯志来的晚年算是最幸运的。1983年10月，中共瑞安县委发出349号文件，为其错划右派彻底平反。在老家义乌，他成了被再度发掘出来的有价值的"出土文物"。冯志来被调入县经济研究中心，为义乌小商品市场的崛起贡献力量。他还先后当选为省人大代表、县政协常委，最终在县经济体制改革办公室副主任的职位上光荣退休，衔正科级。1993年和1998年，当时还在新华社做记者的我曾两次采访过冯志来，他向我赠送了一本由自己的10余篇有关振兴义乌经济的论文集结而成的小册子，书名叫《兴市边鼓集》。

——杨木水大难不死。1971年"九一三"林彪出逃，命丧蒙古国温都尔汗。因攻击"林副统帅"而被加判死罪的他侥幸免于一死。1975年，服刑满10年的杨木水出狱，1978年摘掉反革命帽子，从此游走江湖，当起了草药郎中。说来也是有福，在上海走方卖药期间，他结识了一位以卖鸡蛋为生的江苏淮阴姑娘，姓刘，年方18。小女子自愿拜杨木水为师，帮他一起卖药，并日久生情。51岁那年，杨木水与比自己小20多岁的刘姑娘拜了天地，育有一子。2001年，杨木水病逝。

——发誓终身不娶的陈新宇依然坚持"彻头彻尾地单干"，孑然一身。被劳改后，他写过200多封"翻案信"，接着是平反，再接着是薪水微薄的退休生活。2000年，我在新昌采访陈新宇时，他正热心于搜集资料，整理自己倡导包产到户的编年大事记，准备编写合作化运动史料集。此后，我就再也没有了他的音讯。今天，如果他还在世的话，应该已是85岁的迟暮老者。

2007年底，当我决定着手浙江30年改革开放史书稿的写作时，1978年前后章节的史料梳理曾令自己颇为惶恐。

自1986年始进入新华社浙江分社从事经济报道，由于职业的机缘，我几乎全程目睹了此后浙江改革风云跌宕的每一出精彩大戏。加之新华社作为中国最权威传媒的特殊优势，某些至今不为人知的浙江改革重大事件及变革拐点，我和我的同事们有幸成为寥寥无几的媒体观察者甚至是推动者。这22年，新鲜而富有动感，每一点滴都历历在目。

1978年至1984年，则是一段概念化的模糊影像。于是，我开始花费数倍的精力寻访。

无数次，我走进浙江大学图书馆八楼库房。几十年前的古旧书刊堆到天花板，阴冷寂静，时空错乱。一页页的报纸沙沙翻过，焦黄发脆，霉点成片。许多页码已经相互粘连，稍不小心，就有可能被撕裂。显然，很久以来，极少有人翻阅过这些陈年的碎片。

面对我心切的追问,不同的被寻访者往往也是同样的表情——茫然:包产到户?不记得了,记不清了,好像是吧。

30 年,10950 个日子,差不多是一个人走向成熟所需的时间。当我们逐步走向成熟的时候,似乎已经没有多少人记得婴儿呱呱坠地时的第一声响亮啼哭了。

的确,联产承包、包产到户早已被冠以中国改革的"东方启动点"、"中国农民的伟大创造",沉淀为灿烂的光荣名片。然而,对其历史性的价值与深厚内涵,我们真的已经完全读懂了吗?

一个公认的结论是,改革之初,家庭联产承包责任制的率先突破与大面积推行,带来了全国范围的粮食增产、农民增收,为日后的各领域改革奠定了稳健的经济基础。在浙江,我们也看到了足以佐证这一结论的事实。据官方统计,联产承包全面开花的 1982 年,浙江第一产业农业猛增了 15.7%。这在历史上是罕见的,只在新中国成立初期的少数年份有过类似的景象。

但我们注意到,浙江的基本省情就是人多地少,而且不是一般的少。1978年,浙江户籍人口总数约 4300 万,人均耕地 0.68 亩,远低于全国平均水平 1.5亩。对农户而言,土地的期望收益贡献率是十分有限的。到 2007 年,虽然浙江农民人均纯收入已连续 22 年高居全国所有省区之首,达 8100 元,但是来自土地种植的收入不到 20%。毫无疑问,联产承包所带来的粮食增产、农民增收,肯定不是支撑浙江此后近 30 年可持续改革的全部力量所在。

20 世纪 60 年代后,"兴无灭资"、"割资本主义尾巴"、"狠斗私字一闪念"成为触及每一位中国人灵魂深处的"最高指示",构建乌托邦式理想王国的基点即为"一大二公"的高纯度所有制形态。

恰恰包产到户来了个乾坤大颠覆,它明白无误地确定了人作为利益动物的天然属性。黄宗羲在《明夷待访录·原君》中有言:"有生之初,人各自私也,人各自利也。"无论我们如何深恶痛绝,"私"不是人的原罪,在可以想见的历史阶段,人对于占有私利的强烈欲望,仍将是社会发展、文明进化的原动力。

而包产到户则进一步确定了个人——在现有社会关系属性下往往表现为个人的家庭化组合"户"——是追逐利益最大化、最优化的基本细胞。"户",由此而得以成为社会主义市场经济环境下最活跃、最优质的市场主体。在以后的章节描述中我们会清楚地看到,以温州为例,最初的小作坊、夫妻店式的家庭工场—联户经济—股份合作企业—规范化的现代股份制有限公司的发展模式中,"户"构成了一切高效经济活动的起点和最广泛的基础。

如果从以上视角解析,包产到户的大突破无疑是新中国成立以来前改革时

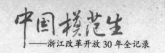

期与改革开放 30 年的根本性转折,其分水岭式意义怎么评价都不为过。

问题又来了:既然包产到户具有如此深刻的前沿价值,那为何全中国都在同样的改革大政策之下以联产承包破冰,数十年之后却表现迥异:不少地方仍然在为解决广大农户温饱问题、实现脱贫而努力,以浙江等为代表的沿海省份,却百业兴旺、生活富足?

浙江一位老资格的农村问题专家向我分析了所谓中国农村的"3 亩·15 亩·50 亩"发展路径理论,颇有见地。详解如下:

——"15 亩模式"。主要集中在安徽、河南、湖南、四川等中国中部地区。按照这一区域人均占有耕地及平均家庭人口计数,每一农户的土地占有量约为 10 至 20 亩。以大包干第一村安徽凤阳小岗村为例,1978 年时全村共 20 户,115 人,耕地 550 亩。1979 年,大包干硕果累累,全年粮食产量由过去的 1.5 万公斤猛增到 6 万公斤,自 20 世纪 50 年代实行合作化以来第一次向国家上缴了公粮。小岗人感受到了丰收的喜悦,人均耕地 4.78 亩、户均 27.5 亩的美好景象,使他们坚信伺候好土地就会有好日子。于是,乡村工业的星火始终没有在这里点燃,直到 1995 年第一批小岗人不得不远走异乡打工,才发现外面的世界很精彩,同时,又痛感又很无奈。太迟了,他们已经错过了工业化进步的春天。至今,解决了温饱的小岗人仍旧徘徊在富裕的大门之外,以致曾经轰轰烈烈的小岗之路引来了诸多的质疑和争议。自家拥有的那一片不算太多也不算太少的土地,令小岗人深陷进退两难的尴尬。

——"50 亩模式"。中国土地总体不富足的国情,决定了包产到户模式仅仅适用于少数区域。以当年最迟推行包产到户的黑龙江省为例,全省农村人口人均耕地 10 亩、户均 50 亩左右,居全国之首。这片令人垂涎欲滴的黑土地,可行的机械化与规模效应,都决定了不离土不离乡的现代农业同样有可能给这里的农户带来富裕之光。

——最值得探究的"3 亩模式"。浙江恰是典型代表。改革启动之初的 1978 年,全省农村人均耕地约 0.68 亩(温州部分地区仅 0.3 亩),户均 3 亩左右。即使实行了包产到户、干劲冲天,按照当年的粮食产量水平和粮食价格,也只能勉强填饱全家老小的肚子,更不用说致富。这一现实逼得上千万浙江农民在因包产到户而获得了经济行为自由权之后迅速转身,集体选择了两条生存路径:一是从家庭工场、乡镇工业掘取第一桶金;二是游走四方,做贾经商。两条路径互相推动、相辅相成。从此,浙江一路走来,一路精彩。

中国农民绵延数千年的对土地的渴望,显现出了其与生俱来的硬币的两面性——土地能给予它的拥有者以最坚实的生存滋养,然而在工业化、后工业化的今天,在一定的模式和条件下,土地亦可能成为起飞的最大羁绊。"3亩·15亩·50亩"理论并不能给出当今中国乡村分野的全部理由,但细细回味,无疑有助于我们更清晰地厘清包产到户与由此发端的改革时代种种变局之间的内在逻辑。

本章故事给你描绘的是看似相互矛盾的景象:李云河、冯志来等众多浙江底层的小人物们——李云河仅仅官至副处,为不入流的七品小吏,冯志来一干人等更属无足轻重的草民——很早就开始为普通百姓的生存权、发展权奔走疾呼、前赴后继。而在他们之上的掌权者则表现出了一种传统的矜持,以及理由充分的观望。

事实上,这正是浙江30年改革开放演进的真实脸谱,自发的、广泛的、活力四射的民间创造始终是社会前行的第一力量。令人欣慰的是,政府在经历了最初的茫然与无措之后,逐步校正方位,投身大潮,成为改革发展坚定的推动者与维护者。有关这一点,在以后的章节里会为你叙述更多的故事。

现在,让我们一起上路。

【浙江改革史档案一】
"包产到户"名词解释

家庭联产承包责任制,是指我国农村现阶段普遍实行的农户以家庭为单位,向集体组织承包土地等生产资料和生产任务的农业生产责任制形式。

其基本特点是在保留集体经济必要的统一经营的同时,集体将土地和其他生产资料承包给农户,承包户根据承包合同规定的权限,独立作出经营决策,并在完成国家和集体任务的前提下分享经营成果。一般做法是将土地等按人口或劳动力比例,根据责、权、利相结合的原则分给农户经营。承包户和集体经济组织签订承包合同。具体形式有:

(一)包产到户。即作为承包者的农户与集体组织定产量、定投资、定工分,超产归自己,减产赔偿。

(二)包干到户。即承包户在向国家缴纳农业税、交售合同定购产品,以及向集体上缴公积金、公益金等公共提留后,其余产品全部归农民自己所有。农民把

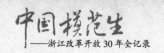
这种承包方式通俗地称为"保证国家的、留足集体的、剩下都是自己的"。

包干到户在承包责任上比包产到户更为彻底。目前,绝大部分地区的农村采用的是包干到户的形式,也叫"大包干"。

【浙江改革史档案二】

数字浙江之30年比较

被学术界普遍认可的基本判断是,直到1978年,浙江仍然是一个工业基础薄弱的农业省份,是一个自给自足的自然经济社会。

——三次产业在 GDP 中的比重为:38.1:43.3:18.6。第一产业在 GDP 中的比重高于全国平均水平 9.4 个百分点;第二产业的比重低于全国平均水平 5.3 个百分点。

——从业人口在三次产业中的比重为:74.82:17.1:8.08。第一产业从业人口比重高于全国平均水平 4.13 个百分点;第三产业从业人口低于全国 4.06 个百分点。

结论是,1978 年,浙江的工业发展水平低于全国,第三产业明显滞后于全国。从绝对数来看,当年全省 GDP 总值为 123.72 亿元,列全国各省市区第 12 位;人均 GDP 331 元,低于全国平均水平 12.7 个百分点,列全国第 16 位。

30 年后的 2007 年,浙江 GDP 总值高达 18638 亿元,列广东、山东、江苏之后,跃居全国第 4 位;人均 GDP 37128 元,紧随上海、北京、天津,居全国第 4 位,增长速度为全国第一。

第二章

我们来了

若真想要是一次解放

要先剪碎这有过的往

我要的一种生命更灿烂

我要的一片天空更蔚蓝

我知道我要的那种幸福就在那片更高的天空

我要飞得更高,飞得更高

——歌手汪峰:《飞得更高》

村村点火　户户冒烟

1980 年年初,钱塘江畔一望无际的芦苇仍旧满目枯黄。江边风大,极冷。鲁冠球的心却从来没有这么热乎过。

后来鲁冠球回忆说,那一天,他作出了自己 40 年经营生涯中最重要的决定:将厂门口的四块牌子摘掉三块,只留了一块——宁围万向节厂。

被摘掉的三块牌子分别是:宁围农机厂,宁围轴承厂,宁围铸钢厂。宁围地处钱塘江南岸,一片由激流澎湃的钱江大潮挟裹而来的泥沙堆积而成的滩涂平原。贫瘠的沙地种不了稻米,只能种些棉花、络麻、花生。但对于办工厂来说,这片长不了稻米的沙地倒成了足以施展拳脚的广阔天地。

那一年,鲁冠球 35 岁,他的工厂已经开办 11 年了。

虽然,鲁冠球后来以中国农民企业家第一人享誉海内外,但这个农民的儿子从小就对当农民种棉花了无兴趣,他最大的梦想是进城去,当工人。1958 年,经姨妈托人说情,鲁冠球成为萧山县城厢镇铁器社的一名打铁学徒。美梦才做了 3 年,大跃进带来的大饥荒迫使他不得不卷起铺盖回乡。

城里注定是去不了了,可下地干农活却是他极不愿意的。1961 年,鲁冠球搭起草棚开了第一间自行车修理铺。1967 年,他用自己修车攒下的一小笔钱,挂在大队名下,开办了产权模糊的宁围金一五金厂。工厂的工人除了妻子章金妹,还有 5 位同村的庄稼汉;全部资产就是几只打铁的大铁炉。

从个体修车铺到产权属性不明的打铁铺,在"割资本主义尾巴"的严厉审视目光之下,鲁冠球觉得越来越无地自容了。1969 年,毛主席号召广大农村要"社社实现机械化,农机维修不出社",急于做出点政绩的公社领导居然也盯上了鲁冠球的打铁铺,双方一拍即合。于是,鲁冠球和他的 6 名创业元老带着用血汗换来的价值 4000 元的打铁铺,投身集体的温暖怀抱,大门前的招牌——"宁围公社农机厂"从此金光闪闪。这一年,也成了后来大名鼎鼎的万向集团的创立元年。

20 世纪 70 年代的万向集团前身萧山宁围农机厂

直到此时,对于未来的宏图大业,鲁冠球仍颇感茫然。那个时候,他的办厂方针还是接到什么活练什么摊,凡是与铁沾上一点边的,自己能力又可以达到的,通通都干。犁刀、轴承、铁耙、万向节,产品五花八门都有。大门口的招牌也加到四块,猛一看,相当威风。

到 1980 年,鲁冠球的工厂已经从 7 个农民的铁匠铺增加到员工 400 多名,年产值 400 万元左右的大工厂。

此时的中国乡村,数十年来一成不变的东西正在悄然改变。

早在"四人帮"被粉碎的 1976 年底,全国已经有 10.62 万个社队工业企业,当年产值达到了 243.5 亿元。国家农业部在那一年建立了人民公社企业管理局,整个中国大陆除西藏之外,省级社队企业管理机构相继成立。

到 1978 年末，全国有 94.7% 的公社和 78.7% 的大队办起了企业。社队企业发展到 152.4 万个，当年社队企业总收入达 493.1 亿元，占人民公社、生产大队和生产队三级组织经济总收入的 29.7%。

1979 年 7 月，国务院颁发《关于发展社队企业若干问题的规定》，给予社队企业税收优惠、奖售补贴和资金扶持。

在浙江，1980 年时包产到户已开始暗潮涌动；以服务 30 里地范围内农业机械化为名创办的社队企业，纷纷突破笼子，日渐明目张胆地向与国有工业争原料、争市场的各种加工领域顽强地渗透。松动引发的变革，开始长出第一棵嫩芽。

一向有着极好"嗅觉"的鲁冠球发现，大干一场的机会来了。

干什么？怎么干？问题还是没解决。左思右想，鲁冠球认定必须清理门户，捏紧拳头搞专业化生产。于是，就有了本章开头的那一幕：农机厂、轴承厂、铸钢厂的招牌不见了，"宁围万向节厂"几个大字赫然而立。

几乎决定了鲁冠球此后创业命运的"万向节"又是何物？这只看上去并不神奇的貌似十字架的东西，是汽车传动轴与驱动轴上的连接器。因为它在旋转中可以任意地变换角度，所以被称为万向节。正是这只看上去并不神奇的万向节，将鲁冠球推上了走向世界的通天大道。他的命运从此与现代汽车大工业紧密相连，并最终成为福特、通用、克莱斯勒等国际巨头的贵客。

当时还是草根创业者的鲁冠球何以能一步登天？选定万向节的那一刻又发生过什么？这成了许多追访者的难解之谜。

1995 年 5 月 15 日，鲁冠球迎来了一位最尊贵的客人——时任中共中央总书记、国家主席江泽民考察万向集团。

走在设备先进的车间里，总书记一边仔细察看，一边向身旁的鲁冠球提了个问题："老鲁，你当时为什么看中了万向节这个产品呢？"

鲁冠球脱口而出："当时选中万向节并不是科学的决策。"

总书记饶有兴趣地扭过头来，谁也不知道老鲁接下去说的是什么。

鲁冠球在车间了解万向节的生产质量

鲁冠球无非是实话实说:"只是当时社会上需要什么我们就生产什么。"

"那么是拍脑袋决策喽。"总书记笑了。

鲁冠球也笑了起来:"是拍脑袋。不过拍脑袋之后,我们还是认真分析了市场的。"

其实,1980年前,鲁冠球生产万向节已经断断续续有5年多,但都属内销的低档货。真正让他痛下决心的,是那一次千里迢迢的首都之行。这也是他第一次来到首都。在他的想象中,那里有一座金灿灿的大宫殿。

硬着头皮,鲁冠球迈进了北京中国汽车工业公司的大门。他可能是第一个敢于迈进那个大院的农民厂长。

北京的老同志颇有素养,与地方上的到底不同,见了他那张皱巴巴的介绍信也没瞧不起。不过关于万向节的生产情况,老同志说,全国此时已经有56家工厂在生产万向节,产品差不多呈现饱和状态了。

鲁冠球感到很失望。快要出门时,老同志随口说了一句话:"目前市场上饱和的万向节,是供应国内汽车生产的。国外进口汽车上所需的万向节技术要求很高,横断面必须平光如镜,磨掉一根头发丝的六分之一就不行了,而且利润又薄,所以许多厂家不愿意生产,也生产不了。"老同志迟疑了片刻,"如果你们愿意试试,那么,无疑是为国家填补了空白,是在为国家作贡献啊。"

鲁冠球听了这话,简直不敢相信自己的耳朵,这可真是天上掉下一个馅饼来了。

他毫不犹豫地说:"行,我们来搞吧。"

这下,要轮到人家老同志不相信自己的耳朵了。

在遥远的南方,在一个不知名的棉花地中的小厂子里,一个关键的决策就在几秒钟内产生了——他们准备大干一场了,他们要造很多大型国有企业都不敢碰的洋人汽车上的万向节了。

"这些农民是怎样办起2000万家企业、解决1亿人的就业问题的?他们如何选择产品?到哪里获得技术诀窍?启动资本从哪里来?是如何取得辉煌成绩的?"新加坡原副总理吴庆瑞在中国沿海考察乡村工业时提出了这些疑问。

吴庆瑞是新加坡执政的人民行动党创始人之一,曾先后担任李光耀内阁的财政部长、副总理,为新加坡经济起飞立下了汗马功劳。20世纪80年代,退职后的他接受邓小平的邀请,正式受聘为中国沿海开发区经济顾问。此后的6年中,吴庆瑞每年两次前来中国考察。令这位毕业于伦敦经济学院的经济学博士最为困惑不解的是,中国浩如烟海的乡村工业"崛起"背后的真相究竟是什么。

最接近"鲁冠球真相"的资深观察者、著名财经作家吴晓波是这样分析的：在浙江，作为一个庞大的群体，随着改革开放之初乡村工业化风暴的来临，广大农民企业家获得最终的成功是一种无法阻挡的必然。但就其中的某一个体而言，从何处出发、往哪里去、能否抵达激动人心的彼岸，则充满太多不可测定的偶然。一句话，他们是真正摸着石头过河。

几乎同时，距离鲁冠球数十公里外的绍兴人也开始摸着石头过河了。

1979年，从浙江省委办公厅下派的沈祖伦被调到绍兴县担任县委书记。这位与鲁冠球一样有着宽阔前额的书记后来官至浙江省省长，属于进取型改革派，口碑甚佳。

绍兴是水乡，是鱼米之乡，农业也是蛮有搞头的。但沈祖伦总觉得必须把眼光放长远些，不想法子解决乡村工业的发展问题，从根本上说农民致富就没有出路。可乡村工业很难从计划经济的盘子中找食，依靠市场求生存又随时可能触碰意识形态的高压线。

沈祖伦决定要动手了。他问当时的县社队企业局局长韩福之："老韩，你怕不怕？"

军队转业的韩福之脖子一梗："你都不怕，我怕什么！"

沈祖伦也提高了嗓门："我把县委书记的帽子捏在手里，一定要把乡镇企业搞上去！"

韩福之至今对那番对话记忆犹新。"沈书记这个人很像列宁，他说最后一句话的时候，我脑子里立即浮现了《列宁在十月》电影中的一个画面。就是列宁激昂地把手一挥，'面包会有的，一切都会有的！'"

方向找准了，可是究竟怎么干心里还是没一点谱。许多人认为绍兴县的特产是黄酒，办酒厂肯定有钱赚。开会时，沈祖伦就号召全县50个公社争取一个公社办一个酒厂。

这时，马上有5个部门拿出红头文件来反对。他们说，黄酒是专卖商品，是由国营厂指定生产的，要经过国家酒类管理机构登记批准。而且，粮食是国家统购统销的。

但沈书记下定了决心，他转身赶回杭州找老上级省委书记铁瑛"开后门"。铁瑛被缠得没办法，就批示说："根据实际情况办。"沈祖伦有了靠山，胆子更大了。酒厂的一些设备要用到锡，这可是国家管制的紧张物资。沈祖伦的老关系又起作用了，他直接跑到省物资局局长的办公室去要，一下子运来了4吨。

在艰难的夹缝之中，经一连串的"灰色"操作之下，50个酒厂全开张了。虽然此后不少酒厂办砸了，撑不下去了，绍兴县的乡镇企业也逐步转向了轻纺产业，并最终摘得"中国纺织第一县"的美名，但颇有些瞎子摸象式的"酒厂事件"，实实在在在为绍兴乡村工业的苏醒打响了关键的第一枪。

1980年，绍兴县就冲上了浙江省乡镇企业排名的榜首。1983年，全县乡镇企业猛增到3300多家，总产值接近20亿元。

回顾乡村工业的萌发，浙江有一个很有意思的现象：在杭嘉湖宁绍等浙北地区，许多像鲁冠球这样的民间草根力量起到了最为关键的"带头人"作用，乡镇工业也因此被定义为所谓的"能人经济"。而不少县市政府官员的强势推动，其功效亦可圈可点，比如说沈祖伦之于绍兴县。

而在温州、台州、金华等浙中南地区，情况就不一样了。这些地区，山更高、地更薄、路更弯，教育水平有限，能人也少。穷山恶水的无奈，又不能奢望来自政府的"温暖的大手"的帮助。没有成批的"能人"、没有厚实的"靠山"，吃饱肚子的生存本能逼得那里成群的农民还是得不顾死活地往前冲。于是，当年发生于浙中南地区的乡村工业最初的革命，更像是一场无组织、无纪律的农民暴动——男女老少齐上阵，翻墙钻洞，各显神通。

这就意味着，那一场革命更加躁动无序，更加艰辛，也更加具有摧毁一切的力量。

下面，我们就来说说第一代温州首富叶文贵的故事。

把叶文贵称作第一代温州首富一点都不为过。这位温州苍南县金乡镇的农民早在20世纪80年代初就先后办过5家工厂，办一个火一个，迅速积累的家财至少有上千万元。即使在老板满街跑的温州，当年也少有人敢与他叫板。后来，浙江召开全省首届家庭工业会议，他曾被推举作为预备成立的省家庭工业协会的会长候选人。

严格地说，叶文贵应该归入"能人"之列。但与颇具领袖气度的鲁冠球相比，面庞瘦削、其貌不扬的叶文贵显然缺乏大手一挥定天下的霸王相。我们在他身上能嗅到的更多的是温州商人的狡黠。而叶文贵极善于利用这一点来挖掘商机挣大钱。

1969年，19岁的叶文贵没能逃脱同辈人的命运——被下放黑龙江七台河市一个只有50户人家的山村当知青。望着无边无际的老林子，许多第一次离家的知青号啕大哭。叶文贵却认为天无绝人之路，他的商人本性又忍不住地躁动起来。

叶文贵发现当地烟糖公司的茶叶要卖十六七元一斤，价格高，质量却一般。再一打听，温州来的知青差不多每个人都带了一些茶叶，但是实际上没几个人喜欢喝茶。价格有落差、信息不对称，他觉得自己该下手了。

叶文贵悄悄地从知青那里收购来茶叶，再转手卖给烟糖公司，还煞有介事地说这是杭州产的龙井茶叶。烟糖公司的人又有几个去过天堂杭州？于是就头脑简单地把茶叶按等级照单买入。每位知青起码带了七八斤茶叶，光是温州知青就有 400 多人，叶文贵一口气买下了其中 150 人带来的茶叶。在老家，这样的茶叶一斤顶多卖两元钱左右，叶文贵的收购价翻倍——四元，然后立即抬至每斤八九元卖给烟糖公司。这一圈投机倒把，叶文贵的口袋里至少揣进了几千元。

在黑龙江七台河市当知青的叶文贵掘到了人生"第一桶金"

从东北至温州，倒人参、倒熊胆、倒黑木耳，瘦巴巴的叶知青摇身一变，成了叶老板。"你问我当时有多少钱？"叶文贵几杯酒落肚，话可就多了，"告诉你吧，当年七台河市革委会主任李凤久都常找我去他家喝酒！"

1978 年底，叶文贵回到老家金乡镇。这金乡根本不是金子之乡，人均耕地不足 0.2 亩，人均年收入仅 20 元，以"讨饭之乡"远近闻名。就在叶文贵回乡的前几个月，新任镇委书记到任的当天，金乡人贴出了这样的海报以示欢迎："今晚召开要饭吃、要工做大会，敬请书记莅临指导"。

然而，没过多久，叶文贵发现一切都变了。

古镇的街头巷尾神速地冒出了 3000 多个家庭小作坊，几乎都是生产铝质校徽和塑料饭菜票。那可真叫是人民战争的汪洋大海：家家户户的厅堂、灶间架起了破旧的机床，哐当哐当的金属切割声、后院母猪哼哼叽叽的拱槽声此起彼伏。一个人口不过数万的小镇竟有 1.2 万人先后模仿、跟进，卷入雷同的小商品生产领域，还有约 7000 名金乡人游走全国，接订单、做推销。

为了扩大业务量，金乡人盯上了 3 分钱一张邮票的信函。叶文贵被自己看到的场面吓了一大跳："当时，金乡邮电局的门口每天都挤满了人，大家都把业务信装进麻袋，挑着箩筐去寄信。交邮费的时候由于来不及点数，就把信件放在秤上称,然后按每斤多少封信来缴钱。"

据统计,1980年,金乡邮电局最多一天发出业务信52万封,一个月至少报废十几只邮戳,全国每家企业平均每周至少收到来自金乡的一封业务信。由于发信、拆阅信件、写回信等挺费工夫,镇上很快就出现了不少负责写信、封口、贴邮票、送信至邮局盖戳等工序的专业户。小学以上文化,且能写得一手好字的,只要帮别人在信封上写上地址和收信人,一个月就能赚到100多元。

脑瓜灵光的叶文贵知道,自己这辈子最大的发财机会就在眼前。金乡做铝质徽章的小作坊都要用到铝材,却没有人搞铝加工。早已在东北掘得第一桶金的叶文贵决定投资轧铝厂。

没料想,麻烦也来了。办轧铝厂要征得镇上的同意并刻一个公章,否则出门谈生意连住招待所都难。可是,分管工业的副镇长黑着脸伸出一只手:

"先交一笔管理费再说。"

"厂子还没影,哪来的钱呀?"

副镇长一听火大了,啪啪拍起了桌子。钻过东北老林子、见过黑瞎子的叶文贵也火大了,拍得比他更响。僵持之下,叶文贵托人疏通,书记和镇长发话,叶文贵这才拿到了厂子的"出生证"。

继轧铝厂之后,叶文贵又接连开办了高频机厂、压延薄膜厂、微机仪器厂、铝箔厂。生意倒是一天比一天红火,可是来自一些政府官员的白眼、拿捏也没少过。

有一次,温州市委书记董朝才到苍南县调研,拍着叶文贵的肩膀说:"我们各级政府对民营企业的发展都是很支持的。"窝了一肚子火的叶文贵发飙了,和董朝才当面争辩起来,还列举了不少"罪证",搞得站在一旁的县长刘晓骅一脸尴尬。

"董书记还是好官。"叶文贵回忆那天的情景时颇为感慨,"最后他笑着说不与我争论了,吃饭时还认罚了好几盅酒。"

几年以后,叶文贵成了温州首富。"讨饭之乡"金乡也真的成了金子之乡,一个镇生产的铝质徽标和硬塑料片就瓜分了全国50%的市场,学生证、自行车证、户口簿以及各种书籍、笔记本封面的塑料膜制品市场也随后落入金乡农民企业的囊中。

由南至北,起点不同、方式各异,浙江乡村工业的第一浪风生水起。1984年春,中共中央、国务院批转了农牧渔业部《关于开创社队企业新局面的报告》,是为中共中央四号文件。从此,社队企业这个名称在中国的文件和媒体上消失了,取而代之的则是"乡镇企业"这个崭新的称号。

这一年,21 岁的南存辉用辛苦多年修鞋积攒的 1.5 万元,与胡成中一起合伙创办了求精开关厂,正式开始了这位温州新首富的漫漫商旅;

这一年,"汽车疯子"李书福向父亲借了 4000 块钱,开办了自己的第一家冰箱厂;

这一年,广厦控股公司董事局主席楼忠福被东阳县吴宁镇工办宣布任命为县城关建筑公司经理,中国"第一包工头"从此扬帆起航。

刀尖上的舞蹈

浙江商人肯吃苦,这早已成为一种共识。在一片赞誉声中,最为传神、传播也最广的评价是所谓的"四千精神":走遍千山万水,讲尽千言万语,想尽千方百计,历尽千辛万苦。

"事实上,还应该再添上一句:尝尽千生万死。"20 世纪 80 年代,新华社驻温州首席记者陈坚发曾向我叙述了如下故事。这可能是 1978—1984 年间浙江商人所遭遇的最血腥的一幕,但肯定不会是唯一的一幕——

急电。来自北京的急电。

收电单位:温州市公安局。

发报时间:1981 年某月某日。

温州市公安局副局长老叶虽然是老公安了,亲自处理过许多血淋淋的凶杀案,但他还是被眼前的电文内容震惊了:北京市西单发生一起罕见的杀人碎尸案。经初步侦查,被害两人的年龄均为 16 岁左右,男性,可能系你市永嘉县江北乡人,请速查核电告。

老叶感到头皮发麻,一阵阵血直往上涌。他拿起了无线报话筒。

温州街头,警车呼啸。

夏日的炙热,隐隐透出一股逼人的寒气。闹市上熙来攘往的行人,只是向鸣鸣鸣响的警车投去好奇的一瞥。

5 个小时后,电文的内容被证实:确有此两人,系孪生兄弟,15 岁,姓名黄晓凡、黄晓林。一个半月前外出推销纽扣,至今无音讯。体貌特征如下……

急电。来自古都西安。

收电单位:温州市公安局。

发报时间:1983 年某月某日。

电文告:近日,本市破获一起特大谋财杀人案。犯罪嫌疑人系一私人旅馆店主。据旁证及犯罪嫌疑人口供,三个被害人是你市鹿城区个体商贩叶××(女,

19岁左右)、平阳县塘下区村民高××(女,16岁)、郑××(女,21岁)。请速协助查实……

根据事后进一步的调查,北京西单杀人碎尸案的具体案情,是永嘉黄氏兄弟因推销纽扣时发生纠纷而遭杀害,直到有人在犯罪嫌疑人的内院发现了残余尸块,案件才败露。也许是案情过于残忍血腥,此案从未见诸媒体报道。

我们不妨假设,如果永嘉黄氏兄弟没有被杀碎尸,如果三位年轻的女商贩没有死于非命,几十年后,他们(她们)也许同样会成为百万甚至千万富豪,成为社会主义市场经济的成功人士。然而,他们就这样消失了,消失得无影无踪。我们总是容易记住最后的胜利者,却往往忽视胜利者背后无名者的碑铭。这也许是一个时代进步必须付出的代价。

据统计,当年,仅温州一地背负致富梦想跋涉于全国的供销员就超过30万。他们中间,有多少人死于歹人屠刀、死于飞来车祸、死于精疲力竭,我们不知道。

除了不可预知的生命的消逝,等待他们的还有无法逃避的精神磨难。对于他们中的大多数人来说,这种磨难更加残酷,更加沉重。

用乍暖还寒来形容1978—1984年中国改革的气候特征,是再确切不过了。1982年,中共中央一号文件下发,农村联产承包责任制得到方向性肯定,成为不可动摇的改革成果。除此之外,很多都不确定。要解放思想,要大胆改革,这是容易明确的原则。但怎样的思想必须被解放?什么领域必须被改革?不知道,没有可以比照的先例,扑面而来的都是新事物。随着政治气候的阴晴不定,判断的标准和结论随时可能截然相反。

1982年1月11日,中共中央发出《紧急通知》;同年4月13日,中共中央、国务院作出《关于打击经济领域中严重犯罪活动的决定》,要求坚决打击"走私贩私、贪污受贿、投机诈骗、盗窃国家和集体财产等严重犯罪活动"。这类犯罪活动如何处理,文件的语气十分严厉:"对严重破坏经济的罪犯,不管是什么人,不管他属于哪个单位,不论他的职务高低,都要铁面无私,执法如山,不允许有丝毫例外,更不允许任何人袒护、说情、包庇。如有违反,一律要追究责任。"

文件出台的背景是,多年的管制出现松动,社队企业肆无忌惮地与国有经济抢资源、抢市场,个体私营企业四处出击"挖墙脚",民间贩运异常活跃。担心、忧虑、指责,天平又开始向另一端倾斜。

显然,政策收紧了,刚刚呼吸到自由空气的浙江商人们的心又被拎了起来。他们警惕地观望着,成了一群张皇失措的惊弓之鸟。

吴来根（化名）就是这样一只惊弓之鸟，而且是自投罗网的惊弓之鸟。

37岁的吴来根是国有杭州啤酒厂绍兴麦芽车间的一名普通工人。虽然只是普通工人，人称"小诸葛"的吴来根却颇善交际，路子宽、朋友多。捏着口袋里每月24块零3毛的薪水，他的心思活络起来了。他盯上了紧俏物资的转手倒卖。

后来经绍兴市人民检察院查实，吴来根实际发生的全部犯罪事实如下：

1980年7月至12月，吴来根在绍兴市兰亭林牧场支农期间，为绍兴、萧山、临海等地的社队企业"联系"业务，从外地某纺织工业局购买到涤棉纱1000公斤，厂丝和小绞丝405.25公斤，五级棉纱3414.25公斤，70—150丙纶复丝968.3公斤。"非法获利"3104元，其中吴来根个人实得2057.53元。

由于是托朋友私下悄悄联系，吴来根的"犯罪事实"其实无他人知晓。1982年初，抓人的风声一天紧似一天，吴来根害怕了。2000多块"非法收入"，相当于自己7年的工资！这可不是个小数目，被抓住了该吃多少年官司呀？

彻夜的辗转反侧，吴来根决定自首。4月1日，他给自己认为值得信赖的浙江日报社编辑部写了一封信：

> 我是在经济上犯了罪的人！
>
> 自从全国人大常委会作出了《关于严惩严重破坏经济的罪犯的决定》之后，我每天都看报上登载有关打击经济犯罪活动的报道，使我下决心向政府坦白交代自己以往所犯下的经济上的罪行！
>
> 打击经济犯罪斗争一开始，我就背上了思想包袱，日夜不安，心中感到有亏心之事。我也多次想坦白交代问题，但是怕坦白了得不到宽大处理，怕单位领导知道后把我看死，怕亲属和子女受影响遭歧视。想到这一切，我每天每夜都在进行着激烈的思想斗争。有时，甚至有自杀之念。但是，最后还是党的政策把我召醒，叫我下决心，选择走坦白从宽的道路。现在我的心情是又激动又紧张！
>
> …………
>
> 编辑同志，我切切地盼望能早日得到你们的帮助。我的这些罪行应向哪个政府部门去坦白交代，请速指点我吧。
>
> 我该怎么办？现在就等着你们的指点了！

吴来根的自白信以"一个经济犯罪者写给本报的一封信"为题，于1982年4月8日刊登在《浙江日报》头版头条，并配发评论员文章"改邪归正，莫失良机"。

自白信事件的结果是，4月17日，绍兴市召开从宽处理大会。该市人民检察

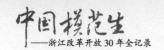

院当众宣布了对主动投案自首、坦白交代的吴来根免予起诉的决定。吴来根则当众痛哭流涕，表示要重新做人。

一个难以证实的说法：吴来根此后回厂里的确规规矩矩做起了工人。但是到 1988 年，有"投机倒把"前科的他又蠢蠢欲动，终于辞职离厂，据说跑到绍兴柯桥轻纺市场摆摊，当上了布老板，真的发了大财。

急风暴雨般的经济整肃持续了差不多一年。据官方统计，到 1982 年底，全国立案各类经济犯罪 16.4 万件，结案 8.6 万件，判刑 3 万人，追缴款项 3.2 亿元。民营经济最早萌动的浙江无疑成为重点严查的省份之一。

吴来根显然只是被这场急风暴雨淋湿的一只小鸟，真正具有标志性意义的，并因此在浙江 30 年改革开放史上留下浓重一笔的是温州"八大王风波"。

市场经济萌发时，三教九流人欢鱼跃，成功者往往被尊奉为"大王"。温州乐清县柳市镇的"八大王"正是这样一拨流通领域的出类拔萃者。他们经营的无非是螺丝、矿灯、线圈、小五金等商品经济的"针头线脑"，但他们更有眼光，更善于发现市场流通中的最大落差。于是，他们率先富起来了。

1981 年底，浙江省委工作组就已对"八大王"进行了调查。1982 年初，全国性"严厉打击经济领域犯罪活动"的运动开始升温，乐清县委便立即将"八大王"事件列为大案要案加紧查处。大王们此刻发现，瞄上自己的，不仅有羡慕的目光，还有黑洞洞的枪口。

在《温州大爆发》一书作者朱幼棣、陈坚发的笔下，我们读到了"八大王"之首电器大王胡金林的那段不堪回首的往事。

1982 年 7 月，酷暑笼罩着浙南大地。

闷热难熬。男人和孩子光着膀子，只穿一条裤衩。女人们则不停地摇着扇子。街角的狗伸出长长的舌头，喘着粗气。但到了午后，天空迅速聚集起乌云。黄昏，电闪雷鸣，一场惊心动魄的大暴雨倾盆而下。

这些日子，对胡金林来说，同样是炎热难熬和雷电交加的辰光。

阴云的聚集，是从上年年底开始的。工作组进驻柳市，调查他是否补税。胡金林补缴了 17 个月的税款 6 万余元。1982 年 3 月，他看苗头不对，放下手头正在做的电器生意，携妻子去全国各地旅游，想避一避风头。谁知返回柳市后，发现事态仍在升温。税务部门规定的营业税最初是按 0.35% 征收的，后来连补代罚增加到 6%。据一些知情人透露，还需要再罚一两倍。有关部门已开始整理材料，通知他不得外出，必须随叫随到，等候处理。

胡金林被称为"大王"是当之无愧的。他在电器购销中建立起了相当紧密的关系网。他像注意市场行情那样,紧张地注视着当地政治"气候"的变化。他的"关系网"发挥了作用。有人通知他:被工作组找去谈话的几个"大王"都被扣下了,没有回家。胡金林如坐针毡。黄昏,又有人跑来跟他说:"不行啦,要下大雨啦!"

带着 500 斤粮票、2000 元现金和早已准备好的各种证件,他匆匆出逃。

当夜 12 点,警车呼啸而至。结果,扑了个空。

胡金林从此开始了长达两年多的亡命天涯。

乐清县公安局的通缉令,两次发往全国各地。

上海、哈尔滨、长春、山海关……胡金林辗转于关内关外。在东北的一个城市里,他遇到了几位温州同乡。他们拉他去饭馆喝酒。三两杯落肚,温州同乡嫌菜不好,和服务员吵了起来。胡金林一看,慌了神,连忙劝止。闹出事来就要命了,自己可是个在逃的通缉犯!

第二天,胡金林便仓皇离开这里。不能再和老乡搅在一起了。他躲进了夹皮沟,这正是《林海雪原》中描述的那条东北大山中的山沟……

胡金林出逃后,他家的几个兄弟也陆续逃出去避风头。16 岁的小弟胡荣林在上海码头被抓获,押回温州。从温州到乐清的路上,经过白象镇,恰逢集市,车被堵。胡荣林趁人不备,跳窗逃命。

屋外,飘着纷纷扬扬的大雪。

在这些提心吊胆的日日夜夜,胡金林不止一遍地审视自己:变国有企业的积压产品为畅销品,为国家挽回了不少损失,这怎么倒成了犯罪?没有杀人抢劫,没有贪污诈骗,就算不上犯罪!

1985 年 1 月 15 日,悄悄潜回老家过春节的胡金林还是被关进了监狱。

当天,乐清县广播站向全县广播了这一消息:"全国经济要犯、'八大王'之首胡金林被抓获归案……"

66 天的监狱生活,胡金林终身难忘。

《温州大爆发》一书没有记录柳市其他 7 个同样被定为重大经济犯罪分子的"大王"的命运,但他们并不比胡金林好多少。

"矿灯大王"程步青,1982 年遭逮捕时仅 22 岁。几天后,县里召开公审大会,他被五花大绑押上台,判了 4 年徒刑,成为各位"大王"中量刑最重的一位。

"螺丝大王"刘大源是最侥幸的。1982 年夏的一天早晨,他穿着背心短裤到街上转悠。街上居然一夜之间贴满了"坦白从宽、抗拒从严"等暗藏杀机的标语。刘大源心惊肉跳,一回头,猛发现有两人在盯梢,他偏身一脚跨进了街边的供销社。瞅个空当,又钻进了小巷。回到家取了 7 万多元钱后去了河边,穿着背心短裤,失魂落魄的刘大源跳上一条机动小木船,直奔县城。当地的朋友给了他衣服,为他买了车票。3天后,刘大源流着泪远走异乡。凭着多年跑码头的经验,他东躲西藏,成了唯一没有坐牢的"大王"。

唯一侥幸逃脱未坐过牢的"螺丝大王"刘大源

需要补充交代的是"八大王"的准确名单。

根据《经济观察报》资深记者仲伟志找到的一份日期为1984年6月14日,由浙江省打击经济领域犯罪活动联席会议办公室印行的"情况简报","八大王"的名单为:"电器大王"胡金林、"矿灯大王"程步青、"螺丝大王"刘大源、"目录大王"叶建华、"线圈大王"郑祥青、"旧货大王"王迈仟、"翻砂大王"吴师濂、"胶木大王"陈银松。

而另外一份广泛流传的名单则是:"电器大王"胡金林、"矿灯大王"程步青、"螺丝大王"刘大源、"目录大王"叶建华、"线圈大王"郑祥青、"旧货大王"王迈仟、"合同大王"李方平、"机电大王"郑元忠。

两份名单的差别在于,"翻砂大王"吴师濂、"胶木大王"陈银松,与"合同大王"李方平、"机电大王"郑元忠。那么,究竟哪两位不在"八大王"之列?

我曾费尽周折寻访了一位当年乐清县委工作组的当事人。他分析称,其实,当年严查、批捕了一批柳市购销大户,并没有明确所指,人数也肯定超过8位。所谓"八大王"是以后才有的形象的概括。这可能是比较让人信服的解释。

雨。转阴,又转晴。

1984年,中共中央第三个"一号文件"明确指出:供销员是流通领域的一支重要力量,而且对农村商品生产的发展起着重要作用。供销员是农村发展生产的催化剂,是国有商业和合作商业所代替不了的,应该得到大家的肯定和支持。

此前两年,"八大王风波"一直如同一片乌云笼罩在温州的上空。1980年温州市工业的增速已高达31.5%,到1982年却下滑为-1.7%,其后几年亦徘徊不前。时任温州市委书记袁芳烈深深感到,"八大王"案不翻,搞活温州经济就无望。

又一个联合调查组出发了。对全部案卷进行了复查,再三了解取证,结论是:除一些轻微的偷税漏税外,"八大王"的所作所为基本符合中央精神。

很快,"八大王"全部平反,无罪释放,收缴的财物从国库拨出如数归还。

2008年2月20日一个温暖的下午,"八大王风波"发生整整26年后,八大王"中的6位应柳市镇政府之邀,参加纪念改革开放30周年座谈会。当年的"大王"中,仅有"机电大王"郑元忠仍颇有气候。做低压电器出身的他创建了著名的西服品牌"庄吉",并于1998年改革开放20周年时被评为"温州改革十大风云人物"。其他"大王"历经磨难后大多已一蹶不振。

座谈会上,遥想当年风云,"螺丝大王"刘大源幽幽地冒出一句:"那,都是过去的事了。"

走私狂潮

按照辞典的标准解释,走私,指个人或者机构故意违反政府海关法规,逃避海关监管,通过各种方式运送违禁品进出口或者偷逃关税,并且情节严重的犯罪行为。

毫无疑问,走私就是犯罪。

当改革春江初暖之时,在浙江沿海尤其是南部改革涌动最为活跃的温州、台州地区,走私黑潮汹涌澎湃,出现了大范围泛滥之势。

走私,成为解读浙江改革史的第一页颇显尴尬、却又无法躲闪的灰色片段。

1981年2月,广东、福建、浙江三省在福州召开东南沿海三省第一次打击走私工作会议。同年7月6日至15日,国务院再次召开东南沿海三省第二次打击走私工作会议。8月3日,转发了《会议纪要》。中共中央、国务院的批语极为严厉:自去年以来,广东、福建、浙江三省沿海地区走私活动猖獗,并波及全国许多地区。走私之所以发展到泛滥的地步,主要是由于有些地方领导干部对走私的危害性和打击走私的必要性认识不足,加上我们的一些管理制度不严,思想政

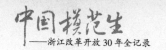

治工作薄弱,给走私分子内外勾结以可乘之机。我国实行对外开放政策,走私和反走私的斗争将长期存在。这种斗争,不仅是经济斗争,而且是政治斗争,是现阶段阶级斗争的一种表现。

浙江沿海的走私风潮主要集中在温州及相邻的台州。1981年下半年达到高潮的走私"大雪崩",席卷了温州苍南、平阳、瑞安、永嘉、乐清、瓯海、鹿城等7个县区。其中走私狂潮泛滥的有12个区、24个乡,几乎覆盖此后温州商品经济最为繁荣的乐清柳市,苍南的金乡、宜山、钱库,平阳的鳌江等地。全市大小走私市场达17个,其中每天客流万人以上的超级市场有乐清柳市的里垟、苍南的林家院和关尾洋3个,当时号称"台湾有基隆、香港有九龙、温州有里垟"。

据温州市打击走私领导小组不完全统计,仅1981年这一年,就在海上查获走私船107艘,私货价值1100万元。缴获的主要走私物品有录音机9644台、电视机210台、手表24万只、尼龙布72万米、银元2.3万枚、黄金1681克……在陆上还查获贩私案件和黄金贩卖案件9589起,银元4万枚、黄金2700克、手表1.6万块、录音机3279台……最大的几个走私市场受到多次冲击后才逐渐转入地下,最终销声匿迹。

浙江海岸线总长6486.24公里,其中大陆海岸线长2200公里,面积500平方米以上的岛屿有3061个,是中国海岸线最长、岛屿最多的省份。浙江天然的地理位置决定了走私产生的必然性。

北宋开宝年间,杭州、明州(今宁波)始设专管海外贸易的市舶司。浙江有史料记载的最早的走私活动亦由此发端。自此降1000年,浙江沿海的走私活动此起彼伏,尤以明嘉靖年间倭寇骚乱时期最盛。

关于倭寇,20世纪90年代出版的权威辞书《中国历史大辞典》的定义是:明时骚扰中国沿海一带的日本海盗。抗倭,也使得浙江总督胡宗宪麾下的戚继光和"戚家军"名垂青史。

近年史学界的研究成果显示,将倭寇简单定义为日本海盗的传统概念并不确切。比较一致的新解为:明代中叶时,前期之倭寇是"真倭",主要由日本浪人组成;后期则大多数是"从倭",即参与倭寇之乱的中国商人。他们以武装海上走私为手段,真正目的在于牟取巨额的商业利益,其气焰远超"真倭"。

最出名的"从倭"大首领是安徽歙县人王直(亦称汪直)。作为另类徽商,此人靠贩卖私盐起家,再前往浙江一带沿海从事硫黄、硝石、生丝和棉布等政府禁运物资的武装走私。王直曾先后盘踞在当时的远东贸易中心——浙江舟山六横岛双屿港及定海烈表山烈港,一度垄断了中日海上贸易。在明军的坚决剿杀下,王直移居日本平户(今长崎县),自称"徽王",追随其落户平户、福岛一带的中国商人至少有3000名。明嘉靖三十五年(1556),胡宗宪将依然梦想明政府解除海禁、开放海上贸易的王直诱捕,3年后将其处死。

2005年1月31日晚,安徽歙县境内由日本长崎县福江市政府和一些日本人捐助修建的"王直墓"及其"芳名塔",被浙江丽水学院教师郭伟民等两人砸毁,引起一片哗然。这是后话。

新中国成立后,浙江沿海走私相对平静。1977年,平静再度被打破;1978年,迅速盛行;1980—1981年初,达到顶峰。这一次,狂潮席卷的主要是浙南温州及台州。因为200海里之外,与之一衣带水的就是台湾。起初,多由福建近海转货。不久,满载私货的成群结队的台湾渔船就直接开进了温州瓯江口、台州玉环大麦屿。名表、收录机、计算机、涤纶布、自动伞,商品琳琅满目,市场人声鼎沸。

数据触目惊心。从温州最南端的苍南县巴曹公社的陡门到卢埔公社的林家院,形成的走私市场长达10里。高峰时,每天有13只走私船进港。据当地10个大队调查,当地百姓参与走私贩卖的占94.8%,包括村里的儿童、寡妇几乎无一漏网;党员干部及其家属参与者也占了89.9%。

对于万人空巷、全民走私的"盛况",当时的媒体做过大量报道。以下这则题为《乡村教师的最后一课》的报道描述得入木三分,极为传神。

吴定法在乐清县三山乡滨海的村办小学教书已四五年,多次被评为优秀教师。对一个有文化的农村青年来说,没有什么比教书更体面的了。

那年夏天,走私的风刮到村里,吴定法的想法终于变了。"一次走私走成功,可抵种田300工。"他对这句顺口溜的认同感越来越深刻。

每次走私船一到港,他这个文化人就被请去帮忙记账。忙活完了,都能分到点私货作酬劳。有时是几块电子表,有时是几把折叠伞。他不好意思自己到市场上去卖,就让别人代售,一次就有几十、上百的进账。

"那些连字都不认识的人也发大财了,凭什么?"这个念头烧灼得吴定法心神难安。

他教的班上有40多个学生。半个月后,座位空了十几个。他心里清楚这些请假说生病或在家带弟妹的孩子去了哪里。

一天清晨,吴法定夹着讲义走进教室。上课的铃声响过很久了,空荡荡的教室里却只有5个学生。也不知道哪个捣蛋鬼在黑板上画了个大大的"蛤蟆镜"和一块手表。

"老师,今天上哪一课?"

呆呆地,吴定法想起了法国作家都德脍炙人口的名著。他拿起粉笔,在黑板上的"蛤蟆镜"旁边龙飞凤舞地写了一行字:最后一课!

"最后一课在哪一页啊?"

吴定法昂起头,用前所未有的坚定口吻大声说:"同学们都比老师清楚——做生意!"

最后几个学生欢呼着立即没了踪影。在吴定法收拾好讲义,正准备锁门离开时,发现左边第二排还有个女孩子。她叫赵丽萍,是班上最用功的学生:"老师,什么时候再上课呢?"

吴定法甚至不敢多看一眼这个孩子的眼神:"等通知吧。"

不久,学校里其他班级也全停课了。吴定法在私货市场上占了一个摊位卖起了涤纶布,生意不错。一天,摊前围着买布的人少了些。他突然听到一个久违的声音:"老师。"定睛一看,竟然是赵丽萍。只见她胸前挂着七八块手表,正缠着两个外地人讨价还价,一脸的汗水。

几个月就变了个人样了,练出来了。将来可了不得!吴定法心里猛地一惊,不知是欣喜还是愧疚。

浙江南部沿海1980年前后走私的大泛滥并非偶然。

十一届三中全会以后,开放已经成为与改革同样重要的命题,闭关锁国的传统思维逐渐瓦解。但毕竟近30年中中国人与世界隔绝,开放什么?怎么开放?风险之大,足以让所有人手心冒汗。

此外,还有一个具体背景。

1979年元旦,全国人大常务委员会发表了《告台湾同胞书》,首次明确提出:希望尽快实现祖国大陆和台湾地区的通邮、通航、通商,以及经济、科学、文化、体育等方面的交流。同年6月18日,国务院在第五届全国人民代表大会第二次会议上所作的《政府工作报告》中,再次发出"三通"的呼吁。1981年10月,叶剑英委员长发表了盼望台湾回归祖国、实现和平统一的讲话,即著名的"叶九条"。

"三通"无疑蕴涵着巨大的商机。但只有善意的愿景和原则,而没有具体推进的操作手册。

于是,走私乘虚而入,捷足先登。

以上均只是客观的外部背景,根本的诱因肯定还深藏于肌体之中。

农业联产承包责任制再次点燃了追求自由的火星;人均3分地的严酷现实,逼迫人们必须从土地之外找生路;走出贫困的渴望,从未像今天这般强烈。而不按制度出牌的走私行为,提供了一夜致富的现实可能。走私的日本产东方表售价仅为60元,性能、外观远优于当时国内最好的卖120元的上海牌手表。

不愿试一把?转手一台走私双喇叭三洋牌收录机,利润高达 300 元,相当于一年的工资。干还是不干?

几乎没有人能抵挡如此巨大的诱惑。何况,面对诱惑的是一大群身无分文的浙江农民。

走私犯法了?对不起,他们是农民,绝大部分是文盲或只有小学以下文化水平,身处制度与法律的边缘。谁又能说服他们?有什么比挣钱填饱肚子、养活全家更重要?

走私无疑是犯罪行为。换一种视角看,本质上,走私又是自由贸易的畸形怪胎。走私如同吸毒,有危害,但能让人短时间内极度兴奋。

于是,走私给出了硬币的另一面:部分地区全民参与带来了商品意识的极度扩展;市场交易的膨胀式发育;在外来新颖产品刺激下模仿型制造业的加速;肮脏但巨额的原始资本的积累。这一切,恰恰又是市场经济萌生的肥沃土壤。

无论我们是否愿意面对,走私作为浙江改革开放第一幕大戏的另类插曲,真真切切地发生了,并按其自身逻辑散发出后续效应。

1982 年后,浙江南部的走私活动又出现过几次小高潮。

第一次发生在 1985 年,是由大量免税进口汽车在温州、台州口岸进行倒卖引起的;第二次发生在 1986 年至 1988 年间,由于来料加工合同的迅速增加,"飞料"、"串料"等走私行为抬头;第三次发生在 1990 年,港、澳、台地区的企业在温州、台州关区的海上及陆路大肆走私外烟。

这三次走私活动的规模远不能与 1980 年前后相比,更没有呈现全民走私的迹象。

也正是在这三次走私活动起伏的同时,浙江南部民营经济迎来了全国瞩目的第一轮爆发期。通过诚实劳动、合法经营,一部分人先富起来,在这一区域率先成为了现实。

"偶像"步鑫生

1983 年 9 月的一天下午,新华社浙江分社分管工业报道的记者童宝根走进了地处杭州市梅花碑的浙江省二轻局大楼。这是他多年的职业习惯,有事没事都要抽空去串串门。

聊起报道线索,二轻局办公室主任陆安根试探着对他说,嘉兴海盐县冒出了个海盐衬衫总厂厂长步鑫生,有兴趣可以去看看。"不过,这个人可是个争议人物。"

争议人物往往也是新闻人物。国庆节刚过，童宝根出发了。为了谨慎起见，他带上了盖着新华社大红公章的介绍信，并通过海盐县委办公室"组织联系"，来到了步鑫生的厂子。

童记者和步厂长整整谈了两天。"这个体重只有89斤的小个子男人很有煽动性，精力之旺盛让人不可思议。"25年后，早已退休在家的童宝根向我描述了步鑫生留给他的最深刻的印象。

当时，步鑫生和他的衬衫厂的基本轮廓已经清晰。

海盐县衬衫总厂属城镇集体企业，其前身是1956年组建的缝纫合作社。直至1975年，全厂固定资产仅2万多元，年利润5000元，职工连退休金也领不到。1977年，步鑫生任厂长。这个裁缝出身的精瘦男人很快亮出了火药味十足的一整套改革"撒手锏"：奖金"上不封顶、下不保底"，大锅饭没了；慵懒的职工将被毫不手软予以辞退，铁饭碗砸了。于是，虽然骂声不断，但厂子的效益却越骂越好了。

不喜欢循规蹈矩的步鑫生出手招招劲爆，十分抓人眼球。当时，海盐县委、县政府只有一辆北京吉普，而他们厂用来接送客户的小轿车就有5辆；步鑫生常常坐飞机去外地参加订货会，这在当年是县团级领导才能享受的待遇；厂里有厂标、厂徽、厂服、厂歌，还举办一年一度的厂庆；还有全国服装企业第一支具有专业水平的时装表演队，漂亮姑娘一大把。

精彩！争议人物果然是个新闻人物。职业敏感性很强的童宝根觉得抓到了条"大鱼"，题为《一个有独创精神的厂长》的调查报告很快完稿。但毕竟内容"太冲"，他决定还是先尝试着发新华社内参，并且是阅读层次最高的《国内动态清样》。同时，他在稿件的最后也客观地列举了步鑫生被反映最多的三方面问题。

11月5日，内参刊用，但反映步鑫生问题的内容被删去。当日，时任中共中央总书记的胡耀邦从成堆的"内参"中注意到了特点鲜明的"问题人物"步鑫生，并写下了一段批示："海盐县衬衫总厂厂长步鑫生解放思想，大胆改革，努力创新的精神值得提倡。对于那些工作松松垮垮，长期安于当外行，做一天和尚撞一天钟的企业领导干部来讲，步鑫生的经验应当是一剂治病的良药。"

10天后，新华社把根据这篇内参改写的长篇通讯向全国发了通稿，胡耀邦的批示则作为了该通讯的"编者按"。各地所有党报都在头版甚至头条予以了登载。

"这篇报道让步鑫生出了名，但还远远不是后来那样的'超级典型'。"童宝根回忆说，"《工人日报》的又一篇内参起了转折性的助推作用。"

以下的事件颇具戏剧性。

同年7月7日，习惯于独往独来的步鑫生擅自改组厂工会。他宣布原工会副主席赵荣华为主席,一名原副主席留任,并指定另一名原副主席和3名职工为工会委员。原工会主席冯织绢的职务实际上被非法撤销。当时,冯织绢和赵荣华都不在场。事后,赵荣华认为这是违反工会组织原则和职工意愿的,坚决拒绝出任厂工会主席。步鑫生岂能容忍如此"不识抬举,有损威严"的行为?

12月8日,步鑫生再度召开全厂职工大会,宣布撤销赵荣华的一切职务,开除公职,留厂察看两年,工资降一级。赵荣华的妻子、同厂职工刘培英被株连辞退。赵荣华坚决不服,遂向海盐县委和上级工会申诉。12月9日,遭遇"顽强抵抗"的步鑫生一不做二不休,将处理决定升级为"不作留用,立即开除"。此后,在强大的压力下,步鑫生勉强恢复了赵荣华的厂籍,但把他下放到车间劳动,不同意恢复赵的一切职务及其妻子的工作,并扣发赵荣华的部分工资和奖金。赵荣华忍无可忍,被迫挥泪离去,自谋生路。

就在赵荣华事件发生前夕的10月18日至29日,在北京召开的中国工会第十次代表大会通过了《中国工会章程》,保护职工权益被提到新的高度。连工会主席都敢撤的步鑫生无疑被斥责为"胆大妄为"。

《工人日报》驻浙江记者立即抓住赵荣华事件,向全国总工会发了题为《我们需要什么样的独创精神》的内参,"揭露"了步鑫生无视工人阶级权益的14条罪状,其中包括"收买记者、自我吹捧"。

截然相反的事实,引起了胡耀邦的高度重视,他批示要求新华社会同浙江省委对步鑫生再作深入调查。

1984年春节期间,联合调查组冒着大雪深入海盐。随后由浙江省委提交中央的调查报告称,改革需要具备大胆创新精神的人去推动。这些人有的跑过码头,敢作敢为,但也存在这样或那样的毛病。对他们不应苛求,要善于引导——步鑫生得到了充分肯定。

胡耀邦在该调查报告上第三次作出批示:"抓住这个指引人们向上的活榜样,对干部进行十一届三中全会以来党的路线、方针、政策的教育,统一思想,推动经济建设和整党工作。"

这已经不再是一位创新型优秀厂长的问题了。在中国,"榜样"有着极特殊的内涵,何况又和整党工作联系在一起。1984年2月26日,新华社再次播发"调查报告"全国通稿,大力倡导步鑫生的"改革创新精神",并由"中共中央整党工作指导委员会办公室"配发上千字的长篇按语。

政治嗅觉灵敏的全国各地无数媒体"闻风而动",掀起一股"向步鑫生学习"的狂潮。从1984年3月9日到4月15日,仅新华社就播发了关于步鑫生的27篇报道,共计3万多字。时任新华社社长的穆青事后说,全国宣传步鑫生的广度

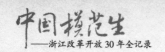

和力度,仅次于当年对焦裕禄、雷锋的宣传。他被全国政协选为"特邀委员",他用过的裁布剪刀被收入中国历史博物馆。

"向步鑫生学习"的热度陡然升温,实在是暗合了特殊背景、特殊需要。20世纪80年代初,农业联产承包责任制取得了巨大成功,改革重点逐渐向城市转移,以扩大企业自主权、推行厂长负责制为主要内容的第一轮高潮初现。但很快,经济迅速过热。同时,民营企业、民间流通抬头,"倒爷"横行,活跃伴随着"混乱"。中央开始了两年治理整顿,并严厉打击"经济领域犯罪活动",国内气氛沉闷异常。

此时,迫切需要一位晴天炸雷式的破局者。冒冒失失、浑身长刺的步鑫生恰到好处地出现了,他的种种"缺点",正是打破改革僵局的有力武器。这样,他不红都不行。

中国人对"榜样"历来有解不开的膜拜情结。潮水般从全国各地涌来的参观取经者几乎堵塞了通往海盐县城武原镇的狭窄的沙石路,最多时一天竟达数万人。有关方面甚至规定:"只有师、局级以上的人才能面见步鑫生本人,其他人一律听录音。"步鑫生不无得意地幽默了一把:"干脆将我弄到动物园让大家买票参观算了!"

前来"参观学习"的人潮中,在一辆不起眼的面包车里,坐着兴冲冲而来的鲁冠球。1984年5月,揣着两张《人民日报》,鲁冠球带着他的部下开进了海盐城。

厂门口,已经挤满了焦急地等待接见的参观者。鲁冠球的面包车理所当然被门卫拦下:"步厂长今天很忙。"几番交涉,门卫松口了,"要不,你们开着车子绕厂区一圈吧。呼吸这里的空气,也算是学习过了。"

幸好,从厂里走出两位和鲁冠球熟悉的《浙江日报》记者。引见之下,步鑫生皱着眉头一摆手:"那就见见吧。"

一个偌大的会客室。见面,握手,坐定。一方是诚惶诚恐,一方是趾高气盛。"要改革啊。现在,国有企业如猪,要靠人家喂;我们集体企业如鸡,好的时候有人撒一把米给你,糟的时候就得自己找食吃;你们乡镇企业如狗,从来就是天生地养……"

在回来的路上,鲁冠球脑子里一直有一个疑问:"步厂长整天这样谈改革,到底还有多少时间干改革?"

在一轮参观考察风潮之后,步鑫生的光环越来越令人敬畏。他开始被赞誉为"中国城市经济体制改革的先行者",如何看待步鑫生与如何看待改革者画上了等号。步鑫生多次对虔诚的参观者表示,我是改革厂长,中央给予肯定的。支持我就是支持改革,反对我就是反对改革,这是两条路线的斗争!"现在的我已不属于我个人了,我要对中央、对胡耀邦同志负责。"

他神采飞扬地出发了,受邀到全国各地的工厂、学校、机关、剧团甚至军队巡回演讲。话题不再局限于小儿科的企业管理,而是关于改革的大趋势、关于开放的宏观思考:《谈谈对城市改革的看法》《谈当前改革中的若干问题》……他陶醉于掌声,享受着别人投来的崇敬的目光。

全国巡回演讲的步鑫生

既然是"全国最知名的改革厂长"了,经营上就得大手笔。步鑫生的大跃进开始了。

当时,中国"西装热"风头正劲,穿西装甚至成了改革者必备的行头。步鑫生决定办西装分厂,最初的想法是投资 18 万美元,年产 8 万套。但是,所有的人都热烈地鼓动他要建就建全国最大规模的。结果,投资与激情一起膨胀起来,转眼变成了 80 万美元,年产 30 万套。设备从日本进口最高档的,外汇由国家轻工部慷慨出借。

现代化的领带生产线、投资 130 万元的印染分厂……一个与"改革厂长"名声相匹配的"一条龙服装生产托拉斯"轰然崛起。然而,辉煌的背后,却是无尽的烦恼:西装分厂项目久拖未成、领带大量积压、资金链断裂。步鑫生发现,自己在无数次报告会上宣讲得精彩四溢的改革经验,好像也不灵光了。

1985 年 3 月,步鑫生以一个"著名改革家"的大度,吃进了上海绿杨领带厂的 13 万条领带,帮助对方"渡过难关"。一年之后,捉襟见肘的步鑫生因无力支付 22 万元货款,不得不第一次站上了被告席。厂里的两辆卡车被法院拉走抵债,无法动销的领带也只得以几毛钱一条的清仓价抵给一位无锡的个体户。

遭受了经营和精神双重打击的步鑫生方寸大乱。情急之下,他甚至宣称,凡武原镇居民,只要每人出资 1000 元,就可以进衬衫总厂当工人。这对当地居民来说,在几年前是想都不敢想的事。

大厦将倾,没有什么救得了步鑫生。到 1987 年 11 月,海盐衬衫总厂的负债总额已达 1014.46 万元,亏损 268.84 万元,而全厂的资产总额仅 1007.03 万元。资不抵债,实际上已经破产。1988 年 1 月,浙江省委调查组到厂里做民意调查,

96%的职工表示,曾经被他们尊称为"先生"的步鑫生不能胜任其职。

同年1月16日上午,上级领导来到衬衫总厂,宣布免去步鑫生厂长职务,并通知其去县二轻公司报到,另行分配工作。陡然跌落谷底的步鑫生发出了无奈的最后一击:"我步鑫生是忠臣,我有什么错?你们搞莫须有!"

全国媒体蜂拥而上,只是这一次步鑫生已经成为一颗划向黑夜的流星。《人民日报》在头版显著位置刊发的稿件标题很长,每一个字都让他冷到刺骨:《粗暴专横、讳疾忌医,步鑫生被免职 债台高筑的海盐衬衫总厂正招聘经营者》。文章下的是结论式断语:"步鑫生在成绩、荣誉面前不能自持,骄傲自满、粗暴专横。特别是不重视学习党的方针政策,现代化管理知识贫乏,导致企业管理紊乱,亏损严重,资不抵债……步鑫生讳病忌医,至今仍不觉悟,辜负了党和人民的期望。"

童宝根与同事陈坚发也采写了总结反思步鑫生现象的长篇通讯《步鑫生沉浮录》。步鑫生对此耿耿于怀,他甚至放出话:"成也童宝根,败也童宝根。"

"步鑫生效应"对当时中国改革的推动作用显而易见。几年后,如日中天的河北马胜利就宣称:"我是学了步鑫生的事迹才搞起改革来的。"鲁冠球也曾表示:"走改革之路,走步鑫生之路,才能搞好我们的企业!"

"但将这个典型挖掘出来后,铺天盖地的报道越来越过火,报纸上的那个人已经不是步鑫生了,而是一个神。"童宝根说,他在与《人民日报》记者金凤聊天时得知,有一次,薄一波很不满地告诉金凤:"你们这样捧,会把步鑫生捧死的。"

时势造英雄,也同样能制造悲剧人物。童宝根认为,从起始到终结,媒体的作用仅仅是推波助澜而已。决定性的因素,还是媒体与步鑫生本人均难以左右的无比炙热的时代需求。很长一段时间,民营经济萌发对改革进程的价值并未充分显现,直到1987年,邓小平才表示:"我们完全没有预料到的最大的收获,就是乡镇企业发展起来了。"[①]当时,从中央到浙江地方,仍将城市经济改革的巨大希望寄托于国有及城镇集体企业的突破。从某种意义上而言,步鑫生类似于城市经济改革的"小岗村",他的治厂之道本身并不神奇,但正是在这一"巨大希望"的催化下变成了神话。被无限放大的极致化的偶像背后,是必然的衰败。

与"偶像"步鑫生的诞生相关联的一个事实是,1984年,浙江省企业管理协会、浙江省厂长研究会、浙江人民广播电台进行了浙江省"万人赞"厂长评选。这是浙江省第一次有影响的有关企业家——在当时仅称作企业经营者——的

---

① 《邓小平文选》第三卷,人民出版社1993年版,第238页。

评选。共有 10 人当选,步鑫生以 54300 票高居榜首,以产品"青春宝"名扬海外的胡庆余堂关门学徒、杭州中药二厂厂长冯根生居第二,鲁冠球以 43000 票居第三。

步鑫生、冯根生、鲁冠球,一个城镇集体企业的裁缝、一个国有企业的药徒、一个乡镇企业的打铁匠,这三位影响了浙江企业 30 年走向的企业家代表各自的"所有制成分",当年在杭州人民大会堂召开的经验介绍大会上所作的报告题目都是同一个:"我是怎样以改革精神办厂的"。

自此,企业家——浙江新生财富阶层的最杰出代表,真正作为一股日渐强大的社会力量,开始走进我们的视野。10 多年后,又汇聚成为"浙商"这一独特的中国商业文化概念。

最后需要叙说一下的是步鑫生的去向。

被免职后一个月,步鑫生没有和任何人告别,黯然离开家乡。先在上海创业;随后北上,承包了北京一家亏损的服装厂;再出关至辽宁盘锦,甚至还漂泊到俄罗斯。

1992 年元月,步鑫生在给鲁冠球的一封信中写道:"尽管我已年过六旬,我还不死心,我别无他求,但愿有机会再出山办厂。能否实现,我自己也难预测。"

1993 年,步鑫生受人之邀,到秦皇岛创办以他的名字命名的步鑫生制衣公司。这成为他实现办厂梦想的最后一站。

2001 年,步鑫生从制衣公司退休。他选择定居在上海,而不是老家海盐。因为那里,会让他想起太多伤心的往事。

"咱们是靠办厂子吃饭的,离开了这一点,真的一钱不值。"夕阳西下时,76 岁的步鑫生一声叹息。

邓小平点将"宁波帮"

1984 年 8 月 1 日,北戴河。

邓小平与当时分管沿海开放工作的中共中央书记处书记、国务委员谷牧共进午餐,并关切地询问当年 5 月刚刚确定的首批 14 个沿海开放城市的进展。

"宁波究竟怎么样?"手里捏着筷子,邓小平突然若有所思地自言自语。

谷牧简要地向他作了汇报。

"宁波的事情好办点,宁波有那么多人在外边,世界上有名的两个船王包玉刚、董浩云都是宁波人。"邓小平显然早已胸有成竹,"把全世界的'宁波帮'都动

邓小平听取谷牧汇报宁波工作

员起来,建设宁波。"①

邓小平还明确表达了两点意见:宁波的民航机场要解决,附近的军用机场可以先拿出来,交地方使用;派时任国家旅游局局长卢绪章去宁波,帮助那里搞好对外开放工作。

这一天,被"宁波帮"视为最重要的日子。

邓小平所说的"宁波帮"古已有之。

公元992年,因"海外杂国,贾船交至",宁波始设市舶司。地处沿海门户,港口资源极为优越的天然禀赋,使宁波商贾云集,商业文明积淀丰厚。明清时期,伴随着民族工商业的兴盛,中国南北渐次崛起以某一地域商人群体为鲜明特征的"十大商帮"。宁波帮即为其一,与极负盛名的徽商、晋商比肩。"宁波帮"从此成为广泛流传的特定名词。

1916年8月23日,孙中山在宁波各界欢迎会上,对"宁波帮"推崇备至:"凡吾国各埠,莫不有甬人事业。即欧洲各国,亦多甬商足迹。其能力与影响之大,固可首屈一指者也。"

1949年5月6日,解放军兵临上海城下,踌躇满志的毛泽东特别交代:"要注意保护'宁波帮'大小资本家的房屋财产,以利我们团结这些资本家在上海与我们合作。"

---

① 王耀成著:《潮涌三江》,宁波出版社1999年版,第23页。

毛泽东的担心是有充分依据的。毫不夸张地说,20世纪40年代的上海,几乎就是宁波人的上海。浙江兴业银行1943年的一份调查报告称:"全国商业资本以上海居首位,上海商业资本以银行居首位,银行商业资本以宁波人居首位。"与上海隔杭州湾相望的"宁波帮",开办了上海第一家钱业公会、第一家中国银行、第一个华人商会、第一家华商证券交易所、第一家汽车出租公司、第一家保险公司、第一家房地产公司;一些宁波人也成为上海第一个买办,成为上海五金大王、颜料大王、棉纱大王、地产大王、娱乐大王。

新中国成立前夕,上海与江浙一带的"十大资本家"中,有9家举家迁徙,或逃亡香港、台湾,或远走异国。其中,至少4家属"宁波帮"或与"宁波帮"有千丝万缕的关联。

毛泽东知道,留住"宁波帮"就能留住中国民族工商业的根。邓小平也知道,重新唤回"宁波帮",宁波乃至中国的对外开放大计就有希望。

"开放"与"改革",是中国30年改革开放史中有着同等分量的关键词。

在邓小平对海外"宁波帮"吹响集结号之前,围绕"开放",已经发生如下重大事件:

1978年12月,中共十一届三中全会首次明确指出,要"在自力更生的基础上积极发展同世界各国平等互利的经济合作,努力采用世界先进技术和先进设备"。对外开放政策一锤定音。

1979年1月17日,邓小平约请胡厥文、胡子昂、荣毅仁等5位工商界泰斗,边吃火锅边发表重要谈话:"现在搞建设,门路要多一点,可以利用外国的资金和技术,华侨、华裔也可以回来办工厂。吸收外资可以采取补偿贸易的方法,也可以搞合营,先选择资金周转快的行业做起。"[1]"五老火锅宴"透露的"开放"信息已极为清晰。

1979年6月18日至7月1日,在北京召开的第五届全国人民代表大会第二次会议,制定、通过了《中外合资经营企业法》。

1979年7月至1981年11月,深圳、珠海、厦门、汕头4个经济特区先后获批。

1984年4月,中共中央、国务院决定,进一步开放首批14个中国沿海城市。

这14个沿海城市中浙江省有两个:宁波和温州。而邓小平之所以对宁波情有独钟,一是因为"宁波帮",二是因为"宁波帮"的带头大哥包玉刚。

---

[1]《邓小平文选》第二卷,人民出版社1994年版,第156页。

1918年11月,包玉刚出生于宁波镇海区钟包村。据中国现存最早的私家藏书楼宁波天一阁珍藏的"镇海横河堰包氏宗谱"记载,他是宋代名臣包拯的第29代嫡系子孙。包玉刚的祖、父两代均长年在湖北汉口经营一家鞋铺,但他初中毕业后并未接手父亲的小作坊,而是一脚踏进了更高层面的金融业。1949年,包玉刚升任上海银行副总经理。当时,战火已烧到了长江北岸,风雨飘摇间,包玉刚决定跟随其他"宁波帮"前辈,惶然离去。3月初,他向国民党政府的上海市市长吴国桢递交了辞呈,携妻女飞赴香港。

从零起步,一路打拼。30年后,包玉刚麾下的环球航运公司已拥有各类船舶210艘,总载重吨位达2079万吨,成为傲视全球航运业的第一船王。

此时,中国大陆改革开放的国门初启。包玉刚透过这一丝缝隙,好奇地张望这片与世界隔绝已久的土地,并逐步与邓小平建立起了令许多人羡慕的"特殊友谊"。

关于包玉刚究竟是何时第一次回大陆并被邓小平接见的,说法不一。香港媒体普遍认为是1978年11月。稍前,仍心怀忐忑的包玉刚给国内发了一份电报,电文大意为"我夫人想见卢绪章夫人"。同样出生于宁波小商人之家的卢绪章,是新中国成立前活跃于国统区的中共地下党员中最富有传奇色彩的人物之一,其夫人与包玉刚夫人黄秀英是表姐妹。包玉刚的投石问路很快有了结果。邓小平请国务院侨办主任廖承志回电表示欢迎。为避人耳目,包玉刚夫妇立即启程,绕道日本前往北京。在凛冽的寒风中,包玉刚与邓小平第一次握手。

随后13年,两位巨人会见10多次。包玉刚成为邓小平会见次数最多的海外商人。

包玉刚是"宁波帮"的代表人物,在全球政商界有着不可低估的号召力。邓小平对此寄予厚望。包玉刚更是不遗余力地为宁波开放、中国开放"跑腿"。

1980年,包玉刚捐赠1000万美元,邓小平批示:"请国家旅游局在北京最好的地方给包玉刚建一个饭店。"1985年10月25日,以包玉刚父亲的名字包兆龙命名的、位于北京三里屯使馆区的五星级兆龙饭店落成,邓小平首次为一个饭店开业剪彩。

几天后的10月29日,包玉刚捐赠2000万美元兴建的宁波大学奠基。邓小平为宁波大学题写校名,代总理万里出席奠基典礼。

11月23日,国务院办公厅又以"国阅〔1985〕80号文件",下发了《关于加快宁波经济开发问题会议纪要》。决定成立"国务院宁波经济开发协调小组",谷牧任组长,包玉刚为顾问,国务院10个部委办主要官员为小组成员。国务院为一个城市的开发专门设立如此重量级的领导和协调机构,这是前所未有的。

有了包玉刚及"国务院协调小组"两台功率强大的"超级发动机"的推进,此

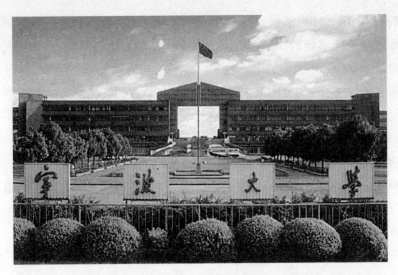

由包玉刚捐赠、邓小平题写校名的宁波大学

后数年,宁波开放与开发速度大大加快:1987 年 2 月,宁波跻身计划单列城市之列;民用栎社机场通航;杭甬高速公路动工;北仑深水良港启动,并迅速崛起为年吞吐集装箱 900 万标箱、吞吐货物总量超 3 亿吨,居世界第四的"东方大港"。

在家乡建一座特大型的北仑钢铁厂,是包玉刚一个未圆的梦。

1978 年,距离宁波 100 多公里的上海宝山钢铁厂已经开工。20 世纪 70 年代末中国第三次从国外大规模引进 22 个项目,而宝钢是其中最大的一个。其一、二期工程总投资达 301.7 亿元人民币,计划年产钢、铁各 600 万吨。但包玉刚认为,宝钢每年要从澳大利亚、巴西、印度等国进口 1000 万吨铁矿石,运输是个大问题,转运成本过高。而宁波有停泊 30 万吨巨轮的北仑深水港,"不建钢铁厂真是可惜"!

邓小平对这一提议表示了支持。经包玉刚大力撮合,1985 年,以英国戴维·麦基公司为首,由英国、联邦德国 10 家设备制造、工程承包公司及香港汇丰银行,共同组成了"宁波工程欧洲财团"。1986 年,在英国女王伊丽莎白访华期间,中方与"欧洲财团"签订了《宁波北仑钢铁厂意向备忘录》。最初的设想是以引进外资为主,建成规模年产 300 万吨成品钢材的北仑钢铁厂。但中欧双方就合资比例一直未达成共识,两年马拉松式的艰难谈判最终搁浅。邓小平表示:"实在不行,就不要勉强了。"

由于包玉刚的坚持,北仑钢铁厂还有过一个年产 60 万吨中型规模的替代方案。1988 年,在召开六次会议后,"国务院宁波经济开发协调小组"撤销。"钢铁梦"亦随之无疾而终。

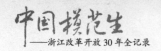

1991 年 9 月 23 日清晨,曾担任香港基本法起草委员会副主任的包玉刚,因突发呼吸系统疾病辞世,时年 73 岁。葬礼上,邓小平给这位"宁波开放大使"敬送了花圈,落款为"生前友好"。

邓小平与包玉刚以开放的中国为纽带的"特殊友谊",使"宁波帮"与宁波的开放开发迅速浮出水面。流散在世界各地的"宁波帮"共有 30 多万人,仅香港一地就达 17 万人,除包玉刚,还有邵逸夫、董浩云和董建华父子、曹光彪、应昌期、王宽诚等,商界名流如云。统计显示,近 30 年,"宁波帮"在家乡的教育、卫生等方面的公益性捐赠就达 10 多亿元,其中,邵逸夫在宁波及中国各地的捐赠总额超过 30 亿元。然而,在中国改革开放前的 20 年内,"宁波帮"在家乡的实业性投资却很少。

在相当一段时期里,面对扩大开放、引进外资的急迫课题,整个浙江均呈现出与宁波同样的窘境。

1980 年 7 月,浙江第一家外商投资企业——与香港地区合资的西湖藤器企业有限公司开建。但此后多年,外资引进仍是浙江难以言说的"短腿"。包括"宁波帮"在内,海外浙江籍人士约 100 万,侨乡主要集中于宁波、温州两地。血浓于水的乡情,并不能代替理性的商业行为。国家投资长期严重不足,造成了浙江的基础设施极为匮乏。"车轮跳、浙江到"一直让浙江人在外商面前羞愧难当;同样,由于国家投资不足,浙江遍地开花的乡村工业起点极低,与外资对接的产业及技术门槛一时难以逾越。

不妨让我们放眼对比。

广东毗邻港澳,巨大的地理优势令其他省区只能望其项背。加上中央率先开放政策的强力助推,使得珠三角在 20 世纪 80 年代即进入外资开发起飞期成为了理所当然的事。

再看江苏南部,地处富庶江南,水陆交通便捷。改革开放之初,社队集体企业积累深厚,与上海的经济技术互动颇有渊源。90 年代后半期,苏南从乡镇集体经济中迅速华丽转身,外资大引进、产业大升级,当属水到渠成。

这一切,对于山清水秀却地瘠人贫的浙江来说,都是无法企及的奢望。

这也同样决定了,在改革开放起步的很长时期内,浙江人只能从市场、所有制以及精神力量等领域率先破题,以大胆改革蓄积可贵的内源性发展动力。这是一条从侧翼杀出的血路。

改革与外资开发比翼高飞,在浙江大抵是 2000 年之后的事。

【浙江改革史档案一】

步鑫生的"忏悔"

在步鑫生当年掀起的种种改革风暴中，最具摧毁力的无疑是"赵荣华事件"。具体缘由及过程，本章"'偶像'步鑫生"一节已有详细描述。步鑫生性格的暴烈及由此引发的对赵荣华的深深伤害，令人叹息。

意料之外的是，步鑫生与赵荣华，两个反目成仇的人，20年后却出现了耐人寻味的历史交集。

2003年10月10日，《海盐日报》全文刊出了步鑫生的一篇回忆文章《我和荣华》。这位当年用一把剪刀剪开了中国企业改革大幕的人，向20年前被"严肃处理"的赵荣华吐露了深藏在他心中的"忏悔"：

> 我在外地有时静下来，会想到他（赵荣华），这种回忆既有好的一面，也有内疚甚至痛心的一面。很明显，当时衬衫总厂职工有目共睹，衬衫总厂能够有较好的业绩，其中赵荣华做出了很大的努力，可以说是功不可没。他们夫妻俩被打击，以致身处逆境，全在我个人的错误决断。虽已时过境迁，但这个问题在我的脑海里永远抹不去，每每想到一个人遭遇不公正处理后的那种心情，愧疚之情油然而生，这就成了平生的一大憾事。

这篇回忆文章刊发前，已经发生过许多事。

1984年冬，背负着巨大的屈辱，工会原主席赵荣华悄然离开了他工作8年的工厂。在距离武原镇西南大约20公里的古镇澉浦，属牛的赵荣华与4位朋友合伙，每人拿出5000元，租用几间生产队废弃的仓库，办起了海盐县特种纤维织造厂。宁折不弯的牛脾气，使赵荣华的厂子越办越红火。

4年后的1988年，赵荣华获得了全国"五一"劳动奖章。同年，他听到了一段步鑫生自嘲的语录："1988年事情多，火车相撞、飞机坠毁、闹洪灾，还有就是——我被免职了。"

从狂躁中冷静下来的生死冤家开始反思。1990年，两人在接受不同媒体采访时，分别表露以下心声。

步鑫生："那是我的错，我的脾气不好。现在想来，那时的做法有点过分了。"

赵荣华："先生这个人，说真的，他有许多地方值得我学习。至于对我的处理，不是我们两个人有什么成见。出现这种情况，主要是他刚愎自用的性格造成的。"

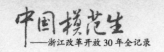

有了这样的自我解剖，之后出现的一幕也就是早晚的事情了。

2001年5月25日，从天津出差回来的赵荣华刚刚在上海浦东机场走下舷梯，手机响了，传来了既熟悉又陌生的步鑫生的声音。他说他人已经到了海盐，很想与赵荣华会面。赵荣华欣然应允。

见面后，两人紧紧握手，良久无言。

次日上午，步鑫生来到赵荣华厂里。2万多平方米厂房，200多名员工，5000万元年产值，一向滔滔不绝的步鑫生沉默了。临走，他喃喃自语："你是我们衬衫总厂出来的人中，干得最好的一个。"

此后，步鑫生多次回到海盐，与赵荣华有过多次的长谈。敞开心扉的笑容，在两个男人的脸上绽放。

一封可以说是写给自己的"忏悔信"，终结了跨越20年的恩怨。

事实上，步鑫生与赵荣华的恩怨并不仅仅是在两个男人之间。中国改革是从一个天一样大的"破"字艰难起步的。面对冰冻三千尺的旧观念、旧思维、旧体制，改革的确需要钢铁般的意志、大无畏的手段。步鑫生恰是那把破题所需的无比锋利的刀。

在改革披荆斩棘、不断奋进的欢呼声背后，必然会有茫然失措的惶恐，会有痛，会有泪，甚至会有血。我们知道，为了收获，我们必须学习忍耐。

但我们更有必要关切地询问，什么是改革的结果？衡量其成功与否的标准，肯定不能只是冰冷的数字、累累的财富。普遍富足之上的身心的和谐，才是我们改革急行军最终应该到达的彼岸。

步鑫生的"忏悔"，让我们触摸到了他内心深处依旧保存的最柔软的部分。这足以让人倍感欣慰。

【浙江改革史档案二】

"小省"浙江

称浙江为"小省"名副其实。全省陆域面积仅10.18万平方公里，在全国仅仅大于宁夏、台湾、海南，居倒数第4位。

就改革发展的角度而言，影响浙江的"小省"因素至少还包含两个方面。

首先是"资源小省"。

浙江的煤炭、原油、铁矿石以及金属矿产等拉动经济增长的自然资源十分匮乏,几乎没有。据《管理世界》杂志刊载的《国民经济新成长阶段的区域问题》一文分析,我国主要自然资源人均拥有量指数,以全国平均数为 100 计,浙江的具体数值是:水资源 89.6,能源 0.5,可利用土地 40,耕地和气候 117.2。在全国各省市区中,浙江自然资源人均拥有量综合指数为 11.5,即只有全国的 11.5%,仅略高于上海及天津,居倒数第 3 位。

再看社会资源,状况亦不乐观。社会资源主要有劳动力资源、科技资源、教育资源、城镇资源、医疗卫生资源等。据上述研究报告,浙江的社会资源在全国居第 16 位,处中等偏下水平。其中劳动力资源中的文化程度,在全国仅居第 20 位。

其次是"国有投资小省"。

资本是现代经济增长的发动机。对一个地区的经济发展来说,投资所具有的乘数效应不言而喻。传统计划经济时期,国家是动员、组织各种资源进行投资的主体,其重点无疑是重工业和国有大中型企业。而浙江地处所谓海防前线,又缺乏发展重工业的原材料支撑,注定将失去国家投资的青睐。因此,很不幸,浙江成为新中国成立以来国家财政投入最少、人均获得国有投资也最少的省份。

据国家统计局《全国各省、自治区、直辖市历史统计资料汇编(1949—1989)》显示,1952—1980 年,浙江全民所有制单位固定资产投资总额为 134.02 亿元,仅占全国同期投资总额的 1.56%,远低于 1978 年时浙江人口占全国3.9%、生产总值占 3.42% 的比重。1953—1978 年,中央对浙江的投资为 77 亿元,人均 410 元,相当于同期全国人均水平的一半。进入改革开放时期后,这一状况仍没有多大改变。1979—1992 年,浙江总计国有单位投资人均为 1723 元,是全国人均水平的 3/4,列各省市区的第 22 位。

于是,浙江改革前行的华山险道,只能依靠最大限度地发掘人的力量、民间的力量、制度变革的力量。最终,浙江成功了。

"资源小省"兼"国有投资小省",这是浙江的不幸。从某种意义来看,又是浙江的"大幸"。

中国搞民主

——浙江改革开放30年全记录

第二部

1985—1991

在神奇中绽放

第三章

温州打开"潘多拉盒"

来到温州,我的大脑皮层出现了自 20 世纪 30 年代搞江村调查后从未有过的刺激与兴奋。

——费孝通:《温州行》

温州模式的横空出世,无疑是浙江 30 年改革开放史中最重大的标志性事件。它的姿态是那么的异端,它的内核是那么的莫测,它的震撼是那么的猛烈,以至于作家丁临一曾发出了与温州传奇同样"疯狂"的断语:

> 请允许我向你们说一句多少有些强加于人的心里话。我不仅自己在爱着温州,爱着温州人,而且我还觉得,20 世纪 80 年代中国的每个真正的儿子都应该热爱温州和温州人,都应该以一种十分独特的、温柔的、迥于寻常的、近乎病态的爱去爱温州和温州人。因为,在今天,只要审视一下某个中国人是如何理解温州和温州人以及他的理解的深浅,便可立即测定和判明那个人在改革中的位置、态度、作用乃至他整个的价值观念、思维方式。也许,还要加上智力发育的程度。

没有一个改革典型,曾像温州那样引起过如此剧烈且持久的激辩。温州模式的内涵到底是什么?究竟只是一种地域性的独特现象还是具有社会主义初级阶段的普遍价值?很长一段时间,缠绕温州的是大雾弥漫,令我们莫衷一是,欲罢不能。

温州宛如鲜活的精灵,在一个仍有些沉闷的清晨,肆无忌惮地轻舞飞扬。

到温州去

在此前两章,我们已经看到了许多不安分的温州人的身影。但在 1978 年至

1984 年间,他们仍属于相当散乱的个体。现在,作为一支杀伤力超强的市场经济农民军团,他们开始异军突起。

1985 年 5 月 12 日《解放日报》头版报样

1985 年 5 月 12 日,《解放日报》头版头条刊发了题为《温州 33 万人从事家庭工业》的长篇报道,并配发评论员文章《温州的启示》。文中指出"温州市农村家庭工业蓬勃兴起,短短几年,创造出令人瞩目的经济奇迹。如今'乡镇工业看苏南,家庭工业看浙南'已为人们公认。温州农村家庭工业的发展道路,被一些经济学家称为广大农村走富裕之路的又一模式——'温州模式'"。温州模式自此与苏南模式、珠江三角洲模式各领风骚。

这是目前有据可查的第一篇将"温州模式"这一概念见诸媒体的报道。

"实际上,此前已有经济学者在小范围研讨会上提出了'温州模式'。但究竟是谁,在什么场合讲的,难以查证了。"采写该篇稿件的《解放日报》记者桑晋泉回忆说。

23 年前的那次采访

给他印象最深的是,温州瑞安市塘下区农民告诉他,当地家家户户都生产编织袋。一台国有厂子淘汰的生产编织袋的旧机器只需 300 多元,而一年所创造的利润超过 1 万元!塘下每年可创产值 1.8 亿元。

"这简直是天文数字。而且创造这个天文数字的竟然是一群第一次摆弄机器的无组织、无纪律的乡巴佬。"祖籍江苏无锡的桑晋泉由此确信,依靠集体经济的苏南模式,并非中国乡村工业化唯一的致富路径。为了揭示温州家庭工业爆发式成长的动因,这篇稿件还首次概括了"四千精神"——走遍千山万水,讲尽千言万语,想尽千方百计,历尽千辛万苦。

为了绕开"雷区",桑晋泉在标题中回避了"温州模式"这一名词,只是在新闻导语的最后和评论的第一段中出现"温州模式"。总编辑陈念云审定了稿件,并很快签发。时任总编辑助理、6 年后因领衔撰写"皇甫平"系列评论名噪全国的周瑞金在安排版面时,决定将这篇文章推上头版头条。

"那时候,'左'的思潮还相当浓郁,《解放日报》做这样的结论式报道应该说还是冒了一定风险的。"陈念云感慨而言。

温州经济的异动引起中央高层的关注,这要从桑晋泉的报道往前推两年。

1983 年 11 月 29 日,全国农村工作会议召开。此次会议的一个重要议程,就是制定出台第三个令人瞩目的中央"一号文件"。杜润生回忆说,前两个"一号文件"着力解决的是农业和农村工商业微观经营主体问题,第三个"一号文件"考虑的是如何发育宏观市场机制。最终,允许农村社会资金自由流动,鼓励加入股份制合作、入股分红,允许农民自理口粮进城镇做工、经商、办企业等内容写进了该文件。

在这次会议上,中共中央书记处书记、国务院副总理万里,对温州苍南县宜山区的再生纺织业大加赞扬,称之使单一的农业生产开始变为农工商综合经营,"展现出生产力充满生机的发展前景"。万里认为,宜山经验完全符合第三个"一号文件"精神。

与 20 世纪 80 年代中期温州突然"受宠"相比,此前数十年甚至前 2000 年,温州从来都是一个极易被人"遗忘"的地方。

温州依山傍海,山川秀美,境内拥有闻名遐迩的雁荡山和楠溪江两个国家级风景名胜区。难怪清人孙广图在《忆江南·温州好》一词中发出由衷的赞美:"温州好,别是一乾坤!宜晴宜雨天较远,不寒不燠气恒温,山色异朝昏。"

然而,温州之美只是"异域之美"。

当中原文化、经济迅速发展时,古属东越、东瓯或瓯越的温州,还因"断发文身"和以蛇蛙为食而被嗤以蛮夷之地。秦末,群雄蜂起,拥兵抗秦。越王勾践的后裔驺摇也率瓯人起义。西汉汉惠帝三年(公元1192年),驺摇获封东海王,都东瓯,建东瓯国,这是温州历史上第一次见诸记载的行政建置。由于偏居东南一隅,天高皇帝远,这里历来是躲避战乱的世外桃源。

温州三面环山,且山高壑深,瓯江和飞云江拦腰横截,行路难不亚于蜀道。唐代孟浩然早有诗云:"我行穷水国,孤帆天一涯。借问同舟客,何时到永嘉。"直至1989年,沿海14个开放城市中,仅温州既不通铁路,也没有机场。

公元998年,瓯人周伫第一个漂洋过海,远走高丽(今朝鲜)经商,水路成了温州人唯一的希望通道。多少年来,温州至上海的船票一直是抢手货,虽然行程需20多个小时,免不了舟楫之苦,但相比之下,这已属豪华舒适的出行方式了。无怪乎温州人叹言:温州、温州,只有水(当地方言谐音同"死")路一条。1998年3月,也就是在周伫出国定居1000年之后,温州至上海的航班才宣布停开。

自然条件先天不足,又地处浙江距离台湾最近的前哨,长期以来,国家除了从战略角度考虑,在温州修筑必要的军事设施外,经济建设投资基本不予考虑。新中国成立后30年,浙江得到的国有投资在全国各省市区中是最少的,温州更是少得可怜。到1978年,国家对温州工业的全部固定资产投资为6亿元,仅为宁波的1/4。在同期国家对浙江省的投资总额中,温州只占3.24%,与其作为浙江三大城市之一的地位极不相称。大型国有企业一个没有,市属1000人以上的中型国有企业只有冶炼、矾矿、日陶、面砖等7个,500至1000人的企业也不过区区20个。城市面貌残破不堪,基础设施建设严重滞后,以至于"姑娘、小嫂挑着粪桶满街跑"一直是温州人羞于启齿的心头之痛。

直到改革开放之初,温州百姓的穷苦仍可以用"令人震惊"来形容。

温州国家级贫困县文成民政局曾做过一次调查,称全县当时有104户人家卖儿、卖女、典妻,缺半年以上口粮的人口占全县的35%。县里的一位年轻干部不相信,下乡核实。在一个村子,他发现有一位农民因自己顽疾缠身,为糊口活命,将老婆典给邻居一年,换得区区番薯丝200斤;还有一对老光棍兄弟俩,由于没钱讨媳妇,竟然暗地里共用一个老婆。时间久了,全村人都知道,默认了。

正因为穷、因为痛,当改革刚刚透出第一缕光亮时,温州人就蜂拥而上了。改革往往需要付出难以预料的代价,但温州人已经穷得没有什么值得自己犹豫了。

他们,成为一群最先感知春江水暖的鸭子,而且还真正是浩浩荡荡的一大群鸭子。

谁也说不清确切是从什么时候开始,中国的许多地方——无论是泱泱都市还是穷乡僻壤——冒出了一批批神秘人物。他们操着奇怪的方言,喜欢聚居,行色匆匆。在他们身后浩浩荡荡尾随而至的,是铺天盖地、五光十色的各类小商品。至今人人尚深感紧缺、当时更为稀缺的货币,一点一滴地装入了这伙人的囊中。

他们是谁?他们从哪里来?

顺着歪歪扭扭的行进路线,好奇的目光聚焦到了同一个地方:温州。

当中国各地还在为奋力翻越"两个凡是"的藩篱大汗淋漓、为真理标准的确立慷慨陈词之时,这一片土地上早已是炉火正旺热翻了天:家家户户不知从何处拼装而成的机器疯了似地运转;大街小巷的店铺一家紧挨着一家,密得连苍蝇都叮不出一道缝;河埠头、乡间路上,肩挑车载的商贩如集市般嘈杂。据统计,到 1986 年底, 当时人口 600 余万的温州共有 120 万人从传统农业转入工商业, 家庭工业已增至 14.65 万户,470 多个专业市场粗具规模,10 万农民购销员遍布全国。

温州人富起来了。"贫穷不是社会主义"在这里首先成为历史明证。

可以说,温州是在没有预谋、没有准备、没有人为策划的情况下,极不自然地被推上"典型"的巅峰的。

1986 年 9 月,浙江省委召开扩大会议,经过反复热烈的讨论,通过了送交党中央、国务院的《关于建立温州试验区的报告》。报告设计了五大试验内容,提出:温州的试验带有"投石问路"性质,因此,试验内容、范围、方式、步骤不受传统理论、现行体制和具体政策的限制。允许打破常规、放手探索,准备承担一点风险。

中央领导来了,体改谋士来了,经济学家来了。通往温州的几条年久失修、崎岖颠簸的山路上尘土飞扬。

这是一支不见首尾、"滚雪球"式的参观考察大军:从中央各部委,各省委、省政府,扩大到政协、顾问委员会、人大常委会、纪检委,继而是各厅、局、处、科,再接着是各地、市、县,各区镇和厂矿……

弹丸之地的温州终于招架不住了。温州市委、市政府的办公大院成了停车场,大型长途专车鱼贯出入。一拨拨"对口学习"的考察团挤满了会议室、办公室。

温州市区大大小小的饭店、旅馆,一万多张床位爆满,就连走廊、过道、饭厅里也支起了临时铺位。

一些有名气的专业户家中参观者盈门，全家整日忙于招待，讲得口干舌燥，根本无暇进行生产。不得已，有的被迫仓皇出走，以闭门谢客。

1988年时温州市区最繁华的路段大南交叉口

新兴"农民城"苍南县龙港镇每天要接待上万人，所有饭店、食堂24小时营业，仍无法满足需求。

1986年11月26日，国务院副总理田纪云前往温州考察。同天抵达的全国仅地市级以上的参观团就有10多个。田纪云大吃一惊，当即给国务院打电话，要求坚决制止这一现象。

几天后，国务院办公厅下发了共和国第一个要求控制参观的文件——《关于各地立即停止到温州参观考察的紧急通知》。通知要求：从现在起到明年春，各地各级政府要立即停止和取消到温州参观、考察的安排。确有必要去的，也需事先征得浙江省政府同意，严格限制人数，分期分批前往。希望各地从严执行，以利于温州市各级政府和人民集中精力开展经济改革。

截至1986年，温州突如其来地遭遇了第一轮席卷全国的"温州热"，累计参观人数超过60万。其中在被称作"温州年"的1986年，仅副省级以上官员来温州参观就达93人次。高潮中的高潮——1986年9—10月，从杭州、宁波连接温州的两条公路上车流阻塞，车祸激增：两个月发生交通事故300多起，日均5起。共翻车57辆，死71人，伤250人，比上年同期增加4倍。

对于那些为中国的未来虔诚祈福的改革者来说，温州的爆发式发展呈现出了来自民间的巨大生命力。任何发生在温州的甚至是天方夜谭的故事，都让他们感受到如同蒙娜丽莎的微笑般神秘的魅力。

1986 年 2 月,77 岁的社会学泰斗费孝通来到温州。此后的 1994 年 11 月和 1998 年 10 月,费老又两度重游,先后留下了《小商品　大市场》、《家底实　创新业》和《筑码头　闯天下》三篇影响广泛的佳作。徜

1986 年,费孝通的温州调查行程总计 1500 公里

徉于温州,年已古稀的老人感慨万千:"我的大脑皮层出现了自 20 世纪 30 年代搞江村调查后从未有过的刺激与兴奋。"

每一天都有奇迹发生

在 1983 年底的全国农村工作会议上,温州苍南县宜山的再生纺织业,第一次引起了时任中共中央书记处书记、国务院副总理万里的注意,并建议"大家都应该到宜山看看"。令万里兴致盎然的,是宜山发生的匪夷所思的"奇迹"。

1988 年夏天,我前往苍南县采访,顺路"到宜山看看"。

以下是完全出乎我预料的抵达宜山的路线:

早晨从县城灵溪出发,坐着中巴车在土石路上颠簸了差不多 2 个小时后,眼前淌着一条不知名的小河;

登船,两岸山峦十分秀丽,没有顶棚、狭长得像条龙舟的小船在弯弯的河道曲折前行;

上岸,成串的农民"的士"——这是一种小型的柴油三卡,限定载客 6 人,实载常常达 10 多人,有的干脆蜘蛛般半个人吊在车外——极热情地揽客,嘭嘭作响的柴油发动机让你心跳得发慌;

再登船,又是一条小河,又是一段对生意人来说无暇顾及的风光之旅;

下午,当你觉得似乎有点饿过了头的时候,宜山镇终于到了。

这是一片商品经济的海洋:当地各类纺织机达 3.7 万台,从业人员 6.7 万人,有 4 个专业乡,58 个专业村,7 个专业市场。全国各地国有、集体企业吃剩的腈纶布边角料,在这里经过农妇们粗糙的大手开花纺线,每年 1.5 亿件再生腈纶

衫、2亿件腈纶拼料童衣裤、50万公斤再生腈纶棉,又被销往大江南北。

据统计,每年,流进宜山的腈纶布边角料达1700万公斤。

1990年,时任国家物资部部长的柳随年来到宜山。耳闻目睹了这一场面后,他算了一笔账:1700万公斤也就是1.7万吨,按一节车皮载重20吨——纺织品是泡货,载重少于常规——每列火车挂30节车皮计,共需850个车皮、约30趟专列。加工后再生腈纶产品外销全国,又是一个1700万公斤!

"就是我这个部长手里也一下子调不出这么多车皮指标。而这些甚至可能连火车都没坐过的宜山农民,却将这么多的原料和产品从不通铁路、不通公路的宜山调运自如。真是不可思议,不可思议!"柳随年大为感慨。

创造"宜山奇迹"的,都是些土得掉渣的小人物。下面举两个例子。

先说说小人物赵开良。1985年,他44岁,搞购销已经整整19年了。像他这样的购销员,在11万人的宜山区就有8500多个。赵开良自称是"飞马牌"的,一年到头走南闯北。

宜山的土纺土织颇有些年头了,几乎家家都置办有手摇纺车和老式织布机。购销员牛得很,是纺织作坊的龙头。从原料进购、选择品种、质量鉴定到产品推销,都是购销员说了算。能干的购销员下面固定或流动的纺织工业户多达500至1000家。

1979年,完全是不经意间,赵开良改变了日后的宜山。

那年6月,他在邯郸一家纺织厂搞到了一批棉布边角料。这家厂的仓库里还积压着一大堆腈纶布的边角料没法处理,厂方乘机一定要他"搭了去算了"。他想,好在这种边角料只要几分钱一斤,咬咬牙就背回了宜山。

在宜山街头摆了好些天,几乎无人问津。问题在于,当时宜山的再生布原料都是棉布,而腈纶、涤纶的边角料放上开花机,转速一快,就会冒烟起火。

正当赵开良一筹莫展、准备自认倒霉时,第二个小人物出现了。

孙阿茶是宜山一个村子里的普通老太,摇了一辈子的纺机。这天清晨,她叫女儿上街去买废棉布。结果,不内行的女儿恰巧买回来一堆赵开良的腈纶布边角料。退货,别人肯定不认账了。犯难的孙阿茶茶饭不思,关在屋子里反复琢磨。

她尝试着用手工操作对腈纶边角料进行"开花"。接着,又制作了一架改进型的简易"开花机"。

当孙阿茶惴惴不安地捧着第一匹再生腈纶布来到集市上的时候,大家都吃了一惊:这是什么布呀?这么光滑、柔软。腈纶的?可比土纺棉布强多了。

宜山轰动了!乡亲们潮水般涌进了孙阿茶家。你想想看,因为工艺太难处理,当时腈纶边角料在国内可是没人要的,价格比废棉布便宜多了。这意味着,再生腈纶的利润会翻番。

孙阿茶没有指望靠这一"绝活"独自发财。对每一位上门求教的乡亲,她都热心地指点诀窍。

于是,宜山家家户户转而搞起了再生腈纶加工,山乡处处是机杼之声。孙阿茶的"绝活"变成了宜山人的"绝活"。无数的小人物你追我赶,"宜山奇迹"冲出了山坳。

最后,这两位孕育了"宜山奇迹"的关键性小人物都很风光。

赵开良:几年后,他作为宜山区的唯一人选,出席了浙江省购销员先进分子代表大会,还受到了省政府官员的接见和亲切握手;

孙阿茶:1983年春天去世。整整3天,没有人通告,也没有人组织,宜山村村不闻机杼声。数千户家庭男男女女自发地停下了上万台纺机,向这位被誉为"当代黄道婆"的老人致敬。出殡那天,送行的队伍长又长,绕过了一座山。

"宜山奇迹"只是温州巨大的改革创造力的最初序曲。在浙

1980年,温州人章华妹领取了改革开放后中国第一份个体工商业营业执照,编号"10101"

江乃至中国改革史册上,温州向我们展示了太多的"第一",太多的"奇迹":

全国第一份私人工商执照;

全国第一个探索"挂户经营";

全国第一批股份合作企业;

全国第一个私人钱庄;

全国第一个实行金融利率改革;

全国第一个制定私营企业条例;

全国第一个实行全社会养老保险;

全国第一座农民城;

全国第一个农民包机公司;

全国第一个跨国农业公司;

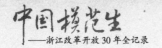

全国第一起农民告县长案；

全国第一个成立个体私营企业联合党委；

…………

支撑这些"温州奇迹"的主体，是无数类似赵开良、孙阿茶式的小人物。随着各类"奇迹"的广泛传播、演绎，很多小人物成了知名人物。其中最具代表性的，是"胆大包天"的王均瑶。

王均瑶和赵开良是小同乡，苍南县金乡镇人，而且也是购销员出身，主要的业务点是湖南长沙。1991年春节，已经跑了5年购销的王均瑶准备回老家过年，因买不到火车票，就与一帮生意朋友从长沙包了一辆豪华大巴赶往温州。途中，他突发奇想：我能包汽车，为什么不能包飞机？长沙一带的温州商人就有1万多，从长沙到温州陆路行程1000多公里，乘汽车转火车起码得要两天。如果开通一条空中航线，还愁没人坐？

他越想越兴奋。大年一过，王均瑶就一脚跨进了湖南省民航局。接待他的官员吓着了，什么，私人包飞机？主意还出自一个嘴上没毛的农民？

但他的方案很诱人。由王均瑶承包长沙至温州的航线，每周两个航次。他必须按飞行架次、里程上缴营运费，而且是提前把承包款打进民航部门的口袋，盈亏自负。也就是说，王均瑶包飞机，民航部门包赚。于是，门开了一条缝：不声张，试试看。

说王均瑶胆大包天，那可是一点没错。此前，王均瑶没坐过飞机。生平第一次见到飞机，是十几岁时在金华市的公园里，和一架部队赠送的报废战斗机合了个影。

时任温州民航站站长的张德志回忆说，其实，在王均瑶之前，1990年7月温州机场刚建成开航时，温州乐清就有两个农民曾经包过杭州至温州的安24飞机。但很快，他们就以"非法经营"的罪名，被公安机关拘留起来，被无故关押了17个月。要知道，那时候，买机票还需县团级以上政府部门的介绍信呢！

这一次，王均瑶成功了。1991年7月28日，一架被王均瑶"包"了的客机从长沙起飞，1小时30分钟后，稳稳地降落在了温州机场。一夜之间，王均瑶的大头照被登上了全国媒体的显著版面。

从始至终，王均瑶都不是生意做得最大、最成功的温州商人。但王均瑶肯定是迄今全国知名度最高的温州人。正是他，将温州创业的草根时代推向了名人时代。

这，或许与王均瑶的个性有一定关系。他可能是最善于"弄出响动"的温州人。与绝大多数行事低调，习惯"少说话多赚钱"的传统温州商人不同，无论是登台亮相包飞机还是此后的大小生意，王均瑶总是能以"最开放的浙商"形象聚焦媒体的目光，谋事与谋势始终交织在一起。有人笑言："王均瑶见到记者就来精神。"

但最重要的，还在于当年王均瑶包飞机的这一"奇迹"，彻底颠覆了千百年来面朝黄土的中国农民的形象。想想看，还有什么比"胆大包天"更能充分表现经历了改革洗礼的中国农民的新形象呢？无意间，王

我心飞翔的王均瑶（右）

均瑶成为了一种象征，一种精神图腾。他自己，也借势一步登天。

首次包机后，王均瑶成立的中国第一家农民民营包机公司迅速包下了 30 多条航线，但结局可以说是"惨淡经营"：温州至昆明航线半年就亏损 230 万元；深圳—义乌—北京航线两年亏损高达 500 万元。

王均瑶并没有倒下，而是继续弄出了更为巨大的响动：请香港当红歌星张学友为自己推出的均瑶牛奶做广告；以 18% 的股份参股东方航空武汉有限公司，成为中国第一家入主垄断性民航主业的私营企业；宣布投资 6 亿元收购并重新改造湖北宜昌机场。

2004 年 11 月 7 日，38 岁的王均瑶因晚期肠癌病逝。此时，旗下均瑶集团总资产达 35 亿元。

王均瑶"胆大包天"15 年后的 2006 年 9 月 25 日上午 9 时 55 分，一架空中客车A319 飞机从上海虹桥机场腾空而起——均瑶集团全资控股的民营上海吉祥航空有限公司实现首航，目的地：长沙。

温州的"奇迹"，几乎总是与"奇迹"般的温州人联系在一起。于是，我们有充足的理由发问：这究竟是一群什么人？他们的行为方式有何特别之处？他们又是何以将贫瘠的温州变成财富之地？

站在温州的大街上，你一定会留下这样几点深刻的印象：

茫茫人流中，目光游离者不多，形态倦怠者不多，无所事事者不多；

他们精神矍铄，活力四溢，步伐坚定且节奏很快，在你面前匆匆而过。

有传媒在报道中做了一个横向比较，温州人走路的频率基本上要比北京人快一拍，比上海人快半拍。这是一座富有动感的城市，这是一群充满生命活力的人。

有好事者进一步推论说，温州人头脑天生灵光，这与他们与大海为邻，喜食鱼虾有关。事实上，温州人在商战中的机敏，恰恰源于他们为求生存而永不停息的创业冲动。

温州人善于经商办厂是出了名的，以致被赞誉为"中国的犹太部落"。他们的这一禀性有传统渊源，更多的是迫于现实生存的必然选择。

温州背山面海，历代战乱中大批难民纷纷南迁于此，人口与土地的矛盾十分突出，人均耕地仅三分。土地难以养生，就只能远走他乡，在农业之外的工商业求活路。早在一两个世纪以前，成千上万的温州手工艺人和小商贩就背着黄杨木雕、石雕、瓯绣，从故乡出发，跋山涉水、漂洋过海，到地中海沿岸的欧洲以及世界各地艰难谋生。至今，流落海外的温州人多达 40 余万。这一点，与痛失家园的犹太人颇有相似之处。

饱受磨难、浪迹天涯的闯荡经历，培育了温州人不安分、不守旧、"敢为天下先"的冒险精神。一旦离开了这样的土壤，王均瑶的"胆大包天"就会成为无源之水。

肯吃苦，也是许多人谈论温州人时最容易得出的结论。

江泽民对温州人有过一段中肯的评价："全世界的人都知道温州人会做生意，沿海靠山赋予他们这种开放的精神、冒险的精神。最主要的是温州人能吃苦。"

描绘温州人肯吃苦的一句最经典语录是"白天当老板，晚上睡地板"。此话丝毫不夸张。

1988 年 7 月，我第一次从上海坐火车去新疆采访。此行全程约 4000 公里，按当时的时速，你得老老实实地在火车上摇晃四天三夜。因为新华社记者的小小特权，我买到了硬卧票——这在当年属于很值得仰慕的待遇——而且是下铺。

差不多两天两夜之后，车过甘肃兰州。天色渐暗，窗外全是让人生厌的单调的黄土戈壁，困乏的我决定早早宽衣入睡。也不知道过了多久，我隐隐感到铺板下有窸窣之声。睡意迷蒙间弯腰探头：我的天，我的身下还有"下铺"，还睡着一个大活人！

我赶紧喊来乘警。这时,那个30多岁的男子从高度绝不会超过30厘米的"下下铺"——准确地说那只是车厢地板与下铺铺板之间一道较宽的缝里——钻了出来,一脸歉意。

一盘问,才知道此人是温州乐清县人,在乌鲁木齐做服装生意已有7年,有两间铺面,个人资产不少于百万元。这次是去兰州进货,返回时买不到票,只好花80元贿赂了硬卧车厢的服务员,乘黑摸上车。累了、困了,垫几张旧报纸,就地一滚,躺进了"下下铺"。

"睡着了,什么都不知道,地板和席梦思又有啥分别?"他一面接受罚款,一面极自然地向吃惊的我解释。

头脑机敏、胆子大又特别肯吃苦的温州人,并不仅仅在生意场上表现出色。在前所未有的大变革时代,对温州人来说,只要有助于改变自己的命运,什么都可以试一试,一切"奇迹"皆有可能。

现在,有了点钱的温州农民准备"造城"了。

1985年1月2日,《人民日报》向全国报道了来自温州的又一个奇迹——《龙港镇发动群众集资建镇》,并配发编者按以示重视:"龙港镇仅一年多就兴旺起来,这种建设速度实在令人振奋。"

这的确是一个令人振奋的奇迹。因为,所谓龙港镇本来并不存在,如今,已经崛起为名副其实的"中国第一农民城"。

龙港地名很大,其实很小,原本是苍南县方岩下村的一个渡头,距离温州市区约60公里。就因为紧依鳌江又地处苍南、平阳两县交界,这里被批准建镇。但此地既没有龙,也没有港,只有数十间泥坯农舍,再就是一大片滩涂、芦苇、野鸭。

1984年6月,毛遂自荐的第一任镇委书记陈定模来了。他的全部家当,就是派给他的7名干部、一纸上级的建镇批文和3000元开办费。

万事开头,最难的是没钱——这可是要造一座城啊!幸好,先富起来的温州农民有钱。龙港周边是苍南县的宜山、金乡、钱库等江南三区,此前章节中出现过的许多温州创业者皆为此地人士。1981年时,江南三区的家庭工业产值已占全县工业总产值的60.3%,万元户一抓一大把。

问题是,收钱的理由是什么?就算口袋里有了几个钱,赤脚的农民又凭什么能进城做穿皮鞋的城里人?"农转非",中间横着一条巨大的城乡鸿沟。

这可难不倒当过几年县委宣传部理论科长的陈定模。他从马列经典和各种文件的字里行间发现:1984年中央"一号文件"规定,农民可以"离土"却不能"离乡"。但这个"一号文件"同时规定,"允许农民自理口粮进城务工经商"。好了,进城的依据有了。《资本论》里马克思又说过"级差地租理论",这样,龙港有4.1平方公里土地,就可以按不同地段向愿意投资进城的农民"征收公共设施费"。

这实际上是变通式的国有土地有偿出让。资料显示,1980年,深圳曾在全国首次向外商出租土地,以换取开发资金。龙港的突破之举,则是中国土地有偿使用向国人尤其是向农民第一次开放。时任温州市委书记的袁芳烈回忆,他还是在龙港头一回听说了"房地产"三个字。

理论撑腰,底气十足,陈定模动手了。1984年7月,一则《龙港对外开放的决定》在《温州日报》头版刊登,公布了8条优惠政策,提出"地不分东西,人不分南北,谁投资谁受益,谁出钱谁盖房,鼓励进城,共同开发"。

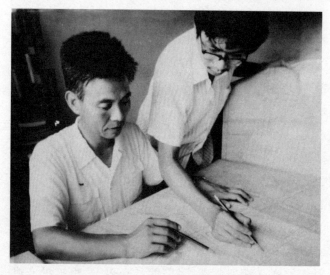

绘制新龙港第一张规划图的陈定模(左)

《决定》发出第十天,申请进城的报名农民已近3000户。1984年12月31日,首批登记建房交款的最后一天,一包一包的钞票、一捆一捆的希望,在简陋的龙港镇政府"欢迎农民进城办公室"堆成了小山。

原本认为千难万难的"造城"由此变得势不可当。到1987年,龙港的进城农民已达6300多户,拥有"市民"3万人,集资投入2亿多元,建成区面积102万平方米,修建纵横街道27条,总长23公里,并建起了5所学校、7所幼儿园、3座电影院,还有一个标准溜冰场。

从某种意义上说,陈定模的造城理论只是为龙港的破土而出找到了一个恰当的借口。这场惊世骇俗的"造城运动"大获成功,根本上缘于其顺应了一个早晚都会到来的趋势:生活的富裕并不是千百万农民参与改革的全部目的,他们还渴望得到一次社会结构重组的机遇,以期在这一机遇中彻底改变自身的生存形态。龙港的横空出世,正是这样的"机遇"。

20世纪最伟大的社会学家马克斯·韦伯坚持认为,蒸汽机之生就是磨房之死,传统的乡村小工业根本无法进化成社会化大生产,并滋生出现代城市的新文明。欧洲200年工业化进程,相伴随的只能是大批农民被迫放弃土地,挣扎在大城市的边缘,肮脏且充满腥味。

龙港的崛起,展现的则是完全不同的前景:中国农民在自己的土地上摆脱了贫困,进而发展城镇,完成从乡村文明向城市文明的历史嬗变。最难得的是,在这种嬗变中,他们始终把握住了自己的命运。

此后,在浙江各地,我们其实都可以找到龙港的身影。

历史上,浙江仅有杭州、宁波、温州等少数几个所谓的大中城市。1978年后,浙江全省性城市化进程的推进,并非依赖于上述大中城市,而主要依靠如龙港般数以万计的小城镇的兴起,如温州的柳市、桥头,台州的路桥、泽国,金华的稠城、吴宁,绍兴的杨汛桥、大唐,湖州的织里,嘉兴的许村等。农民城——小城镇,这是温州农民的创造,这是中国农民继家庭联产承包责任制、乡镇企业之后的第三个伟大创造。

同样的改革起点,同样的改革政策,为什么温州活力迸发,每一天都有奇迹发生?

杜润生的考察结论是,"温州经济发展的一切根源,在于其民办、民营、民有、民享。它是自发的,又是稳定的、可持续的经济秩序"。

很长时期里,中国社会一直存在两种主张:一种认为可以设计一个改造社会的蓝图。未来社会生产和分配是什么样子,文化是什么样子,政治组织是什么样子,人们的工作、生活、学习是什么样子,在蓝图中都可以设计得非常具体。持这种主张并做过这种设计的,不少是大学者甚至是伟人。另一种主张则认为,对于社会发展指出大方向和基本规律是可能的,但不要搞很具体的设计蓝图,而应该任由百姓为自己的利益去奋斗,合力增加社会福利,形成自发扩张的秩序。

无疑,温州实验的是后一种主张。人民——而不是先知——在这场实验中,彰显出了曾经被主流意识长期忽视的自主力和创造力。

"假的"还是"真的"

温州是富有争议的,这种争议从20世纪80年代中期开始,直至1997年9月中共十五大的召开。

有争议是因为温州有"小辫子"。其一是"姓资还是姓社";其二就是假冒伪劣。这可是一条真真切切的"小辫子",连温州人自己亦有口难辩。

温州假冒伪劣的主打产品肯定是皮鞋了。

说起温州人做鞋可是有传统的。"明代温州靴鞋即为贡品，进奉朝廷"；"全国第一双猪革皮鞋，第一双硫化、压模、粘胶皮鞋诞生于温州"；"我国第一双高跟女鞋的创造者也是温州人"。"皮鞋佬"差不多就是温州民间手工业者的自称。

到了20世纪80年代，温州皮鞋真正的春天来了。全国最大的鞋革专业市场兴起于温州鹿城区的来福门。仅鹿城一个区，就冒出了大小皮鞋厂1254家。当时全市的皮鞋产量达到2400万双，几乎占全国市场的1/10。

温州鞋价格低廉、款式新颖，在市场上没有道理不所向披靡。

很快，有人发现上当了。

1985年，南京的一位消费者投书《经济日报》，称她买了一双高跟鞋，谁知穿了一天就掉了跟。仔细瞧瞧，竟是用糨糊黏起来的，而所谓的真皮也是仿牛皮的合成革。

记者进一步在报道中证实，亲眼看见温州"皮鞋佬"整桶整桶地往厂里搬糨糊。

舆论哗然。一时间，"晨昏鞋"、"礼拜鞋"、"伪劣商品"、"粗制滥造"等恶名铺天盖地。全国各大中城市纷纷开始驱逐温州鞋。无数商场挂出"提高警惕，勿买温州鞋"或"本店无温州货"的招牌。

高潮出现在1987年8月8日，地点：杭州市商业中心的武林广场。工商行政管理局和愤怒的市民们将5000余双温州伪劣皮鞋扔进了熊熊大火，付之一炬。

杭州武林广场火烧温州鞋

假的就是假的，有口难辩那叫活该。

但还是有人不服气。温州海螺工业集团的总经理邵奇星就是其中一位。1991年5月，中共中央政治局常委李瑞环考察温州。这位死不认输的温州人曾同李瑞环围绕伪劣皮鞋问题有过一番"经典探讨"。

那天，李瑞环来到海螺集团。在样品室，他拿起一双皮鞋里里外外摁摁拧拧："我这次是带着一个怎么看温州皮鞋质量的疑问来的。现在外面有两种观点，有的说温州皮鞋穿半年就坏，是坑人的；也有的说温州皮鞋价格便宜，更新换代快，坏了就买新的。我想听听你们的意见。"

邵奇星应声答道："作为产品，质量当然要保证。但这里有一个价格与价值对等的问题。温州皮鞋才 20 元左右一双，如果上海皮鞋也是这个价格，会不会也做出像温州这样的皮鞋？温州皮鞋本身价格比较低，至于中间商拿到北京卖六七十元一双，那是另一回事了。"

李瑞环听邵奇星讲完，沉吟片刻："对对，我听懂你的意思了。"

邵奇星接着阐述他的"理论"："这种 20 元的鞋，我如果半年穿坏一双，一年穿两双，也只要 50 元，花的钱同外头那种 60 多元一双能穿一年的差不多。而我这样就可以穿两种款式了。问题是北方人拿过去卖到 70 元，那消费者当然会认为应该穿一年喽。"

邵奇星的这番话，并非他的独门发明。在温州，这套逻辑十分深入人心，并成为他们生产低价低质产品的"理论支柱"。

1990 年，我在温州采访。晚上散步来到市区最著名的五马街，发现街边摊贩出售两元钱一条的"金利来真皮皮带"，不由得大惊。拿在手上翻来覆去地看，竟看不出什么破绽。那摊贩倒实在，大声说："别看了，马粪纸做的。买一条回去，有大场面时系。花两元钱撑足面子，划算不？"

我追问："但是如果有人拿这两元钱的皮带到别处卖 20 元呢？"

摊贩看了我一眼，笑道："那是他们的本事。"

假的就是假的，所以便宜。

假的当作真的卖，那是售假；假的只作假的卖，那就没错。

一些温州人的逻辑似乎很正确，很理直气壮。

虽然邵奇星的"价格价值对等论"颇能自圆其说，并符合一定的事实，但是，这肯定不是事实的全部，也一定无法使温州的假冒伪劣现象摇身一变成为真理。

许多前往温州参观取经者必到乐清柳市。这个如今的温州第一经济强镇诞生过著名的"八大王"，也培育了温州民营企业"形象大使"中国正泰集团的南存辉、德力西集团的胡成中、天正集团的高天乐等熠熠生辉的明星。

最初，柳市却因造假而闻名，而且是臭名昭著。

当商品经济的第一缕暖风吹过，这个雁荡山脉南麓的小镇就按捺不住地随风摇曳。大约 20 世纪 70 年代末,镇上就已经有 2300 多家低压电器家庭作坊,叮叮当当的敲打声响作一片。你随处可见这样的场面:

刚刚放下锄头的庄稼汉们正在一台台斑驳陆离的机床边,把从全国各地国有企业收购来的废旧交流接触器肢解,用砂纸和鞋油将之擦得锃亮;

河边的埠头上挤满了一群群村妇,她们在清洗一筐筐的电器,然后在河滩空地晒地瓜干似地晾开成片的电器零件;

炉火通红的锅灶旁,老眼昏花的太婆们一边煮饭,一边慢悠悠地摇着漆包线;

…………

市场混沌初开,欲望掺和着丑恶泥沙俱下。

——为了牟取暴利,以稻糠代替熔断器的石英砂;以白铜甚至是铁片代替白银充当继电器触头。

——明明是柳市产品,产地却标注北京、上海。

——国家规定低压电器必须凭许可证生产,而当地大批企业中,有证企业不到 1%,有证产品不到 0.1%。经多次检测,无证的产品质量全部不合格。

1989 年,国家技术监督局在一份《打击伪劣低压电器活动的总结报告》中愤怒地指出:"这次全国共检查了近 7000 个经销单位,查出的伪劣低压电器产品超过 170 万件(台),价值 3000 多万元……各地在检查中发现,大多数伪劣低压电器,来源于浙江温州地区,特别是温州乐清县的柳市镇。"

在全国各地媒体上,小小柳市的曝光率越来越高,被曝光的事实越来越触目惊心:

黑龙江鸡西煤矿由于柳市产的劣质电器漏电,引发严重的瓦斯爆炸,多人死伤;

新疆巴州工模具厂,因柳市产的空气开关起火,一名电工烧伤致残;

河南某钢铁公司建成剪彩时,因使用柳市假冒伪劣低压电器,一包钢水正要倾倒却突然卡壳,上百万元的产品全部报废;

…………

苍南的假商标、永嘉的假广告、瑞安的假汽模配件……铺天盖地的假冒伪劣,使繁华风光的温州人和温州经济招致严厉的质问。这种质问更多地来自传统人士,往往具有居高临下的道德优越感:温州,资本主义泛滥,是假冒伪劣丑恶现象的必然温床!

然而,我们在温州观察到的更多的事实是,在这片市场经济的海洋里率先跃跃欲试、大展身手的弄潮儿,绝大部分是刚刚洗脚上田的农民。对他们来说,保持浓厚的法制意识暂时只能是一种奢望。同时,他们有一股被压抑已久的难以遏止的致富冲动。快速致富离不开资本。如同疯狂走私一样,生产低劣产品甚至造假,往往是温州农民最容易想到、最可能实施的资本原始积累的捷径。

在一些地方,在一定时候,假冒伪劣与市场经济形影相伴。这是我们想极力回避却难以回避的现实。

超越规律,很多时候只能是美好的愿望。

"初级阶段不完善,发展过程很难堪,负面效应总难免,问题就在怎么看,关键在于怎么干。"20 世纪 80 年代后半期任温州市委书记的张友余的一项重要工作,就是如祥林嫂般向一批批参观者和媒体人士反反复复地解释自己对假冒伪劣的基本态度。

社会主义初级阶段要经历十几代甚至几十代人。那么,假冒伪劣的阴云尾随我们几代人恐怕也就不是什么不可思议的事了。

金钱大爆发

今天,当我们谈论温州和温州人时,总是习惯性地将之与金钱联系在一起:全民经商,遍地财富,中国老板最多的地方。的确,有太多的温州故事,闪耀着金钱的诱人光芒。

2000 年以降,温州从来是一个极度缺钱的地方。普遍的贫困,成为这片土地上最残酷的现实。

1978 年后,普遍的贫困第一次历史性地质变为普遍的富裕。财富突然从天而降,来得又快又猛,温州人对此还来不及做好准备。他们兴高采烈,又手足无措,他们不知道如何驾驭多得数不清的金钱。

于是,金钱就开始毫不客气地驾驭了温州人的命运。于是,以金钱为主轴,荒诞不经的黑色幽默不时轮番上演。

苍南县巴槽镇,靠近福建福鼎的一个滨海小村。经历了走私与小五金加工的双重洗礼后,村民们神速地富了。盖楼房、买大彩电、娶俏媳妇,再接下去,他们觉得如何花钱竟也成了一件头痛的事。

一天,村东头的鱼市场摆出了一条十分罕见的黄鱼王,围观的村民里外三层。按当地相传百年的旧风俗,谁要是吃到黄鱼王的鱼胶,来年必有好运。人人眼馋,可鱼只有一条,没法子,只能竞拍!在众人的起哄声中,1 万元、2 万元,价格节节攀升。有邻乡的开厂老板志在必得，一口气直接报价10万元。这下村里人慌了。鱼有可能被拿走不说，这脸还不给丢尽了？但一户人家又实在扛不下来。紧急商议的结果，村里6位腰板粗壮的大户"挺身而出"，合资12万元坚决留住黄鱼王。付的全部是现金，装化肥的编织袋塞了小半口袋。

当天晚上，村里男女老少奔走相告、喜气洋洋，就像过年一样，甚至还有人买了几挂鞭炮，放得震天响。村中心祠堂支起一口大锅，投进整条黄鱼王，炉火通红，熬啊熬。全村人都来了，一人一碗。汤喝完了，出钱最多的大户代表高声宣布：再发现更大的黄鱼王，不客气，照样拿下！

另一件事还是和汤有关。那几年，瑞安市一带攀比成风。凡有钱有派头的人物请客，必上两道汤：

一道汤是海鲜大盆中漂浮一只百元美钞折成的小船，是为"一帆风顺"；

另一道汤是海鲜大盆中再浮一小盆，上面整整齐齐围圈摆放着10只进口手表。在座食客见者有份，是为"表表心意"。

温州金钱大爆发最为人所诟病的一幕，莫过于1985年至1988年间几乎席卷各县市的"造坟热潮"。

据官方统计，那几年，温州每年新增坟墓1.5万座，大大超出正常死亡火化需增墓穴的数量。每年造坟耗资1亿多元，占用山地100万平方米，砍伐树木6万株以上。

历史上，温州的坟墓款式大体分为两种：一为贫苦人家修的简易平坟；二为有钱人造的大坟，亦称"椅子坟"。其形状酷似太师椅，象征死后仍稳坐"风水宝地"。

20世纪80年代后期，温州"造坟热潮"中出现的基本为"椅子坟"。其差别在于，造坟者不再是地主老财，而是因改革开放"先富起来"的温州农民。墓地占地一般为50—200平方米，不少人还嫌单一的椅子造型太寒碜，便建起凉亭、宝塔、石狮等"配套工程"，雕梁画栋，极尽奢华。最夸张的是平阳县某老板，花巨资选址县城南面山水俱佳的广慧禅寺旁，造墓占地竟达2600平方米；并拟效仿南京中山陵，将墓前近百

炫耀着财富的温州豪华椅子坟

米的山坡买下,设石阶,以供休憩。

这一时期,温州豪华坟墓数量之所以暴增,原因在于除重金重修祖坟之外,他们还大量为活人修造"阳坟",甚至替自己尚未出生的子女也预备了。造坟花费少的需四五千元,多者要数万元。而1985年,中国农民人均年收入仅为397.5元。

来到温州采访的美国《华尔街日报》驻北京记者希金罗被眼前累累墓穴所震惊,他在1987年5月22日刊发的报道中写道:"温州的青山由于堆起了一座座坟茔正在变成白色。这一现象受到北京的严厉批评。"

《中国青年报》资深记者麦天枢曾用尖利的笔触,对温州"造坟热潮"做了这样精确的描述:

> 船行瓯江,迎面扑来的成百上千的坟墓,是人们对温州的第一印象。
>
> 满山遍野白花花的,便是闻名天下的温州椅子坟。这些堂而皇之、居高临下、傲视天地的椅子坟包藏着的,不只是温州人祖先们的尸骨。这是来自传统的精神的流向,这也是来自市场的新财富的流向。沿着这条一眼可见的线索,可以发现不同文化精神交锋、交融的重要秘密。
>
> 这里,也是不亚于市场的一个激烈竞争的战场。你的大,我的比你还要大;你的漂亮,我的比你更漂亮;你修了祖先的又修自己的,我修了祖先的修了自己的,还要再修儿子的。
>
> 当然,这项竞赛也是以主人们的富有程度为背景的。因此,寻找温州椅子坟有了这样一个当地人共知的规律:哪个村镇最富有,那里的坟墓就最辉煌气派。

腰包里突然鼓胀的金钱是从何而来的? 极有可能是缘于祖上阴德庇佑,这得修坟,而且要修大坟;已经穷苦几代了,遭人冷眼,受够了。如今有花不完的钱,那就让家族坟墓雄起,活得比你好,死了也要比你强。

温州老板们的造墓就是这么炙热,这么直截了当。坟墓、显赫大墓,让他们找到了彰显自尊、宣泄快乐的最新通道。

1988年9月,承受不小压力的温州地方政府开始狙击"大墓"之风,"富不富,看坟墓"热潮方才逐渐降温。

温州超前发育的市场流通体系与极具活力的小商品制造业,为国人所熟知。全民参与的区域性商业氛围,培育了温州人对货币驾熟就轻的把玩能力。他

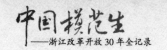

们清楚,货币是一切商业活动的血脉,如果能直接运作货币的组合与分配,就等于养了一只最会下金蛋的"老母鸡"。

1984年9月29日,中国改革开放后第一家私人银行——苍南县钱库镇方兴钱庄,在一阵响亮的爆竹声中成立。钱庄的老板方培林是钱库镇医院停薪留职的收发员,他的钱庄从未领到过标志合法身份的"金融许可证",但其为当地个体、私营企业资金周转所提供的高效便捷服务,得到了普遍认同。开业一年,存贷2400多人次,存贷总额约500万元,方培林的纯利润为2万元。时任中国银行行长的陈慕华现场参观后称赞其在资金使用效率上"达到了国际水平"。

1986年11月1日,又一位名叫杨嘉木的温州人集资31.8万元,创办了全国最早的"股份合作制信用社"——鹿城城市信用社。仅过了6天,温州家具厂老板苏方中紧随其后,开办了全国第一家由私人独资控股的东风城市信用社。

民营经济发展的强烈需求,加之国有银行体制的相对僵化,使得温州迅速进入了民间金融活动的高发期。资金调剂服务社、经济服务部、融资办事处,以及明目张胆的高利贷,五花八门,各显神通。国家对金融领域的严厉管制与民间需求的剧烈膨胀,形成了巨大的断裂层。在这一断裂层的夹缝之间,愚昧、贪婪得以发酵,使正常的民间金融探索严重异变,最终酿成1985年秋至1987年冬,温州改革史上规模最大、后果最为惨烈的"抬会风潮"。

温州民间一直有做"会"的传统。

做"会",是资金匮乏的民众互助互惠、共渡难关的有效手段。其基本运作模式为:甲急需用钱,邀乙、丙、丁三人做"会"。如每人出100元,这个会总数便有400元。第一次先给甲使用。以后每月各人再拿出100元,依次给乙、丙、丁。先用钱的付给后者利息,结算利率大大高于银行的利率。

"抬会"(或称"排会")则不同于一般的金融聚会。它只发生在一位会主和一位会员之间,即两个人"抬"起"会"来。但同一位会主可以同时与多位会员形成一对一的"抬会"关系。初始会费的金额大小可以双方约定。假定一个会员加入"抬会",先交给会主的初始会费为1.16万元。从第2个月开始,会主每月必须付给会员9000元,连续付12个月,计10.8万元。从第13个月起,会员再付给会主3000元,连续付88个月,计26.4万元。

走完这场"金融游戏"的全过程共需100个月。从表面上看,"抬会"仍是一种借贷关系,但其利息支付远远高于常规,显得更疯狂、更刺激。事实上,没有任何正常的投资循环能够应对如此短时间内大笔款项的支付,唯一的办法就是"滚雪球"式发展新会员。会员抬会主,新会员抬老会员。甚至这个会抬那个会,会会叠加。据测算,一个初始会费1.16万元的会要维持下去,到第 6 个月,必须发展 22 个会员;第 12 个月 691 个会员;第 18 个月,会员总数将达 20883 个……

支撑这一几何级数新会员的增长,离不开两个前提条件:一是社会上有取之不尽的闲散资金,有源源不断的人加入"抬会";二是每个会主、会员都能严格遵守信用,准时付款,不出半点差错。虽然温州百姓手中有大量的民间资金,以上两个前提条件并不能形成坚实的基础,大厦随时可能倾覆。许多人清楚地知道"抬会"迟早要倒,但暴利催生的赌徒心态,使每个人都心存侥幸,希望石头最后砸在别人头上。

一场动机不良、手段拙劣的"金钱大梦"就此开始了。

一麻袋一麻袋的钞票搬进会主家,很快码成一座小山。不可能一张张清点,就用尺子量、用秤称。乐清县共有会主 1346 个,最大的会主名叫李吾华,他的"抬会"会员总计多达 12122 人。此人后来被抓获时,在他藏匿钱财的一家普通农舍,竟发现在猪圈旁、楼梯下塞了满满 96 箱"大团结"。面对这些散发出呛人霉味的纸币,县银行的 60 名职员戴上大口罩,整整数了 3 天,合计 1970 万元!

大批官员踊跃参与的"表率作用",也成为"抬会"现象泛滥最优质的催化剂,甚至还出现了专为干部而设的"官会",又称"倒抬会"。具有官职的特殊会员入会时不必交款,而是先领款,3 个月后再少量返回。这种会的初始会费可分 1 万元、5 万元、10 万元三种,视官员的头衔大小而定。

乐清县聚集总会款达 9000 多万元的大会主蔡星南手中就有一本"入会干部、党员账"。其所在的湖上岙村,从支部书记、村长、联合社社长到会计、调解主任、妇女主任,无一漏网。另据乐清县委对城区的初步调查,全区 135 名乡以上干部中,参与"抬会"的占 23%,200 名党员中则有 80%下水。

危卵之上,纸糊的金字塔终于崩塌。连锁大地震来了。

最早嗅出征兆的大小会主连夜卷款逃亡,留下的是无数个理不清、填不满的巨大窟窿。发现被骗后,一夜间倾家荡产的数以万计的"会员"们绝望了,他们的报复行为狂暴而残忍。

苍南县几十个红了眼的会员举着炸药包奔到会主家中,讨债不成就准备与会主全家同归于尽;平阳县鳌江镇数百名妇女步行几十里到县城游行示威,强烈要求政府做主,追回血汗钱。

有多所乡村小学紧急停课。原因是学生常常在路上被讨债者掳走当人质;乐清县海屿乡某村,会主的上百间房屋被捣毁,洗劫一空。来不及逃走的 30 个会主家人被五花大绑,其中还有 5 个孩子。

恶性事件迭出,血光四溅,一片混乱。众多乡镇陷入完全失控的瘫痪局面。

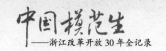

这场以金融投机与金融诈骗为主要特征的"抬会风潮",共卷入温州所属九县两区的30多万人。会款发生额总计达8亿余元。63人自杀,200多人潜逃,近千人被非法关押、拷打、强奸。无数家庭负债累累。

数年之后,"抬会风潮"还留下了一道阴郁的疤痕。

一批涉案金额大、民怨强烈的会主先后被抓捕并判刑。其中,乐清县大会主郑乐芬夫妇分别被判处死刑和无期徒刑。

38岁的郑乐芬是永嘉县无业游民,其丈夫蔡胜南原为乐清县汽车客运站职工。据查,郑、蔡直属的中、小"抬会"会主达427人,会员遍及温州各县市,并远至江苏、山东、新疆等地;共收入会款6200万元,支付会员会款6010万元,非法经营金额1.22亿元;收支差额为1896万元,大部分金钱被两人用于自家建房及挥霍。

1991年9月,郑乐芬以投机倒把罪被执行枪决,从而成为浙江改革开放史上有案可查的因"投机倒把"丢掉性命的极少数人之一。

投机倒把罪发源于计划经济时期,泛指非国家指定的一切营利性商业活动。仅从字面上解释,通俗意义为"以赚取紧缺商品利润差额为目的的转手行为"。1997年,修订后的《刑法》废除了"投机倒把罪"。

郑乐芬就如同一只从打开的潘多拉盒里挣扎而出的飞蛾,扑闪了几下,便无声地坠落了。

【浙江改革史档案】
学者眼里的温州

费孝通:小商品,大市场

温州地区的历史传统是"八仙过海",是石刻、竹编、弹花、箍桶、缝纫、理发、厨师等百工手艺人,以及挑担卖糖、卖小百货的生意郎周游各地,挣钱回乡,养家立业。

这次在永嘉桥头镇遇到的生意郎,勾起了我对半个世纪前的一段往事的回忆。那是1937年的夏天,我从伦敦到柏林去和我的哥哥一起度假。一天,有人敲我们的房门,打开一看是一位拎着手提箱的中国人。异国遇乡人自然是大喜过望,可我们彼此的方言不同,话语不通。只见他极有礼貌地鞠了个躬,然后打开手提箱,一看里面都是一些日用小百货,看来他是请我们买东西的。他走后,哥哥对我说:"在柏林、巴黎等欧洲大陆的不少城市中,这样的小生意人数以万计。他们大多来自温州、青田一带。起初他们背着青田石漂洋过海,在意大利、法国、德国做石刻手艺。待到石头用完了,就转而做小买卖。这些人靠着挨家挨户地送货上门和良好的服务态度,经商赚钱。1938 年我回国时,打听到法国马赛一些往返中国的轮船有为欧洲华侨专设的低价统舱,我就买了这种船票。在统舱里我结识了一些语言相通的朋友,了解到他们千辛万苦的经历,可是从他们的脸上却看不出有丝毫痛苦的痕迹。

这样的历史传统,推动了今天温州农村经济以商带工的"小商品,大市场"格局的形成。

从这一特点来看,"温州模式"已超出了区域范围,而在全国范围具有普遍意义。农村经济体制的改革,使农村的商品生产迅速发展。商品生产本身就要求有相应的流通服务, 在原来的体制下过于单一的渠道已远远不能适应农村商品生产的需要。由于这种流通渠道与生产脱节,这就迫使温州的农民自己行动起来组织流通网络。他们依靠传统的才能和遍及全国的手艺人,通过自己组织起来的这种流通网络,形成了面向全国的大市场,为流通体制的改革创造了新经验,为从根本上解决买难卖难问题树立了一个标本。所以,我认为"温州模式"的重要意义不在于它发展了家庭工业,而在于它提出了一个民间自发的遍及全国的小商品大市场,直接在生产者与消费者之间建立起一个无孔不入的流通网络。

钟朋荣:向温州人学什么

中国有句俗话,"大活人不能被尿憋死"。然而,在我国由于思想禁锢比较严重,活人被尿憋死的事时有发生。直到现在,依然如此。

温州人可不这么做。温州人是否干某件事情,既不看伟人讲过没有,也不看别人做过没有,只看实践中需不需要,能不能做得通。只要是实践中需要的而且又能做通的,他们都会千方百计地去做。农民手里有钱却没有城镇户口,进不了城,他们就集资建一个农民城;城里的国有商场不卖温州产品,他们就把国有商场的柜台租下来自己卖,在全国一下子就租了 5 万个;从外地回温州没有航班,他们就包飞机,自己开辟航线;国家银行不给贷款,他们就创办信用社、基金会,发展民间金融,实行浮动利率,自己找资金;分散的家庭经济规模,被斥为私有制的样板,他们就创造了股份合作制,既解决规模小的问题,又戴上了公有制的帽子。

可见，在温州的经济模式之后，隐藏着一个更重要的"模式"，即温州人的思维模式。这个思维模式的特点是：不是从教条出发，而是从实际出发；敢闯敢试，敢为天下先。无论什么事情，不管你旁人怎么讲，我都要试试看。试不成拉倒，试成了就要千方百计地坚持下去。同时，在温州人的思维中，没有"等、靠、要"这一说。

最近几年，全国到温州学习取经的人不少。但人们似乎比较注重温州改革发展经济的具体措施和方法。我也介绍过温州发展经济的一些方法，如"一乡一品"的产业模式、百万游商走遍全国的市场开发模式等。然而，温州模式的核心或精髓，是温州人的精神。

"爱拼才会赢"，这是一首流行歌曲。这首歌曲描述了我国东南沿海地区人们共同的思维特征，而这一特征在温州人那里显得更加突出。

温州人精神可以概括为：白手起家、艰苦奋斗的创业精神；不等不靠、依靠自己的自主精神；闯荡天下、四海为家的开拓精神；敢于创新、善于创新的创新精神。向温州学习，关键是要学习温州人的这种精神。在温州，正是由于有了这种思维，才有了一系列的创新，才有了温州模式和温州的经济奇迹。可以说，温州的经济模式是温州人思维的产物。

吴敬琏：民间力量的成长有利于改革

温州以中小民营企业为主，是有竞争力的。温州让我得出的结论是：在一些地方，已经形成具有很强活力的中小企业群，只要我们采取措施，支持它们的发展并积极加以引导，很快就会在全国形成一些或大或小的"增长极"。它们的投资和扩张活动所创造的需求，将拉动自身生产的进一步扩张和其他地区的经济复苏，从而形成供给与需求相互拉动的良性循环局面。这样，国民经济这盘棋就能全局皆活。这正是我们要努力争取达到的。

全国每年有500万到1000万下岗工人，温州没有下岗人员。为什么？中小企业吸收了。温州给我们指出了一条路：中小企业，特别是乡镇中小企业，是吸收消化劳动力的好途径。

同时，中国经济的发展需要社会力量的支持，从这个角度看，也希望各地能像温州那样，中小企业家和其他民间力量能够成长起来。如果他们成长起来了，就会有越来越多的人支持一个有利于大众的改革。

第四章

市场"大发现"

日中为市。致天下之民，聚天下之货。交易而退，各得其所。

——《易经》

1861 年，一位名叫利希霍芬的德国地质学博士得到上海英国商会的赞助，开始了一次与地质关系不大的中国人文考察。当漫无目标地游走了大半个国家之后，他突然对东西南北不同地区的中国人产生了浓厚的兴趣，并最终向为此行提供赞助的英国商会交出了自己的心得：《中国——亲身旅游和据此所作的研究成果》。

在这本书中，利希霍芬详细地描述了中国 19 个省份人士的性格特征。第一部分人群就是"浙江人"：

> 浙江省人，由杂种多样的人组成，只是近几百年才服从朝廷的统治。浙江人一般性格柔和，给接触者以好感。
>
> 浙江居民很能干，善于背东西，女人和男人一样干活、撑船、做生意。在中国，浙江的势力更表现在买卖人上，他们完全可以和犹太人媲美。

由于年代久远，我们已无法查证利希霍芬形容浙江人"善于背东西"的准确含义究竟是什么。但他所指应该不是单纯的体力活，而是类似于转运贩卖等商业行为。

100 多年后，"善于背东西"的浙江人借改革之力，真真切切地成就了一个市场大省。"办市场，看浙江"，成了破译浙江成功之道的基本密码。

利希霍芬博士一定会为自己当年的判断颇感自得。

山坳里的市场神话

1986 年 7 月，著名经济学家董辅礽教授第一次前往温州永嘉县桥头镇考察。早就听说桥头是"世界东方纽扣中心"，但他有些半信半疑。

汽车一直在瓯江北岸的山峦之中穿行。

"桥头还有多远？"从杭州出发，已经整整 10 个小时了，董教授不得不关切地询问。

"马上就到了。"陪同的同志回答。董教授记得，这样的回答好像已经说了好几遍了。

早期的浙江乡村专业市场图景

猛地，汽车从杭温公路上一个左拐，驶入了一条颠簸不平的泥土路。车摇人晃，尘土飞扬，窗外一片模糊。近半个小时后，汽车终于在一条仅几米宽的破旧老街旁停下，迎面便是一块大大的招牌——"桥头纽扣市场"。

陪同人员向董教授介绍：桥头市场摊位为 1000 多个；包括周边乡村在内，共有纽扣厂 480 余家；生产和经销的纽扣有 16 大类、1500 个品种，年经销额超过亿元，占全国市场份额的一半以上；由此带动开办的服装厂、拉链厂有 1500 多家。像这样的规模，国内肯定没有，在东南亚亦堪称老大。

有人精确测量过，从桥头到杭温公路的这段乡间土路共 3.5 公里，只能平行交会两辆拖拉机。路两旁，是连绵的崇山峻岭。

这的确是名副其实的山坳里的"世界东方纽扣中心"。

桥头纽扣市场究竟是如何兴起的？为何偏偏兴盛于这样的山旮旯？连桥头人自己也说不清道不明。

我听到的版本有四五个。其中流传最广的是,据传在 1979 年,一对依靠弹棉花为生的叶氏兄弟——永嘉县是远近闻名的弹棉郎之乡——在河南辛苦打工一年后准备回家,匆匆路过一家国有纽扣厂门口时,发现墙角有一堆次品纽扣。他们寻思,如果带回去说不好还能换点小钱。可又没有口袋可装。弟弟二话不说,利索地脱下一条棉毛裤,将两只裤腿用绳子一扎,纽扣便哗哗地倒了进去。

回到桥头。叶氏兄弟摆开了小摊,没几天,纽扣就被一抢而空。这样一来,净赚了 90 多块钱,差不多相当于弹大半年棉花的收入。于是,兄弟俩马上又往河南赶,再运回一麻袋纽扣。

消息迅速传开。越来越多的桥头人往河南赶、往江苏赶、往广东赶,总之往纽扣厂多的地方赶,甚至还有人开始学习自己动手制作低档纽扣。

人多了,纽扣多了,"世界东方纽扣中心"渐成规模。

1985 年,桥头纽扣市场并不是温州唯一的专业市场,却是最出名的市场。那一年,温州已经冒出 400 余家各类商品市场或产销基地,连同神通广大的 10 万名购销员,为温州五光十色的小商品编织起了极为庞大灵活的全国性营销网络。其中,最负盛名的"十大专业市场"堪称浙江市场乃至中国市场最早的东方启动点。

让我们一起记住这些已落满历史风尘的名字:

永嘉县桥头纽扣市场;

乐清县柳市低压电器市场;

乐清县虹桥综合农贸市场;

苍南县宜山再生纺织品市场;

苍南县金乡徽章标牌市场;

苍南县钱库综合商品市场;

平阳县水头兔毛市场;

平阳县萧江塑编市场;

瑞安县仙降塑革市场;

瑞安县塘下、莘塍塑料编织袋、松紧带市场。

时任国务院发展研究中心主任、著名经济学家马洪这样评价:"温州的十大专业市场在 20 世纪 80 年代影响了整个中国市场的发育,其生动的市场机制和优秀的市场开创者曾推动了全国市场的发展。"

考察古今中外,我们不难发现,市场显然不是温州或浙江的独门秘籍,也不是改革独有的产物。

在中国，以商品交易为重要目的的庙会、墟市等集贸市场至少已有数千年历史。据同治《湖州府志》记载，"集市游移而至，邻近农人皆往。人头攒动，热闹不凡。或携货交易，或聚围把式，皆得其乐也"。这样的场景，我们耳熟能详。

《新帕尔格雷夫经济学大辞典》将集贸市场定义为：一个"得到当局批准的、商品买家和卖家在某个特定时间相聚、或多或少受到严格限制及规定的公共场所"。除交易时间的非连续性外，集贸市场还明显具有交易半径的区域化、交易内容以各种日用消费品为主等特性。

而在浙江改革史上发挥了不可替代的巨大作用的市场形态，则是作为众多乡村中小企业共享的销售渠道的专业市场。与传统集贸市场相比，浙江专业市场具有如下共性：

——绝大多数并非脱胎于集贸市场；

——交易时间的连续性、交易地点的确定性；

——以现货批发为主、集中交易某一类商品或若干类具有较强互补性和互替性的商品；

——市场范围呈现跨区域的开放性，甚至是辐射全国。

法国当代史学大师费尔南·布罗代尔在《15—18世纪的物质文明、经济和资本主义——形形色色的交换》一书中，也曾描绘过200多年前巴黎最大的市场"中央菜场"，当时它正处于由集贸市场向专业市场演变的过程中：

没有一张图样能确切反映中央菜场这一巨大建筑群的完整形象。盖顶的和露天的场所，支撑附近房屋拱廊的立柱，一面又利用杂乱向四周空地蔓延着商业活动。小麦商场于1767年迁出中央菜场，在斯瓦松府邸旧址重建；18世纪末，又改建海鲜商场和皮革商场，并将葡萄酒商场迁往圣贝纳尔门。整修乃至拆迁中央菜场的计划曾反复提出，但这庞然大物（占地5万平方米）仍合乎情理地留在原地。

中央菜场内，仅呢绒商场、布匹商场、腌货商场、海鲜商场有房屋遮蔽。紧挨在这些建筑物的四周，设有种种露天集市，出售面粉、大块黄油、蜡烛、麻绳和井绳。在沿菜场边缘排列的"立柱"附近，因陋就简地住着成衣商、面包师、鞋匠以及"缴付市场税的其他巴黎小商人"。

在最新的吉尼斯纪录上，欧洲现存最大的专业市场是荷兰鹿特丹的鱼类市场。

那是一座18世纪5层楼高的砖瓦楼房，建筑面积为10.6万平方米。在过去的 200 年里,勤于海耕的"荷兰海盗"一直是欧洲市场最重要的海洋鲨等渔产品供应商。据称,目前每年仅从鹿特丹市场运往欧洲各地的渔产品就达 120 万吨以上,交易额达 10 亿美元。

但毫无疑问,只有在进入 20 世纪 80 年代的中国尤其是浙江,专业市场才真正开始发育完善进而达到极致,真正对一个区域的经济活动产生如此深远的影响,并衍生成为令人惊叹的"世界经济史经典"。

到 1991 年,浙江已拥有各类商品交易市场 3802 个,年交易额 204.6 亿元。全省差不多每 1 万人就有一个市场,200 多万农村人口直接在市场的各个环节找到了就业机会,1000 万人的商品生产行为与专业市场密切关联。

那一年,国家工商行政管理局第一次统计开列中国专业市场龙虎榜。在"十大专业市场"中,浙江囊括两席;100 多家超亿元市场,浙江约占 1/3,鹤立全国。其中,义乌中国小商品城跻身"十大专业市场"之首,并将这一桂冠连续保持了 17 年。不久前,联合国、世界银行、摩根斯坦利等共同发布的《震惊全球的中国数字》报告中再次确认,"中国义乌市场为全球最大的商品批发市场"。

专业市场率先出现在温州随即又遍布浙江并非偶然。正如我们所观察到的,浙江自然资源十分匮乏,又长期属于计划经济的"遗忘之地",乡村加工业数量惊人的原材料采购及产品销售,只能指望自我发育的各类专业市场冲出华山一条险道。

另据官方统计,浙江企业总数超过 100 万家,其中,中小企业占了 99%以上,家庭工场、夫妻作坊构成了浙江经济的庞大基座。对于规模狭小的企业主体而言,建立自有的产供销渠道无疑是"不可承受之重"。而作为共有共享的交易平台,专业市场的出现恰到好处地满足了无数中小企业的生存需求,必然爆发出强大的生命力——无须千里奔波寻觅,天南海北的行业资讯在这里汇聚,林林总总的供需渴求在这里对接,实现交易的机会成本大大降低。

同时,专业市场的开放特性,决定了大量相同或类似的生产者和销售者会涌入同一个交易空间,彼此之间接近于完全竞争。于是,对专业市场的充分依赖,又反之强力推进了企业的市场化蜕变。正是在这样一种良性互动之中,浙江民间经济主体日渐绽放活力。

特别值得关注的是,20 世纪 80 年代中期前后,以温州为代表的浙江专业市场的勃兴,并不是地方政府主动的制度安排,而是浙江乡村工业市场化发展顺其自然的必须。因此,浙江专业市场从一开始就蕴藏了计划经济难以压制的顽强生命力。

以下是同样发生在桥头,有关市场争夺的一场激烈而耐人寻味的"小镇战事":

桥头西去 13 公里,是浙江丽水地区的青田县温溪镇。温溪地处一片山地小平原,104 国道穿镇而过,当时的日车流量达 5000 辆,境内还有丽水地区唯一的内河码头。水陆之便,堪称浙南第一。

与之相比,桥头只是一个山坳里不起眼的埠头,"地利"远逊于温溪。桥头纽扣市场迅速崛起的神话,令温溪人大受刺激。不服气的温溪人决心放手一搏。

1988 年,青田县及温溪镇有关部门立下"军令状"——不惜一切代价,把纽扣市场夺过来。他们坚信,在以往 30 多年中运用得极为娴熟的工作"法宝"——行政手段抓经济仍将百战百胜。

由当地政府组织、供销社牵头,筹集巨资从全国各地采购来大批各色纽扣,在温溪集中销售,售价比桥头的便宜。

一时间,商贩们纷纷从桥头转向温溪。

几天后,桥头纽扣市场的摊主积极应战,随之降价。

温溪立即作出反应——继续降价,低价竞争。虽然一降再降,售价已经接近甚至低于成本,卖出一粒纽扣可能赔一分钱,但温溪人咬住牙,相信坚持到底就是胜利。干部们很自信:这边是阵容严明的"政府军",那边是一盘散沙的"游击队",胜负不言自明。

终于,桥头农民摊主不耐烦了。他们潮水般冲进温溪,迅速将摊头上所有优质纽扣抢购一空,扬长而去。

很快,桥头纽扣市价回升到"战"前。而此时的温溪人殚思竭虑,资金已耗去大半,再无力组织像样的反击。

"肉搏"失利,在此后的两年多时间里,雄心未泯的温溪人又开始了一项人工"筑巢引鸟"的持久战计划——一个占地 21 亩、浙江省最大的镇一级车站建成,一条宽 24 米的标准化商业大道建成,两座造型别致的贸易大楼建成,两座拥有 500 多个床位的宾馆建成,一个占地 5280 平方米的小商品市场建成。还有日供水量 5000 吨的自来水厂、11 万伏的变电所、3000 门自动电话的邮电大楼相继落成,镇政府办公室也装起了当时连地委书记都没有的国际直拨电话。温溪人倾囊而出,花 3600 万元,筑起了一个现代化的"金巢"。

他们翘首以待,南来北往经商办实业的"凤鸟"们,这下总该翩翩而至了吧?1991 年底,我和同事吴晓波前往温溪采访,耳闻目睹的事实却令人寒心:

五层楼的天香楼饭店,开张不久便告歇业,服务总台堆满了毛边纸,当年恭贺开张的喜匾浮尘满面、蛛网悬角;

拥有 242 个摊位的小商品市场中营业的只有 150 余家，摊贩比顾客多，两座气派的贸易大楼和商业大厦皆栅门紧锁；

宽 24 米的处州大街空荡洁净，偌大的车站停车场有一半空间长期堆放木材，来往的车辆川流不息，却大多一闪而过，"凤鸟"们仍然直飞 13 公里外的桥头。

雄心勃勃的人工"筑巢引鸟"不战自溃。这是温溪的失败，更是计划经济的失败。

桥头纽扣市场生长在崇岭夹峙的旮旯，宜山再生纺织品市场也藏于深山，这一"山坳现象"同样适用于 20 世纪 80 年代中期浙江各地如雨后春笋般涌现的许多专业市场。

金江龙村地处浙中金华市，距离永康县城尚有 20 公里蜿蜒的山路。千百年来，当地一直有制作木杆秤的传统，钉秤手工艺人游走四乡谋生。1979 年，最早的杆秤及配件交易市场居然是在金江龙村后山的一片茂密的松树林中诞生。市场名气慢慢大了，经营者却一直小心翼翼。5 年后，思想解放的古山镇干部敲锣打鼓，这个"偷生"的市场终于被"请"到了金江龙村中心祠堂边落户。1990 年，我来到这个小山村采访时，金江龙已是年成交额近千万元的全国最大的衡器专业市场，交易品种包括木杆秤、铝杆秤、电子秤、案秤、台秤、地中衡。同时，还带动了周边 10 多个衡器专业村、2000 多户家庭工厂的成长。

"山坳现象"显然不符合交通便捷、物流畅达这一构建市场的先决条件。浙江专业市场最初显现的普遍事实是，地处偏僻、先天不足，却率先发育、生机盎然。这一经济学悖论不能不让人大跌眼镜。

"事实上，这是一个研究视角的误区。"浙江工商大学副校长张仁寿说，"和许多中国问题一样，研究浙江专业市场不能只着眼于经济范畴。"

在这位著述颇丰的温州籍中年学者的一篇论文中，我注意到了这样一段文字：

> 以当年温州十大专业市场为例，大多坐落在水陆交通都不是很便利的地方。唯一合理的解释只能是，在那些地方，"左"的思潮相对薄弱，计划经济的束缚相对较小。否则，这些市场很可能在兴旺之前就遭取缔。中国改革的经验证明，对旧体制的最初突破，往往发生在旧体制最疏于防范的地方。

张仁寿把这一现象概括为"边区效应"。

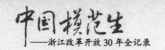

由夹缝中乘虚而入，于夹缝中遭受百般挤压。"边区效应"的背后是浙江商人的艰辛和智慧。

义乌的秘密

1986 年 10 月 28 日，具有风向标意义的《人民日报》第一次以显眼的头版，对发生在义乌的市场经验进行了报道。同时，配发了一篇比新闻本身篇幅更长的评论员文章，其标题就是对义乌结论式的高度肯定——《大兴民间商业》：

> 义乌县发展民间市场，培育市场机制，引导农民背靠市场搞活经济的做法，对我们下一步如何发展农村商品经济很有启示。
>
> 农村在完成以家庭承包制为主要标志的第一步改革后，怎样引导农民发展商品市场呢？显然，过去那种依靠指令性计划、自上而下地指挥生产的老办法不行了。我们现在面临的，是已经取得独立商品生产者地位的近两亿个农户，他们有自主决策权，可以和社会各方面发生横向联系。在这种条件下，只有把市场机制培植起来，才能引导农民逐步进入市场，通过市场交换来发展商品生产。也就是说，要积极地把过去高度集中、只依靠行政命令的计划经济，改为以多样化、多层次的市场为基础的有计划的商品经济。
>
> 在农村，尤应提倡积极发展由农民和农民群体组成的民间市场。义乌经验证明，兴民间商业有利于培植市场机制，这是农村第二步改革要做的一篇大文章。

义乌专业市场的秘密开始浮出水面，其价值远远超越了市场本身。

从现有的资料看，美国芝加哥大学的中国问题专家 Mathire 博士，可能是第一位"意外"关注到中国专业市场的西方学者。

1987 年 5 月，这位能讲一口流利中国话、还起了个中国名字"马紫梅"的博士，站在了拥有 5400 个摊位的义乌小商品市场。她后来形容当时自己的惊讶，"不亚于看到了一处从未发现过的异域文明"。

马博士原本是打算去著名的天台国清寺的，中途在义乌吃午饭。饭后，陪同的中国翻译便热心地带她到市场逛逛。在她眼前，人头攒动，熙熙攘攘。操着各省口音的商贩穿行于一眼望不到边的摊位之间，然后又背起大包小包的小商奔赴各地。

WHY?

据当年陪同马紫梅博士的义乌县委干部回忆说，马博士一口气问了 5 个"WHY"：

——这些农民商贩是怎么找到这里的？

——为什么这里的商品会那么便宜？

——如此远距离的运输、如此低廉的价格，还会有利润吗？

——为什么美国在工业文明初期，没有出现过像义乌小商品市场这样的超大型专业市场？

——为什么一场前所未有的专业市场浪潮，偏偏会出现在 20 世纪末的中国？而在中国，最活跃的专业市场群为什么会出现在东南沿海的浙江省？浙江最大的专业市场又为什么会出现在过去并不出名的义乌？

带着一连串的疑问，马紫梅博士离开了义乌。临走时还买了一打尼龙丝袜带回美国，折合 0.6 美元。"不可思议的便宜，无法抗拒的诱惑"。

对义乌秘密越来越浓厚的兴趣，一直延续到 20 多年后的今天。解开义乌秘密的第一把钥匙，肯定是用鸡毛换糖的义乌"敲糖帮"的前世今生。

同 100 多公里外的温州一样，义乌也是人多地少。更糟糕的是，处于金（华）衢（州）盆地的义乌土质属黄红壤，黏性大而肥力极差。土地不养人，经商便成了农民糊口活命的生存之道。

黄红壤不适宜种水稻，却盛产甘蔗，用甘蔗熬出的红糖成了千百年来义乌的一大特产。冬春农闲时节，义乌农民们肩挑货郎担，手摇拨浪鼓，走街串巷，用红糖制成的糖饼向客户换取鸡鸭鹅毛、废铜烂铁。换回的鸡鸭鹅毛按质量分等，好的可用来加工鸡毛掸，差的下田沤肥。"敲糖帮"由此产生，至少相传了数百年。慢慢地，糖饼不再是唯一的交换物，针头线脑等各色日用小商品也装进了货郎担，"敲糖帮"逐渐成长为义乌最重要的民间商业力量。

"敲糖帮"的行踪并没有局限于义乌。鼎盛时期，其活动范围南至广东、西至湖南、北到徐州。货郎担远走他乡，最怕的就是势单力薄。由此，"敲糖帮"内部开始趋于合理分工，日渐紧密，成为了真正的"帮"。

从组织结构来看，"敲糖帮"分为游走四方的"行担"与"坐坊"两大系。"老路头"是"行担"中地位最高的，管辖数位"拢担"；"拢担"之下是"年伯"；"年伯"再下辖若干"担头"。"坐坊"则专门为"担头"提供配套服务。其中，"糖坊"主要负责帮助"担头"制作糖饼、糖搭、篾篓；在某些交通要道设立的专门接待"担头"的小

相传了数百年的义乌
"敲糖帮"

客栈称作"站头","站头"一般由"糖坊"控制;"行家"是给"担头"批发采办百货的机构;"老土地"则在义乌当地以收购"担头"的回头货为主业;"坐坊"拥有的流动资本相对较大,它们比"行担"更有实力,"行担"因此往往受制于"坐坊"。

据官方统计,1949年,义乌"敲糖帮"的季节性商贩人数占全县人口的5%以上,达数万人。伴随着社会主义工商业改造,"敲糖帮"严重萎缩,但远未"斩草除根"。

1980年底,义乌县工商行政管理局出于恢复当地传统民间商业的考虑,尝试性地再度颁发了7000余份"小百货敲糖换取鸡毛什肥临时许可证",并要求"外出人员统一由大队申请,公社审核同意,县工商行政管理局核发许可证。各区工商行政管理所要指定专人负责"。

在将这份"通知"下发本县各乡镇的同时,义乌县工商行政管理局还向货郎担活动频繁的江西、湖南、安徽、福建等毗邻各省相关部门发出了公函,希望"予以支持和管理"。

"敲糖帮"的重生,实际上意味着计划经济时代"市场准入"禁区的悄悄开放。

大约在20世纪70年代末,一些货郎担开始在县城稠城镇和廿三里集镇歇担摆摊,小商品市场雏形初现。而在外地走街串巷的"敲糖帮"则从小商品市场进货。资料显示,这一时期以稠城市场为例,设摊的商贩已达100多人,先是在繁华的县前街,后迁往北门街。经销的商品涉及塑料玩具、装饰品、打火机、帽子、手提袋。货物来自三种渠道:从国有百货公司批发;从外地厂家直接进货;摊贩自己加工生产。

此时的小商品市场已由地下转入半公开,人气渐旺。商贩们以竹篮、箩筐、塑料布、旅行袋为工具,随地设摊,沿街叫卖,被认为"严重影响市容"。有关部门多次奉命驱赶,商贩们迅速收拾简陋装备一哄而散,"猫捉老鼠"难以奏效。

1982年,义乌小商品市场发展史上的两位传奇人物登场了。一位是摊贩冯爱倩,一位是刚刚从相邻的衢县调任义乌县委书记的谢高华。

冯爱倩的经商之路是在卖掉了10担谷子获得了80元的"本钱",又从信用社贷款300元之后开始的。经商是因为家里日子实在太苦。冯爱倩记得,有一次她曾经拿着篮子去借两斤米烧饭,居然借了7户人家才借到。1980年12月1日,40岁的冯爱倩领到了县工商行政管理局发放的小百货个体经营营业许可证,编号是001号。

那年头做小商贩的艰辛,冯爱倩至今刻骨铭心。有一次去绍兴进货,她把3000元现金捆在腰间,由于捆得太紧,差点喘不过气来。回义乌的途中,汽车刚过诸暨就抛锚了。当时天已透黑,还下起了雨。货物用篷布包裹得严严实实,冯爱倩就蜷缩在敞篷车厢的角落里,啃点随身带的饼干充饥。阴风阵阵,人被吹得像筛糠似的哆嗦个不停。整整冻了一夜,天亮时她发现自己的头发、眉毛都结满了霜花。

辛苦点倒也罢了,更大的麻烦是虽然已有了许可证,但个体商贩终究还是让人看不顺眼,被当作"投机倒把"分子遭受围追堵截是常有的事。一不小心,货物全部被没收,血本无归。"抓了罚、罚了抓",这样的日子是没法过了。无可奈何的冯爱倩唯一的指望就是希望哪位领导"能站出来说说话"。

终于,她遇到了"能站出来说说话"的谢高华,也就有了后来传说的小商贩向县委书记"怒拍桌子"的经典史话。

1982年5月的一天傍晚,冯爱倩偶然发现自己身边飘过一个瘦高的身影。"这不是新来的'县太爷'谢高华吗?"她鼓起勇气径直冲到了县委书记跟前。事后冯爱倩回忆说,当时自己紧张得手心直冒汗。

冯爱倩情绪激动大声嚷着,她的义乌土话谢高华显然听得一头雾水。路人还以为是夫妻俩吵架,看热闹的越聚越多。"你先跟我走,"谢书记赶紧低声说。

冯爱倩生平第一次踏进了"县太爷"的办公室,心里还是慌慌的。她和平时谈生意一样,习惯性地掏出两毛九一包的好烟"大重九",双手递了一支给县委书记。

"我们做点小买卖养家糊口,政府为什么要赶我们?"

"我没工作,又没田种,不摆摊叫我怎么活?"

"你们当官的要体察民情,老百姓生活这么苦,总要给我们一口饭吃!"

也许是太紧张,也许是怨愤压抑得太久,冯爱倩连珠炮般地质问开了,泪水哗哗地流了一脸。

至于她当时究竟有没有"拍桌子",是怎么拍的,说法不一。26年后,谢高华在接受《钱江晚报》"纪念浙江改革开放30周年"特别报道小组记者采访时澄清说,那一夜,冯爱倩怨气很大,语气很冲,几次用手"敲了桌子",但不是传闻中的"大拍桌子","必须承认,她的胆子的确够大的"。

这场著名的"争吵"或叫作"对话"持续了一个多小时。谢高华留下了两句承诺:"一是政府理解你,同意你们继续摆摊;二是我会转告有关部门,不会再来赶你们。"

来自与商贩的意外"争吵"让谢高华感慨良多。他一头扎进义乌乡间,默不作声地连续调研了4个月。调研的结果是,1982年8月25日,由县政府、稠城镇、城阳区工商行政管理所三级部门成立的"稠城镇整顿市场领导小组"下发了"一号通告",宣布将于当年9月5日起,正式开放"小商品市场",一个在稠城镇湖清门,另一个在廿三里集镇(后迁至稠城镇市场)。这是全中国第一份明确认同农民商贩和专业市场合法化的政府文件。

9月5日,湖清门市场的开业并没有出现日后很多媒体报道中所描述的"锣鼓喧天、彩旗飘飘"的隆重场面。没有一个县级领导在开业现场露面,也没有任何新闻报道。因为根据此前的官方条文,搞小商品市场至少违反了三项禁令:农民不能弃农经商;集市贸易不能经销工业品;个体不能批发销售。另外,政府的松口"准生",很大程度上只是对义乌小商品交易普遍存在这一既有事实的客观"追认"。"猫捉老鼠"的游戏不能长期玩下去,既然无法禁止,说明百姓有此需求。与其逆势而上、强行关闭,不如顺其自然、规范管理。当然,这种"追认"在当时仍是需要勇气的,其重大意义在那一天以后逐渐显现,熠熠生辉。

1982年11月25日,义乌县委、县政府召开了全县农村专业户、重点户代表大会。虽然这次大会并非专门针对小商品市场问题,但县委书记谢高华在讲话中提出了"四个允许",并进一步明确了事关市场生存的重要政策规定:允许农民经商;允许从事长途贩运;允许开放城乡市场;允许多渠道竞争。[①]"四个允许"

---

① 根据1982年12月20日《浙江日报》对此事的报道,当时最初提出的"四个允许"指的是:允许专业户、重点户在生产队同意下,将承包田自愿转给劳力强的农户耕种;允许专业户、重点户经过批准,请3—5名学徒和帮手;允许专业户、重点户在完成国家征购派购任务,按合同交足应交集体的部分以后,多余农副产品向市场出售;允许专业户、重点户在国家计划指导下,完成国家征购派购任务后,除粮食外,将自己的产品长途运销。这一提法在此后的实践中又得到了再概括、再提升。

从政策上对日后义乌小商品市场的大发展起到了关键的催化作用。

翻过最艰难的山隘之后,义乌市场从此一马平川。

1982年9月,落脚湖清门的第一代小商品市场建在一条臭水沟旁。水泥板上用木板搭成摊位,以塑料薄膜作雨棚,属典型的"马路市场"。有摊位700个,年成交额700万元。

1984年10月,义乌县委、县政府响亮喊出"兴商建县"口号。同年12月,第

1983年时的义乌第一代小商品市场

二代市场在稠城镇新马路建成,水泥铺地,钢架玻璃瓦,银行分理处、问讯广播室等配套设施齐全。占地1.3万平方米,摊位增至2874个,年成交额5000万元。

1986年,位于篁园路的第三代市场开张。占地4.4万平方米,摊位5483个。来自周边地区及福建、江苏等地的客商纷纷进场设摊,一些乡镇集体企业甚至国有企业也前来直销产品,市场主体趋于多元化。年成交额突破2亿元。

1992年8月,国家工商行政管理局正式将义乌小商品市场命名为"中国小商品城"。

1995年,在第四代小商品市场一、二期工程的基础上,现代化超大型大厅式商城——宾王市场投入运行。年成交额猛增到184.68亿元。

2002年5月9日,中国小商品城股份有限公司股票"小商品城"在上海证券交易所上市。

2005年9月,第五代义乌国际商贸城全面竣工。

2007年10月,采样自义乌3000余家商户,由国家商务部发布的"义乌·中国小商品指数"正式启动。

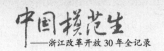

"这肯定是一个会让你发疯的地方!"来自纽约的全球代理商格伦·塞恩惊呼。

格伦·塞恩所听到的关于义乌中国小商品城的数字,的确会让任何人发疯:营业面积260万平方米,商位5.8万个,从业人员20万人,日客流量20多万人,常驻义乌的各国商贾8000人。如果您在每个商位前逗留3分钟,需要100多天才能逛完。整个市场共涉及43个行业、1901个大类、40万种商品,几乎囊括了工艺品、饰品、小五金、雨具、电子电器、玩具、化妆品、袜业、钟表、线带、纺织品、领带、服装等所有日用工业品。2007年市场总成交额达348亿元,1000多个集装箱每天从这里运往全球200多个国家和地区。

在美国《洛杉矶时报》记者唐·李的笔下,义乌市场俨然是《马可·波罗游记》中"世界之城"的现代版:

> 在这里,成千上万的店主在近距离竞争,兜售着包括家用电器、发卡、锤子、佛像、类似哈雷摩托的自行车以及埃及水管在内的所有东西,而且全部是以超低的价格出售。买主来自世界各个角落,他们不仅在为小商铺,也在为沃尔玛和家乐福等大型零售商寻找商品。

> 你的圣诞节装饰物也许就来自这里。45岁的穆阿耶德·萨阿德每年都要从耶路撒冷来这里两次,每次都要花大约5万美元。他说:"这里不是什么都有,但几乎什么都有。"他从一家卖装饰品的店铺买了500卷6英寸长的绸带,打算用它们装点婚礼贺卡。这花了他250美元,价格仅为耶路撒冷的1/10。

至今,有关义乌何以成长为令人瞠目的专业市场"巨无霸",以及这个"巨无霸"究竟还能走多远的争论仍在持续。格伦·塞恩的惊呼与唐·李毫不夸张的描述,多少能让我们触摸到有关"义乌秘密"的清晰脉动:全球最庞大的规模、全球最齐全的商品、全球最低廉的售价,赢者通吃的"第一效应",足以使义乌在我们可以想见的未来变得更加鲜活。

来自浙江的"候鸟"

在距离浙江4000多公里的乌鲁木齐,新华饭店当年很出名,甚至连相邻的中亚和独联体国家都知道。但新华饭店的出名并非因为它是一家饭店,而是因为它变成了一家市场。

1986 年,20 多位义乌人扛着大包小包的服装、小百货到乌鲁木齐,他们坚信,新疆地域广大,市场也一定会很大。但等待他们的,却是一次次的驱赶、抓捕、查罚,无证摊贩的遭遇,几乎与 5 年前的义乌一样。

就这么打道回府是不可能的,钱没挣到,脸面也会丢光。

办法总会有的。他们住的正是新华饭店。这是乌鲁木齐城西河滩地上的一座三层楼房。位置偏,房价也便宜,20 多平方米的一间大房每晚只要 8 元钱。于是,他们包下四个大间,一间大家挤着住,三间权当摊位,鞋袜、玩具、服装,一字排开。

"新华饭店有浙江人在卖服装了,款式蛮新潮,比百货商场还便宜几十块呢!"好消息不胫而走。没过多久,三间客房每天都人满为患。生意一红火,尾随而来的义乌同乡也越来越多。到年底,摊位增至 90 多个,占据了整整一层。1990 年,新华饭店已经完全没法接待纯粹住店的客人了。摊位暴涨到 720 个,连楼道拐角和饭店办公室都挤满了百货摊。4 年时间,原本生意萧条的新华饭店居然摇身一变,累计向国家缴纳利税 787 万元。

那几年,在家乡已操练得拳脚熟络的浙江各地商贩纷纷杀进作为大西北中心城市的乌鲁木齐,单是义乌籍的经营户就达 2000 个。由于当地冬季实在太冷,根本不适合露天摆摊,于是,那些冷僻闲置的饭店、旅馆又被盯上了。先是长征饭店被"开发",再是群众饭店,而后是新疆军区第二招待所,紧接着火车南站附近的 4 家旅社也被一并"吃掉"。

形势大好,问题也随之而来。商贩们分驻在乌鲁木齐城区四面八方的大小饭店,人气散了不说,秩序也散乱不堪,工商行政管理部门感到很棘手,加强整治的理由也就十分充分。

怎么办?1991 年初,几个头脑灵光的义乌商贩联名致信老家义乌市政府,建议在乌鲁木齐开办一家像模像样、正规有序的集中交易小商品市场,并亮出义乌分市场的金字招牌。

义乌市工商行政管理局兴奋异常,立即派员飞赴乌鲁木齐。已经初尝"办工厂不如办市场"甜头的当地政府也兴致盎然,一拍即合。1991 年底,浙江义乌小商品市场乌鲁木齐分市场开业,占地 36000 平方米,拥有营业房 700 间,摊位 3200 个,地下室仓库 213 间。市场建设资金以集资自筹为主,凡进场的浙江商贩每户摊 4000 元,可以享受前两年免交摊位费、后 10 年优惠 18%摊位费的待遇。

此后,中国小商品城实业总公司在义乌成立,专门从事外地分市场的选点和开发。精明的义乌人十分清楚见好不能收的道理。

在北京,义乌中国小商品城通县分市场开业;

在内蒙古,呼和浩特分市场开业;

在广西,凭祥分市场开业;

在四川,广元分市场开业;

在甘肃,兰州分市场开业。

…………

到 1997 年,遍布全国的 13 家分市场构成了一张巨大的网,年总成交额迅速超过了 80 亿元,相当于义乌小商品城自身市场交易额的一半。

从浙江飞来的"经济候鸟"在大江南北安营扎寨

一车车的浙江货配送四方,一队队的商贩如"候鸟"般飞往各地。义乌人已经不是当年的"敲糖帮"了,而是"连锁全中国"!

义乌人挟小商品市场威名,在全国各地风风火火,搞出了很大的响动。但作为"经济候鸟",他们显然不是浙江唯一的一群,也不是最早的一群。

率先振翅高飞的还是温州人。20 世纪 80 年代初,温州专业市场的萌发大抵要比义乌早一两年。其声名远扬的"十大专业市场"背后,依靠的正是活跃在大江南北的 10 余万购销员。在他们永不疲倦地奔走之下,是雪片般的订单和无孔不入的销售通道。这带来了家乡市场的爆发式兴旺,也使他们自己真正成为先富起来的人。1986 年,据温州有关部门对 147 名购销员的抽样调查,平均年净收入为7800 元,万元以上的占了 1/3。在那个年代,"万元户"基本上就是富豪的代名词。

慢慢地,被动型的上门推销已经不能让温州人满足了。1987 年,中国轻工总会陆续收到一些城市的"投诉",称全国的纽扣价格已经被温州桥头农民强行"把持"了。总会立即派员赴各地暗访。调查的结果比投诉反映的情况要严重得多。据粗略统计,在北京、天津、上海、武汉、西安、兰州、银川、长春、哈尔滨、昆明、大理、拉萨等 50 多个大中城市,共有 2000 多家商场(店)的某一类商品的柜台被包括桥头镇在内的温州农民承包或租赁,涉及"垄断经营"的产品有纽扣、皮鞋、徽章、标牌、低压电器等 10 多个大类、40 余个小类。沿着这些被承包或租赁柜台所经销商品的来源追杀,指向只有一处:温州。

从温州出发,"候鸟"们看似散乱无序,却以共同的利润追逐为清晰指向,步履坚定,短短数年竟汇聚成为无所不在的庞大的温州军团。

官方认同的说法是,这支走遍全国的温州军团"将士"不少于 160 万人(含子女),相当于当年温州户籍人口总数的 1/4。其中以出卖劳力为生者寥寥,他们共创办大小企业 3 万多家,经商户达 70 余万户。除西藏、青海等边远地区外,全国各省(市)、自治区首府所在城市的温州商人均在 2 万人以上,形成 100 多个温州村、温州街等群体集聚性"社区"。

温州商人向全国进发的所谓"财富之旅"决非我们想象的那般光鲜,其间的艰辛、酸楚和血泪几乎无人知晓。

新华社资深记者朱幼棣祖籍浙江台州黄岩县,与温州相邻。不知是否是乡土地气的缘故,一把年纪的他仍喜欢走南闯北,大西北是他的最爱。下面是朱幼棣一次铭心刻骨的"老乡奇遇记":

> 那是很多年前的事了。在新疆阿勒泰地区雪山脚下的一个小县,我遇到了可以算作半个老乡的温州小鞋匠。他挑着一副担子,一头是颇齐全的补鞋用具,一头是镜子、牙膏等小百货。我试了试,沉甸甸的。他告诉我,开春以来,他就是挑着这副担子,踏着初融的积雪,一路追赶骑在马背上的哈萨克部落的迁徙。牧民们穿的马靴是用牛皮缝制的,一沾地上的雪水,极易磨穿。这是挣钱的好时机。两条腿的人要追上四条腿的马。挣钱?我问。这位老乡脱下鞋子、袜子,瞧着满脚的血泡,黯然地自语:我是挣血汗钱,卖命钱!
>
> 他已经快 3 年没回家了。他问我能不能回北京后帮他给家里捎封信,我答应了。第二天,我去看他,竟已人去床空。一大早,牧民提前出发,他也随着走了。
>
> 这么多年过去了,我一直无法忘怀这位只见过一面不知姓名的老乡。我的眼前常常浮现这样一幅情景:一个挑着担子的温州商人,拖着一双血泡累累的脚板在追赶马背上的哈萨克牧民。但他无比坚毅。

在温州人和义乌人的身后,是更多的浙江人。

钉秤的永康人、修鞋的萧山人、补袜子的诸暨人、做棕床的嘉兴人、修眼镜的台州人……人多地少的基本省情,推动了浙江许多地方区域性传统手工业的兴盛,赢得了"百工之乡"的美誉。为了生计,为了活命,他们必须走出去,走出家乡、走出浙江,甚至走出国门。

上虞县是"中国朱丽叶"祝英台的故乡。在这片充满美丽传说的土地上,修伞郎也要出发了。捏着地图,背上伞件,他们边走边修,一直转悠到了云南、广西等边境乡镇。一些人甚至悄悄潜入越南、缅甸、老挝等国家摆起了修伞摊。到1985年,散布各地的上虞修伞郎有6000多人,其中跨出国门的就达近千人。

在上虞雨伞之乡崧厦镇,我曾经采访过一位姓张的修伞郎。他才24岁,在缅甸修伞已有六七年"工龄"。他说当年初到异国,人生地不熟,就花钱聘请能讲两国语言的缅甸边境居民当翻译兼向导,四处修伞。一年之后,自己的缅甸话就讲得相当顺溜了。

他告诉我,在跨国修伞游历中发现,缅甸、越南当地对中国产的纺织品极感兴趣,而上虞邻县绍兴就有国内最大的轻纺专业市场。"修了几年伞已积攒了不少本钱,这次回来打算搞些布料到那边贩销,生意不愁没得做。"

有学者在研究近当代中国新经济移民族群时,观察到了一个非常显著而独特的现象。

按一般规律,经济移民总是从边缘地带向中原地带、从贫困地带向繁荣地带、从战乱地带向平安地带流动。但是,20世纪80年代,浙江商人族群却是逆向而行。他们的出发地是经济相对发达的浙江沿海,目的地是更为穷苦的中国三北地区和中南、西南地区。

据不完全统计,以温州人、义乌人为先导,走向全国的浙江商人族群有400万之众,而浙江全省的人口总数不过4000多万。这种"候鸟"型的行商现象,在改革开放后经济同样发达的珠江三角洲、江苏南部、山东胶东半岛地区均未大规模出现过。

费孝通认为:"社会变迁起于人口的流动。人口流动非但使个人能够见到不同的生活形式,而且使个人遭遇新环境,要求新应付。"

温州人乃至浙江人,在30年改革开放史上以突破观念、勇领风气之先而广受称道。没有高深理论的启蒙,无须经典著作的引导,广泛而大量的主动性人口流动,为浙江思想解放培植了肥沃的土壤。所谓见多者识广,说的正是这个道理。这与流动半径有关,而与流动者的文化水平无太大关联。对160万在外温州人的文化水平抽样调查显示,小学程度占48.5%,中学程度占25.7%,大中专程度仅占0.47%。

大规模"候鸟"型的行商现象,也为浙江市场的超常规发育提供了无可替代的强力支撑点。数以十万计的商贩奔波各地，无孔不入地渗透于各个销售渠道，或零售、或专卖、或批发。他们已经成为浙江专业市场放飞在中国大地上空的一只只长线牵引着的"经济风筝"。正是这种放飞和牵引，使得浙江大批专业市场快速发展，收放自如。

许多参观者和考察者往往对浙江人商业嗅觉的灵敏和捕捉商机的能力赞叹不已。实际上，浙江人并非天生优秀的经济动物，他们的商业成就很大程度上缘于其比别人付出了加倍的艰辛。他们散布于世界各地，彼此之间又依托地缘、血缘、乡情等传统族群因素，编织起了巨大的共享性的商业信息网络。从这一意义上说，专业市场仅仅是一种有形的市场载体，在某些情形下，市场交易形态会发生这样或那样的变化，但由无数经济"候鸟"所织成的市场大网却总是生机盎然、张力无限。有浙江人的地方就会有商品的流动；有商品流动的地方就会有浙江的市场。这种联系如同空气，无所不在。

进入 20 世纪 90 年代，"市场热"开始在全国各地风起云涌。而在"东方启动点"温州，专业市场却渐渐失去了昔日的辉煌，一个个"落榜"的消息频频传来：

——1991 年起全国数次评选"十大市场"，温州均落榜。1994 年浙江省"十大超级市场"评选，龙虎榜上温州依然无名。

——按全省各地市专业市场总成交额计，1992 年温州名列第三，1993 年居第四，1994 年退至第七。

——除桥头纽扣等少数几个市场外，当年的温州十大专业市场有的停滞不前、发展缓慢，有的甚至已经销声匿迹。

温州专业市场出现了明显的萎缩。但正是在这一时期，温州经济进入了又一个高速发展期：1994 年，全市乡村工业的总销售额猛增到了 300 多亿元，约为 10 年前的 50 倍。

对以上反差强烈的事实稍加分析后不难发现，在此前我们所描绘的温州专业市场发展的"山坳现象"，是以温州改革的先发效应为基本前提的。当市场经济理念开始成为普遍真理时，温州偏居一隅的地理瓶颈日渐凸显。专业市场向交通更为便捷的浙中、浙北转移，这恰恰是正常的市场规律使然。

同时，当年撑起温州经济好大一片天的家庭工业异常活跃，但个体薄弱，如一盘散沙，企业的生存力与产品的辐射力都十分有限。千家万户的小生产选择千家万户商贩式的专业市场这一商品交换形式是合乎逻辑的必然。

逐渐，一批批温州企业在激烈的竞争中崭露头角，日益壮大，雄厚的实力非昔日可比。它们已经有能力从最初有形的专业市场中脱颖而出，构筑起自己各

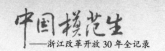

具形态的隐形的新型购销网络。

在市场交换形态不断提升完善的进程中，我们看到的是一个更具活力的"大温州——大市场"。

这样的景象，我们同样可以从整个浙江找到。

有权威机构曾经从浙江宏观市场的层面——包括市场主体发育状况、要素配置的市场化程度、市场经济价值观与行为规范确立的程度，以及政府管理经济方式的转变程度等综合范畴，进行过定性的分析和定量的评价。得出的结论是，浙江当下的市场化程度已接近60%，高于全国10个百分点。全球范围内，市场经济国家的市场化程度的极限大约在80%—85%。依此推断，改革开放30年，浙江的市场化已经走完了3/4的进程。

【浙江改革史档案一】

1978—2007年浙江商品市场年谱

年 份	数 量		成 交 额	
	个 数	年增长率(%)	亿 元	年增长率(%)
1978	1051		8.6	
1979	1322	25.8	11.3	31.4
1980	1415	7.0	12.2	8.0
1981	1656	17.0	14.7	20.5
1982	1736	4.8	18.1	23.1
1983	1788	3.0	21.6	19.3
1984	2241	25.3	26.9	24.5
1985	2345	4.6	44.0	63.6
1986	3653	55.8	59.1	34.3
1987	3706	1.5	80.9	36.9
1988	3632	-2.0	96.3	19.0
1989	3669	1.0	149.0	54.7
1990	3797	3.5	161.9	8.7
1991	3802	0.1	204.6	26.4

年　份	数　量		成　交　额	
	个　数	年增长率(%)	亿元	年增长率(%)
1992	3865	1.7	321.3	57.0
1993	4127	6.8	651.2	102.7
1994	4207	1.9	1476.2	126.7
1995	4349	3.4	2165.6	46.7
1996	4388	0.9	2545.0	17.5
1997	4488	2.3	2798.0	9.9
1998	4619	2.9	3209.6	14.7
1999	4347	−5.9	3606.0	12.4
2000	4348	0.0	4023.0	11.6
2001	4278	−2.0	4652.0	15.6
2002	4193	−2.0	4997.0	7.4
2003	4036	−3.7	5591.0	11.9
2004	4049	0.3	6384.0	14.2
2005	4008	−1.0	7173.0	12.3
2006	4064	1.4	8247.0	14.9
2007	4096	0.8	9325.2	13.1

（资料来源：浙江省工商行政管理局统计年鉴）

【浙江改革史档案二】

浙江市场的部分中国之最

　　截至2007年底，浙江共有商品交易市场4096家，总成交额达9325.2亿元，年成交额超亿元市场574家，其中超10亿元市场133家，均居全国首位。同年，全国商品市场年交易额前三甲被浙江包揽，分别是：义乌中国小商品城，348.37亿元；绍兴中国轻纺城，332.18亿元；永康中国科技五金城，300.85亿元。

　　此外，浙江商品交易市场创下的中国之最不计其数。现简列如下：

　　中国最大的羊毛衫市场——桐乡濮院羊毛衫市场

　　中国最大的轻纺原料市场——绍兴钱清中国轻纺原料城

中国最大的纽扣市场——永嘉桥头纽扣市场

中国最大的鞋类市场——温州鞋革城

中国最大的童装市场——湖州中国织里童装城

中国最大的衡器市场——永康金江龙衡器市场

中国最大的胶合板市场——南浔建材市场

中国最大的眼镜市场——瑞安马屿眼镜市场

中国最大的教具市场——永嘉桥下教具市场

中国最大的香菇市场——庆元香菇城

中国最大的淡水珍珠市场——诸暨山下湖珍珠城

中国最大的袜业市场——诸暨大唐袜业城

中国最大的领带市场——嵊州中国领带城

中国最大的塑料原料及制品市场——余姚中国塑料城

中国最大的皮衣市场——海宁皮革城

中国最大的丝绸市场——杭州中国丝绸城

中国最大的灯饰市场——温州东方灯具市场

中国最大的家纺装饰布市场——海宁许村中国家纺装饰城

第五章

"向左"或者"向右"

我真的迷了路

在喧闹人群中

向左走还是向右走

我努力选择,努力记得

不管世界有多辽阔

只要向着你走

——歌手光良:《向左走向右走》

在浙江 30 年改革开放史中,尤其是前 20 年,"向左"或者"向右",始终是一个无法回避的大问题。

关于"左"与"右",在官方和民间有两种不同解释。

先说说被广泛传播的官方说法:

"左派"与"右派"这一对名词诞生于 18 世纪末的法国大革命。1789 年 7 月 17 日,法国巴士底狱被攻陷,第三等级的代表掌握了政权。然而,由于阶级利益的不同,在 1791 年召开的立宪会议上,议员中第一等级的教士、第二等级的贵族与第三等级的资产阶级、城市平民、工人和农民出现了鲜明的分化。当时,拥护革命措施的社会底层议员占据了议会左边的席位,反对继续革命的上层议员占据了右边的席位。这个颇具戏剧性的历史场面是偶然形成的,但从此,"左"与"右"分道扬镳,泾渭分明。进步革命者被称为"左派",落后保守者被称为"右派"。

再说说有趣的民间说法:一般一个人走路的时候先迈左脚,后迈右脚。于是"左脚"代表了先进,"右脚"意味着落后。

很不幸,有时,勇于率先改革的浙江人和他们的改革行为很容易被看作是落后的"右脚"。更确切地说,是走腐朽、肮脏资本主义之路的"右脚"。

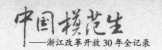

中南海派来调查组

出于对新闻职业的执著,1987 年至 2000 年期间,我对温州大体保持了一年不少于两次的采访频率。

1989 年 6 月 2—10 日,我当年第二次前往温州,采访的主题是乡村工业兴起后的农业出路。

7 日晚,我结束了苍南县一天的采访任务,入住县政府招待所。那时候,温州人虽然刚刚富起来,但县政府招待所仍是破旧不堪。摇摇晃晃的木窗怎么也关不紧,棕绷床一坐上去就感觉随时可能塌掉。沾满污渍的天花板上悬着一只只不知名的黑色虫子,在你头顶上方不停地蠕动。但我还是睡着了。

迷迷糊糊中,感觉蚊帐突然被人掀开,手电筒刺眼的光柱在我脸上来回照射。有人低声吼道:"证件!"我摸索了半天从裤子口袋里掏出新华社记者证,又是一阵手电筒光柱的横扫。几十秒钟后,咣当一声关门,杂乱的脚步迅速远去。我呆坐了半晌,不知道已是夜里几点,也没弄清楚究竟发生了什么。

第二天早晨,招待所服务员告诉我,昨晚是公安干警紧急查房。因为传说有不法分子从北京潜逃而来,准备从这里偷偷租渔船前往台湾。苍南是温州也是浙江最南端的县,与台湾基隆仅相隔 100 多海里。作为外来人员,被怀疑是很自然的。

一夜惊魂。

此时,距离北京发生政治风波不到 100 个小时。在这一非常时期,温州人可谓夜夜惊魂。

几年前,当温州以一种异常炙热的姿态闯入中国改革大舞台时,就深陷于"左"与"右"的激辩旋涡。一边是热情洋溢的高度肯定与赞赏,另一边则是此起彼伏的或明或暗的疑问甚至质问:

——温州发生的一切究竟是中国改革的一种偶然还是规律性的必然?

——温州眼花缭乱的变革是"姓资"还是"姓社"?是否符合社会主义发展的大方向?

——温州会把中国引向何方?是充满阳光和生机的绿草地,还是万劫不复的深渊?

1989 年前后,中南海曾经连续三次派调查组前往温州,频率之高、级别之高十分罕见。温州试验区领导小组办公室于 1994 年 2 月整理了一份内部资料,对中南海三问温州作了详尽如实的记录。

第一次调查组

时间：1989 年 8 月。

缘由：1989 年 4 月，在全国政协七届二次会议上，全国政协委员、浙江省石油化工厅的一位工程师提出一个提案（第 0484 号），主要内容是温州市自开辟为试验区以来，其优点是城乡工商业有所发展，但同时带来的资本主义影响也十分严重，物价高涨，走私偷漏税现象严重。一切向钱看，以钱开路，投机倒把、贪污受贿不正之风横行，造成民众贫富悬殊，多数人是通过投机倒把而致富，建议中央会同省市有关方面组织调研人员前往总结经验教训。

过程：全国政协将这个提案转给国家体改委。4 月 30 日，国家体改委决定 5 月 24 日派员到杭州，并于 26 日去温州。但由于 5 月北京发生了政治风波，于是，国家体改委将此提案转给国务院研究室主任袁木。8 月 26—31 日，国务院研究室武树帜局长一行四人受袁木指派，在温州考察了桥头、金乡、龙港、柳市等地的专业市场，与一些私营、股份合作企业主直接交谈。

今夜有暴风雪。从各级党报日趋严厉的字里行间，从来自北京的调查组官员愈加凝重的眼神中，温州人强烈地预感到了这一点。他们不能不焦虑。

1989 年初夏，我来到老丁的皮鞋厂采访。所谓皮鞋厂其实小得可怜，底层加二楼不过 100 多平方米，雇了 8 名员工。三楼就是老丁一家的生活区了。在温州数以千计的皮鞋企业中，属于谁都不会注意到的"小鱼小虾"。

老丁兴奋地向我介绍他新生产的皮鞋款式如何新颖，在市场上如何走俏。

"最近情况怎么样？外面这么乱，有没有遇到什么难处？"我问。

老丁愣了好一会，眼神变得黯淡："岂止是最近有难处。其实这些年，我们温州人内心很苦，有些牢骚憋了很久。可以这么说，温州人吃的是杂草，挤出的是牛奶，听的是骂声，挨的是鞭子。"

"此话怎讲？吃杂草，主要是国家计划内的东西温州基本上拿不到。发展温州经济，得自己找米下锅。没有计划内的粮草，就得到荒山野岭找杂草吃，或高价从外地进。"

"挤牛奶，这最明显了。温州对国家的贡献不小。前几天的《温州日报》上说，仅'七五'这几年温州就上缴 9.52 亿元，而新中国成立 30 年来国家给温州的固定资产总投资不过 6 亿元。温州交通这么不方便，铁路建设也要靠自己去找门路。想想看，几百万人靠这么点土地怎么活，怎么富起来呢？多可怜的温州！"

"听骂声、挨鞭子，这话说起来就多了。温州人在国家投入这么少的情况下，靠政策好,凭着自己的勤劳智慧艰苦创业。在温州像我这样今天有了几个钱的老百姓很多,又有几个不是靠自己干出来的?可是这些年总有人谈'温'色变,把温州的一切与资本主义挂钩。似乎形成了一个无形的'定律':温州=资本主义,支持温州=支持资本主义;反之,批判温州=批判资本主义,表明革命立场坚定。在全国,有相当一部分人对温州误解太深,我们担心一有风浪,温州又难免要'挨鞭子'。"

"究竟谁能为温州说句公道话?"告别老丁时,他紧紧握住我的手,久久不放。

多少年了,老丁想不明白,温州人想不明白:一不偷、二不抢,靠每个人的双手和智慧,富了自己,富了国家,这究竟有什么错?

为温州人大声辩护的马津龙

与20世纪80年代末的中国其他地方相比,温州最扎人的现象之一就是一批人富起来了,而且富得令人嫉妒。历经几千年无休止的战乱、腐败和闭塞,亿万中国百姓已经穷怕了,穷得麻木了。虽然他们心中致富的渴望从未泯灭,但是当一些人突然先富了起来——这个神话上演在自己生存的同一时代,甚至就发生在自己身边时,他们顿时感到手足无措,上上下下不约而同地出现了狐疑和不信任感:这些人究竟是谁?这些人凭什么富裕?这些人想干什么?

温州先富起来的主体是个体户、私营企业主,顺理成章地,他们也就成为中南海三次派出的调查组关注的主要对象。应第一次调查组的要求,温州市体改委的负责人宋文光和马津龙曾专门撰写了一份题为《温州个体、私营企业主的经济状况和政治态度》的参考材料,对此作了详细的描述:

一、这个改革中形成的既得利益阶层主要包括三类人。

第一类是私营企业中雇工较多的企业主。1988年,温州共有个体工业企业15万户,私营工业企业1万家,个体、私营商业网点75139个。

第二类是购销员中的高收入者。温州的私人购销员是在市场上独立经营的经纪人。1985年,温州就涌现了为家庭企业服务的10多万名购销员,他们的收入来自按一定比例提取的购销合同业务费。

第三类是建筑工程队的经营者,即包工头。温州小城镇建设突飞猛进,建制镇从1978年的18个,发展到1988年的111个。这些都为建筑包工头开辟了发财致富的门路。根据1985年对40户所谓"经营大户"的调查,其中建筑包工头的平均年收入为6万元。

二、温州个体、私营企业主阶层的素质相对较高。

农村实行包产到户后,从土地转移出来的农民首先进入的非农产业是家庭工业和购销业。家庭工业起步时技术含量很低,一般农民都容易经营,但购销业对人员素质的要求相对较高。因此,购销员往往是农民中文化水平较高、有经营头脑和见过世面的人。根据1985年对147名购销员的调查,年龄在20—40岁的占70.75%。在147人中,共产党员有31人,占21.03%;共青团员11人,占7.48%;复退军人19人,占12.93%;村干部20人,占13.61%;民办教师3人,占2.04%;还有一人为全国新长征突击手。最初经营私营企业的,相当部分就来自购销员中已积累了必要的原始资本的人。根据1985年对31家雇工大户的调查,除了购销员外,企业主还来自社队企业的技术人员、管理人员,原生产大队、生产队的队长、会计,以及上山下乡的知识青年、支边回乡青年。

因此,温州个体、私营企业主阶层并非由素质相对较低的带有某些特殊身份的社会成员——比如,被一些人嗤之以鼻的乡间混混、刑满释放人员——所组成,基本上没有出现所谓的"人力资本的扭曲导向"。特别是在农村,毋宁说首先是对高素质人力资本的开放。

三、温州个体、私营企业主阶层的政治态度在主流上是健康、积极的。

正是因为温州的个体、私营企业主阶层以其艰难的成功,在温州群众中确立了能够获得应有尊重的社会地位,多数人不再有低人一等的自卑感和自暴自弃的行为。温州的个体、私营企业主阶层具有较高的组织化程度。除了科技协会、信息协会和个体劳动者协会等组织遍布城乡外,有些地方还成立了比较健康的党、团和民兵组织。根据1989年对全市88家民营企业(私营、股份合作企业)的问卷调查,在回答"希望加入何种组织"时,36.4%的人表示希望加入共产党。在温州,不少个体、私营企业主还当选为各级人大、政协的代表,被评为县、市、省和全国劳动模范。1989年,温州市荣获全国劳动模范称号的8人中,个体、私营企业主就有4人。

这篇长长的参考材料的结束语就像一场"缺席审判"的辩护词,结论明确而且慷慨激昂:无论是经济状况还是政治地位,温州个体、私营企业主的处境都与改革息息相关。在经济上,他们没有其他某些阶层对改革中利益变动所产生的不满情绪;在政治上,改革正日益消除了人们对个体、私营企业主阶层的身份歧视心理,使他们逐步获得了事实上平等的社会地位。对他们来说,10年改革的确

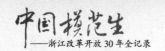

是一次恩泽无量的解放,他们过去是而且将来也必是中国改革最坚定的参与者和推动者。

事实也印证了这一结论。

1989年北京发生政治风波后,温州个体、私营企业主中,始终没有发现有人参加支持游行之类的活动。温州高等院校不多,只有温州大学、温州师范学院等几所。当部分学生到市区环城东路小商品市场募捐时,122个摊位竟然个个"一毛不拔"。而据统计,全市个体、私营企业主却共向北京戒严部队指挥部与身亡战士家属汇款达五六万元。

一份来自温州市委的材料为这一现象作出了注解:1989年6月初,因政治风波导致了温州市民的挤兑风潮,城市信用社首当其冲。6月6—8日,温州市区13家股份制城市信用社共减少储蓄1111.4万元。由于全国各地的交通被阻断,许多个体、私营企业的原材料运不进,产品发不出,资金被拖欠,生产只好停止。

正是出于对个人财产的强烈关心,温州个体、私营企业主阶层从内心深处迫切希望社会政治秩序稳定,天下太平。

但对中央平定风波的支持并不能改变温州被质问的地位。

第一次调查组向中央提交了《浙江温州实行股份合作企业的情况》、《温州市对挂着集体招牌致富的私营企业开始进行明晰产权的试点工作》等三份专题材料。认为温州试验区的改革试点工作要继续下去,该试验的项目还要进行,但必须要逐步完善。

时任国务院总理的李鹏说,国务院批准的改革试验应该继续下去。温州的经济发展有它的特点,温州经济叫不叫模式,我们可以不去管它。温州经济的发展,特别是个体、私营经济的发展,只要是符合党的十三大精神,因地制宜、有利生产、利国利民的,就要继续向前走。温州的10年改革,成绩是主要的,任何时候也否定不了。

第二次调查组

时间:1989年10月—11月。

缘由:1989年9月21日,一位姓吴的"温州老百姓"致信中央政治局常委江泽民、宋平、李瑞环,信中称:"温州模式"实为资本主义模式,某些方面比资本主义还无法无天。温州"赌博到处有,妓女满街走,流氓打警察,共产党员信菩萨"。信的最后说,"温州市委领导是好的,多数同志廉洁奉公,工作辛苦,只因潮流如此,无力回天。请中央领导同志派得力要员,把温州重新引导到正常的轨道上来"。

过程:这封信由中央信访局转给李瑞环。10月12日,李瑞环将信的原件摘要转送李鹏、姚依林。10月14日,李鹏批示:请袁木同志组织调查。据此,国务院研究室派黄家全、李小明于10月22日到杭州,与时任浙江省委书记李泽民交谈后,于10月24日至11月1日,共在温州考察8天。此次考察涉及13个部门、8个县(市、区)、36个厂矿企业事业单位,与74位领导、干部、民主党派人士和个体、私营、集体、国有企业负责人及居民代表交谈,广泛听取意见。

1989年10月26日晚,中南海派出的第二次调查组召集永嘉、苍南、平阳、乐清、洞头等6个县的县委书记或县长开座谈会。会议的话题是温州10年改革的路子对不对、是否符合社会主义方向、对温州存在的阴暗面怎么看。下面是部分发言的摘要:

屠锡清(乐清县县长):我是长期搞计划经济的(原为市经委副主任)。我非常希望温州也能像其他城市一样,搞一个宏大的国有和集体工业布局,国家能给予大力投资。然而,我们等啊等啊,等了几十年也等不到什么。国家不给温州投资,怎么办?难道我们不可另想办法?有人说我们县是靠假冒骗、偷漏逃、制贩"黄"货富起来的。这从哪说起?对于这种说法,我是不能接受的。当然乐清的问题也是有的。在社会主义初级阶段,在商品经济发展的初始阶段,假冒骗现象的确存在,因为某些人就是要钻空子。对于假冒骗行为,我们一经发现,就予以打击。至于"温州的妓女满街走",这种说活不确切,事实没那么严重,我也没看见过。当然,暗娼是有的,但我们是采取有力措施打击取缔的。

目前,乐清的个体户和私营企业主普遍存在"三忧"、"三愁"和"三怕":一忧党的政策变化,愁"枪打出头鸟",怕被戴资本家的帽子;二忧税率加重,愁无利可图,怕被戴偷税漏税的帽子;三忧私营企业受歧视,愁业务越来越少、生意越来越难做,怕个体和私营经济得不到保护。这样下去,税源的大头被断,财政困难,我们书记、县长难当啊!

周方权(苍南县县委书记):我认为温州的做法是没有办法的办法。一是改革改出来的、开放放出来的,二是"逼上梁山"逼出来的。温州人也希望温州能像苏南那样发展,但是温州人多地少,农业条件差,专靠农业没有办法;温州矿产资源匮乏,工业基础十分薄弱,靠国有、集体工业企业不能解决问题;靠国家,国家财力又有限。那怎么办?温州人坐等饿死?

包哲东(洞头县县长):实践是检验真理的唯一标准。认真、冷静地分析10

年来温州走过的路子和发生的变化，我认为温州别无他途，只能这样走，也应该这样走。

过去，有人概括说洞头是"八个书记、八万人口、八百万贷款"，下面一个乡共29个村党支部正副书记，其中9个讨不起老婆，女子只嫁出去没进来的。近几年，洞头的发展变化可谓大矣。现在洞头人吃的讲营养、穿的讲洋相、住的求气派。不论城镇还是渔村，到处是一栋栋漂亮的楼房，许多渔民房间里摆满高档的家具电器，布置得富丽堂皇。回顾洞头10年间的地覆天翻，能说我们的路子不对吗？

第三次调查组

时间：1991年7月。

缘由：1991年5月18日，人民日报社编发的《每月总汇》刊登了署名温州离休老干部的《当前温州老板和雇工的一些情况》的来信。信中描绘了温州老板"骑的本田王（日产高档摩托车）、穿的Ａ底王（Adidas系列鞋袜）、睡的弹簧床（香港雅兰床，价值4000元）、抱的花儿王（嫖玩高级暗娼）"。而来自各地的雇工工作和生活条件却很差，没有保障。

过程：一位原国家领导人看了这份材料后，即作如下批示：建议党中央、国务院派清查团，本着坚持四项基本原则，对温州市早有所闻的严重丧失革命政权、目无法纪的诸多后果予以查处，不然将大乱。遵照批示精神，7月4—15日，国务院研究室沈柏年局长一行四人赶赴温州，就改革开放以来温州各种经济成分的发展变化，以及每种经济成分内部的分配状况等问题，进行了广泛的调查。

第三次派出的调查组所作的《对温州个体、私营经济的考察报告》指出，"由于经济发展，初步解决和缓解了温州长期遗留下来的一些社会矛盾"，"作为社会主义经济的必要补充，个体、私营经济的发展，对于促进经济发展、活跃城乡市场、解决社会就业问题，起到了积极作用"。但"在发展中带来了一些不容忽视的消极因素，如偷税漏税现象严重，雇工劳动条件差、强度大，假冒骗问题突出，部分个体、私营企业主追求高消费，社会各阶层收入差距拉大，分配不公，冲击了国有、集体企业职工队伍等"。由此，也就部分改变了"温州经济在总体上符合社会主义原则和发展方向"的第二次调查组得出的结论。

不戴"帽子"更凉快

1989年，北京发生政治风波前后，是共和国历史上最令人揪心的一段岁月。躁动、迷茫、彷徨，风云变幻，流言四起。作为中国改革开放军团最先锋的另类，温州被推到了刺眼的聚光灯下。

此时此地,许多人把一个大大的问号挂到温州人的脖颈,恐怕是再自然不过的事了。

温州是有"前科"的。在史无前例的"文化大革命"中,这里的"乱"是出了名的。如今,一群率先富得流油的家伙在这片不安分的土地上趾高气扬、招摇过市,一有政治上的风吹草动,他们还会有什么好嘴脸?

在温州人看来,当年一支支来自中南海的调查组接连开赴温州,是在认真考虑该给温州戴一顶什么帽子:是社会主义的,还是资本主义的。

温州改革开放30年间,中央高层前来考察最密集的有两个时间段。

第一个时间段为1985年11月至1986年11月。

1986年4月,国务院副总理万里、中共中央书记处书记郝建秀途经与温州相邻的台州路桥机场转赴温州。万里的兴致特别高,5天内跑了10多个专业市场和许多家庭工厂,召开了一次次专业大户、致富能手的座谈会。继安徽凤阳的联产承包责任制后,他似乎又发现了一片新天地。

在此前后,国务院副总理田纪云,中共中央书记处书记、国务委员谷牧,国务委员张劲夫,国务委员兼国家计委主任宋平,中共中央政治局委员胡乔木,国务院秘书长陈俊生等纷纷赶赴温州考察。

第二个时间段为1991年。

在这段极为特殊的日子里,中共中央政治局常委李瑞环前往温州考察。针对一直纠缠着温州人的"帽子问题",他提出了妙趣横生的"光头论"。虽然李瑞环的原话很多年以后才慢慢见诸报端,但急切的温州人当时还是通过各种渠道探知了一二。

1991年5月14日11时10分,一架"挑战者"号专机徐徐降落在开通不久的温州机场跑道上。机舱门打开,中共中央政治局常委李瑞环笑呵呵地疾步走下机梯。随即改乘汽车,驶上简易公路,直接赶往中国第一座农民集资兴建的明星城镇——苍南县龙港镇和金乡镇。

当晚,温州市区与往日一样,灯火通明,喧嚣繁华。李瑞环一行来到环城东路、公园路视察夜市。在一个小商品摊位前,他环顾了一下摊位上的各类服装、装饰品,指着眼皮下的几串珍珠项链,明知故问:"这是真的还是假的?"

"假的。这些是仿制品,没真的,所以便宜。"摊主不假思索地回答。

众人大笑。李瑞环满意地对摊主竖起大拇指,笑着离去。

在乐清县柳市镇股份合作的求精开关厂,当李瑞环得知这位厂长5年前入股 5 万元创办的企业，现在已增值到 40 万元后，询问道："去年你分了多少钱？"
这位厂长报了个保守的数字。

李瑞环一听连连摆手："那比存银行还不合算，要不然就是你没讲实情。我
想我们在一起研究问题，大家都把真情实况讲出来好不好？"

温州市委一位分管股份经济的副秘书长赶忙汇报：每位股东一年可以拿到
三笔收入。一是股息，其利率允许比国家银行基准利率高 30%，而且计入企业成
本，在税前开支；二是税后利润有 25% 用来分红；三是税后利润的 50% 虽用于
扩大再生产，但产权记在股东名下，也可以由股东支配转让。

李瑞环听罢颔首，转身问厂长："是这样吗？"厂长笑着点点头。

"好，好。"李瑞环这才放心地说。

既然来到温州，就绕不开温州姓什么、该戴顶什么"帽子"的老话题。

李瑞环没有回避，开门见山：

"在温州这个议题上，事实上不管你叫不叫'模式'，已经成了我们国家对待
个体、私营经济的一种态度。对个体、私营什么态度，人家就看你对温州怎么样；
对乡镇企业什么态度，就看你对苏南一块怎么个态度；开放这件事究竟是卖国
或吃亏了，还是占便宜了，就看你对珠江三角洲怎么看。这谁也没说，不是谁封
的，文件上也没说，就是这么一回事。"

"温州这件事怎么看，将来怎么看都还可以再研究，不要急急忙忙地下结
论。我看你怕别人给你戴'白帽子'，你就给自己急着戴'红帽子'。我说你们先不
戴'帽子'，光头不是更凉快吗？"

李瑞环：不要怕别人给你戴"白帽子"

为此，他还作了个生动的比喻：这好比给小孩起名字，总不能没生下来，还不知道是男是女，就急急忙忙地起名字。叫什么名字并不是最要紧的。要是生个男孩，那就叫"铁柱"、"石蛋"之类的名字；要是生个女孩，那就起个"招弟"之类的名字；或者小孩生下来先

起个小名,等长大了要读书时再起个大名也不迟。

先生娃,后起名,不要急着首先考虑戴一项什么性质的"帽子"。事实上不仅温州如此,整个中国改革又何尝不是如此?几乎从一开始,改革就带有无法逾越的模糊性和不确定性:怎么往前走?代价最小的捷径在哪里?又会遇到多少难题?

我们不知道,我们也无法知道。中国改革开放前无古人,没有先例可循,没有故事可讲,马恩列斯经典著作也不可能给予超越时空的指点。摸着石头过险滩,这正是中国改革的艰难所在,也正是中国改革的意义所在。

发展才是硬道理。今天,这句名言开始被我们真正接受。但是在一个把名分看得比生命更重要的国度,要确认这一点,还是相当不容易的。

在李瑞环之行前后,1991 年 4 月 23—25 日, 时任中共中央政治局常委、中央纪委书记乔石考察温州。

同年 10 月 23 日,时任中共中央总书记、中央军委主席江泽民考察温州,并充分肯定了温州人民在党的十一届三中全会路线、方针、政策指引下,在发展经济、稳定社会、脱贫致富、繁荣市场等方面所取得的成绩。

杭嘉湖"杀机"风波

1990 年 10 月之后, 一支支社会主义基本路线教育工作组走进了浙江省各地乡村。

这一大规模活动主要是利用冬闲季节,对当时全省农村被认为已经出现的各种偏离社会主义方向的思想苗头和行为进行普遍的教育、纠正。工作组成员由省、地市、县、乡镇各级干部构成,数以万计,从 1990 年起连续开展了多年。1991 年 10 月至 12 月 31 日,我作为新闻出版系统的省级工作组成员,在台州玉环县的楚门镇亲历了 3 个月的"社教"生活。

1990 年冬,在以湖州、嘉兴两市为主的浙北杭嘉湖平原,"社教"工作的重要抓手,就是严厉整治如潮水般大量涌现的农民家庭经营的个体织机。所谓"杀机"风波由此而起。

杭嘉湖乡间以农户家庭为生产单位的种桑养蚕、缫丝织绸历史极为悠久。1958 年,在湖州城东 7 公里处的钱山漾发掘出了距今 4700 年的丝绸残片。明清时期,皇帝及后妃均以因湖州近郊南浔镇辑里村而闻名的"辑里湖丝"作为龙袍

凤衣的指定原料。1844 年至 1848 年,经上海口岸出口的中国生丝中,辑里湖丝占了 55.1%。

新中国成立后,几经打击的杭嘉湖农村个体织造业于 1984 年左右"死灰复燃",并于 1988 年起进入大发展阶段。这一时期的个体织造业采用化纤丝为加工原料,原材料市场及销售市场均在外地。不到 3 年时间,个体织机台数翻了两番,日产化纤织物达 200 万米以上,相当于 20 世纪 80 年代初浙江全省丝绸日产量的 4 倍。

个体织机的活跃给杭嘉湖平原农村带来的好处显而易见。

时任湖州长兴县乡镇企业局局长的凌菊仁对此感触颇深。他说,一是解决了农村大批劳动力的就业问题,增加了农民收入。每户年利润至少在 4000 元以上,日子开始大变样。如今凡是有织机的农户,几乎家家盖起了新楼房。二是小小一台织机与全国大市场紧密相连,农民切身体会到了什么是商品、什么是流通。在织机户家中,就连 60 岁的老太都知道她亲手织的这匹布卖到上海是什么价,销到江苏南通又值多少钱。

但是,个体织机的致命伤同样是显而易见的:当地大批同行业的乡村集体企业难敌其激烈竞争,其中不少败北关门。

这是实实在在的"祸水",是关系"向左"或者"向右"的社会主义大方向的严峻挑战。

杭嘉湖平原自古是富庶之地。在插根棒子就能长出面包的江南水乡,集体经济也曾茁壮生长,几乎每个乡镇都建有一两家集体绸厂或丝织厂。但有一天它们惊讶地发现,生命力更为旺盛的"狼"——个体织机来了。

威胁主要来自劳力、技术、人才的同业相争,大面积"跳槽"行为一夜之间就有可能发生。

以嘉兴海宁市许村镇为例。1988 年后,个体织机以每年 1000 多台的数量飞速递增,3 年内总数达到了 4000 余台,年产值 1.5 亿元,超过集体企业,竟占了全镇工业总产值的 63.9%。同行业乡镇集体企业里许多经过多年培训的员工甚至管理者,经不住巨大的诱惑纷纷弃"公"从"私",即使勉强上班的,也是"脚踏两只船"。1990 年,这个镇的 53 家村办轻纺厂已骤减至 18 家,393 台织机被转卖给个人。村办企业从 1986 年赢利 170 万元下跌到 1989 年的亏损 61 万元,还有近 100 万元银行贷款无力归还。拥有 263 台织机的 5 家镇办纺织企业结局更惨,全部倒闭,无一幸免。

在杭嘉湖平原,许村现象几成规律:家庭织造业发展得有多快,集体企业萎缩得就有多快。湖州市环渚乡的集体纺织厂仅 1991 年初不辞而别的职工就达 100 多人,环渚丝织厂 20 余名技术熟练的保全工和 1 名关键生产环节的车间主任离去后,厂里只得临时请回 17 名退休工人勉强维持生产。

发生在杭嘉湖的个体与集体织机之争,正是由来已久的温州模式与苏南模式之争的典型反映。

20 世纪 80 年代初以来,以个体私营经济为所有制表现形态的温州模式在浙江南部的温州、台州一带迅速呈现燎原之势,举国瞩目。而浙江北部、东部的湖州、嘉兴、杭州以及宁波、绍兴等地,则是以乡镇集体经济为所有制表现形态的苏南模式唱绝对主角。处于浙江中部、西部的金华、衢州被两种模式拉锯争夺。无论是南风北渐还是北风南进,早已超越了经济发展路径选择的单纯范畴,已成为关乎"姓资"还是"姓社"的大是大非问题。这一严峻的抗衡从 20 世纪 80 年代中期一直延续到 90 年代中期。

从个体与集体之争看政治动向,在杭嘉湖平原是有历史传统的。

1969 年第 9 期《红旗》杂志就刊登过一篇题为《深入进行农村两条路线斗争的教育——浙江德清县下高大队的调查报告》的长文,同年 9 月 15 日的《人民日报》以整个头版全文转载,这种规格和待遇在当年也是颇罕见的。这份来自湖州德清县一个普通生产大队的调查报告的核心观点是:一斤粮食、一把竹笋、一个鸡蛋,由谁生产、怎么生产、卖给谁,"在农村,有无产阶级和资产阶级争夺领导权,社会主义和资本主义争夺思想阵地,社员头脑里'公'与'私'激烈斗争这三个重要关口","要牢牢把住这三个关口,击溃资产阶级思想的猖狂侵袭"。

事实上,杭嘉湖平原乡镇集体企业在这一时期所遭遇的困局,并非完全来自个体、私营经济的"猖狂侵袭"。1988 年 10 月,由于放开管制、取消价格双轨制的"物价闯关"行动失败,中央开始调整政策,再次提出"宏观调控、治理整顿"的方针。由此,导致了全国性的银根紧缩、消费降温,工厂开工不足,乡镇企业大面积倒闭。

但无论如何,乡镇集体企业深陷困境与个体、私营经济这个"历史罪人"是脱不了干系的。一场坚决的大整治来临了。

1991 年初的一天,担任湖州市委农村"社教"织里区片工作组联络员的《湖州日报》总编室主任张柏兴接到通知,赶到市委第一招待所会议室参加"社教"精神通报会。

市委领导一字一句地传达了上级的指示:要以"社教"工作为牛鼻子,从讲政治的高度落实对个体织机的整顿,决不能让湖州成为"第二个温州"。张柏兴回忆说,当时只觉得脑子里嗡的一声,还以为是自己听错了:"成为温州又怎么啦?温州就是资本主义吗?哪份中央文件有这样的盖棺定论?"

前来参加会议的市工商、土管、税务等部门负责人也纷纷表态:靠个体、私营发财是建立在沙滩上,不能持久,迟早要垮的。大河有水小河满,只有集体经济才是光明的康庄大道。各部门的核心意见就是如何限制甚至卡死"泛滥成灾"的农民个体织机。

会议精神很快在全市得到了贯彻。有的乡镇规定,党员干部家庭或农户中只要有一人在乡村集体企业工作的,便不准在家里摆织机;更有甚者,干脆明令凡乡村有集体企业的,一律不准农户从事第三产业以外的个体生产经营活动。大部分开展整顿的乡镇通过大幅度提高个体织机的税费、电费及管理抵押金标准,使得农户无利可图,被迫主动放弃织机。

"杀机"行动受到了个体织机户的强烈抵制。他们认为,所谓整顿引导只是冠冕堂皇的借口,根本目的就是要把个体织机"赶尽杀绝"。嘉兴市郊区一个乡的100多台织机被查封后,当地农户表示要"联合上访,问个清楚",市、区政府官员紧急"灭火",做了大量的解释安抚工作,此事才得以平息。

湖州近郊戴山乡是个体织机的"重灾区"。该乡党委书记沈应林告诉前来采访的新华社记者慎海雄,有一天,他带着乡干部和10多个基干民兵下村查封"不符合规定"的织机,却被200多个村民里外围了三层,整整3个小时才得以脱身。当时正值电影《焦裕禄》上映,村民们指着沈应林的鼻尖大声质问:"焦书记为解决老百姓吃饭问题,甘愿冒了破坏统购统销的罪名买粮食。你们也是共产党的干部,你们为什么不学学焦裕禄?"

"与老百姓利益对着干的事,都不会有好结果的。"沈应林说。1991年春节前,他们费尽心思,好不容易把全乡的500多台个体织机作了统一处理,关停了一批。工作组离开不到半个月,竟然又冒出了1500台。

"杀机"行动在抵抗和争议声中一直持续到了1991年冬季。

1992年3月,邓小平南方谈话公开发表。4月,湖州市委、市政府发出了在全市开展"解放思想大讨论"的决定。《湖州日报》特约评论员文章说,"还有不少'左'的思想束缚我们,牵制太多。要敢于冲破束缚生产力发展的旧框框旧条条,如发现我们过去工作中的失误就应该及时纠正","这个问题不解决好,势必挫伤群众的创造精神"。

在反思中被列为"过去工作中的失误"的"杀机"行动,也随着这场大讨论的到来悄然终止。

20世纪90年代中期前后,浙江改革领域的一件大事就是各种所有制经济主体的产权制度变革逐步展开,民营化浪潮由南至北席卷全省。虽然,我们不能将这一趋势简单地理解为"温州模式"的胜利——"温州模式"本身也是在与"苏南模式"的碰撞、交融中不断提升完善的,并于 2000 年后演变为所谓的"新温州模式"——但不应否认的是,这场浙江最早的全面的民营化浪潮的核心,正是产权清晰、市场先导、民众广泛参与等"温州模式"的精髓。

我们还可以观察到一个有趣的现象,20 世纪 90 年代中期以前,浙江北部、东部原本以乡村集体经济为主体的地区中,凡率先大面积孕育个体、私营企业,被称作"小温州"的县市,当时颇受非议,此后却成为经济发展步伐明显领先于周边的耀眼新星,如宁波的慈溪市、嘉兴的海宁市、绍兴的诸暨市。在 2006 年度国家统计局公布的全国百强县排行榜上,以上三个并无天然优势的县市排名迅速蹿升至第 14、23、24 位。而当年个体织机最猖獗、"杀机"行动中受重拳打击的湖州市织里区,则早已成为富甲一方的"中国童装之乡"。

大约在 1992 年后,江苏本土及全国各地的不少学者亦出现了对曾经大加褒扬的"苏南模式"的争辩。一开始还仅仅是围绕如何"创新完善"、迈向"新阶段"等展开谨慎的探讨,之后就有人大胆地使用了"质疑"、"僵化"、"危机"、"扬弃"、"告别"之类较为敏感的字眼。

1997 年 10 月,时任江苏省委书记的陈焕友在中共十五大刚刚闭幕后召开的省委九届七次全委(扩大)会议上指出,以乡村集体企业为主的集体经济,在苏南地区占有较大比重,它在产生和发展的历史过程中显示出了强大的生命力,积累了许多成功的经验。但是,随着社会主义市场经济的深入,也遇到了一些新情况、新问题。突出表现在:所有制结构比较单一,政企权责不分,企业产权不明,原有的机制活力逐步减弱。

这番讲话被不少媒体解读为江苏官方首次公开反思"苏南模式"。1998 年后,苏南一批一批的官员开始南下浙江取经,试图从个体、私营经济的巨大活力中汲取新的养分。

陈云书赠李泽民

浙江省会杭州有两所著名的国宾馆。一所为地处杨公堤 18 号的西湖国宾馆,另一所为地处南屏山雷峰塔北麓的西子国宾馆。新中国成立后,这两所国宾馆成为中共中央领导人来到杭州的主要下榻地。

曾任中央顾问委员会主任的陈云十分偏爱杭州,每次来杭几乎都住在西子国宾馆。西子国宾馆原名青白山庄,又称今蜷还琴。原系安徽茶商、汪裕泰茶庄庄主汪自新建于 1927 年的别业,故又被称为汪庄。汪庄北依西湖,与三潭印月遥遥相对。当年,汪自新在庄内设有自家茶庄的门市部,专供西湖龙井名茶。20世纪 50 年代初,汪庄新建主楼、配楼、连廊以及宽广草坪,始改称西子国宾馆。

1990 年 1 月 24 日,距离农历春节还有两天,天气异常寒冷。当日上午,时任浙江省委书记李泽民等省党政军主要官员,以及在杭州的中顾委委员铁瑛、李丰平,驱车来到西子国宾馆 2 号楼,向陈云拜年。2 号楼是位于西子国宾馆内侧的一栋单层小楼,门前苍松挺拔。

85 岁的陈云见到浙江同志很高兴,与大家合影后,又进行了长时间的交谈。

谈话刚开始,陈云拿出了事先写好的 15 字条幅"不唯上、不唯书、只唯实,交换、比较、反复",赠送给李泽民:"这 15 个字,我是不轻易送人的。"

陈云手书"不唯上、不唯书、只唯实,交换、比较、反复"

李泽民说:"陈云同志的这 15 个字,不光是送给我的,也是送给我们省委全体常委的。这是陈云同志对我们的期望。"

陈云进一步解释:"这 15 个字,前 9 个字是唯物论,后 6 个字是辩证法,合起来就是唯物辩证法。"

关于这次意味深长的谈话,《人民日报》记者曾专门采访了李泽民,并对当时的谈话情景做了完整追录。

陈云:不唯上,并不是上面的话不要听。不唯书,也不是说文件、书不要读。只唯实,就是只有从实际出发,实事求是地研究处理问题,这是最靠得住的。

交换,就是互相交换意见。比方说这个茶杯,你看这边有把没有花,他看那边有花没有把,两人各看到一面,都是片面的。如果互相交换一下意见,那么,我们就会对茶杯这个事物得到一个全面的符合实际的了解。过去我们党犯过不少错误,究其原因,最重要的一点,就是看问题有片面性,把片面的实际当成了全面的实际。作为一个领导干部,经常注意同别人交换意见,尤其是多倾听反面的意见,只有好处,没有坏处。比较,就是上下、左右进行比较。抗日战争时期,毛主席的《论持久战》就是采用这种方法。他把敌我之间互相矛盾的强弱、大小、进步退步、多助寡助等几个基本特点,作了比较研究,批驳了"抗战必亡"的亡国论和台儿庄一战胜利后滋长的速胜论。毛主席说,亡国论和速胜论看问题的方法都是主观的、片面的,抗日战争只能是持久战。历史的发展证明了这个结论是完全正确的。由此可见,所有正确的结论,都是经过比较而得出的。反复,就是决定问题不要太匆忙,要留一个反复考虑的时间。这也是毛主席的办法。他决定问题时,往往先放一放,比如放一个礼拜、两个礼拜,再反复考虑一下,听一听不同的意见。如果没有不同的意见,也要假设一个对立面。吸收正确的,驳倒错误的,使自己的意见更加完整。因为人们对事物的认识,往往不是一次就能完成的。这里所说的反复,不是反复无常、朝令夕改的意思。

陈云:你们开始学哲学没有?

李泽民:从1月开始学。中顾委发的陈云同志的三个讲话,我们常委都学了。

陈云:我还有一个意见,请你们考虑,就是搞调查研究有两种办法:一种是亲自率工作组或派工作组下乡下厂,这当然是十分必要的;另一种是每个高中级干部都要有敢讲真话的知心朋友和身边的工作人员,通过他们可以经常听到基层干部、群众的呼声。你李丰平同志是四川人,周围就有这种人。后一种调查研究,有"真、快、广"的特点。所谓真,就是他们敢于反映真实情况,敢讲心里话。因为他们信得过你,知道你不会整他们。我就有一些这样的朋友。所谓快,就是当问题处于萌芽状态时,就能够及时发现。所谓广,就是全国各省市各行各业,都有许多高中级干部(包括离退休的)。在某种意义上讲,后一种调查研究比前一种调查研究更重要一些。两种调查研究都有必要,缺一不可。这是我第一次同地方的同志交换这个意见。

李丰平:要下去蹲点,交知心朋友。现在有些人下去搞调查,走马观花,一天走好几个县。

陈云:1961年6、7月间,我在青浦县小蒸公社搞调查,住了半个月。这里是我1927年搞过农民运动的地方,解放后也常有联系,当地的干部、群众能够同我讲真话。当时在养猪问题上已经确定实行"公私并举、私养为主"的方针,但对母猪是公养还是私养,并没有明确规定,而这是关系到养猪事业能否迅速恢复和发展的一个重要问题。小蒸公社当时有15个养猪场,我去看了10个,还看了农民私养的猪,并召开了几次座谈会之后,感到私养母猪比公养母猪养得好。私养母猪喂食喂得好,有的甚至喂泥鳅,猪圈也干净,产苗猪多,苗猪成活率高。公养母猪喂食不分大小、强弱,像开"大锅饭",猪圈脏得很,母猪流产多,苗猪成活率低。通过这次调查,我得出了一个结论,就是大部分母猪也应该下放给农民私养。

陈云:总之,后一种调查研究,你们浙江可以试一试。你们要在各行各业广交知心朋友。

1991年1月18日,李泽民在《人民日报》刊发了题为《改善工作方法　提高领导水平》的长文,详细阐述了对陈云"不唯上、不唯书、只唯实,交换、比较、反复"题词的学习体会。他认为,陈云这一题词的根本精髓,就是"实事求是"。

陈云的夫人于若木在接受媒体采访时曾透露,陈云"不唯上、不唯书、只唯实"这一广为传诵的"实事求是"的思想结晶,源于延安时期的读书运动。1937年11月,陈云从莫斯科回到延安后,受命担任中组部部长。毛泽东同他先后谈过三次话,希望他学哲学。毛泽东谈了自己的学习体会,说哲学研究的是事物发展的总规律,学习它,掌握了立场、观点、方法,对领导工作很有用。中组部的"窑洞大学"就这样办起来了。当时参加学习的有40多人,从1938年到1942年,一直坚持了5年。陈云自己先学一步,还提出要坚持一本一本地读马列原著和毛泽东著作。

陈云的第一任秘书刘家栋在《陈云在延安》一书中说:"就我今天所能看到的中央领导同志抗战时期的全部文稿,陈云同志是第一个提出'实事求是'的。"

根据刘家栋的回忆,1938年9月,陈云在抗日军政大学讲授干部政策时,明确提出了自己的观点:"对干部不要抬轿子,要实事求是。做到这些才能算真正爱护人。"

1940年8月,陈云亲笔起草了中央组织部关于审查干部的总结。这篇总结报告,被收入毛泽东主持编辑的整风文献《六大以来》。在该总结报告中,陈云十分鲜明地提出:"实事求是的审查才是真正的严格。"

刘家栋认为,陈云第一次明确阐述"不唯上、不唯书、只唯实",是在1960年中央7000人大会的一次小组会上。当时,陈云对"只唯实"的解释与他30年后向李泽民等浙江同志的解释是完全一样的,"只唯实就是只有从实际出发,实事求是地研究处理问题,这是最靠得住的"。

据党史文献,陈云25岁就任中央委员,29岁成为政治局常委,在核心领导层工作了57年,这在中共历史上非常罕见。他只有高小学历,却被公认是新中国经济建设的奠基人之一和首席财经问题专家。

陈云有一张十分著名的"打算盘"的照片。赵朴初还为这张照片写过一首诗："唯实是求，珠落还起。加减乘除，反复对比。运筹帷幄，决胜千里。老谋深算，国之所倚。"

浙江是中国改革探索最为活跃的前沿地带，对发生在这片土地上的经济变革的新鲜脉动，作为中共财经元老的陈云一直极为关注。而包括温州在内，浙江又是中国改革探索最富争议的敏感地带。1990年暮冬，在浙江改革面临"向左"还是"向右"的最艰难局面时，陈云将浸透"实事求是"理性光泽的条幅书赠浙江同志，意味可谓深远。从目前可查询到的公开资料看，这极可能是陈云书赠"15字诀"的唯一个例。

在杭州，陈云最爱去的地方便是"云栖竹径"。这是位于西湖西南隅五云山脚的一处幽僻景点，高大挺拔、直指云天的毛竹漫山遍坡。陈云生平很少为人题字，但他却曾应云栖管理处之请，写下"云栖"两个大字，至今仍矗立在景区路口。陈云夫人于若木说，这是因为陈云喜爱竹子的刚直，不趋炎不附势。

1995年6月，著名报告文学作家叶永烈采访于若木。告别时，于若木赠给他一枚陈云侧身浮雕铜像章以作纪念。这是为陈云90周年诞辰而制作的。在像章背面，镌刻着陈云亲题的9个字，亦为他一生的座右铭："不唯上、不唯书、只唯实"。

【浙江改革史档案一】
一位温州老百姓对"温州模式"的质疑

中共中央，江、李、宋三位常委：

北京平暴以后，中央政治局进行改组，新的班子大得民心。目前狠抓治理整顿已初见成效。李瑞环同志在沿海地区召开四市扫黄会议行动迅速，博得全党全民的欢心。为了恢复党的优良传统，坚持四项基本原则，深入开放改革，中央领导要认真一抓到底。

10年开放改革成果是肯定的，但带来的问题确实不少。主要是有的人放弃党的领导，不抓思想政治工作，把马列主义毛泽东思想束之高阁。一些沿海开放城市弄得人妖颠倒，乌烟瘴气。浙江温州便是一例。百姓讲："赌博到处有，妓女满街走,流氓打警察,共产党员信菩萨。"这些地区首先是一些党政干部思想变质。他们的宗旨不是为人民服务,而是中饱私囊。有的乘改革之机大捞一把,大发横财。

温州有许多人都去过。他们认为温州是一种发展模式,叫"温州模式"。提倡温州模式,对全国的祸害很大。温州模式,实为资本主义模式,某些方面比资本主义还无法无天。温州这几年国有企业已基本倒闭,个体不法商人满天飞。他们在全国各地到处诈骗,任何人也管不了。温州有700万人口,大约有50万人在全国各地进行诈骗活动,以致全国所有车站、码头也都有温州人的票贩子。他们各有生财之道,除了少数手工艺者、小商贩是合法经营外,其他大多赚取不义之财,敲诈内地老百姓。

温州的乡镇企业及个体户商贩、个人企业,生产的大多是伪劣冒牌产品,他们用行贿手段,打入国营流通渠道。例如,平阳、苍南的尼龙编织袋,损失了大量的国家资财,用户包装事故不断出现。乐清县伪劣冒牌的低压电器产品,打入上海等各大城市,祸国殃民。人们的精神面貌,也被弄得乱七八糟。官商勾结,互为利用。各地都出现了许多新恶霸,他们腰缠万贯,招娇纳妾,雇用打手保镖,挥金如土,政府官员是他们的后台。温州的皮包公司特别兴旺发达,一些干部坐地分赃。温州本来人多地少,这几年大搞集镇建设,毁了大量良田,有权干部,一马当先,首先得益。群众讲:"温州这几年收入靠走私,吃喝靠公司,挥钱靠自私,无恶不作,可以包打官司。"

温州市委领导是好的,多数同志廉洁奉公,工作辛劳,只因潮流如此,无力回天。请中央领导派得力要员,把温州重新引导到正常的轨道上来。

温州老百姓 吴××呈上

1989 年 9 月 21 日

(摘自温州试验区领导小组办公室 1994 年 2 月所编的《国务院三次来温调查纪实》。此信导致了中央调查组 1989 年 10 月第二次前往温州)

【浙江改革史档案二】
当前温州老板和雇工的一些情况

提起温州来,不说省名,谁都知道是浙江南部的"富地"。3年前,"温州模式"更是名噪一时,全国传诵。近两年虽然经过治理整顿,但我看温州经济格局基本未变,声销而迹不匿。

在温州市(管辖1市8县2区),站在雇工立场能被称得上"老板"或"主人家"的个体工商业户,一般来说,拥有的钱财都在10万元以上。其人数在全市可以万计。六七年前手头有一两万元是很令人羡慕的,但在近年已是多见不怪了。据人估计,全年"净赚"(温州老板们的所谓"净赚",是指除去一切经营开销连同吃喝玩乐开销之外的纯利)五六十万元,乃至上百万元的,大有人在。这部分人大多拥有五六百万元钱财。

温州老板以经营制作皮鞋、灯具、披衫、纽扣、金属或纺织标牌,仿冒日本防风打火机等为生,量大面广。温州老板们为了发家,敢于放手经营,且不择手段。以皮鞋为例,全市经营皮鞋的厂家约4000家(尚不包括无厂名、无证的),年总产量上亿双(不包括其他鞋类),可称得上世界之最。而老板大多是独资,极少数为两三人临时合伙。其规模,大者雇工三四十人,小者仅六七人,一般雇用十多人。

温州老板(各行业)大多在30岁左右,50岁以上的较少。文化程度普遍不高,一般都是小学或是有名无实的初中,高中以上的极少数,有的甚至是"跌倒不识一个'爬'字"的半文盲。而且一般思想素质低劣,其中小部分有盗窃流氓前科,甚至是"二进宫"过来的。皮鞋业老板除小部分原是国营集体鞋厂职工之外,绝大部分不是内行人,是"见利思变"干起这个行当的。至于他们的原始资本来源,早期起步的是以屋契抵押的低息贷款,或民间以3%—4%利率的高利贷,或民间"抬会"筹集的,有的则是骗款赖债的(我岳母就有3000元养老金被骗走)。当然也有少数是惨淡经营起家的。

自古有云"为富不仁",温州老板们对雇工的刻薄也是令人惊叹的。任何劳动,何况是强劳动,都不免有皮肉损伤流血的工伤事故,但有些老板竟连一点点碘酒、药棉、胶布或"创可贴"之类应急的药物都不为雇工备置,更何况其他劳动防护用品。我18岁的长子,在个体灯具厂打杂,经营操作喷漆,接触甲苯、丙酮及有机铅之类毒性化学品。老板虽拥有几百万元钱财,却只为雇工提供两台破旧的排风机,既无防尘口罩又无工作服。甚至比这些更为残酷对待雇工的现象比比皆是。

　　如今老板们通过种种手段大发其财后做"守财奴"的已极少见,大多成为享乐会花钱的"阔佬"。吃喝等挥霍钱财不算,还有句概括他们生活的顺口溜是:"骑的本田王,穿的A底王,睡的弹簧床,抱的花儿王。"更有甚者,常年金屋藏娇养外室。

　　至于老板们怕不怕"共产"呢?说怕也不怕,因为有相当部分的老板是"五毒俱全"的,触犯刑律尚且不怕罪,还怕什么!但另一方面,老板们拥有的大量钱财却都不大乐意存入国家银行,原因是怕一旦政策有变或管理严格,存款被冻结。因此老板们欢迎现金交易,这样,一来可以偷税,二来不转入银行。对于已转入银行账户的钱,则是尽可能通过种种渠道提取出来,放在自家里,或到黑市换外币。

　　…………

温州市主治医师、离休干部　许××

1991年5月

　　(摘自温州试验区领导小组办公室1994年2月所编的《国务院三次来温调查纪实》。此信导致了中央调查组1991年7月第三次前往温州。以上为信件的摘要)

**　　附:《当前温州老板和雇工的一些情况》作者许××的情况**

　　许××,温州市人,1949年2月参加地方武装,1951年从部队复员,1990年因病提前退休。

　　他写信用的都是真名真姓。但他冠以"主治医师、离休干部",这使他具有高级知识分子和革命老干部的双重身份,容易引起中央领导的重视。

　　时任中共浙江省委政策研究室主任的方根雄于1991年6月下旬在温州调查时,曾亲临许××家专访,并与许进行过直接的交谈,了解他写信的材料来源及其意图。据许本人讲,信中的材料都是他将平时在社会上流传的闲谈内容收集起来,经过自己的加工编写而成,没有进行任何调查核对。作为稿件投寄给《人民日报》发表,是为了从中获取一定的稿酬。1987年12月,他曾写了一封题为《一位温州人士心中的温州忧》的长信给《人民日报》,人民日报社于1988年在《每日总汇》第45期上予以刊登。于是,这封信获得了稿酬80元。

中国模范芒主

——浙江改革开放30年全记录

第三部

1992—1999

大 突 破

第六章

致命的产权

很久以来,"有产者"始终是被仇视的危险分子。

——1995 年采访笔记

理论界一直有中国改革"三次思想解放"的说法。

第一次思想解放:以《光明日报》1978 年 5 月 11 日刊登《实践是检验真理的唯一标准》文章为标志,拨乱反正,改革艰难起航;

第二次思想解放:1992 年春,邓小平发表南方谈话,以"三个有利于"的著名论断,从根本上理清了改革开放姓"资"还是姓"社"的大是大非;

第三次思想解放:1997 年 9 月召开的中共十五大明确宣告,"非公有制经济是社会主义市场经济的重要组成部分"。1999 年 3 月举行的九届人大二次会议又郑重地将这一重要论断载入了修改后的国家宪法。

从"拾遗补阙"到"有益补充",最后成为"重要组成部分",民营经济和它的拥有者们终于迎来了"大红灯笼高高挂"的日子。中国改革姓"公"还是姓"私"的世纪之辩就此画上句号。

以民营化为主脉的产权清晰运动,是第三次思想解放的重要体现。在浙江,这一运动的发生时间大约为 1992 年至 1999 年,浙江无疑是产权变革起步最早也最为彻底的沿海省份。

这"关键的一跳",决定了浙江自 2000 年始的"后改革时代"迎来了稳健而顺畅的大发展期。

天上掉下个陈金义

陈金义在浙商名人榜上是一个相当特殊的人物。

2000 年,美国《福布斯》杂志第二次发布每年一度的"中国大陆 50 名首富榜",陈金义以 8000 万美元的个人身家,名列第 35 位;

2003 年,陈金义旗下的金义食品饮料有限公司控股新加坡"电子体育世界"31.54%的股份,从而成为浙江第一家在新加坡上市的民营企业;

2006 年 7 月,陈金义因长期拖欠他人 60 多万元债务,被杭州市江干区法院公开曝光,而当时其所欠债务总额已达 3000 多万元。7 月 28 日,得知此事的"浙商教父"鲁冠球发给陈一纸传真,伸出援手:"陈金义同志:我心痛!事至此,先了结。要多少?来人拿!"陈金义因这一"老赖门"事件跌落谷底,而两年后,更是传出了其为躲避巨额债务出家为僧的奇闻。辉煌与落寞令人欷歔。

一不小心触碰了以"私"吃"公"高压线的陈金义

浙江人第一次听说陈金义这个名字是在 1992 年,当时他以一个私营老板的身份,一口气买下了上海黄浦区的 6 家国有和集体所有制的小型商店。他花费的代价并不算大,一共 145.1 万元,但传递的信息十分惊人:以"私"吃"公"!陈金义因此如同坐上火箭一般威震全国,万人瞩目。

在浙江改革史上,能与陈金义一夜暴名相比的农民企业家,大概只有"胆大包天"的温州人王均瑶。

陈金义是杭州近郊桐庐县毕浦镇方吴村的回乡知青。他当过代课老师、做过油漆工,后来为因生产"青春宝"而出名的杭州中药二厂厂长冯根生跑过蜂王浆等原材料采购。一次,为了让河北一家公司在没有预付款的情况下把蜂蜜先运到杭州,陈金义赶到河北,起早摸黑为这家公司扛货打杂,为老板家劈柴扫地、提水烧茶,当了一个多星期的短工兼保姆。他的谦恭和诚意终于感动了对方,货到了,他也赚到了生平第一笔钱,总共 3 万多元。此后,他还为当时刚刚蹿红的娃哈哈公司的宗庆后生产过儿童营养液。

但陈金义真正的第一桶金却完全称得上是意外之财。

1992 年 1 月,有了点积蓄的农民老板陈金义来到大上海。在上海证券交易所门前,他无意间看到了销售股票认购证的广告。

"我就买了。"陈金义对这一过程记得清清楚楚。他一共去了证交所两次,本来想买 1 万张的,几个朋友劝他少买点,最后只买了 4000 张。当时估计中奖率是 6%,6%可以保本;如果 6%都不到,要亏;中奖率是 8%的话,肯定赢利;假如中奖率是 10%以上,那就是暴利。事实是,1992 年那一年,认购证是 100%都中奖。"所以我在这个上面确实获得了暴利,总共赚了大概 4000 多万元。"

腰包突然鼓胀得让人发晕,豪气万丈的陈金义觉得自己得大干一番了。

1992 年 9 月 9 日,上海《文汇报》刊登了一则公告,上海市决定首次公开拍卖黄浦区 7 家长期亏损的小型国有、集体商店,而且明确规定,各种经济成分的经营者都可以参与竞拍。这一事件的背景是,当年 2 月邓小平南方谈话刚刚发表,浦东开发开放热火朝天,中共十四大即将召开,"步子再大一点、思想再解放一点、胆子再大一点",改革的涌动带来了政策面的松动。

当年 10 月 15 日,即中共十四大在北京召开的第三天,陈金义出现在了上海波特曼大酒店的拍卖现场,领的是 89 号牌。在此后的两个多小时中,89 号频频举牌,志在必得。最终,他以 145.1 万元拿下了总经营面积 112.8 平方米的 6 家商店。还有一家商店也落入了另一位浙江私人老板囊中。

陈金义回忆说,虽然自己为这次拍卖准备了 1000 万元,其实当时也十分矛盾。十四大刚刚召开,改革气氛很浓,十四大的理论突破是宣布了"我国经济体制改革的目标是建立社会主义市场经济",但个体、私营经济在"社会主义市场经济"中究竟处于什么位置还并不明朗。在中国,所有制问题比任何问题都要敏感。

竞拍的时候,陈金义不敢自己举牌。拍完了,现场的记者涌上来,问他是不是陈金义。他连声说"我不是陈金义,我是陈金义的代表"。从杭州跟来的"高参"也心事重重:"一个桐庐乡下的农民,把上海的国有企业全部买了去,陈金义啊,你是不是闯了大祸了。"

陈金义忐忑不安地回到下榻的上海远洋饭店。晚上,他越想越觉得有点亏:花这么多钱,拍下这么多店,就这么默默地回去了?他掏出当时还很罕见的"大哥大"给杭州《钱江晚报》一位熟悉的记者朋友打了电话。得到的回复相当令人振奋:"这是一条新闻大鱼!"

10 月 18 日,由 10 多辆清一色桑塔纳组成的出租车车队从杭州出发,打着双跳灯连夜浩浩荡荡驶往上海。车是陈金义埋单租的,车里坐的是陈金义请的几乎杭州所有媒体的记者。他们去上海为的是陈金义引发的同一条"新闻大鱼"。

同年 12 月 8 日,上海《文汇报》免费提供文汇大厦,为陈金义的 6 家连锁店开张举办隆重庆典。

同年 12 月 21 日,"陈金义现象"研讨会在北京召开。于光远、吴敬琏、董辅礽、吴象等中国改革理论界权威悉数到场。根据《文汇报》记者的整理,专家们的发言主要有以下对"陈金义现象"给予高度评价的"论点":

——私营经济的发展,是社会主义市场经济必不可少的组成部分,发展私营经济不等于私有化。研究"陈金义现象",有助于进一步探索私营经济在社会

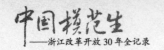

主义市场经济中的应有地位和作用。

——上海在"10·15"拍卖活动中,将7家国有、集体商业企业的经营权卖给私营企业,这在新中国成立以来是第一次。陈金义这种"私吃公"的行为将会产生怎样的社会效果？社会主义的性质会不会因私有经济的发展而受到冲击?在社会主义公有制前提下,能否更快地发展私有经济?研究"陈金义现象",有助于对这些重大问题从理论上作出回答。

这次高层研讨会期间,路透社、合众国际社、美联社、英国BBC等对中国政治变革风向反应灵敏的境外媒体,在北京新世纪饭店联合采访了陈金义。

合众国际社记者:陈先生,你认为自己是像荣毅仁还是像牟其中?

BBC记者:有没有人反对你发财?你兼并了国有企业,是否感到压力和危机?

已开始习惯于镁光灯的陈金义回答得非常得体:政府部门没有卡我,中国近年来对私营企业是十分支持的。我现在担心的是,怎么样发更大的财。

直到此时,陈金义个人所有的桐庐县王家蜂业经营部的总资产不过6000万元左右,其财富积累又主要来自被视作"发横财"的股票认购,他在当时浙江个体、私营企业主中并非最出类拔萃。但陈金义却因为自己的"鲁莽之举",成就了私营企业兼并国有企业的中国改革第一案,巨大的标杆性光环从天而降。

1993年9月,陈金义成立了全省第一个私营企业集团——浙江金义集团有限公司。之所以用自己的名字命名,是因为他十分清楚自己私营所有制身份的新闻含金量。此后,他被授予全国优秀青年企业家、浙江省十大杰出青年、浙江省政协委员、民建中央企业委员会委员等一系列耀眼闪亮的头衔。

有了第一次的巨大成功,陈金义对自己的政治判断力信心十足。他此后的数次商业投资几乎都与政治大背景有关。

——西部大开发:1997年,陈金义前往三峡库区投资1500多万元,兼并了重庆涪陵区的5家集体企业,浙江金义集团涪陵有限公司开业,主产"金义果奶";

——振兴东北:2001年5月,陈金义北上黑龙江,在五大连池投下3亿元生产矿泉水,宣布要做"中国水王";

——国家新能源战略:2003年,陈金义砸下全部身家,开始了所谓"生物乳化燃油"项目的研发生产。

然而,等待陈金义的却是一次次惨痛的失败。直到2006年"老赖门"事件突然爆发。

陈金义在1998年接受杭州电视台采访时承认,到上海买下6家国有和集体商店，"事先没有预料到会有这么大的轰动效应"。他的超常规行动带有一定的偶然色彩，并非如事后许多媒体热情洋溢所评价的出自"深思熟虑战略眼光"的结果。

浙江 30 年改革史中，清晰地呈现出"领先一步"的普遍现象，即浙江在许多改革领域都比全国的进程"领先一步"。以企业产权变革为例，就全国范围而言，是在 1997 年中共十五大确立 "非公有制经济是社会主义市场经济的重要组成部分"后才真正渐次推开的。但在以温州为改革尖兵的浙江，个体、私营经济的所有制变革早已怀胎十月。当 1992 年来自南方的"春天的故事"开始唱响，这个"私生"的婴儿便呱呱坠地了。

"陈金义现象"，恰恰是早产婴儿的第一声清亮的啼哭。

"非驴非马"的股份合作制

1992 年 7 月，国家农业部在邓小平南方谈话发表之后，在山东青岛召开了以大力推进股份合作制为议题的"乡镇企业改革研讨会"。会后，农业部向全国下发《关于推行和完善乡镇企业股份合作制的通知》。这份重要文件的执笔人，是时任温州苍南县乡镇企业局副局长黄正瑞。

说这份文件十分重要，在于"股份合作制"是 20 世纪 90 年代中国乡镇企业产权变革——当时称"乡镇企业转换经营机制"——的主要实现形式，并在全国各地引发过广泛争议，而黄正瑞则是"股份合作制"规范化的关键催生者之一。

记忆中，我曾经数十次南下温州采访。每次去，除了挖掘新闻，就是必定要拜访老朋友。黄正瑞应该算是其中的一位。

黄正瑞担任过苍南县委办公室调研室副主任、乡镇企业局副局长、外贸局长、总工会主席，在县里是很受仰慕的大官。但更多的人喜欢叫他"秀才"，他本人也常常以"秀才"自居。

说黄正瑞是"秀才"，是因为他很会写文章。在"首届中青年中国企业发展研讨会"上，他的电大毕业论文《对中国国营大型企业试行董事会领导体制的探讨》以"满纸新思想"的评价一举摘得最高荣誉优秀论文奖。他甚至还写过研究航空母舰的洋洋洒洒近万字的论文，一份权威的军事刊物全文登载，据说引起了国防部的高度重视。因为"会写文章"，1987 年，黄正瑞从当地桥墩中学的一名代课老师一步擢升为苍南县委办公室调研室副主任。

也就是同一年，黄正瑞开始把思想的触须探入了关于"股份合作制"这一重大的理论创新领域。

　　大约在 20 世纪 80 年代中期,温州以家庭工业为主体的经济格局悄然发生了分化。1986 年,除数量可观的个体、私营企业外,冒出了农民联户、合股、合作、集资等类似形式的企业 10413 家,年产值 13.61 亿元,占当年全市 14603 个乡村工业企业总产值的 71.5%,占全市工业总产值的 27.8%。显然,这是一块分量很沉的砝码。

　　一道极敏感的必须作答的加减题摆在了每个人的面前:这类企业究竟算什么?如果划入私有性质,那么温州农村经济成分的问题就大了。"资产阶级"成了主力军,超过了经济总量的半壁江山,改革改到了社会主义的对立面去了。

　　很显然,这类企业的性质将直接决定温州改革是"好得很"还是"糟得很"。但要回答这个问题,光靠口头说说是不行的,必须有充分的理论依据,要把话说圆,才能服人。

　　1987 年 7 月,黄正瑞跟随县委书记周方权进行了详尽的企业调查,并执笔起草了题为《在"引"字上下功夫,大力发展股份合作经济》的长达 7500 字的调查报告,在全国首次将这类企业明确定名为"股份合作企业"。

　　这篇调查报告对股份合作企业作出了如下定义:"以户与户自愿结合为基础,以资金、技术、设备、资源、劳力、知识等生产要素联合为内容,所有权归股东,实行按劳分配与按股分红相结合的经济组织。这类企业既吸收了股份制的合理因素,又吸收了合作制的合理因素,是介于两者之间的一种生命力很强的混合经济。"

　　10 多年后,黄正瑞在接受我的采访时,对当年"股份合作制"定义的种种微妙之处做了这样的点评:那时候,温州老板们的普遍心态是既怕太公又怕太私。"太公"就等于回到大锅饭,不如不干;"太私"无异于火中取栗,谁都不敢干。而股份合作制按劳分配和按资分配共存,社会主义色彩浓厚的劳动者的劳动合作与所有权明确归属股东的劳动者的资本合作有机结合,是"既公又私"的混合经济。既然混合了,也就不必分你我了,天下也就太平了。

　　一些"左"派人士想想还是觉得不对劲,他们把股份合作制斥为"非驴非马"的骡子理论。

　　"是骡子又怎么样?我们要找的正是能拉会跑的牲口。"黄正瑞一脸狡黠。

　　1987 年 11 月 7 日,中共十三大闭幕 7 天后,汲取苍南等地的探索实践,温州市政府颁发了全国第一个关于股份合作制的地方法规——《关于农村股份合作企业若干问题的暂行规定》。

　　股份合作企业的"准生证"有了,法律地位也确立了,但这显然还不够。仅仅是承认其存在,还是给予大力支持?支持发展的依据又在哪里?

1988年,苍南县委召开股份合作制企业试点会议现场

只要有利于生产力发展,缺什么就补什么。随后出炉的温州市《关于股份合作企业规范化若干政策问题的通知》中添上了意味深长的一笔:"股份合作企业税后利润,应有50%以上用于企业扩大再生产;股金分红不得超过25%;必须提取15%作为公共积累基金。"

这份通知还着重做了补充说明:股份合作企业财产中,15%的公共积累属于企业全体劳动者集体所有,这部分财产是不可分割的。它的独立存在,正是股份合作企业区别于合伙私营企业而作为集体经济组成部分的重要标志之一。据此,工商行政管理部门对股份合作企业核准登记注册时,在"经济性质"一栏应明确核定为集体所有制(合作企业)。

用心良苦的包装打扮就此完工。事实上,"15%公共积累"再次陷入了过去国有和集体企业资产归属不清的泥潭,心照不宣的温州老板们也从来没有认真执行过。但有了这条金光闪闪的"社会主义尾巴","不公不私"的股份合作经济走出了尴尬的处境。"骡子"还是"骡子",但实实在在成了社会主义的"骡子"。

股份合作制这只什么都可以往里装的改革"大筐",为大批惶惶然的温州新生经济力量,开出了名正言顺的发展通道。

要形成系统、完整的理论,还有许多事情要做。1988年9月,黄正瑞来到苍南桥墩门啤酒厂。经过一番调研、商讨、鼓动后,10月5日,该厂股东大会全票通过了由黄正瑞设计起草的全国第一部股份合作企业章程。

在温州等地改革实践和理论创新的基础上,1990年2月,国家农业部发出第14号令,颁布《农民股份合作企业暂行规定》,并附《农民股份合作企业示范

黄正瑞(右)与苍南桥墩门啤酒厂厂长吴祖宗

章程》。这个示范章程正是以桥墩门啤酒厂章程为蓝本。

农业部《暂行规定》的颁发,使股份合作经济在全国各地逐渐推广,但同时招致的抵触和争议也异常激烈。一些地方疑虑重重,一些地方干脆拒不执行。北京一家国家权威部门的杂志前一期已经全文登载了农业部的《暂行规定》,第二期突然又登出了编辑部声明,说编辑部内部工作出了差错,已登载的《暂行规定》不作数。

对农业部《暂行规定》法律效力的质疑,说到底还是对股份合作这种经济组织形式是否属于社会主义大家庭的怀疑。于是,在这场沸沸扬扬的辩论中,不少省市出台的农民股份合作企业试行办法纷纷在温州和农业部定义的基础上,把公共积累的比例进一步提到了 50%甚至 50%以上。"社会主义的尾巴"越长越粗。

正是在这样一片激辩声中的转折关口,1992 年 7 月,农业部在青岛召开了"乡镇企业改革研讨会",试图通过所谓"修正与完善",为股份合作经济找到生存发展的空间。

以股份合作经济元老级人物身份受邀参加此次研讨会的黄正瑞临行前,去探望了时任温州市委副秘书长、温州试验区领导小组副组长宋文光。他问道,"我们温州对即将召开的党的十四大有什么要求,可不可以通过农业部转达?"

宋文光沉吟良久:"把'股份合作经济'6 个字写进十四大报告,温州人民就心满意足了。"

1993 年 11 月 14 日,中共十四届三中全会通过的《中共中央关于社会主义市场经济体制若干问题的决定》,第一次对以温州为发祥地的股份合作制给予了权威的肯定。

1997 年 9 月,中共十五大报告更是明确地指出:"目前城乡大量出现的多种多样的股份合作经济,是改革中的新事物。要支持和引导,不断总结经验,使之逐步完善。"

股份合作制终于修成正果。

至此,关于股份合作制的故事并未完结。在浙江,股份合作经济究竟在何时何地最早诞生,谁又是这一创新模式的真正催生者,这至今仍是一桩说法不一的公案。

挑起这桩公案的是温州北部的近邻台州市。根据台州官方的翔实考证,中国股份合作经济的第一例应该属温岭县牧屿镇牧南工艺美术厂。

这家厂的创办人是牧屿镇牧南村的农民陈华根和王华森。他们最初合伙贩卖鞋子。1981 年底,有了点积蓄就想着合伙办工厂了。他们走进县社队企业局的大门,负责接待的是生产股分管企业审批的干部陈心鹤。陈华根小心翼翼地告诉陈心鹤,他们新办的厂子打算挂上集体企业的牌子,戴顶"红帽子"夜里睡觉也踏实。

陈心鹤是一位有主见的基层官员。他一听就明白了陈华根要办的是一家名副其实的产权

想给自己的工厂戴顶"红帽子"的陈华根

私有的企业。于是,他劝说道,如果挂上集体的牌子,以后企业规模扩大加上人员变动,很容易引起产权和利润分配方面的纠纷。"为什么不直接批私营联户企业呢?"实际上,陈心鹤说这句话时心里也发慌,因为当时国家的企业性质类别中,根本没有"私营联户"这一条目。

但陈心鹤还是想试一试。经过局里的集体讨论,又征求了牧屿镇镇委书记的意见,大家都觉得可以试一试。1982 年 6 月,陈华根终于拿到了社队企业局的正式批文,同意开办牧南工艺美术厂,在企业性质一栏,标注的是"联户合作经营"。1983 年 1 月,温岭县工商行政管理局为包括牧南工艺美术厂在内的 4 家"联户合作经营"企业核发了工商执照。而据温岭社队企业局的统计,1984 年以这类性质获得审批的企业全县已迅速增加到 1068 家。但当时及至此后数年,这一"改革创举"一直未引起关注。

到 20 世纪 90 年代上半期,当股份合作经济的概念开始逐步得到各方认同的时候,台州官方开始以牧南工艺美术厂为有力证据,高调出手,欲证明本地才是股份合作制度创新的真正摇篮,与温州力争这一"伟大理论"的发明权。

一场争夺大战硝烟四起。事实上,台州尤其是其南部的温岭、玉环、黄岩、路桥、椒江等县市与温州山水相依,地理及人文环境相似,改革发展路径十分类同,许多研究人士因此将"温州模式"别称为"温台模式"。在改革前10余年,两地均经历了从家庭工厂——个体私营——集资联户——股份合作的合理进化历程。可以说,在基本相同的经济及政治背景下,温州与台州提供了股份合作制的共生性土壤。以单一企业且内涵并不十分清晰的例证来争夺"股份合作"概念的发明权,肯定不具有说服力和价值。同时,正如我们在前面所描述的,从制度性理论的完整探索、规范性地方政策的创新出台以及全局性工作实践的推广等方面看,温州毫无疑问拔得了中国股份合作经济的头筹。

争夺尚无定论,我们颇为吃惊地观察到,当股份合作制开始在全国得到政治层面的认同时,在其发祥地温州,却迅速出现了退潮。

根据温州市工商行政管理部门统计,1993年,温州股份合作经济发展高潮时,企业达36845户,占全市企业总数的54.2%。到人人争说股份合作的1997年,反而降至31748户,占全市企业总数的45.66%。以后几年,数量及所占比例下滑速度更为明显。许多当年极为著名的股份合作企业纷纷摇身一变,亮出了股份公司或私营企业的招牌。有一位性急的老板为尽快将股份合作身份变更为私营性质,甚至主动跑到财税部门归还了因穿了几年准集体企业的黄袍而减免的50万元税款。

1994年12月,温州市政府颁发的《股份合作企业管理规定》中一再强调,股份合作企业资产(包括新增资产)属投资者按股所有,取消对企业税后利润分配的统一规定。15%公共积累这一"社会主义的尾巴"已悄然无踪。

黄正瑞把这一耐人寻味的现象概括为:理论得到肯定之时,其使命也就走到了终点。

他分析说,温州所谓的股份合作企业,实际上类似于国外、特别是美国曾经普遍存在的"职工股份所有制"(ESOP)。严格意义上的股份合作企业应该界定为人人持股或基本上人人持股。而温州从一开始,这类人人有份的股权平均主义的企业就为数很少,此后又因缺乏竞争力,几乎全部被淘汰。大量的少数人持股甚至是老婆、孩子"窝里斗"的所谓股份合作企业,说它们是在特定的政治压力下"借船出海"也不为过。

"以温州为代表的股份合作经济在产生和演变过程中的确是'非驴非马',颇有点说不清道不明。但它却如同诺亚方舟,驮着浙南地区民营经济蹚过了最艰难的改革沼泽地。"黄正瑞说。

集体经济"转身"

浙江是中国特色股份合作经济的首倡之地。这一新型产权制度的诞生,最初是因为浙江南部个体家庭工业欲逐步做大而必须走向联合,同时又敬畏于意识形态层面的压力,最终"杂交"形成的特定产物。由于其兼容了产权清晰与集体主义色彩的双重优势,便顺理成章地成为了急于实现改革突围的浙江北部、东部乡镇集体企业的主要制度选择之一。这一幕,在1993年后大戏开场,并不断深入。

社队经济原有基础的厚实,以及相对靠近计划体系的中心城市,决定了浙江北部及东部绝大部分地区农村改革开放启动后,走上了类似"苏南模式"的以乡镇集体企业为主体的发展道路。由此带来的乡村经济的迅速复苏与繁荣是显而易见的。到1990年,浙江乡镇企业产值占全省农村社会总产值的比重已上升至70.5%,其中乡镇集体企业产值占全部乡镇企业产值的78.8%。

但乡镇集体企业先天产权不清晰,地方政府凭借行政权威肆意干预,造成其从很大意义上无法真正成为独立自主的市场经济主体。在日趋激烈的竞争中,乡镇集体企业的制度缺陷开始显露,

浙江乡镇集体企业在产权革命中重生

活力衰减,出现了令人忧虑的效益下降。1985—1990年,浙江乡镇集体企业的固定资产利润率由39.8%降至26%,减少了13.8个百分点;每百元资金实现利税也由20.67元减至13.6元,下降了34.2%。

浙江乡镇集体企业为此开出的第一帖药方是推行"承包制",即以协议约定的方式,从乡镇政府手中争得有限的经营权。

鲁冠球可能是在"承包制"问题上看得最清也走得最远的乡镇集体企业经营者。1987年10月8日,他参加北京召开的全国经济体制改革理论研讨会时坚定地表示:"承包应该是全权承包,应该将自主权充分地交给企业。如果没有人事权、投资权,企业就无法到市场上去竞争,无法打入国际市场。"

此时的鲁冠球已经当选为中共十三大代表,并被评选为"全国十大新闻人物",他领导的万向节厂也已成长为能与同行业国际巨头相抗衡的中国乡镇企业首领。鲁冠球以自己卓越的经营才华和强势的行事作风牢牢地掌控了企业。但从产权关系上说,他一手造就的万向节厂仍完全归属乡镇政府所有,谁也不能保证,乡镇政府不会在某一天用一纸公文让他卷铺盖走人。

1988年,心中一直隐隐难安的鲁冠球和万向节厂所在的宁围乡政府官员面对面坐下来谈判。他把万向节厂多年积累的净资产评估为1500万元,提出将其中的750万元明确划归乡政府所有,其余归"厂集体"所有。乡政府的利益继续用基数定额、逐年递增上缴利润的"承包制"方式予以保证,而乡政府的角色则从过去可以为所欲为的企业产权完全代表者,转变成只能与"厂集体"平起平坐的股东。鲁冠球以这一后来被称作"花钱买不管"的和平赎买,获得了对企业的绝对控制权。

鲁冠球"花钱买不管"的经典手笔既是超前改革意识下的灵活手段,也是温和无奈的妥协。他的成功带有其强势身份所造就的个例色彩,难以大面积复制。

在左右尴尬的"承包制"之后,浙江乡镇集体企业的确需要一次普遍的制度性突破,以激发全新的发展活力。借着邓小平南方谈话"胆子再大一点"的东风,以产权关系重构为核心的又一轮改革于1993年在浙江乡镇集体企业中审慎启动。

因乡村工业星火燎原而崛起为浙江"第一强县"的绍兴,这一年将乡镇集体企业产权改革的最早试点选在了杨汛桥镇。时任县农经委主任陈楚卿回忆说,对改制问题,用当时省长沈祖伦的话讲就是建立"捆绑机制",即要把企业的命运与经营者的命运紧紧捆在一起。改制的具体方式上,或"租"、或"卖"、或"并"、或"包",但大多数还是选择了股份合作制。

杨汛桥的厂长们对改制既感到兴奋,又有些迟疑。因为那个时候谈论产权"仍然很敏感",通过改制成为富翁"仍然很危险"。

经过多次整夜的开会磋商、激烈争吵,杨汛桥镇政府与镇上的大小企业反复"讨价还价",双方终于达成了妥协性的折衷改制方案:评估资产后,切出总资产的60%—80%留作"政府股",剩余的20%—40%量化到个人,其中企业经营高层、中层、一般员工各占 1/3；以现金购买股份，并按 1∶1 的现金进行配股，但所有个人只是享有股份分红权，没有所有权。

显然，这一方案不得逾越的几条高压线是：政府仍掌控企业绝大部分股权；企业内部实行全员持股摊大饼；所谓个人股份并非彻底产权。从表面上看，方案完全符合股份合作制的主要特征，但其结果却是，政企不分的痼疾"死不了"，厂长们渴求已久的独立自主"活不了"。

作为一次"失败"的试点，杨汛桥改革并没有在绍兴全县进一步推广。

一方面是改革推进如履薄冰、摇摆徘徊；另一方面，借锐意改革之名，大肆捞取产权红利的现象日益严重。其中最为瞩目的当属万民状告镇政府的"壶镇事件"。这一事件时间跨度之长、案例之典型、利益纠葛之复杂，颇为罕见。

壶镇地处浙江中部丽水地区缙云县，传统工商业小有名气，号称浙南四大集镇之一。1994 年，镇上出了个被当地官员们视为"疯子"加"钉子"的"刁民"卢周喜，从这年起，他作为该镇团结村等 18 个村万余农民推选的代表，怀揣摁满血红手印的控诉信和 16 万元的告状集资款，100 多次到县城、80 多次到地区、40 多次到杭州、3 次到北京，奔走呼号，唯一的目的就是讨一个说法：我们农民集体所有的企业，乡镇政府到底有没有权利擅自转让、拍卖？

此事要从 1970 年说起。那年 9 月，缙云县原白六公社农民卢德善、卢茂根、项连生、卢云进等人创办了白六农机厂。

"说是个厂，其实也就是一间修理农机具的小铺子。"据首任厂长卢德善回忆。20 世纪 60 年代末，为了方便游走外乡时开介绍信有个合法身份，白六公社以泥水、木工、打铁为生的手艺人自行成立了手工业联合社，每个参加者每月上缴联社管理费 3 元。创办农机厂就是靠这笔管理费的 378 元节结资金起家的，而且这笔钱不归公社革委会。

刚开张时，厂里的职工都是自带铺盖、蓑衣、铜锅、蔬菜和大米等生产和生活用品。大家不领工资，而是实行工分制，年终回各大队参加分红。白六公社 18 个大队都曾经对厂子的发展伸出援手。南田大队送来过毛竹，前山大队提供过粮票，还有来自各队的诸如硫酸罐、梯子、磨具等大量实物投入。

情况似乎再清楚不过了：白六公社以及后来的白六乡政府从没有投入一分钱物，农机厂就是 18 个村农民亲生亲养的儿子。但后来，随着厂子规模一再扩大，产权归属关系就越来越模糊了。

1977 年，白六农机厂升级换代，改产微型拷边机。1982 年，迁址团结村新厂房，并更名为缙云县缝纫机厂。到 1992 年，缙云缝纫机厂已经堪称当地的乡村

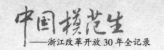

工业小巨人了：拥有职工445人，固定资产原值444.6万元，年创产值1543万元，利润216.4万元。其产品还获得了全国科技星火博览会金奖，并被评为省级明星企业。

这一年，浙江全省统一推行撤区、扩镇、并乡工作，原白六乡连同相邻的三联乡、浣溪乡、括苍乡和壶镇等四乡一镇，扩并为新壶镇镇。缙云缝纫机厂这只会下金蛋的"老母鸡"一夜间被划转为壶镇镇办集体企业。将"老母鸡"辛苦养大的农民不甘心。原白六乡人民代表当即联名向壶镇镇人代会提交议案，要求明确缝纫机厂的产权归属，未果。

对原白六乡18村百姓执拗的质问，壶镇官员认为是"无理取闹"。1993年，浙江在全省范围开始乡镇集体企业转换经营机制的改革，镇领导觉得"彻底解决"麻烦的时机来了。当年底，壶镇镇人民政府以产权所有者的身份签下一纸协议，将缙云缝纫机厂以568万元的价格卖给了原厂长卢唐寿。半年后，卖价又不明不白地陡降至72.8万元。

农民们愤怒了。1994年1月18日，原白六乡所辖18个村万余农民联合签订"18个村协议"，推选出18位代表，由见过世面、懂点法律的"刁民"卢周喜领头，成立"维护企业资产权益小组"，人均集资11元，从此走上了艰难的告状路。

卢周喜四处碰壁后承认，原以为人多力量大，出了门才发现农民再多也只是一把草！不记得有多少次的哭诉和望眼欲穿的等待，不记得遭受过多少次的冷面和呵斥，等到的却是曾经红红火火的缙云缝纫机厂濒临倒闭。被卖掉的当年，缙云缝纫机厂原因不明地从原本年赢利数百万元一下变成亏损46.5万元，1995年亏损85.7万元，1996年更是巨亏了145万元。

急红了眼的农民们想到了通过法律途径解决缝纫机厂的产权纷争，缙云县法院却压根不予受理。

但农民们还是找到了一线希望。作为积累资金，原白六农机厂每年的利润均全部或部分上交给乡企业办公室，母鸡下蛋，蛋孵小鸡，当地先后又办起了缙云仪表元件厂、缙云饲料厂等。其中，缙云仪表元件厂跻身当时丽水地区人均创利税最高的先进乡镇集体企业行列。但其最终命运和生养它的"老母鸡"一样。1993年12月，壶镇镇政府以"明确产权，理顺关系，提高经济效益"为由，将缙云仪表元件厂的机器设备以43.08万元的低价卖给了原厂长徐福忠；3间厂房以50万元卖给中国银行壶镇支行；另6间厂房以76万元卖给壶镇信用合作中心社。至于那辆让人眼馋的八成新蓝鸟小轿车，"经镇政府研究决定，归镇企业办公室所有"。

1996年1月，迫于巨大压力，缙云县法院受理了原白六乡团结村等18个村万余农民诉壶镇镇政府拍卖仪表元件厂厂房一案。当年 6 月 20 日,此案在县人民大会堂公开审理,18 个村的农民们像过节一样兴奋,敲锣打鼓,潮水般涌进县城要求旁听。因大会堂太大,县法院因此花费千余元专门临时制作了一枚超大型国徽,悬挂于会堂主席台正中。隆重的场面并没有换来农民们所期待的圆满结局。半天庭审毕,县法院以"本案影响重大,审判委员会经数次认真慎重讨论,决定向上级请示处理意见"为由,宣布休庭。这一休庭就休了 3 年多。

新的疑点又浮出水面。

据《中国青年报》的追踪调查,在 1993 年底至 1994 年初短短几个月间,以乡镇集体企业改制为同一理由,壶镇镇政府"为全镇人民作主",卖光了全镇辖区内所有的集体企业 18 家,共获列账收入 1747 万元。实际到手的 900 多万元有近一半流入了成立不久的"浙南唐人实业有限公司"。该公司工商注册为私人合伙股份企业,但匪夷所思的是,其董事会成员就是壶镇镇党委会成员。镇委书记陶建华任董事长,镇长、副书记、副镇长、公安分局局长、企业办主任及其他镇干部共计 20 多人分别任董事、经理或股东。那段时间,壶镇镇党委开会不仅要研究全镇的"公事",还要堂而皇之地磋商振兴唐人公司的"私事"。

按唐人公司成立时入股的股权计,账面股金应有 82.4 万元,而实际只有 40.4 万元。其中仅镇委书记、唐人公司董事长一肩挑的陶建华一人就吃"空股"10 万元。尽管入的是空股,分红时却按账面股金高息发放。唐人公司累计发放过 3 次股息,均按年息 18% 计算,3 年合计发放 27.5 万多元。到 1996 年 10 月有关部门审计时,发现该公司还恶意拖欠银行贷款达 724.5 万元。

由于"壶镇事件"所涉及的乡镇集体企业产权变革深层问题的敏感性和典型性,引起了高层的密切关注和干预。时任中央政治局委员、国家体制改革委员会主任李铁映,浙江省委书记李泽民,省长万学远,副省长刘锡荣均作出专门批示,中共中央办公厅派员前来浙江调查,新华社也采写了长篇内参,央视"焦点访谈"栏目进行专题报道。

1996 年 5 月 31 日,原镇委书记、唐人公司董事长陶建华因受贿 3.78 万元被判处有期徒刑 3 年。2000 年 4 月 25 日,丽水地区中级法院作出终审判决,"被上诉人壶镇镇人民政府拍卖转让缙云仪表元件厂厂房行为违法。但转让款仍在包括团结村等 18 个村委会在内的壶镇镇集体资产管理委员会账户内,并没有造成集体资产流失,也未给上诉人的合法权益造成损害"。因此,驳回上诉人返还厂房转让款的请求。

历时 7 年、牵动万人的"壶镇事件"的核心在于,乡镇集体企业的所谓"集体所有"究竟如何体现?谁又是"集体所有产权"的真正拥有者与支配者?

依据《中华人民共和国乡村集体所有制企业条例》第 18 条的解释,乡村集体所有制"企业财产属于举办该企业的乡或者村范围内的全体农民集体所有,由乡或村的农民大会(农民代表会议)或者代表全体农民的集体经济组织行使企业财产的所有权"。字面上文通理顺、清清楚楚,实际操作却是雾里看花、可望而不可即。以上述缙云仪表元件厂厂房转让案为例,转让款的确划入了镇集体资产管理委员会的账户,这也成为"驳回上诉人返还厂房转让款请求"的主要理由。但这笔款项的原本产权拥有者团结村等 18 村农民的支配权并无清晰透明的制度机制保障。而作为壶镇至高无上领导者的镇政府官员,肆意地将黑手伸进集体资产管理委员会这只钱袋子,同样没有清晰透明的制度机制禁止。

从产权制度模糊不清这一核心症结出发,无论是维护理论上的产权拥有者乡镇农民利益的"公平",还是确保激发乡镇企业经营者活力的"效率",都将不可避免地沦为一句空话。这般的困扰,乡镇集体企业深受其苦。

同样由于长期的纷乱和模糊不清,致使 20 世纪 90 年代浙江乡镇集体企业产权变革在一开始启动时就陷入了进退两难的尴尬局面。大胆改革与防止集体资产流失甚至被侵吞的政策力度边界点成了烫手的山芋。

曾经在浙江乡镇集体企业里叱咤风云的人物陈银儿,便是典型例子。

1981 年,时任生产队长的陈银儿毛遂自荐,当上了宁波鄞县邱二村五金厂的厂长。他用 5 年的时间让一个当地著名的穷村工业产值超过 5 亿元,还将公司扩展到了国外。那时,北方的禹作敏也刚刚带领他的冷轧带钢厂起步。两个村庄后来一度被并称为"北有大邱庄,南有邱二村"。

1994 年,陈银儿已经领导着一个巨大的村办企业——引发集团,下属 42 家企业,年销售额达 12 亿元。当年年底,作为宁波乡镇集体企业改制的试点,在有关部门的安排下,引发集团开始产权重组。

头脑灵光的陈银儿为自己设计了一种"空降式"的低成本改制捷径:他与另外 6 位公司高管新成立了一家银大公司,陈本人占 51% 的股份,再由银大公司向银行贷款 2000 万元,购买引发集团 51% 的股份,最终控股引发集团。整个过程从开始操作到干净利落地完成只用了 15 天时间。陈银儿认为自己的大胆之举是安全的。因为引发模式在宁波市并非首例。此前,当地一家著名服装企业已经通过此种方式完成了改制。

心存侥幸的陈银儿还是"出事"了。正因为此次改制,他被检察机关提起公诉,最终以挪用改制公款和行贿罪双罪并罚,于 1997 年被判有期徒刑 6 年。

1999 年 7 月,曾经力主查办陈银儿的宁波市主要官员因贪污罪落马。陈银儿也随之提前获释出狱。很久以后,回想当年的改制往事,这个开始变得沉默的男人终于深刻理解了这样一句话:"第一个吃螃蟹的人,要么死去,要么免费。"

"壶镇事件"带来了持久的影响。1996 年,针对"壶镇事件"以及所显现出的各类问题,浙江省委、省政府下发文件,决定对全省乡镇集体企业改制"不走回头路,但必须回头看"。

时任绍兴县乡镇企业局副局长高鑫泉回忆,县里针对股份合作制改制企业的"回头看"主要是"五查五看":一查股份意识,看高管、员工的股份意识强不强;二查股份产权,看资产权属明不明晰;三查组织机构,看股东会、董事会、监事会等"三会"组织健不健全;四查内部管理,看内部机制活不活;五查年度分配,看股金分红路子对不对。

"这实际上成了对企业改制的变相'刹车'。"高鑫泉认为,以"完善规范"为指向的改制"回头看"在当时是必要的,但在贯彻落实中被层层压制,结果走了一段本来没有必要走的弯路。

1997 年 9 月,中共十五大明确宣告"非公有制经济是社会主义市场经济的重要组成部分",这段"改制弯路"终于迎来了光明的拐点。

1998 年,绍兴县杨汛桥镇乡镇集体企业"二次改制"试点时隔 5 年再度启动。这一年,有着经济学硕士学位、思路前瞻且行事果敢的徐纪平调任绍兴县县长。他提出一定要咬紧牙关解决"改制的彻底性"。在杨汛桥试点中,"改制的彻底性"体现为不再搞"人人持股",而是强调"经营者持大股,经营层控股"。镇集体的"政府股"从一次试点时的 60%—80%缩减至 20%,企业经营者个人股份上升到 50%甚至更高,现金股则必须实资到位。

杨汛桥"二次改制"试点工作组负责人陈楚卿回忆,改制签字仪式结束后,光宇集团董事长冯光成请县工作组的同志吃饭。握手时,陈楚卿发现冯的双手冰凉冰凉的。冯光成解释说,光宇集团总负债 5 个多亿,一改制自己的股份占了 47%。"摊到我个人头上的负债有 2 亿多,搞不好真得倾家荡产跳楼啊。"

"跳楼机制"创造的生机与活力却是巨大的。历经 1998、1999 两年"彻底改制"的攻坚,绍兴县完成改制的乡镇集体企业 1851 家,占应改制企业的 99%。其中,选择了意识形态色彩浓厚、曾作为最初改制主要形式的股份合作制的企业仅 49 家,占改制企业总数的 2.7%;选择公司制的有 174 家,占 9.4%;拍卖 630 家,占34%;租赁 998 家,占 53.9%。

截至 2001 年底,浙江 6 万多家乡镇集体企业的产权改制面达 97%;

截至 2002 年底,绍兴全县共有 734 家原乡镇集体企业的营业执照清晰地变更为民营企业;

截至 2007 年底,杨汛桥镇已拥有产权彻底清晰、治理结构科学现代的上市公司 7 家,成长为年社会总产值超过 300 亿元的"浙江第一镇"。

"国有者"突围

73 岁的冯根生喜欢把自己比喻成"幸存者"。

他的确是万里挑一的"幸存者":

1949 年 1 月 19 日,离杭州解放大约 100 天,14 岁的冯根生走进位于吴山脚下的河坊街胡庆余堂的黑漆大门,成为红顶商人胡雪岩一手创建的百年药铺的关门学徒;

从 1972 年担任中国青春宝集团前身——只有 26 万元固定资产的杭州中药二厂厂长开始,他的"厂长"头衔一戴就是 36 年,可能是新中国成立后浙江乃至中国企业史上存活时间最长的经营者;

1988 年,他被评选为首届"全国优秀企业家"。2003 年 11 月,15 年后的"幸存者"在杭州第一次聚会。人们发现,当年的 20 位当选者此时已是"病的病,死的死,逃的逃,抓的抓,退的退"。冯根生成为仍在企业家岗位上工作的仅有的三人之一。

作为"幸存者",冯根生特殊的标本价值还在于,他是国有企业经营者中的"幸存者"。

极具传奇色彩的经历,决定了冯根生在 30 年浙江改革史中一次次地成为新闻人物。传播最为广泛、意义最为深刻的一次事件,恰恰与"产权"有关。

1997 年 10 月,中共十五大刚刚闭幕,浙江乡镇集体企业产权变革再掀高潮,相对滞后的国有企业改革亦暗流涌动。

浙江"国企教父"冯根生

10 月 6 日夜晚，由国有中国青春宝集团与泰国正大集团合资的正大青春宝药业有限公司董事会正在召开。总裁冯根生提出了一个深思熟虑的产权改制方案。这个被称作"工者有其股"的改制方案具体内容如下：正大青春宝的合资比例为 6 : 4，泰方占 60% 的股份，中方占 40% 的股份。董事会一致决定拿出中方国有股份的一半，即合资公司总资产的 20% 卖给员工。经过 4 个多月的数次评估，当时公司总资产为 1.8 亿元，按优惠 20% 的价值计算，为 1.5 亿元。可转让给员工的 20% 就是 3000 万元，董事会认为管理者应持员工股份中的大股。

"我们常讲工人是国家的主人，员工是企业的主人，但他们的主人身份靠什么来体现？"冯根生说，只有让员工真正在企业拥有资本，真正成为企业的主人，利益和风险共担，国有企业才有希望。

泰国正大集团在中国各地有 100 多家合资企业，董事长谢炳参加了当晚的董事会。他说自己很关注中国改革的动向，也学习了中共十五大报告，对于冯根生提出的"工者有其股"方案十分赞同。

董事会全票通过了决议：冯根生作为合资公司中方的主要管理者，又是"青春宝"品牌的第一创办人，应该购买总股本的 2%，也就是 300 万元。

方案定下来了，账算出来了，全国铺天盖地的争议也来了。"冯根生究竟还是不是国有企业的当家人？他还是不是共产党员？"上纲上线的质疑相当激烈。复旦大学还专门成立了"冯根生难题"课题组，并就此撰写了一部几十万字的书。

压力可想而知。当年 10 月 27 日，《解放日报》突然刊发了一篇题为《"青春宝"转制走到十字路口》的报道，称冯根生及中方董事出于各方面准备工作尚不充分的考虑，不再购买股份，并向员工们表示歉意。

"其实此前就有国外的大财团三顾茅庐来请我，仅安家费就是 100 万美元，但我没走。"11 年后，回首那段无法忘却的往事，冯根生在接受《钱江晚报》"纪念浙江改革开放 30 周年" 特别报道小组记者采访时感慨而言，那年自己已经 62 岁了，说实在的，再多的钱也花不了多少了。"改革就需要有人站出来大声吆喝。在中国改革太难了，枪打出头鸟，但我愿意做那只挨枪的出头鸟。"

1998 年 6 月 6 日，杭州市政府终于批准了几近难产的"正大青春宝国有股权转让方案"，近 8 个月的悬疑总算画上了句号。

但麻烦还是很大。

问题在于股权转让的方式。青春宝公司是冯根生一手带大的孩子，不夸张地说，"冯根生"就等于"青春宝"。2000 年 3 月，冯根生成为中国企业家个人价值量化评价的第一人。经过浙经资产评估事务所专题项目组测评：1972 年至 1999

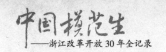

年期间，企业家冯根生的管理要素对企业效益的综合贡献率在 15%—20% 之间，其利税贡献价值总额为 2.8 亿元。

优秀企业家的管理智慧如何衡量？价值 2.8 亿元的"国宝级"冯根生的个人无形资产是否能折成股份抵 300 万元的国有股权？

冯根生的分量有口皆碑，事实无可否认，但社会公众对改革的心理承受力才是决定性因素。左右权衡的结论是，股权实行百分百有偿转让。冯根生持公司总资产 2%，相当于 300 万元人民币，必须掏出真金白银。

冯根生回忆说，那是他记忆中最严肃、最凝重的家庭会议，唯一的主题是：到底买不买这 300 万元的股权？情况是明摆着的，合资前，他的月工资是 480 元；合资后虽增加到几千元，但 300 万元对自己来说仍然是天文数字。

"如果我不搭上身家性命，公司的其他员工就没人相信这次改制，没人敢认购股份。"家庭会议集体讨论的结果是，在二儿子冯羚的"赞助"下，冯根生凑足 30 万元，再以股权作抵押向杭州商业银行贷款 270 万元，300 万元的资金终于有了着落。

持股的风险，冯根生再清楚不过了。他算了一笔账：假定"正大青春宝"每年的税后利润达到 5000 万元，扣除所得税及各种提留，实际可分红利润为 3100 万元，自己按比例可得 62 万元。这 62 万元中，他必须缴纳 20% 的个人调节税，还需支付银行利息约 25 万元。这样算下来，冯根生仅还清银行贷款 270 万元的本息就需要将近 12 年。再乐观一点，假定公司年利润持续保持在 1 亿元左右，冯根生也得花 5 年以上时间才能还清本息。然而，市场竞争瞬息万变，谁又能确保一家企业坚守 12 年的持续增长或年年拿下上亿元的利润呢？

回头路肯定是没有的。在全公司职工代表大会上，冯根生一诺千金："我借钱认股，人决不会走，准备再干 5 年把大家的本钱都赚回来。"

3000 万元股金一个星期全部认购到位。其中包括冯根生在内的经营层认购 30%，普通员工认购 70%。300 余位一时拿不出认购本钱的员工，共向银行贷款 1000 万元。"正大青春宝"由此成为浙江乃至全国第一家员工持股的国有参股企业。

"拼死吃河豚"，冯根生和上千位"主人翁"激发的是"拼"，品尝到的是"鲜"。产权改制当年，分红就达 30%，之后不到 3 年所有本金就全部返还。企业利税 10 年增长了 5 倍，总资产增长 10 倍以上，产值增长近 10 倍。

罕见的老资格以及堪称辉煌的业绩，为冯根生赢取了浙江"国企教父"的美誉，与万向集团的鲁冠球比肩而立。

冯根生的故事，在浙江国有企业产权改革领域的标杆性影响是不言而喻的。媒体连续的广泛报道，使这种影响一再扩大。

"冯根生该不该持股 300 万"的大讨论过后，所谓"冯根生难题"已不再成为难题。我们可以看到：

国有企业杭州民生药业有限公司董事长竺福江持股 300 万元；

国有企业绍兴丝绸印花厂董事长樊式洲持股 500 多万元；

国有企业嘉兴丝绸股份有限公司董事长周国建持股 960 万元，配股后，持股量更增至 1380 万元；

…………

不仅企业主要经营者的持股量不断攀升，其持股方式亦大胆突入了以往根本不敢想的"禁区"。以国有企业湖州喜盈盈纺织有限公司为例，改制后董事长宋世楹共持股 1125 万元。其中包括才能股 100 万元，技术股 150 万元，职务配送股 250 万元。余下需要由个人出现金购买的期权及股份为 625 万元，只占其全部股份的 55%。

由于国有资本一直投资较少的历史因素，浙江从来就不是国有经济大省。据官方统计，1978 年，浙江全省国有及国有控股工业企业总资产仅 58.5 亿元，与各省市自治区相比处中下水平。在温州等地乡村民营企业异军突起的背景下，1992 年，浙江全省工业总产值中，国有经济占比仅 26.4%，远低于全国平均水平。

尽管总量与比重并不算大，但由于浙江是公认的中国改革史上个体、私营经济的摇篮，而至少在 1997 年中共十五大召开之前，后者始终是一个从意识形态层面来看争议不断的命题，作为特定的平衡器，浙江国有企业的成长状况就变得十分微妙。

与个体、私营等非公有制经济屡屡创新、领跑全国不同，浙江官方对国有企业改革一直保持审慎而稳健的姿态，推出的举措与中央的改革部署大体步调一致。20 世纪 80 年代，主要围绕实行"厂长经营负责制"等企业内部微观搞活做文章。20 世纪 90 年代，开始涉及产权制度变革领域。1994 年，浙江启动了包括产权清晰在内的国有企业建立现代企业制度的改革探索，先后确定了 138 家试点企业。针对全省多数国有企业产业层次低、经营规模小的现状，1996 年后，浙江小型国有企业从产权关系调整入手，"外科手术"式的改革力度明显加大。具体方式有股份合作、兼并、破产、租赁、拍卖等，大部分被改组成国有控股或参股、职工集体持股、经营者持股、民资与外资参与的混合所有制经济。1997—1998

娃哈哈掌门人宗庆后

年,全省500多家国有企业的国有资本以各种形式悉数退出。

相对于民营企业神速崛起的精彩纷呈,浙江国有经济的角色不算抢眼。其产权改革的"关键一跳"也并没有在90年代完美谢幕。2007—2008年,因与法国达能公司的一场世纪大战而备受关注的杭州娃哈哈集团公司,又演绎了浙江在即将走完30年改革历程时有关国有企业产权嬗变的最后一个经典故事。

没有人做过准确的调查,但如果从消费者层面而言,"娃哈哈"很可能是知名度最高的浙江企业:中国最强大的饮料企业,年经营额超过200亿

元,每年销售各类饮料达200亿瓶以上,全国人民人均至少喝了15瓶。

知道"娃哈哈",也就很可能知道宗庆后——"娃哈哈"商业帝国的缔造者兼领袖,拥有"全国劳动模范"、"全国优秀企业家"、"中国经营大师"等荣誉称号,先后当选为全国人大代表,获全国"五一"劳动奖章。

但你却很可能不知道"娃哈哈"是一家什么性质的企业。通常情况下,娃哈哈公司喜欢称自己是"民族企业"。实际上,从诞生开始的很长一段时间,"娃哈哈"一直是货真价实的国有企业。

1987年4月,杭州市上城区教育局组建了一个经营部。当年7月8日,该校办企业经营部正式确立"杭州保灵儿童营养食品厂"的法人名称,并向工商部门申请了营业执照。已经47岁的宗庆后是第一任法人代表、总经理。

这个在杭州清泰街160号开业的全民所有制企业,就是日后无人不知的娃哈哈公司的前身。

由于宗庆后极好的市场直觉和灵性,娃哈哈公司以儿童营养液一炮走红,企业发展可谓突飞猛进。创办第三年,销售收入直逼亿元大关,利税2639万元,在全国500家最佳经济效益工业企业中排名跃升至第85位。

我几乎零距离追踪观察娃哈哈公司多年,与宗庆后亦相识相交多年。我一直认为,如果就坚忍的企业家精神与罕见的营销天赋而言,他应该是浙商群体

中最为优秀者及最值得敬佩者。

而被誉为"营销大师"的宗庆后在很多场合都声称自己深受毛泽东的影响，他认为一个卓越的企业领导者，必须是"开明的独裁者"。多年来，娃哈哈形成了一套超级扁平而又绝对集权的管理构架：不设置副总，宗庆后之下直接就是"中层干部"。事无巨细，大权独揽，使得宗庆后对公司运营拥有绝对强势的地位和至高无上的权威。但全民所有制的身份，又决定了他不得不面对自己始终只是国有企业"打工仔"的命运。

1992—1999年，宗庆后几度突围，"动刀"娃哈哈公司的产权结构，并大体完成了他预想中的产权布局。刘华、左志坚在《出轨》一书中，对此做了准确的记录。

第一轮：1992年5月，娃哈哈向内部员工募得2.36亿元，并由本集团出面联合杭州工商信托投资公司、桐庐县王家蜂业经营部（浙江金义集团前身）筹建杭州娃哈哈美食城股份有限公司。稍后，经浙江省体改委、中国人民银行浙江省分行批准，"娃哈哈美食城"以"定向募集记名式普通股"设立，成为浙江最早的9家股份制企业之一。宗庆后一直对"娃哈哈美食城"上市寄予厚望，但因种种原因未果。

第二轮：1996年2月，娃哈哈集团携娃哈哈美食城与全球第五大食品跨国巨头法国达能公司控制的新加坡金加投资有限责任公司签署合资经营合同。由后者向新合资公司一次性注资4500万美元，占总股本的51%。至2007年，达能累计追加注资达1.2亿美元。

在这两轮产权布局中，宗庆后主要着眼于为急速膨胀的娃哈哈公司筹措宝贵的"起飞"资金，从国有企业的"打工仔"向"资本家"的角色转换并非考虑的重点。产权布局的效果显而易见。与达能合资的1996—1999年，娃哈哈利用巨额引进资金和新技术，购置世界先进设备，发展如虎添翼。其销售额分别增长为11.1亿元、21.1亿元、28.7亿元、45.1亿元，创利分别为1.55亿元、3.34亿元、5.01亿元、8.75亿元，彻底奠定了其在中国饮料业不可撼动的霸主地位。

关键的第三轮：借中共十五大的东风，1999年8月，杭州市政府出台了《杭州市国有企业经营者期权激励试行办法》；10月，又进一步出台《关于我市国有中小企业改制若干问题处理意见的通知》。宗庆后抓住时机，在此后6个星期内，闪电完成公司改制。原本100%属国有资产的娃哈哈集团改制落定的产权结构变更为：公司的注册资本金5.146亿元，其中杭州市上城区国资局出资26245万元，占股51%；宗庆后出资15129万元，占股29.4%；1900余位职工出资10086万元，占股19.6%。同时，宗庆后及其团队还从政府手里享受了获赠价值

5800多万元的股份和购股价打折19%等"半买半送"的优惠。

2001年5月,上城区国资局再次与娃哈哈"职工持股会"签订股权转让协议,后者出资2631.9万元增持5%的股权。娃哈哈公司的产权结构变更为:上城区国资局相对控股46%,宗庆后占股29.4%,职工持股会及其他高管合计占股24.6%。由于宗庆后人所共知的铁腕管理,下属员工对其言听计从,他至此已成为娃哈哈公司事实上绝对控股的第一大股东,将资本话语权牢牢掌握在自己手上。

宗庆后终于不再是随时可能会被上级调离,并在60岁时被宣布退休的"棋子"了。他是能够掌握自己命运的真正的老板了。

但宗庆后并未就此停下脚步。

2007年4月,宗庆后通过新华社所属的《经济参考报》主动爆料:"由于当时对商标、品牌的意义认识不清,使得娃哈哈的发展陷入了达能精心设下的圈套。"他表示,对早年与法国达能的合资"后悔不已"。

达能亦立即反击,称近些年娃哈哈擅自组建了40多家与"达能—娃哈哈"合资公司无关的同行业竞争性企业。截至2006年,这些公司总资产已达56亿元,利润10.4亿元,严重损害合资方的利益。

借助媒体广泛传播的巨大力量,双方的口水战急速升温。宗庆后再次坚决地祭出"民族企业"的大旗,他在接受媒体采访时慷慨而言:"我郑重宣布,中国人现在已经站起来了,已经不是八国联军侵略中国的时代了……如果你(达能)再用这种态度跟我们说话,我就和你终止合作。"

"达能—娃哈哈"的战火跨年延烧到了2008年。其间的高潮是2007年11月26日,首次访华的法国新任总统萨科奇在北京人民大会堂与中国最高领导人就此事进行了沟通。

全国各地的精锐媒体紧追不放,步步深挖,"达能—娃哈哈"大战背后隐秘的真相渐渐浮出水面。

一直追踪调查这一事件的《21世纪经济报道》资深记者刘华、左志坚,在2008年2月出版的《出轨》一书中告诉我们的"真相"是:"达能—娃哈哈"合资公司销售额及利润疯涨,宗庆后渐渐觉得自己"吃亏了"。随后数年,他在加勒比海岛国英属维尔京群岛等地注册成立了一批其本人为实际控制人的海外离岸公司。以这批行踪难测的离岸公司为主脉,宗庆后先后投资了共享娃哈哈品牌与营销通道,却与达能无关的61家分布全国的非合资公司(含生产型企业35家)。在这35家被达能指控为非法"私生子"的非合资公司中,离岸公司参股的占了26家;由宗庆后及妻子施幼珍、女儿宗馥莉等家族成员控股的有29家。

通过离岸公司的系列操作,达能的身影一步步淡去,投资利益被挤压并边缘化。这是因双方的激烈争吵而沸沸扬扬的"明线"。事实上,还有一条与所谓"民族大义"毫无关联的耐人寻味的"暗线":在 61 家非合资公司甚至是在 39 家"达能—娃哈哈"合资公司中,作为曾经的投资主体,国有资本仍占名义上第一大股东的娃哈哈集团有限公司同样一步步淡去,进而悄然无踪。

《出轨》一书的结论是,相比于同处杭州、为了区区 2% 的股权饱受煎熬的冯根生,宗庆后真是太幸运了,而且幸运得有些过分了。

12 年产权布局精心且灰色的运筹,最后的"国有者"宗庆后笑到了最后。

【浙江改革史档案】
浙江改革的"所有制效应"

活跃的商品生产、发达的市场体系、广泛的民营经济,被称作拉动浙江改革前行的"三驾马车"。其中,以民营经济为核心的所有制变革是前两驾马车的先驱,某种意义上可将之视作左右浙江改革兴衰沉浮的命门。

改革 30 年间,浙江的"所有制效应"大体可用两句话概括:起步时有"先天优势";推进中有"先发优势"。

在此前章节我们曾经提到,浙江是新中国成立前 30 年的"国有投资小省"。国家投资少、国有企业少,面对从计划体制向市场经济转轨的历史新机遇,劣势就变为了优势。据官方权威统计,1978 年,全国工业总产值中,国有工业及集体工业产值分别占 77.63%、22.37%。而同期浙江工业总产值中,国有工业产值只占 61.34%,集体工业产值为 38.66%。相比之下,浙江的国有工业占比低于全国水平 16.29 个百分点,集体工业高于全国水平恰巧也是 16.29 个百分点。这样的"一低一高",奠定了改革之初浙江的"所有制正效应"。

此后,以民营经济的快速崛起为突破口,浙江改革的"所有制正效应"持续发酵放大。可资参照的是,截至 1996 年,全国工业总产值中,国有经济仍占 28.5%。浙江国有经济在全省工业总产值中的比重则仅为 10.7%,只有全国水平的 37.54%;而浙江的集体经济占比达 45.3%,比全国水平的 39.4% 高出近 6 个百分点;城乡个体及私营经济占比为 32.4%,比全国 15.5% 的占有率高出 109%。

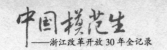

再来看看所有制概念的相对模糊地带"集体经济"。20世纪90年代中期，乡镇集体企业无疑是浙江集体经济的主体。下表源自浙江官方1996年对全省乡镇集体企业的年度抽样调查数据显示，由于大规模的产权改制，当年浙江乡镇集体企业持股资本金比重最大的已是个人股，占资本金总额的59.42%，集体股占18.34%，法人股占16.1%，外商外资股占5.56%，国有股占0.58%。民营化色彩亦十分浓厚。

20世纪90年代是浙江经济产权变革戏剧化演进的高峰期。到90年代末，作为浙江改革的攻坚战，所有制结构优化调整已基本完成。与全国各省市区相比，浙江在这一领域的改革起步最早也最为彻底，实现了浙江30年改革开放历程中最为关键的一跳。

1996年浙江乡镇集体企业股权结构

单位:万元

项　目	总　计	乡镇办企业	村办企业	股份合作企业
资本金合计	2234173	1041277	331215	861681
乡镇集体资本金	409726	261871	139162	8729
个人资本金	1327567	436544	107093	783930
法人资本金	359850	237810	63159	58881
国有资本金	12909	9865	2300	744
外商资本金	124085	95187	19501	9397
企业数(家)	25995	4156	2348	19491
职工数(人)	989253	452851	144881	39152

（资料来源:《浙江乡镇企业统计年鉴》1996年）

第七章

集群为"王"

一个国家或地区的产业竞争力,与这个国家或地区以集聚形态呈现的产业的强弱成正比。

——迈克尔·波特(美国)

"第三意大利"寓言

意大利就像一只巨大的"靴子",静静地躺在蔚蓝色的地中海北岸。

在这只"靴子"的西北部,镶嵌着米兰、都灵、热那亚等璀璨都市。这一带被称作"第一意大利",历来是意大利人的骄傲,囊括了汽车大王"菲亚特"等众多现代工业。首都罗马以南相对落后的南部农耕地区则被称作"第二意大利"。

大约在20世纪50年代至70年代,"靴子"的中部与东北部经济快速崛起,甚至引起了全球关注。这个包括了艾米利亚—罗马涅在内7个意大利大区的区域,其经济的神奇增长显现出了如下普遍特征:以中小型家族企业为主;自发性、小规模、灵活的专业化生产;积极开拓销售市场;高度的产业集聚,产品集中于纺织、陶瓷、服装等传统行业。

1977年,意大利社会学家巴格那斯科在深入考察了这个发展路径明显有别于"第一意大利"和"第二意大利"的区域后,将之正式命名为"第三意大利"。

联合国工业发展署总结了"第三意大利"创造经济奇迹的7条经验:企业在地理上的靠近性;部门专业化;以中小企业为主;在创新基础上的企业间密切合作和激烈竞争;社会文化的同一性;企业间信任和积极的自治组织;支持性的区域和地方政府。同时,该权威机构称赞"第三意大利"充分展露了"全球范围相对落后区域经济振兴的曙光"。

经济学界由此将这种在农业社会向初级工业化社会转型时期,民间的、区域产业集聚的发展模型,形象地概括为"第三意大利寓言"。

差不多20年后,在1000年前意大利人马可·波罗游历过的中国沿海,"第三意大利寓言"落地生根,再度精彩上演。浙江和广东,被普遍视作"第三意大利寓言"的中国版"双子星座"。尤其是在浙江,同一产业的中小企业"块状"高度集聚的格局发育得最为完整也最为极致,勾画出了浙江30年改革开放史上亮丽的风景。

让我们一起来走读堪称经典的"大唐"样本。

生意火暴的大唐袜业市场

1999年10月7—9日,第一届中国袜业博览会在地处浙江中部、美女西施故里诸暨市的大唐镇隆重举办。作为袜业产业集群,大唐借此第一次向世界盛装亮相。

这可能是中国乃至全球唯一以"薄薄的一双袜子"为展示交易主体的博览会。据统计,这届袜博会共设立展位840个,参展单位646家,来自全国以及10多个国家的1万多位客商蜂拥而至,总成交额突破10亿元。

在许多人的印象中,拥有"浪莎"和"梦娜"两个中国袜业驰名商标的义乌市,才应该是"袜子天堂"。但千真万确的是,"世界袜都"并不在义乌,而是在其以北不到50公里的大唐镇。

这个小镇面积仅53.8平方公里,本地人口只有区区2.9万,但其涉及袜子的数据俨然就是一个泱泱"王国":

全镇拥有袜厂超过1万家。以2007年为例,大唐共生产袜子140多亿双,60亿地球人每人摊到2双,销售收入260亿元,自营出口突破3亿美元,占据了中国市场七成的份额、全球的半壁江山。全镇农户平均每家拥有8台织袜机,年工业产值90%来自袜业,农民人均收入有90%来自袜业,劳动力就业90%依托袜业。

1992 年至 1999 年,大唐袜业产业集群进入了成熟定型期。但其春意朦胧的第一粒种子,很久以前就已在这里的乡间农舍自然生发。对此,《袜子战争》的作者刘华,对这粒种子是如何萌动并一步步顽强成林,以及对大唐做了迄今最为细致的描述。

距诸暨城关 18 公里的大唐原本是夹在几个乡镇接壤处"三不管"的边界小村落,一二百户人家,七八百口人。1988 年 10 月,包括大唐在内的原柱山乡、城山乡合并,自始定名为大唐镇。

大唐古称大唐庵,一说大塘庵。据民间人士称,当年这个小村落附近曾有一口水塘,塘边有个尼姑庵,叫做"大唐庵"。

在浙江袜业公司董事长洪冬英的儿时记忆里,大唐庵一带荒无人烟,周围长满了密密麻麻的黄荆,四面环山,丘陵荒山几近一半。当地有这样一首民谣:"上有山坞靠天田,下有筏畈受涝田。一夜大雨水成灾,三个太阳田裂开。"千百年间,洪涝、干旱与饥馑始终与大唐人如影随形,民生异常艰难。

田地不养人,好在作为浣纱女西施后裔的大唐百姓善织。以手摇袜机生产各种棉纱袜,在当地部分农户中早有渊源。

1969 年,钟家村从上海织袜厂以每台 160 元的价格购得 16 台手摇袜机,创办诸暨第一家袜厂——钟家袜厂。1974 年 6 月,原城山乡大松村从毗邻的东阳县买来 3 台旧袜机,创办了大松袜厂。大唐袜业由此复苏,因贫困而对财富极度饥渴的农户相继争购袜机,家庭作坊如野草般无声地疯长。

"那时候可没敢想搞成世界最大,但织袜子可以填饱肚子却是摆在眼前的事实。"当年在乡办袜厂做机修工的张金灿算了一笔账,手摇袜机每天可生产50—60 双袜子,每双袜子可以产生 1 元钱利润,而生产队 1 天的工资是 0.40 元。这岂止是填饱肚子,简直是天天吃肉!

懂技术的张金灿在乡亲眼里可是大大的"财神"。仅 1978 年秋天,他就将从外地收来的 500 多台废旧线袜机改装成尼龙袜机,提供给大松、箭路等自然村的农户使用。"改装过的旧机器很便宜,几十块一台。操作上也很容易学,只要不是瞎子都会干的。"

农民的天性未必善于创新,但模仿能力的强大令人吃惊。尤其是当他们亲眼看到曾经与自己一样穷困不堪的乡亲邻居因为家里有了几台袜机而数起了成沓的钞票。怎么上机、到哪里去弄原料、什么款式最好卖,这一切先是在整个村子里相传,然后又从这个村子快速地扩散到相邻的另一个村子。

但直到 20 世纪 80 年代初期,"弃农从袜"还属于非法的"地下斗争"。在寂静的乡间夜晚,农户家生产袜子是一件危险的事情,因为老旧的袜机一开动就会发出唧唧哑哑的响动，警惕性极高的乡干部随时可能推门而入。迫不得已，农户们在机器梢头钉上橡皮，在墙上敷上厚厚的草席，并且用棉被将门窗遮挡得严严实实。为了赚钱，他们豁出去了。

袜子毕竟不是稻米，在方圆30公里的传统交易半径内，消费量肯定是十分有限的，要想卖出更多的袜子，就必须找准辐射力强大的流通渠道。虽然没有闯荡过多大的世界，但大唐人凭直觉也明白这个道理。

他们最先拥到离诸暨城关10多里的外陈火车站，后来逐渐集中在杭（州）金（华）公路与绍（兴）大（唐）公路交会的"金三角"一带的路边进行销售。将自家织出的一打打尼龙袜装在菜篮子里，一批批过往车辆上的乘客和司机成了他们源源不断的客户。隔着窗玻璃，高高举起竹篮，用土音浓重的蹩脚的诸暨普通话高声叫卖，生意出奇的好。第一个"自由"袜子市场诞生了。

到1988年大唐建镇时，全镇已有948台袜机，150台加捻机，18个袜摊，15家袜机配件摊。除夫唱妇随自家摆弄外，雇人开办的小型袜厂也成批出现了。规模最小的是4台袜机，因为1名工人正好管4台袜机，再少就不划算了。

马路市场已经越来越不能满足日益扩张的产能需要。1991年8月，占地35亩、拥有交易摊位728个的大唐轻纺袜业市场竣工。二期工程又增加了1000余个摊位。

1992年10月10日，靠一双袜子慢慢挺起腰板的大唐人实在忍不住召开了第一次新闻发布会，面对全国数十家新闻媒体，他们雄心万丈地亮出成绩单：开业仅1年的轻纺袜业市场日成交额已增至250万元，最高达400万元。全镇各类袜机猛增到1.4万台，平均每天有47万双袜子发往全国各地。13个省市区的167家企业产品在大唐经销。1992年全镇工业总产值达2.5亿元，比1988年建镇时膨胀了4倍；集镇建成面积扩大了12倍；银行存款余额比建镇初增长了15倍。

至此，大唐袜业产业集群的轮廓线已清晰可见。剩下的事情，就是如何高歌猛进了。

大唐样本，几乎蕴涵了浙江绝大部分区域产业集群的共同成长基因：萌生于乡间，为了在土地之外寻找一条活路，往往不得不从低投入、低技术的传统小型加工业杀入；完全没有政府选择性安排的预谋，属于人数庞大的农民集体无意识的发展冲动；一开始就被无情地挤压在计划经济的边缘地带，没有爹娘，没有奶水，与市场经济天然地水乳交融。

杜润生曾入木三分地评点道，以温州为代表的浙江经济本质上是一种"老百姓经济"。既然是"老百姓经济"，出身注定不高贵，命有时候很贱，就像农家的孩子取名叫"小毛"、"二狗子"。不过它很随缘,自立性强,生命力空前旺盛,见土就长,有缝就钻。同样,既然是"老百姓经济",诞生时其单体必然很弱小,小的就得抱团取暖、相依为命,以扩张共同的生存空间。聚沙成塔、滴水成河,在"老百姓经济"的肥沃土地之上,五光十色的产业集群顺势而生,乘势而强。

浙江产业集群的竞争优势从何而来,其背后究竟有些什么耐人寻味的秘密?在稍后的描述中,会给出更详细的答案。

我们首先将读到的事实是,集群化的浙江特色产业历经 10 年磨剑,早已成长为一支彪悍的军团,它们施展身手的舞台是整个世界。

以下是美国《洛杉矶时报》记者多恩·李亲眼所见发生在两个"世界袜都"之间的一场激烈暗战以及最后的战果清单。它们大约相距 1.1 万公里,横跨浩瀚的太平洋。

位于美国南部亚拉巴马州阿巴拉契亚山区的小镇佩恩堡自诩为"世界袜都"是颇有理由的。

这座约有 1.3 万人口的小镇从 1907 年就开始生产袜子,一度以地球上每 8 双袜子中就有一双产自佩恩堡而自夸。20 世纪 90 年代,佩恩堡镇每 3 个就业机会中就有 1 个与袜业有关。当地拥有的数十家袜业公司堪称美国制造业的典范:努力工作,共享资源,节约成本,投资于技术。

42 岁的小戴尔·杰克逊在佩恩堡出生、成长。他从阿拉巴马大学获得心理学学位后,认为自己能在罗宾—林恩纺织公司大展宏图。他从 1988 年开始为这家公司工作,当时每小时挣 4.15 美元。数年之后,他进入管理层,年薪约为 10 万美元。他说:"当时,任何选择在袜业工作的人都感觉自己发达了,碰到了好机遇。"

1999 年,罗宾—林恩公司向全球市场卖出了 3000 万双袜子,销售额超过 2400 万美元。已晋升至公司总经理的杰克逊十分兴奋。但他肯定没有想到,这竟是公司最鼎盛的一年。随之而来的是销量连年的下滑。到 2004 年,罗宾—林恩公司的袜子销量已跌至 1200 万双。

杰克逊职业生涯中最大的竞争对手,正是来自于他从未去过的另一个"世界袜都"——中国的小镇大唐。就在他的公司业绩每况愈下的 5 年时间里,以大唐为主产地的中国袜子潮水般涌进美国,从每年 600 万双猛增为 6.7 亿双。同期,罗宾—林恩公司和其他美国同行占据美国袜业市场的份额从 69%下降至 44%。

2004 年,大唐共生产了 90 亿双袜子,而佩恩堡的产量还不到 10 亿双。

罗宾—林恩公司不得不裁掉了将近 1/3 的员工,而且从董事长到最低级别

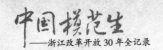

的员工都减薪 10%。杰克逊说:"目前,我们只求能够及时付清账单。"

行走在大唐轻纺袜业城人声鼎沸的摊位间,不远万里赶来的《洛杉矶时报》记者多恩·李对杰克逊的沮丧有了深切的理解。他知道,佩恩堡无疑已经输掉了这场"袜子战争",百年辉煌将在两座中西小镇间世纪轮回。

让人瞠目结舌的大唐袜业肯定不是浙江产业集群唯一的骄傲。在这片火热的大地上,用灿若繁星来形容区域性高度集聚的浙江特色经济无疑是十分恰当的。我们不妨以 1999 年的数据为例:

嵊州市年产领带 2.8 亿条,占全国市场的 80%,全球总销量的 1/3。

绍兴县柯桥镇方圆 8 公里范围内,拥有各类纺织企业 4517 家,产值占全国同行业的 15%。年产面料 36.6 亿米,中国人人均能做 1 件衣服。

海宁市年产皮衣 1600 万件,产量在全国四分天下有其一。仅地处俄罗斯莫斯科市以"海宁楼"命名的专业市场,年销售皮衣就达 200 万件。

嘉善县胶合板企业达 600 多家,产量占全国市场的 1/3。一个只有 30 多万人口的江南小县的生产能力,超过了世界胶合板传统强国马来西亚整个国家。

湖州织里镇童装生产企业超过 6000 家,还拥有配套印花企业 466 家、绣花企业 1021 家、面料辅料企业 872 家、缝纫机配件企业 39 家、联托运站 37 个。年产童装 1.5 亿件,国内市场占有率达两成以上。

…………

据官方统计,到 2000 年,浙江 88 个县(市、区)中,共有 85 个县(市、区)形成了 519 个特色鲜明的产业集群,涉及 175 个工业行业、23.7 万家企业。其中,52 个产业集群生产的产品在国内市场的占有率达 30%以上。这 519 个产业集群平均每个集群的年度产业规模为 11.5 亿元。其中,年产值 10 亿—50 亿元的集群 118 个;50 亿—100 亿元的集群 26 个;100 亿元以上的集群 3 个。全省有 1/3 的县(市、区)产业集群经济产出占当地工业总产值的 50%以上。

与大唐样本相类似,浙江绝大多数产业集群胎动于 20 世纪 80 年代甚至在更早的 70 年代末期——南部、中部的温州、台州、金华等地相对早于浙江北部,90 年代普遍显山露水,爆发出拉动区域经济的强大活力。这一时期,地方政府亦开始对自发形态的产业集群另眼相看,并纷纷以行政力量加以自觉行为的扶持与推进。同时,浙江产业集群超常发育的现象引起了国内理论界的浓厚兴趣,有学者将产业集群与以民营经济为特征的产权清晰、以专业市场为主要载体的市场体系,并称为创造浙江奇迹的"三宝"。

理论界对浙江产业集群提出过许多有趣的形象概括,比如说"小狗经济"、

"群狼经济"、"企业簇群"等。但使用最为普遍且为官方高度认同的说法，则是"块状经济"。

"块状经济"这一词汇，由法国地理学家简·戈特曼于1957年最早提出，主要是指"在地域上集中分布的若干大城市和特大城市集聚而成的庞大的、多核心、多层次的城市群，是大都市区的联合体。其实质是由一组不同登记城市所形成的相互串联、高度集中的经济中心地带"。大都市带的产生是由于经济发展、科技进步、集聚效应等因素，导致产业、资源与人口在空间上的集聚与扩散运动的结果，交通运输和信息化的高度发达是大都市带得以产生和发展的重要推动力量。

很显然，戈特曼所概括的"块状经济"是以大都市为要素基础的，比如说美国东北部由纽约、费城、华盛顿等城市构筑的大纽约区的经济份额，占到了美国经济总量的30%。这与浙江因乡村产业集群的发育而形成的"块状经济"截然不同，后者的基点是小城镇。

浙江产业集群以加工业为核心，在其生长过程中，资金、人群、物流、信息不断优化积聚，各种配套的服务性产业与设施随之衍生，规模适度而运转灵活的小型城镇大批诞生。

据官方公布，截至2005年，浙江城市化率上升至56%，比全国平均水平高出近13个百分点。同年，浙江小城镇总数达760个，比1985年增加了2倍。其中，至少有2/3正是由于产业集群的支撑而兴旺。义乌稠城镇、乐清柳市镇、湖州织里镇、桐乡濮院镇、诸暨大唐镇、临海杜桥镇等等，闪亮全国的活力强镇车载斗量。有1000多万浙江农民伴随着产业集群的勃兴融入小城镇，在自己的土地上紧握自己的命运，完成了从农民到"城里人"的身份蜕变。而没有像西方工业化时期那样，因丧失土地背井离乡，不得不沦为大都市被边缘化的弱势群体。

这，也许是浙江产业集群强力崛起所带来的意外而必然的巨大收获。

"小的"很美好

解剖浙江各类产业集群，首先给人留下深刻印象的是"小"。

企业单体规模"小"。比如说大唐，全镇1万家袜厂平均每家拥有袜机8台，每家袜厂平均雇用工人仅两人。

生产的产品往往也很"小"，比如说拉链、笔芯、袜子、头饰、徽标、纽扣，甚至是牙签！

但我们看到，"小的"创造出的却是"大大的"世界。

温州是浙江产业集群的重要发祥地。有资料显示,在温州 143 个小城镇中,"一镇一品"的单个产业集群中产值超 10 亿元的就达 30 余个,其经济总量占全市的 60% 以上。以产业集群为依托,温州分别荣获了"中国鞋都"、"中国低压电器城"、"中国金属外壳打火机生产基地"、"中国剃须刀生产基地"、"中国合成革之都"、"中国塑料薄膜生产基地"、"中国制笔之都"等眼花缭乱的一大批"国字号"金字招牌。

眼镜、皮鞋、打火机,一直是最为人所知的温州产业集群三大当家"花旦"。仍然以 1999 年为例,开列出来的数据难以置信:

每小时,温州生产皮鞋 12 万双;

每天,温州有 100 万副太阳镜销往世界各地;

每年,1 亿只打火机走下装配线,70% 出口,占据全球 70% 的份额。温州的生产厂家打个喷嚏,世界打火机市场就会感冒。

今天,如果谁还因为腰别"大哥大"而自命不凡,等待他的肯定是耻笑和白眼。但是 20 年前,倘若能从口袋里掏出一只嗞嗞作响的防风打火机,那你就是"爷"。这种打火机的面壳上一般都印有亮晃晃的洋文"JAPAN",售价两三百元算是差的。

没料想,仅仅几年后,防风打火机便被贬为平民,原因是售价去掉一个"零"的同类产品如潮水般迅速蚕食了市场份额。尽管这批后起之秀所标明的产地五花八门,实际上几乎百分之百来自温州。

1998 年,日本一家世界著名打火机企业组成小型经贸考察团造访温州,其目的只有一个,就是想揭开一个谜:中国人凭什么少了一个"零"。

在温州最负盛名的大虎打火机厂,老板周大虎的介绍令他们倒抽一口冷气:同样一个电子点火的小部件,日本公司生产一只为人民币 1 元,周大虎的进价是 0.1 元,为大虎打火机厂跑龙套的家庭企业生产成本 0.01 元。一般每只打火机需要 5 至 8 个密封圈,日本公司成本 0.2 元/个,温州企业仿制品 0.05 元/个,半年后又迅速降到 0.005 元/个。

据说,日本考察团离去时,每一个人均脸色阴郁,心情沉重。

成本低廉,无疑是浙江产业集群的产品公认的竞争"撒手锏"。关键是,为什么?

劳动力便宜,这是最容易被想到的。曾有学者对浙江某个特色产业集群进行抽样调查。数据显示,1999 年,在该产业集群企业工作的外来工每月工资平均为 680 元,似乎并不算太低,但这笔月薪是以每月连续工作 240 小时为代价的。按国家《劳动法》的要求,企业中工人周工作时间为 40 小时,换算成月大约为 180 小时,超过部分则以加班计。因此,外来工的 240 小时应换算为 180 小时+60 小时×1.5=270 小时,也即外来工一个月的工作量,相当于合乎规范企业中工人一个半月的工作量。以此计算,外来工月工资仅为 453 元,每小时工资仅为 2.83 元,并且这已包含了应支付而实际未支付的养老、医疗保险金。

如此低廉的劳动力价格,的确算得上极为便宜。问题在于,这是工业化起飞前期整个中国的普遍现象,与产业集群并无必然的直接关联。

其中肯定另有奥妙。

我们已经反复描述,浙江农民是由于土地稀少、生存艰难,才被迫挤上乡村工业化的泥泞小道。他们几乎没有多余的货币资本储备,首先选择低技术、低投资门槛的"小"商品生产领域,并普遍以家庭作坊式"小"生产单位为启动点,与其说是浙江农民创业者的谨小慎微,不如说是一种苦涩的无奈。

但从一开始,生产"小"商品的"小的"市场主体,遭遇的却是巨大的竞争风浪。于是,"扎堆"便有了充分的理由,唇齿相依般的集聚感油然而生。

这种集聚并不是杂乱无章的量的简单堆积。在逐利导向这只"无形之手"的调度下,彼此间逐渐走向有序分工、紧密协作。随着专业化分工协作的不断精细,成本被一点一滴地"抠"了下来,甚至是"抠"到了骨头缝。在这一精耕细作的过程中,宝贵的利润水到渠成。

美国《洛杉矶时报》记者多恩·李在大唐镇采访时,对此感触尤深。他在事后刊发的题为《中国的战略使它在袜都之战中占据上风》的报道中得出结论:"大唐袜子老板真正的优势——这种优势甚至连巴基斯坦、越南等其他低工资国家也并不具备——来自产业集群带来的好处。尽管产业集群不是什么新生事物,而且意大利还尤以此闻名,但中国人已把它推广到一个前所未有的规模。"

在大唐,多恩·李"十分震惊"地得知,除超过 1 万家的袜厂外,当地还有为袜厂配套的 1000 家原材料加工厂、400 家纱线经编厂、300 家缝头厂、100 家定型厂、300 家包装厂、200 家机械配件厂和 100 家托运服务公司、600 家营销商。

相比之下,佩恩堡的袜业集群虽然也有数十家制袜厂、定型厂、经销商和批发商,但其专业化分工协作的程度和深度从未达到大唐的水平。

多恩·李在报道中描述说:"如果佩恩堡的罗宾—林恩公司的某台意大利产织袜机坏了,有时可能得等上两个月才能拿到新部件。而如果大唐袜子生产商的某台机器出了故障,他只要给半英里外经销二手设备和部件的 60 多位商人中的某一位打个电话,问题马上就解决了。"

北京学者钟朋荣可能是对浙江产业集群研究得最为深透的观察者。正是他提出了浙江产业集群＝"小狗经济"——体形娇小的若干主体身手敏捷、高度灵活，围绕共同的市场目标，在无缝化的分工协作中凝聚而成强悍的攻击力量——这一有趣的概括，并广泛流传。

钟朋荣认为，20 世纪后半叶，世界范围内的产业组织形式出现了一种流行趋势，即通过多重横向及纵向的兼并和收购，将相关的企业变成自己的控股公司、独立子公司甚至内部工厂，企业规模愈来愈庞大。在获得产业强势的同时，这类组织形式往往不可避免地滋生出管理层次过多，委托—代理链条过长，导致管理成本和代理成本不断上升等弊病。而且，组织内部"计划经济"色彩越来越浓厚，"恐龙化"危机浮现。

在浙江区域性产业集群，你看到的则是另一番景象：发生协作关系的无数"小的"企业彼此间并不互为依附或从属，它们不是被动接受对方计划指令的"车间"，而是以市场为纽带独立竞争。由于同行业近距离集聚，彼此之间的竞争十分充分。这种竞争推动着它们除了千方百计为协作方提供最便捷的配套服务外，还必须努力使配套服务成本最小化，以赢得生存机会及利润空间。

浙江的产业集群各具特色，但它们的分布半径往往不大，有的集中于一个县市，更多的是以一个或若干乡镇甚至村为集聚中心。产业集群在地理空间上的相对狭小与乡村原本固有的宗族、血缘关系胶合在了一起，由此带来的一个明显益处是，与这一产业有关的技术、工艺、知识甚至致富冲动的扩散速度大大加快。

传统乡村社会中，社区范围内部人与人之间的自然粘连度远远紧密于工业化城市社会。这样一种几乎原生态的社会网络，十分容易演化成为另一种形态的经济网络——中国台湾理论界称之为"人脉网络"和"产业网络"。地理上相近、血缘上相亲，使得特定区域的人们不一定必须通过费用较高的正式渠道——学校或岗位培训——学习技能，而完全可以在日常面对面的交往中迅速地模仿与复制。

乡村化产业集群与生俱来的学习成本及推广成本十分低廉的好处，在英国近代最伟大的经济学家阿尔弗雷德·马歇尔所著的《经济学原理》一书中有清晰的阐述："工业往往集群（Clusters）在不同的地区，围绕一组关联产品进行专业化生产。"在这些地区，有着一种交流合作的氛围与极大的便利，"行业的秘密不再成为秘密，而似乎是公开了，孩子们不知不觉地也学到许多秘密。优良的工作受到正确的赏识，机械上、制造方面乃至企业的一般组织上的发明和改良之成绩，得到迅速的研究。如果一个人有了一种新思想，为别人所采纳，并与别人的意见结合起来，它就成为了更新的思想源泉。"

信用成本的低廉，亦是浙江乡村化产业集群的一大好处。这一点，往往容易被研究者忽视，但在现实运行中却是真真切切的。

平阳县麻步镇在温州并不出名，然而这个地处南雁荡穷山沟的小镇却崛起为全国最大的编织袋生产基地之一。每年，从这里销往各地化肥厂、水泥厂的尼龙编织袋达 3 亿米。

编织袋购销大户陈秋生告诉慕名前来采访的新华社记者陈坚发，麻步以及周边几个乡镇一共有 3.5 万个生产编织袋的家庭小工厂，它们的原料由当地大约 50 家拉丝厂负责供应。这一产业集群生物链上的关键人物，是像他这样的 1000 多位编织袋购销员。

陈秋生简单描绘了麻步编织袋产供销并不复杂的全流程：购销员整年在全国跑；根据接到手的业务单的多少，向拉丝厂要来原料；再将原料发放给自己相对固定的编织袋生产家庭工厂。他一再解释，这中间"要来原料"和"发放原料"两个环节都是凭信誉暂时赊账，最后结算。

针对"赊账是否可靠"的疑问，陈秋生说，自己手里相对固定的编织袋生产家庭工厂涉及好几个村子，总的有数百户吧。人家一多，脸孔就未必都记得很熟。但丝领去了，不按约上交编织袋的情况很少发生，在自己的记忆中好像仅发生过一次。

那天，有一位 50 来岁的妇人领走了 150 斤丝，价值四五百元。陈秋生只问了她是哪村人。一个月过去了，也不见妇人交来相应数量的编织袋。一打听，原来她报了个死人的名字，织好的编织袋早被她挑到外地的市场上卖掉了。最后，陈秋生把事情都弄清楚了，钱虽然没能追回，但这事大家都晓得了。

"乡里乡亲的，能骗得了谁？一旦坏了名声，你在麻步就别想再领到尼龙丝了。干其他行当也没人信了。"陈秋生感慨而言，后来听说这妇人懊悔不已。

20 世纪 90 年代，在浙江各地调查时的所见所闻使我深信，陈秋生的麻步故事其实是该省产业集群的普遍现象。产业分布与乡村人际网的高度叠加，导致了千百年积淀而成的宗亲邻里关系在经济活动中呈放射状发酵。其结果是，表面上缺乏先进的现代企业监管机制，但产业集群内部企业之间的"三角债"等恶性拖欠、欺诈情况明显好于集群外部，彼此资金流动顺畅高效，周转频率大大提高。

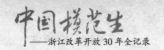

研究浙江产业集群"小"与"大"的有趣关系,还有一个不能不说的秘密——"神奇的专业市场"。

我们可以发现,几乎每一个浙江产业集群的成功崛起,都有一个成功的专业市场如影随形。对产业集群而言,专业市场所提供的,绝非仅仅是"供"与"销"的共享平台那么简单。毫无疑问,专业市场首先为产业集群沟通、汲取广泛的外部资源要素构建了血脉丰富的"脐带"。更为重要的是,专业市场如同一只"无形的大手",将集群内部数量众多且散乱的"小的"企业主体有序整合。正是在这一有序整合的积极助推之下,单体规模看似小得可怜的企业,却集聚成强大的群体力量。浙江产业集群惊人的竞争力由此爆发。

在浙江产业集群的肥沃土壤之上,"小的"并不意味着总是"弱小"。"小型巨人"或赫尔曼·西蒙所说的"隐形冠军"由此而生。

地处义乌市北苑工业区的双童日用品有限公司门面很不起眼,年产值也只有几千万元,肯定算不上什么大企业。厂区内停放着一辆辆运货车,车身上喷涂的广告会吓你一大跳:"双童吸管——全球最大供货商"。

所谓吸管,就是每个人都会用到的喝饮料的塑料管,是双童公司的当家产品。"全球最大"可不是他们自吹的。请看数据:

公司目前90%的吸管外销,每天有两个集装箱约8吨重的产品运往世界各地。8吨的产量相当于多少吸管?大约是1500万支。全年就是50多亿支,占了全球吸管市场总份额的1/4以上。

吸管这种产品小到什么程度?——平均每支销售价为0.008—0.0085元。其中,原料成本50%,劳动力成本15%至20%,设备折旧等费用超过15%,纯利润约10%。也就是说,一支吸管的利润仅有微不足道的0.0008—0.00085元。

"勿以利小而不为,点点滴滴照样能汇成大河。"双童董事长楼仲平信心满满。小小吸管给公司带来的赢利每月达40万元,最紧要的是,产品市场非常稳定,全球霸主的地位几乎无人可以撼动!

楼仲平的信心,无疑来源于义乌周边数以千计的塑料加工配套企业群,以及全球"NO.1"的义乌中国小商品市场。这一切,是双童公司的任何竞争对手都垂涎欲滴而又可望不可即的。

2000年,根据国家统计局对全国532种主要工业产品产量的统计,浙江有336种产品的产量居全国前10位,占被统计产品的63%。其中,56种产品产量居全国第1位;53种产品产量居全国第2位;13种产品的产量超过全国总产量的一半。

这一赫赫战果的背后,产业集群的支撑居功至伟。

"小"与"大","弱"与"强"——发生在浙江大地的奇妙转化,足以使我们对"集群为'王'"的含义有了深刻的理解。

往何处去

1993 年,31 岁的台州商人邱继宝决定出国"去看看世界"。

这是他第一次出国,目的地距离自己的老家大约 1.8 万公里:中南美洲的巴西、哥伦比亚、厄瓜多尔、委内瑞拉、秘鲁、智利、阿根廷等 9 个国家,用了 19 天。

邱继宝出门时心情很沉重。

他的工厂地处台州椒江市的大陈镇,主打产品是工业及家用缝纫机。邱继宝早年是个补鞋匠,1982 年买回两台仪表机床,和姐夫一起生产喷雾器零件。1986 年转产缝纫机后,生意迅速红火起来。

飞跃集团董事长邱继宝

但盯上缝纫机的远不止邱继宝一个人。到 1990 年,仅他所在的下陈镇就已经拥有 8 家缝纫机整机生产厂,100 多家缝纫机零部件厂,年产缝纫机 5 万多台,销售额 2300 万元。这在当年是很惊人的数字了。而 80 公里范围内,缝纫机的生产集聚地还有相邻的三甲镇、黄岩县的路桥镇、玉环县的陈屿镇等。台州正成长为中国大陆最大的以缝纫机为主的服装机械产业集群,下陈镇则是集群中的核心集群。

从一开始,邱继宝和他的下陈同行们基本上都靠向上海的国有或街道集体缝纫机厂借技术、借品牌起步。由于当时国内尚处短缺经济时期,加上产业集群学习、复制的超强机能,下陈产品短短几年内便快速膨胀,甚至赶超上海"老大哥"。

形势大好,一片风光,邱继宝却高兴不起来:按照产业集群如此强劲的发展势头,产能过剩势所必然,国内市场很快就会拥挤不堪。怎么办?产业集群将往何处去?

一连串沉重的问号，逼出了邱继宝1993年的中南美洲万里之行。

之所以第一次出国就选择了遥远且陌生的美洲，这与邱继宝1989年的广东南行有关。

那一年，邱继宝去了著名的"广交会"（从2007年101届开始，简称"广交会"的"中国出口商品交易会"更名为"中国进出口商品交易会"）。同样是第一次，目的同样是寻找"产业集群将往何处去"的答案。

当时的广交会很神秘，只有大的国有外贸公司才有进场资格。农民办的民营企业想参加门儿都没有。

没有门，邱继宝就爬围墙进去。进是进去了，却被警察逮住了。

拿不出参展证件，还爬围墙，罚款50元！

交了罚款，邱继宝想走，又被警察喝令站住。罚站！——南方火辣辣的太阳底下，站了半个小时。

罚款、罚站都没让邱继宝放弃。在广交会的门缝张望良久，他一转身跑到了深圳。这里离香港最近，嗅得到外面世界的一丝海风。

已经是下午4点多了，深圳罗湖口岸人潮涌动。邱继宝拉住了一位50多岁的香港妇人，塞给她500块钱。这个台州商人没打算干什么坏事，就是想求对方帮忙买本香港电话号码簿。

第二天一大早，邱继宝又站在了罗湖口岸。那位讲信用的妇人真的帮他背过来一本号码簿，黄页的。

邱继宝如获至宝。因为通过这本黄页号码簿，他掌握了香港所有缝纫机经销商的资讯。回到下陈，他把自己生产的缝纫机拍成照片，按黄页号码簿的地址寄了出去。心焦地等了半个月，邱继宝决定打听一下消息。可台州没有国际直拨电话，只好跑到北面100公里外的城市宁波。那时候邮局拨打国际电话都有一个小房间，先交10块钱押金，排队，叫到号了，这个小房间就归你了。

"你是卖缝纫机的吗？我是大陆浙江造缝纫机的，前些天我专门寄给你一批产品照片，有没有收到？"

也记不清拨了多少次电话，小房间外的下一个等待者开始愤怒地骂娘了，话筒里终于传来了香港新利标公司老板天使般的声音："收到照片了。"

"能不能帮我一把，帮我出口缝纫机？"

"你的产品这么落后，没有人要的。南美还可以试试看。"

邱继宝高兴死了。一句"试试看"，试出了他事业中最重大的转折。

邱继宝决定上路了。可中南美洲讲的是西班牙语和葡萄牙语，没几个人会。于是，他用自己厂的红头文件向椒江市政府外事办公室打报告，椒江市外办向台州市外办打报告,台州市外办又向浙江省外办打报告,总算从省外办借到了一个懂多国语言的小伙子朱政。

第一站飞到巴西。行李还没放下,邱继宝就问朱政缝纫机几个字西班牙语怎么写。朱政写在了一张小纸片上递给他。

邱继宝故伎重演。他翻出宾馆房间里的黄页电话号码簿,按照小纸片上像蝌蚪一样歪歪扭扭的西班牙字逐一对照,居然找出了一大堆缝纫机经销商的地址。

拉上朱政,将地址交给出租车司机,邱继宝一家家登门"王婆卖瓜"。刚进巴西人的商店,还没等朱政翻译,邱继宝就急忙比画着指指店堂里摆放的缝纫机,又指指自己,意思是我是做缝纫机的。有好几次,趁店主不注意,干脆从柜台上摸几张对方的名片装进自己口袋。

一路白眼,一路撞得"鼻青脸肿"。

最重要的是结果:1993 年,邱继宝的缝纫机在南美市场的销售额竟突破了200 万美元。过了几年,他的产品在巴西、智利、秘鲁等地已可以用"横扫"来形容。有一年,秘鲁总统访华,他向中方指名要见邱继宝。原因是,邱继宝的缝纫机为秘鲁的服装行业发展"作出了积极贡献"。

产业集群内部快速学习、复制、推广的特殊机能再次被发酵了。

在已被擢升为标杆企业的飞跃集团的刺激下,周边同行企业纷纷模仿跟进,以出口为导向,整个产业集群豁然打开了通往世界的大门。中南美洲—非洲—中东—北美,最后是缝纫机老牌强国日本、德国,下陈大批企业的产品就像一面面小红旗,呼啦啦插遍了 100 多个国家。

到 2002 年,中国大陆年产缝纫机 850 万台,产量居全球首位,比居第 2 位的中国台湾地区产量高出约 600 万台。作为第一集团军的下陈产业集群年产缝纫机 200 万台,占全国总产量的 1/4,年销售额 40.4 亿元,1/3 是外销。中国服装机械行业十大公司中,下陈企业竟独占半壁江山。

历经 1992 年至 1999 年前后的膨胀式发展、自我挤压与再突破的强烈渴望,"突围——走出去",成为 21 世纪初浙江各地许多产业集群集体性选择的恢弘画卷。而下陈产业集群可谓率先花开一朵。

以下陈缝纫机产业集群为典型案例,全球半径销售市场的漂亮突围的确使浙江产业集群产能扩张的巨大压力得到了有效的缓解,但"外科手术"式的突围显然无法解决问题的全部。

这就像一枚硬币必然有正反双面,在 20 世纪 90 年代浙江产业集群趋于成

熟的同时,与集群内部结构性优势密切关联的不少弊端也日渐显现出来,主要有如下几方面:

——正因为众多规模相当的同行业小企业扎堆,十分容易出现低水平重复和严重的近距离过度竞争;

——正因为众多规模相当的同行业小企业扎堆,十分容易将自身发展的希望寄托于尾随跟风、借梯上楼,企业独立研发、追求技术进步的冲劲不足;

——正因为众多规模相当的同行业小企业扎堆,企业创品牌的欲望不强,十分容易深陷于仅仅依赖贴牌加工的产业链末端,利润微薄,艰难度日。

药方,必须从产业集群内部结构特征中去寻找。

曾经以假冒伪劣产品泛滥而恶名远扬的乐清县柳市镇早在20世纪80年代就已成为中国最大的低压电器产业集群。到2007年,这个总面积不足50平方公里的江南小镇工业总产值突破了300亿元,85%的企业从事低压电器生产,占全国60%以上的市场份额。在强大产业集群的支撑下,柳市连续多年稳居温州第一经济强镇,综合实力跻身浙江强镇前三甲。

耐人寻味的是,作为温州30多个著名产业集群之一,柳市呈现出了卓然不群的运行特质:

全镇企业囊括了中国工业电器行业的全部15枚驰名商标,超过有些内地省份一个省的总量,其中8只产品获得“中国名牌”,60多家企业的商标、产品被评为浙江省、温州市著(知)名商标或名牌产品,成为名副其实的“中国品牌第一镇”;

设立了全国同行业最早的国家级企业技术中心、博士后科研工作站,年度科研投入在5亿元以上,企业自有的研发中心延伸至上海、北京甚至美国硅谷,质量一流的产品伴随“神舟六号”飞船翱翔太空;

一个小镇拥有两位“福布斯富豪”,12家企业杀入“中国民企500强”,其中4家高居前20位,美国GE、法国施耐德、德国ABB等全球电气巨鳄纷纷与柳市企业进行战略结盟。

柳市产业集群异乎寻常的深刻变化缘于1990年的一场异乎猛烈的“打假风暴”。

20世纪80年代,温州假冒伪劣行为全国出名,柳市的低压电器则是温州假冒伪劣的代名词。县市政府脸上挂不住了,省委领导坐不住了,中南海被震怒了。1990年,国务院办公厅史无前例地为柳市一个镇“单独发文”——《关于温州乐清县生产和销售无证伪劣产品的调查情况及处理建议的通知》。国家七部委、省市县三级政府联合组织了近200人的工作组、督查队开进柳市,进行了长达

5 个月的治理整顿。

公开的报道披露,在这次温州历史上最著名、最严厉的对假冒伪劣的"围剿"中,全镇 1267 家低压电器门市部全部被关闭,1544 家家庭生产工业户歇业,359 个旧货经营执照被吊销。公安部门立案 17 起、涉案 18 人,检察院立案 26 起、涉案 34 人,工商行政管理部门立案 144 起。

遭受严厉打击的柳市人,悲发自灵魂深处。但当时柳市低压电器企业达 3000 家,夫妻作坊更突破 1 万家,而规模相当的小生产者则多如牛毛,低端化恶性发展在所难免。

不换种活法肯定是不行了。

1994 年,柳市产业集群的"大地震"终于开始。当年 2 月 2 日,柳市乃至温州第一个企业集团——正泰集团挂牌成立,通过参股、控股、投资等方式,正泰集团迅速兼并整合了 48 家低压电器企业。

以此为发端,柳市低压电器产业集群进入了以 20 世纪 90 年代为高潮,并持续至今的产业结构"洗牌运动"。目前,柳市低压电器产业集群的清晰"牌局"如下:

企业总数 2000 多家。其中,年销售额分别达 200 亿元、居中国民营企业前 10 强的正泰集团和德力西集团,构成遥遥领先的第一梯队;年销售额亿元级的天正、人民、长城等几十家企业集团构成兵强马壮的第二梯队;年销售额 500 万元以上的规模企业 100 多家,构成坚实的第三梯队;其他小型企业近 2000 家,构成充满活力的第四梯队。

据统计,前三个梯队的销售额占了柳市整个低压电器产业集群销售总额的 80%以上。原先数量庞大的小型企业除了被自然淘汰外,有的以正泰模式被优化整合成为各个集团的成员企业,另有近 2000 家则与前三个梯队的企业形成了配套、协作、分包的紧密合作关系。它们之间的协作并非完全封闭、固定,而呈开放、多向,小型企业因此没有沦为上一层次寡头企业的"车间",仍是高度灵活的市场主体。

同行业企业数量依旧庞大,集聚色彩依旧浓厚,但很显然,浙江产业集群的传统结构特征在柳市已发生质的革命——大量企业规模接近的水平式簇群,演变成了以大企业为中心、卫星城层次分明的"金字塔"式立体格局。

新柳市集群别具风情的一大亮点,是位于"金字塔"顶端的两颗耀眼明星,它们之间的关系颇具戏剧性。

正泰集团董事长南存辉与德力西集团董事局主席胡成中是小学时的同桌,前者任班长,后者任体育委员。1984 年,两人各筹资 1.5 万元合办乐清县求精开关厂。1991 年,心气都很高的两人各奔东西,前者分得求精开关一厂,后者分得求精开关二厂。

若干年后,正泰集团、德力西集团竟分别坐上了中国乃至亚洲低压电器的第一和第二把龙椅。而在奇迹背后,是难分难舍的激烈暗战。

有一年,正泰集团在低压电器企业最集中的104国道柳市段街北建起了集团总部大厦。楼不高,蓝、白相间,庄重典雅,气度不凡。一时间,正泰大厦俨然风帆高悬的旗舰,成为柳市低压电器产业的标志性建筑。

没料想,不久之后,德力西大厦竟在正泰的"卧榻"旁屹然崛起。楼高20余层,不偏不倚坐落于正泰总部街对面的东南角,相去不足百米。

每天,太阳升起。阳光透过德力西庞大的身躯投下长长的阴影,肆无忌惮地横在正泰的门楼前。

刀光剑影、明枪暗箭,但谁心里都清楚"斗风水"只能算小把戏,关键是斗实力、斗技术、斗品牌、斗视野。

正如一个像"麦当劳",一个像"肯德基",南存辉与胡成中这两只骁勇"头狼"的"斗争效应"绝非血流成河,而是极大地激发了整个"狼群"始终充满方向明晰、永不枯竭的向上力量。于是,在柳市低压电器产业集群,管理登高、技术升级、品牌创优等都成了顺理成章的事。

我们在此前的描绘中已经观察到,浙江产业集群的萌生与壮大顺应的是自然的市场经济法则。在即将走完近30年的发展周期时,活力、辉煌、困境与危机并存。由于不一定会遭遇柳市当年几乎被逼入绝境后的凤凰涅槃,缺乏南存辉、胡成中这般卓越的领袖级人物以及自身产业运行特征不尽相同等原因,令人惊喜的新柳市集群的演进历程尚未成为浙江各地产业集群的普遍现象。

至今,对低廉成本的依赖仍是浙江许多产业集群的生存基点。当这一生存基点发生摇摆,又没有找到其他杀出困局的良性通路时,产业集群地理空间上的转移,就可能变成现实的选择。

这种转移的方向可能是,劳动力等生产要素相对低廉的境外次发达国家,以及具有同样优势的中国中西部洼地。

2003年9月28日,浙江西去1000多公里的重庆市近郊璧山县,"中国西部鞋都工业园区"开工典礼隆重举行。媒体云集,全国瞩目。

这场大戏的主角,是来自"中国鞋都"温州永嘉县的皮鞋佬王振滔。他的奥康集团年产皮鞋1000多万双,年产值超过20亿元,规模居温州鞋业产业集群之首,拥有30余家省级分公司和约3000家连锁专卖店及店中店。据估算,全世界每10人中就有1人穿温州鞋;在中国,每120人中就有1人穿奥康鞋。

王振滔此次西行胃口很大：由奥康集团投资 10 亿元开发的"中国西部鞋都工业园区"占地 2600 亩，将建成奥康出口生产基地、鞋业孵化区、鞋业产业园区、鞋材交易中心、物流配送中心、培训教育中心、质量检测中心等。规划到 2010 年共吸纳 100 家制鞋企业和 1000 家鞋材配套企业，年产皮鞋 1 亿双，产值 100 亿元，就业劳动力 5 万人。

仅仅两年之后，"中国西部鞋都工业园区"一期工程落成，近百家鞋类企业先后落户，其中数十家来自温州。已经启用的拥有 300 多间商铺的鞋材交易中心也吸引了 100 多位温州商人。

王振滔脚穿"奥康"鞋踏进了中西部

北京学者钟朋荣对此举的评价是：10 个书记县长招商抵不过一个奥康投资的西部鞋都项目。因为王振滔把温州鞋业上中下游的产业链都搬来了，他带来的将是整个产业集群！

奥康转移西部的直接效用十分明显：土地价格几乎只有温州的 1/10；税收及电力等要素资源的优惠倾斜；辐射西部市场物流成本的降低；劳动力价格的下探空间。

这一切，都意味着浙江产业集群成本低廉生命线的再度延续。

我们在此前的阅读中看到，浙江产业集群本身并不是外来转移的产物，草根性极强，与当地的商业传统、地缘人文等原生态本土基因唇齿相依。同时，在市场化环境中成长起来的浙江产业集群具有十分优秀的自我调整、演化完善的机能。它们会不会因种种困境难以化解而出现较大规模的外迁转移，还有待进一步观察。

但王振滔已经上路。可以相信的是，他是第一个，但肯定不会是最后一个。

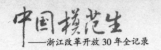
【浙江改革史档案一】
浙江产业集群分布概览

地　区		主要产业	典型专业化产业区
浙东环杭州湾	杭州	大型机械及成套设备、电子通讯、家用电器、医药等	萧山衙前化纤业；新塘羽绒业；南阳制伞业
	宁波	服装、机械、石化等	鄞州服装产业、横街水表及配件、姜山燃气灶具；余姚玩具业、塑料制品、水暖设备、电动工具；慈溪小家电
	绍兴	纺织、印染、机械、医药、化工（如纺织印染助剂）、化纤等	绍兴轻纺；诸暨衬衫、五金、袜业；嵊州领带；新昌轴承、胶丸业；上虞劳保用品、伞件业；越城家具业
	嘉兴	纺织、皮革、机械仪表等	海宁皮革、经编；平湖服装、箱包；秀州丝织品；海盐紧固件、玩具；桐乡羊毛衫业
	湖州	纺织（丝绸、毛纺、印染）、服装（童装）、建材等	织里童装业；城区纺织业；南浔建材；安吉竹制品加工
	舟山	水产品加工、海洋药物、机械等	舟山水产品精深加工、海洋药物、船舶修造、机械制造、电器电子、玩具
东南沿海	温州	机械、塑料、包装印刷、仪表仪器、日用电子等	平阳萧江塑编；苍南标牌制作；瑞安塘下汽摩配件、乐清柳市低压电器、虹桥电子元件、芙蓉钻头、磐石服装
	台州	汽摩配件、工艺制品、鞋业、塑料制品等	椒江下陈缝纫机械、兆桥塑料制品；临海屈家村彩灯业；三门高枧铆钉
浙中及西南内陆	金华	机械、五金工具、农产品加工、纺织、服装等	东阳磁性材料、西服；义乌服装、针织、饰品、袜业等八大行业；浦江针织服装；永康五金业
	衢州	建材、机械电气（矿山设备、变压器）、竹木制品等	常山狮子口轴承业；衢县上方石灰钙加工；龙游梧村、庙下竹制品业；江山清湖弹簧加工；开化张湾木制品
	丽水	木材加工、工艺制品、农产品加工等	龙泉太阳伞业；青田鞋革业；云和木制玩具

【浙江改革史档案二】

2000 年浙江总产值前 20 位产业集群列表

位次	行 业	区位	产值（亿元）	企业数（家）	从业人数（千人）	区内产值 500 万元以上企业数（家）	国内市场占有率(%)	出口额占比(%)
1	织造	萧山	200	2500	60	2000	5	10
2	低压电器	乐清	130	900	48	130	66	18
3	贡缎	诸暨	106	20595	84	39	28	48
4	五金	诸暨	92.4	3746	32.6	66	60	7
5	皮革制品	海宁	89.8	5655	54.7	56		31
6	服装	平湖	88	900	65	75		95
	汽配	萧山	88	60	21.6	40		18.9
7	汽摩配	瑞安	87.6	8439	83.8	85		7.1
8	纺织	长兴	87.5	18223	50.9	85	36.8	
9	医药化工	新昌	83.6	328	4.9	40		9.5
10	针织	象山	80	400	45	70		100
	厨具	嵊州	80	600	18	23	20	
11	袜业	诸暨	75	8521	45.2	50	35	11
12	印刷	苍南	73.9			72		57
13	化纤纺	萧山	72	10	5	10	8.5	
14	丝织	秀洲	66	79	48.9	17		
15	印染	绍兴	65.9	64	24.8	62		36.43
16	机械汽配	鄞州	64	340	24	88		
17	皮革皮鞋	瓯海	62.7	3290	33.8	43	6	
18	不锈钢制品	永康	62	68		17		50
19	机械	新昌	61.3	238	12.9	40	80	44
20	领带	嵊州	60	1000	3	27	80	30
	家纺装饰品	海宁	60	11000	33	42	35	10
	服装	鄞州	60	400	40	79		
	印染	萧山	60	60	25	40	5	10

（数据来源：浙江省委政策研究室课题组《提高浙江区域块状经济竞争力研究》）

第八章

政府的角色

国家及其政府机器这一强制性力量与过去的部落方式最大的不同是，它没有必要再为整个共同体制定统一的具体目标并集中财富去实现这一目标，而只需要把自己的功能定位在提供公共安全、保障产权与公共规则的实施上。

——弗·哈耶克（英国）

史载，南宋年间，一名落魄贵族被贬到浙江某地任太守。当时地方百姓日子虽过得艰难，但皆勤勉，各忙各的生路，很少有人找至衙门。这位太守百无聊赖，便令一小吏在方志上胡乱画了一笔："某年，天下太平，半年无讼事。"

改革开放 30 年间，浙江的官员显然不敢奢望这位太守桃花源般的闲暇与惬意。新鲜而呛人的市场经济气息迎面扑来，无所不管的计划体制逐渐溃塌。他们一次次遭受来自民众甚至是来自己的考问：政府的角色究竟是什么？怎样去做才是正确的？

这样的疑问的确令人尴尬，但再尴尬也必须面对。

北京"浙江村"大清理

1995 年 11 月底的一天。晚上 8 时多，下着阴冷的雨。

新华社记者慎海雄和张奇志应约赶到浙江省副省长刘锡荣位于省政府一号楼的办公室。约谈的话题是：关于北京市政府对 11 万温州人聚居的"浙江村"的大规模清理问题。

刘锡荣是 1942 年牺牲的中共浙江省委首任书记刘英的遗腹子，曾历任温州市市长、市委书记。张奇志回忆说，那天晚上，平时印象中处事果断、声音洪亮的刘锡荣显得焦虑而疲惫。办公室里的气氛凝重得让人不安。

"大体情况就是这样。"刘锡荣对两位新华社记者说，"在外陷入困境的浙江群众眼巴巴等着我们帮一把。省委、省政府对此事十分关切，稍后我也会带省政府协调组去一趟北京。非常希望新华社能通过内参渠道,向中央如实反映,推动问题妥善解决。"

　　作为长期任职温州的父母官,刘锡荣留下了亲民、清廉的口碑。对温州百姓异乡求生的血泪与艰辛,他心里是再明白不过了。但棘手的是,此次温州人被严厉清洗的罪名很吓人:治安混乱、黑社会横行,严重破坏正常的管理秩序。而且实施清理的是堂堂北京市政府。

　　一方是从温州出发坚韧追逐市场利润、看似杂乱无序的"捣乱分子",另一方是准备以铁腕维护既有秩序和规则尊严的权威政府,而浙江官方则成为欲罢不能的尴尬的第三方。这可能是改革转型期以"政府的角色"最难做出的一道选择题。

　　几天后,受命北上的慎海雄和张奇志来到了在北京天安门以南仅仅5公里左右的"浙江村"。

　　呈现在他们眼前的,已是断墙残垣一片,人去楼空。

　　"浙江村"地处北京南部丰台区,核心为南苑乡的大红门一带。所谓"浙江村",实际聚居的主要是温州人,其中来自乐清县的占70%,来自永嘉的约占25%。据南苑乡政府1994年10月的统计显示,当地农民仅有1.4万,外来常住及流动人口却多达11万。

皇城根下顽强生长的"浙江村"

　　谁是"浙江村"第一人？版本很多，已无法准确查考。被普遍认可的版本是乐清人刘泽波。长期追踪研究"浙江村"的社会学博士项飚，在其《跨越边界的社区》一书中记载了刘泽波的如下故事。

　　刘泽波生于1943年，初中毕业后跟着别人学裁缝，后来自己开立门户。1980年，有一个支边内蒙古乌海市的温州人回家乡过年时捎来消息：乌海做一件衣服能比这里多赚3块钱，不妨出去试一试。

　　心动了的刘泽波带上老婆、孩子，还有一个妹妹，到了乌海。做了一年，真的赚了一万多元。后来，他们又转至包头。

　　1983年，刘泽波从包头去北京进布料。这是他第一回来到京城，北京之大、街上的人之多让他很吃惊。

　　"在这里肯定能赚更多的钱。"当年，刘泽波再一次带上老婆、孩子、妹妹以及全部的积蓄，来到北京木樨园附近的南苑乡马村，从当地人手里租了几间房子，又在长椿街租了一个服装摊位。

　　说起来一切都有些偶然。"我们分不清南北，就随便上了17路车，乘了几站在木樨园跳了下来。也是随便下的，觉得差不多了，边走边打听。"刘泽波对项飚回忆称。

　　干的是老行当，上手很快。刘泽波前店后厂，夫妻俩生产的价格低、款式新的服装果然在"穿衣难"的北京大受欢迎。这一次，北京钱好赚的消息通过刘泽波以及随后来到北京的另一些温州人传回了温州。

　　好消息不断从1500公里外的老家"带"来更多的表亲、乡邻，就连许多已落脚甘肃、山西、东北等地的"表亲、乡邻"也闻风而至。马村—时村—果园村—石榴庄—大红门—东罗园—海户屯，人像滚雪球般越聚越多，范围越来越大。原本懂裁缝的继续做服装，没干过的就跟着扎堆学。没有任何准生证的"浙江村"呱呱坠地，一个规模可观的服装产业集群也逐渐成形了。

　　驱使10万温州人齐聚北京"浙江村"的，完全是一股市场的力量。同时，还有改革带来的某些管制的松动。

　　20世纪80年代中期，个人身份证制度开始实行。而前推30年，任何一个中国人出门都需要持有原籍政府或就职单位盖上大红公章的介绍信，否则连住旅店也不行，更不用说长期四处游走谋生了。

　　其次，90年代初废除了同样已经通行了30多年的粮票。过去，粮票针对城市居民在户籍地定人定量发放，且只能在指定的地域使用。农民没有粮票，也根本没有流动的权利。废除粮票，意味着无论什么人远走他乡，只要有钱就会有饭吃。

但在中国改革的很长时期，市场的力量并没有得到运行严密的固有政府制度的认可，甚至被看成异类予以排斥。即使是改革本身率先带来的某些管制松动的区域，也往往被视作潜藏危险的灰色地带。

因此，从诞生直至消亡，"浙江村"仅仅是一个社会学意义上"存在过"的名词。它既不是一个行政村，也不明确归属于某个社区。尽管"村民"们几乎个个都是腰缠数十万甚至数百万元的富人，但至少在"浙江村"所在地，他们仍然被归入"身份不明"且"不安定"的非正常人群。

"浙江村"的地域范围包括南苑乡及周围的 8 个街道办事处，管理部门共涉及 5 个工商行政管理所、10 个公安派出所、3 个房管所和 2 个税务所，多头管理、多头收费，却无人愿意担负起真正的行政管理职责。正如项飚所观察到的：这一带当时仍属北京的城郊结合部，城市的"单位—街道—居委会"的管理体系与农村的"乡镇—行政村—自然村"的管理体系在这里互相交错和推诿，往往使之成为"行政管理的真空地带"。

长期以来计划经济体制下公民可能享有的有限权利，是与其接受管制的程度严格挂钩的。对于擅自流动、"身份不明"的"浙江村"村民来说，享受城市的各种配套服务几乎是非分之想。但密如蛛网的行政管制至少在理论上仍是有效的。

北京市规定，外来经营者一律要有身份证，且必须办理暂住证、婚育证、学历证、进京证、外出务工证明、场地使用证等。其最后的监管管道被设定为工商行政管理部门，即如果没有前面这一大堆花花绿绿的证件，就不准办理工商执照。

看似法网恢恢，其实既疏又漏。"浙江村"村民反正无法从计划经济体制得到什么好处，许多人干脆打定主意不去办理工商执照，选择做"三无"人员，和管理部门玩起了"猫捉鼠的游戏"。这样一来，那些证件的约束作用也消之于无形。

一种微妙而脆弱的三角关系就此形成了："浙江村"村民与浙江各级政府仅仅以户籍纽带相维系；其庞杂的经济活动又游离于北京各级政府现有制度之外，或勉强游走于现有制度边缘。彼此相安无事只是暂时的侥幸，危险的平衡总有一天会被打破。

皇城根下的"浙江村"依照自己的生长规律快速地壮大。

首先，在僻静的胡同里摆摊逐渐不能让村民们满足了。他们用钱开路，通过大量包租柜台的方式，渗透进城市中心的国有商场。他们兴奋地发现，舞台原来是如此地开阔。

再然后,他们又幸运地找到了一个让自己跑步致富的产品:皮夹克。皮夹克的生产工艺并不复杂,其利润之丰厚着实令人垂涎。有人算过账,当时"浙江村"1个劳动力1年可做皮夹克1500—2000件,对外批发价格在800—2000元之间,最多一件能赚到800元左右。全北京的皮夹克有70%—80%出自"浙江村",原始积累火箭式地飞速增长。

据统计,到1995年,"浙江村"的年服装交易额超过30亿元,年上缴税收1亿元,已是"丰台区重要的经济支柱力量之一"。

经济利益上的共享性,导致行政管制权力的直接行使者——北京丰台区各级政府在很长时间里,对"浙江村"的存在与繁荣给予了默许。这种利益互惠一直延伸到了当地的普通百姓。大量"浙江村"村民的到来为北京的房东们带来了可观的房租收入,每户每年少则5000元,一般都达上万元,以致当地北京人见缝插针,纷纷加盖房子出租,连海慧寺路上仅有的两个厕所都被填了用于盖房。

"浙江村"的生态链,形象地勾画出了中国改革进程中普遍存在过的景象:改革带来了广泛的新财富与发展机会,虽然对原有体制造成了某种程度的侵蚀,但管理层基于日益紧密的共同利益,有意或无意地呈现出了温和妥协的姿态,避免冲撞的缓冲带由此四处滋生。终于有一天,当体制外的力量生长到了足够强大的时候,围墙的被推倒也就找到了充足的理由,甚至已经结成社会共识,改革所伴生的破坏力量因此降到了最低点。从一定意义上说,这种改革景象不妨被看作是利益双方"合谋"的结果。

但妥协并不等于一切问题都迎刃而解了。

随着"浙江村"集聚规模的扩大,村民们发现,生活上的需求要得到满足依然困难重重。因为对它的存在和发展,北京各级政府给予默许就算相当不错了。所以,"浙江村"只能自谋生路。

1988年初,"浙江村"出现了村民们自己办的第一个幼儿园;1989年,形成第一个集中的菜市场;1990年后,诊所、理发店、修理铺纷纷挂出招牌;1995年,"浙江村"又冒出了自己改建的公共浴池。

这种"自治"源自被当时体制内管理者抛弃的无奈,也与温州人所特有的群居特性有关。

生活难题可以通过"自治"办法来解决,但因"浙江村"积累的巨大财富而引发的治安问题就不好办了。

根据北京市公安局提供的资料,20世纪90年代初以后,"浙江村"的恶性刑事案件连年上升。仅 1995 年 1 月至 9 月,就发生刑事案件 1543 起,比上年同期近乎翻番。这年 6 月高峰时,每天发生的案件达 7.76 起。

1992 年底,一群小痞子甚至把住在附近的一个警察给捅死了。有位不敢留下姓名的制衣老板向公安部门陈述说:"过去蒙面抢劫已经算不得了了,可现在就大摇大摆进来,居然还报上名字。装备也是一年比一年厉害,最早是棍棒,后来拿刀,再后来扛上了猎枪、火药枪,俄罗斯产的半自动真枪都有啊!"

以同乡和亲姻关系为纽带、黑社会性质的帮派也明目张胆地形成了,有按老家的地名命名的"清江帮"、"虹桥帮",也有按凶器命名的"斧头帮"等。他们整天在村里游荡,明抢暗偷、讨债逼债、收取保护费和群殴火拼。一些帮派在每年过年回家之前甚至定下抢劫指标,不到 400 万元不歇手,令人闻之心惊。

北京当地派出所认为"浙江村"的治安都是温州人闹温州人,因而基本不予理睬。村民们只得奋起自卫,实行较广的是民间联防队,即划出一定的保护范围,由一人牵头,保护范围内的每户人家按月缴费,通常每月每户 300—500 元不等,以此雇用村里的青年小伙子组成"联防队"。皮衣、皮帽、皮靴,五六人一组,每天在保护区内巡逻,武器以 1 米半见长的铁棍为主,故亦称"铁棍队"。"浙江村"里的这种自卫队,最多时达 21 队,每队 20—40 人不等。

自治与自卫显然无法填补因强大的体制内行政力量缺位而造成的真空。日积月累,"浙江村"的问题逐步滑向危险的边缘。

北京市人大代表的一项提案称,"浙江村"脏乱差、黄赌毒俱全,已经成为给京城抹黑的"毒瘤",必须全面整治,将温州人"驱逐出境"。南苑乡一位女工作人员向媒体记者痛诉说,为了前往"浙江村"调研拍照片,领导特意给她配了一双雨靴。因为那里到处都流着齐脚脖的脏水,没有雨靴进都进不去。

1986 年后,当地政府曾多次组织力量进行"清理",采取的手段"以轰为主",抓人、罚款,直至遣送回乡。用"浙江村"人的话来说,几乎年年要刮"政治台风",但每次都不了了之。

但 1995 年,天真的要变了。

当年 9 月底,北京某大报记者写了一份内参,称"浙江村"的治安等情况"骇人听闻",属于"严重失控"。内参呈送国务院,马上引起中央领导的高度重视。

大清理开始了。清理整顿领导小组及指挥部迅速成立,以文件下达的工作目标是把"浙江村"的外来人口与本地人口的比例降到 1∶1。也就是说,至少 70%的温州人将被赶出北京。

11 月 5 日,"浙江村"阴云密布、人心惶惶。加工户普遍不再进皮料,生产经营几乎全部停止。

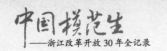
11月8日,清理整顿工作组进村。包括武警、公安、工商、街道办以及区、乡、村干部,共2000多人。宣传队的高音喇叭在街头巷尾一遍遍回响。

11月11日,清理工作誓师大会召开。随后,自卫联防组织被宣布为非法,通往"浙江村"的各条道路上设起了警察岗哨,来往车辆一律进行拦停检查。

11月21日,进入"强行拆除"阶段。至28日,"浙江村"内的909间违章房屋被大型推土机尽数铲倒,22个聚居的大院被腾空,占应拆除总数的89%。当天,北京新闻单位宣布"对大红门地区的清理整顿工作初战告捷"。

张奇志回忆说,当他和慎海雄赶到"浙江村"现场时,最强烈的第一印象是,"这里简直就像刚刚发生过一场大地震"。

在一个遍地狼藉的院落门口,孤零零地站着一位红衣姑娘,还有一些尚未来得及搬走的货物。她是留守者,问她"明天可能会去哪里",红衣姑娘双眼茫然。

张奇志在随后的采访中了解到,仓皇之间,"浙江村"村民的皮料、房产等遭受惨重的损失,有的人还被债主四处追打。而且,那段时间北京的宾馆甚至近郊的一些县区都收到市政府的通告,一概不得收留浙江的外来人口。

"浙江村"村民四处奔逃,其中很多人逃到了河北三河市的燕郊镇。避难于此,一方面是那儿离北京近,距大红门不过几十公里,经营了10年的北京市场仍在眼皮底下。更重要的是,经济落后又不在北京市辖区的燕郊镇把"浙江村"村民的到来看成了促进当地发展的天赐良机。从北京至燕郊的马路沿途,镇政府甚至悬挂了上百条"燕郊人民欢迎温州朋友"的巨幅标语。

但上万人初来乍到,仍感到拥挤不堪,最初的生活异常艰苦。张奇志在燕郊追踪采访时亲眼所见的是许多温州人晚上就蜷缩在当地居民的露天院子里,有的甚至是在马路边过夜,地上仅仅铺着稻草。虽然点起了篝火,但北方12月的寒风刺骨难挡,不少人因惊吓、劳累加上受冻,纷纷病倒。

最让人不可思议的事情还在后头。

1996年春节刚过,少数心有不甘的温州人又摸回大红门探风,再接着就是悄悄找老房东租房开工重操旧业。慢慢地,消息飞一般地传遍燕郊:"北京又松了!"

离轰轰烈烈的大清理不足4个月,大红门"浙江村"又是一番热闹景象,该回来的又都回来了。更让人惊奇的是,当地的管理部门好像什么都不曾发生过似的,办暂住证反倒比以前更容易了。

出乎所有人的预料,投入巨大财力、人力的极其严肃的政府行为竟然成了

"一阵风"。

1996年5月,由南苑乡果园村投资兴建的"大红门服装商贸城"破土动工,北京市政府主要领导到场祝贺。"浙江村"里的温州经营户转身又成了被寄予厚望的红人了。

其后,在大红门周边,天海、新世纪、龙湫等20个得到地方政府支持的大型服装批发市场陆续开业。这些商贸城、批发市场分别建有商业区、库房和居住区,卫生、治安、消防基础设施一应俱全,工商、税务提供一条龙服务。

再其后的2003年起,由丰台区政府主办的大红门服装文化节成为京城一年一度的盛事。"浙江村"村民显然是这一盛事的第一主角。

1000多公里之外,浙江省各级政府悬了许久的一颗心终于安然落地。

整个20世纪90年代,与北京"浙江村"类似的由热烈追逐商业利润的浙江人聚居而成的"社区",在全国各地至少有上百个。北京"浙江村"因兵临当时对计划经济的行政管制最为严厉的首都而倍觉突兀,遭受的挤压和冲撞也就最为猛烈。

1995年急风暴雨般的北京"浙江村"大清理事件,很快就"意外"归于平静的关键原因,仍然在于行政管理者与市场经济主体在"利益"上的交集与互相需求。事实上,30年中国改革从起点开始,其根本目的正是为了创造更大的"利益"。只要这种"利益"能够被全社会所共有与共享,我们就有充分的理由为之鼓掌。

著名财经作家吴晓波在其《温州悬念》一书中认为,北京"浙江村"在旧体制的边缘发芽,遭打压、再重生,并逐渐趋于合法化,这表明在改革过程中萌动壮大的新生经济力量与政权或现体制不是绝对的矛盾体,而有着互为冲撞、互为依存的辩证关系。"浙江村"的沉浮表明,"在过去乃至未来的改革时期,任何新生经济力量对现体制都不希望发生剧烈对抗,也无力对抗,而是期待能够获得被吸纳和融入的机会"。

新生经济力量这样一种"期待能够获得被吸纳和融入的机会"的改革姿态,决定了中国改革能始终显现出东方式的平稳演进的鲜明特征。一个重要的命题也由此同样摆在了各地政府的面前:如何努力调整政府思维,确立政府角色,为新生经济力量打开"被吸纳与融入"的有效通道?

最后值得记录的是,据北京媒体报道,2006年5月11日上午,南苑乡政府、公安、城管、工商等多部门的300人联动,将这片土地上的最后一块"浙江村"残留地——地处时村二队、占地60亩的聚居村落全部拆除。至此,京城自20世纪

80 年代后期形成的"浙江村"彻底烟消云散。

这次的拆除行动并没有引起太多人的关注。

其实,当年"浙江村"的村民以及他们的后代仍在北京。就在大红门一带,珠江骏景小区 80% 的房子被乐清人买走了,共有 630 户;望桃园业主中温州人的数量占到了 70%;木樨园一带 80% 的商铺和住宅由温州人拥有。

"浙江村"如同一粒糖,已经合法消融于广阔的水体,却仍有淡淡的甜味。

温州官员怎么办

曾有媒体评价称,从 1978 年至今的改革年代里,温州政府行为中最具里程碑意义的转折点,是"质量立市"战略的提出。

1994 年 5 月 10 日,温州市委、市政府在市体育馆大张旗鼓地召开了"质量立市"万人誓师大会。会场上触目惊心的巨幅标语是:"质量是温州的生命。质量上,则温州上;质量下,则温州衰。"

同年,温州市政府颁发了全国第一部有关质量立市的地方法规——《温州质量立市实施办法》。这一质量行动纲领明确划定了若干刚性指标:3 年时间内,温州主要产品的质量必须达到省内平均水平;5 年时间内,达到国内先进水平;8 年时间内,达到或接近国际水平。

特别引人注目的是,为保证上述目标的如期实现,该《实施办法》还开列了多道见血封喉的"撒手锏":今后若再出现区域性、量大面广的质量问题,追究该区域主要党政长官、有关部门领导及企业法人代表的责任,实行一票否决;对制售假冒伪劣商品者,视其情节,实行停业整顿、吊销营业执照,并知照全国各地工商行政管理部门。5 年内,其主要负责人不准在本市担任企业法定代表;造成严重后果的,将依法追究刑事责任。

温州地方政府之所以如此高调主动出击,完全是因为整个 20 世纪 80 年代,劣质温州产品在全国范围如过街老鼠般被动挨打,政府深感切肤之痛。

那段时光,温州市市长经常哭笑不得。他三天两头会收到一些莫名其妙的邮包,到邮局取回一打开,是愤怒的消费者寄来的一双双温州产的破皮鞋。

有一位南昌消费者在邮包中还附上了一张小纸条,宣称:"放纵伪劣皮鞋生产的温州市市长应当即刻切腹自尽,以谢国人。"

假冒伪劣产品的泛滥,被当年的各界舆论普遍视作温州地方政府的"严重失职"。

这当然颇为难堪。但对温州官员来说,改革前期不知所措的最大麻烦,在于面对温州"姓资"还是"姓社"的意识形态考问时,自己究竟应该表现出怎样的政治姿态?那可就不仅仅是面子难堪的问题了。

1981年8月,当时浙江省最年轻的副省长袁芳烈调任温州市委书记。他的使命是"治乱"。省委给他的指令很明确:迅速解决温州的所有问题,从所有制问题到班子问题和治安问题。

就在那年初,邓小平、李先念有过批示,督促浙江省委彻底解决以乱著称的温州问题。

许多年后,袁芳烈回忆说,刚到温州感觉好像跑进了一个不是由共产党领导、非社会主义的"敌占区"。这里几乎没有他熟悉的国有企业和人民公社,没有政治觉悟很高的人民群众。到处尘土飞扬,乱哄哄的。更糟糕的是,自己连一句温州话也听不懂。

袁芳烈自称曾是"割资本主义尾巴的高手",他承认自己是带着对个体、私营经济的偏见到温州履新的。到了温州之后,他最早着力扶持的也是国有经济。温州当时至少有1/3的国有企业彻底垮掉了。开始几个月,袁芳烈为帮这些工厂跑贷款、讨项目,是动足脑筋算尽了机关,可结果还是无济于事。

温州很穷、群众很苦,这一切是躲不开的现实。光是唱意识形态的高调填不饱肚子,"温州问题"的根子在于经济。1982年上半年,为老百姓吃饭难题愁眉不展的袁芳烈下乡调研,所见所闻令其大受刺激。

《南方周末》资深记者杨海鹏、翟明磊在报道中记录下了其间的若干片段。

在瑞安市塘下镇,袁芳烈钻进一个灯光昏暗的地下工场。半间房子,5台破旧的机器,工场主兼工人是带着孙子的一位老太太。她每天早晨领料,守住机器,晚上将成品——做衣服用的松紧带交给小贩。老太太的收入让副省级的袁芳烈自叹弗如:年净收入达6000元,而5台机器总投资不过500元。

这使得正为温州工业化搔破头皮的袁芳烈十分兴奋。他算了一笔账:如果有100个这样的老太太,年利润就有60万元;1000个就有600万元。当时的温州,年纯利达60万元的国有企业不超过3家!

类似的让人十分兴奋的情景,袁芳烈一路调研可谓遍地都是。温州就以这种不动声色的方式刺激并教育着它的袁书记。

"吃饭问题"压倒了高高在上的意识形态,鲜活的现实彻底地转变了袁芳烈对温州经济的原本判断。1992年底, 他决定召开规模盛大的由农村商品生产专业户和重点户代表参加的温州市"两户"大会。

在会场上,一直饱受非议、怀疑甚至莫名遭逮捕的农村商品生产专业户和重点户代表们被戴上"大红花",请上主席台。锣鼓喧天,无上光荣。同时,袁芳烈朗朗大声地宣布了市委、市政府鼓励发展商品经济的一系列措施。在会议期间的一次座谈会上,袁芳烈问参会的两户代表还有没有别的什么要求,大家欲言又止,没人吭声。终于有一位胆大的站起身结结巴巴地说,能不能把袁书记的讲话稿和市里新政策的文本发给他们每人一份,"以后出事了,我们就说是袁书记让我们干的。"

就这样,袁芳烈与危险的温州人坐上了同一条板凳。

1984 年 3 月,袁芳烈(左)迎接来温州视察的原国家经委主任张劲夫(右)

1985 年 12 月,袁芳烈平调回杭州,任省政法委书记。

接替袁芳烈的是董朝才。临去温州前,省里的负责同志特别找他谈话,再三嘱咐的一句话是:你去后主要抓的应该是搞活国有企业,把温州引导到正确的轨道上来。

我到温州采访时几次遇见董朝才。他敦实圆脸,话不多,衣着、作风都像一板一眼的农村干部。跟袁芳烈一样,董朝才是带着"对资本主义的天然警觉"上任的;还是跟袁芳烈一样,他到温州的第一件事,就是走出政府大院搞调研,"看看狡猾的温州人究竟是怎么走资本主义道路的"。

整整 3 个多月,董朝才看了几十个乡镇、上百家国有企业和农民家庭作坊。一直紧皱的眉头逐渐舒展开了,会意的笑容爬上了紧绷的面庞。经过座谈、对话、比较和一个个不眠之夜的深思,在改变温州和被温州改变的激烈较量之后,董朝才完成了一次观念上的嬗变。

1986 年 6 月,这个不爱言语的书记在全市四级干部大会上,花了很长时间宣读了他的文章——《试论国家集体个人一起上的必然性和国营经济的主导作用》。董朝才说,一种经济形式占支配地位当然要达到一定比例,但"这并不意味着这种经济形式非要达到比重上占多数的地步不可"。他还算了一笔赤裸裸的"效益账":在温州,国有企业每投入 10 元,1 年的效益最多为 1 元;而私有企业 10 元的投入,产生的效益可达 8—9 元。在另一次干部大会上,董朝才又说:"我们当共产党干部的,要牢牢记住一句话——老百姓想干的事,不去阻拦;老百姓不想干的事,不去强迫。"

对董书记的"变调",有人惊喜地奔走相告,也有人痛惜地捶胸顿足。他们把董朝才的文章寄给杭州和北京,称之为"温州的资本主义宣言"。

此后数年,董朝才为温州辩解、呵护,愈加胆大起来。

1990 年 1 月,任期未满的董朝才被突然调任他用。日后他回忆说,离开温州那天晚上,下着雨。董朝才又去了一趟地处市中心的鞋革小商品市场。已经是夜里 10 点钟了,那里依然灯火辉煌。他喃喃地对前来送行的官员说:"要是中国到处都有这样充满活力的市场,该多好!"

2006 年 2 月 20 日,患帕金森症多年的董朝才病故。去世前 4 个月,他应全国政协之约,撰写了题为《坚持改革试验,大力促进温州民营企业发展——我在温州工作 5 年回顾》的回忆文章。在此文的最后,他说:"回顾我在温州工作 5 年的历程,我深深感到:坚持改革试验,既艰难,又有风险……我可以说是在争议中坚持工作,在工作中忍受争议。"

从袁芳烈到董朝才,生动显现了改革前期温州政府官员层面的基本姿态:顶住来自各界的巨大压力,千方百计为温州民营经济的发展撑起"保护伞"。在很多情况下,这种姿态并不总是表现为大无畏的正面冲撞,而是转化成了充满政治智慧的狡黠。比如,他们小心翼翼地从马克思、恩格斯著作的字里行间找到理论依据,将两人以上合股的民营企业巧妙地装进了"股份合作经济"的新概念箩筐里。虽然被斥为"非驴非马",但好歹有了一条"社会主义的尾巴","左"派人士也奈何不了。又比如,自 1982 年柳市"八大王"事件后,温州的民营经济至少在本市范围内就再没有受到过动真格的弹压,全市经济早已翻转成个体、私营企业的天下。但他们总有办法在莅临视察的上级领导面前左右算计,活生生地将国有经济"算出"个优势地位,甚至还培育起了个把蒸蒸日上的国有企业"典型"。

官员层面的这种政治姿态并非出于其天然的改革觉悟，而是由于他们耳闻目睹了温州民众极端贫困的大量事实，深知抑制民众的致富渴望是不道德的，也是严重违背民心的。因此，正如董朝才所言，他们"对老百姓想干的事不去阻拦"，而是放手放任，这从客观上纵容了民营企业"杂草丛生"，快速壮大。

"当年的无为主要是无能。"温州著名"本土理论家"马津龙对此评点认为，"以往计划经济的一套无法应对新生的民营经济，市场化手段又十分陌生，只能选择放弃管理。"

邓小平南方谈话发表之后，温州遭受的政治高压有所缓解。"胆子再大一点，步子再快一点"，如何加速经济增长成为了全国范围的第一基调。

继续放任自流、无为而治肯定是不行了。20 世纪 90 年代，温州官员几度尝试探索，企图为市场经济环境下的政府角色重新确立行为"坐标系"。1994 年"质量立市"战略的高调登台，即为具体诠释这一企图的标志性行动。

方向清晰，并不意味着每一步都能踩准鼓点。

有一件小事颇有意思。1993 年，就任温州市委书记不久的张友余去生产"月兔"空调的温州空调器总厂考察。脑子灵光的厂长谢铁澜仗着自己和张书记面熟，就斗胆在书记的轿车上张贴了自家产品的广告单。张友余后来在接受媒体采访时曾表示，考虑到这家民营企业是全国空调行业"20 强"，给予重视和支持也在情理之中。因此，当时对谢铁澜的唐突举动并未予以制止。贴了就贴了吧，张书记照旧坐着载有广告单的轿车在基层跑。

眼尖的记者得知后很快当作新鲜事给予报道，一时间在全国掀起一片议论声。有不少人大声叫好，说温州的书记思想解放，放得下官架子，心里处处装着企业；也有人担忧，如此官商不分，政府的屁股是不是坐歪了？

议论还在继续，张书记轿车上挺扎眼的"月兔"空调广告单只贴了几天，就被悄悄地揭了下来。

与这件小事有关的还有一些政府性政策的出台。1993 年，温州市委、市政府树起了"二次创业"的大旗。当时的判断是，温州企业高度灵活，市场拓展能力强，但技术研发能力弱，呈现了明显的"小散乱"格局。如不加以迅速扭转，温州模式危机四伏。于是，温州市政府在随后几年内陆续制定出台了一系列企业扶持政策。其中包括"百项产品升级计划"，即政府投入 5000 万元贴息资金，鼓励推动全市企业 100 个 1000 万元以上的技术改造项目。

这一阶段，温州地方政府信心满满，摆脱"无为而治"形象的欲望十分强烈，迫切期待大展身手。但很快他们意识到，直接介入企业微观运行的效果并不理想,政府主导型经济值得质疑。

在市场经济环境下,"无为"与"有为"并不是一对截然对立的矛盾体。关键还在于,什么应该"无为",什么必须"有为",以及通过怎样的手段做到"有为"。20世纪90年代中期后,温州官员经过反复实践、对比,对政府究竟应该如何"弹好钢琴"越来越得心应手,甚至有些"指法"还别具个性,堪称娴熟。

国内不少学者曾对温州的行业商会(有的称行业协会)产生浓厚兴趣,国家相关部委也一拨拨跑来考察。有名气、受重视当然是有理由的:温州的行业商会不同于其他地方由政府部门变相挂牌、由退居二线的官员领衔的"二衙门"。它们是完全由当地某行业上规模的民营企业组成的自治组织,是真正意义上的"商会"。

截至2003年的统计数据显示,温州共有市级行业商会83个,另有下属分会及县级商会数百个,会员企业4万余家,差不多囊括了全市所有支柱行业与骨干企业。

可别小看了商会,在温州它是非常有面子的,就连政府官员也敬让三分。所以,凡是在商会里担任一定职务的老板往往喜欢把自己在商会中的头衔印在名片上,而且往往印在自己董事长头衔的前面。

温州行业商会纷纷浮出水面,集中于20世纪90年代后期至21世纪初。其背后,则是地方政府处心积虑的鼓励与培育。1999年,温州市政府在全国最早以政府令发布了《温州市行业协会管理办法》。2002年起,市经贸委每年向25个示范性商会发放各3万元补助金,但对其内部运行不予干预。

商会做什么事?首先是自我监督,行业自律。

以由大量打火机企业组成的温州市烟具商会为例。他们搞了一个整整3页纸的"维权公约",会员入会时,都要在上面签署企业主的名字。现在,每当一家企业出了新产品,第一件事就是把新产品的技术数据、外观款式等资料送到商会备案。商会予以确认后,相当于获取了"专利",别的厂家不得侵权。对违规者,商会坚决予以打击:一、砸模具;二、没收成品,补偿给被侵权者。

其他需要商会做的事还有:行业新技术的研发与推广;对外行业维权;打造行业性品牌形象;为企业与政府沟通铺路搭桥等。

作为一种民间力量,行业商会的普遍崛起,恰恰与温州地方政府努力寻找科学合理的行为定位形成了良性互动——将许多政府不该管、管不好、管不了的事,交给市场化的中介组织去办。

这一切,并不是管理者简单的退出与填补所能包容的。其实质,是一种理性形态下"无为"的"有为"。在这一演变过程中,温州进入了政府行为趋向成熟的第三阶段——"适度政府"。

"无为"与"有为"的边界

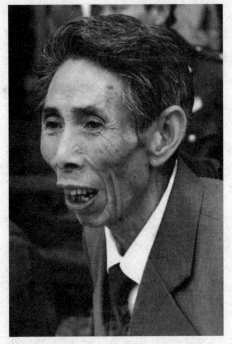

对义乌市场发展"有所为"的原义乌县委书记谢高华

在计划经济嬗变为市场经济的转型期,政府力量满腔热情地意图主导改革,而民间力量崛起于体制的高墙之外并不可遏制地影响改革的磨合期,政府的"有为"与"无为"始终是一个无法回避的问题。而遭遇尴尬与困惑的也绝不仅仅是温州官员。

1992年,义乌小商品市场管理处涌进了一群在市场里摆摊的经营户。他们背进来一只沉甸甸的编织袋,打开一看,居然是小半口袋的现金。

管理处的工商干部很紧张,不知出了什么大事。

"小商品市场马上要到开市10周年了,我们想表点心意。"

"那你们扛来这么多钱准备做什么?"

经营户们只是嘿嘿地笑。最后还是一位领头模样的年轻人开了口:"我们想塑一尊像。我们几个是代表大家来的。"

工商干部更紧张了:什么像啊?别是财神菩萨之类的东西吧?这伙人看上去挺认真的,劝阻起来恐怕还得费一番口舌哪。

"我们想为谢书记塑一尊铜像。"

他们所说的谢书记,就是此前第四章描述过的1982年出任义乌县委书记、与农妇何爱情"拍桌子"争吵过的谢高华。当时谢高华调离义乌已有8年了。

又过了10年,小商品市场开市20周年纪念日。更大一群市场经营户再次向义乌市政府提议:希望共同集资建一条"高华路"!

曾有人评点说,全中国最抠门的商人肯定是义乌摊贩,卖一根牙签也要扒出些利润。

这群"只认钱不认人"的经营户竟然心甘情愿地自掏腰包,要替一位政府官员"树碑立传",其原因只有一条:这是一位对义乌市场发展"有所为"的官员。

自从有了小商品市场,谢高华以降的 20 多年间,义乌一共历经了八任县委书记(1988 年义乌撤县改市),绕不开的是同一个难题:义乌靠的是小商品市场,市场的灵魂是开放,那么开放是否就意味着放开不管?政府又该怎么办?

八任书记的共同选择是:政府要管,而且必须管好。因此,在许多媒体后来的报道中,有了所谓"八任书记五代市场"的说法。

这个"管"可不是虚的,义乌地方政府始终牢牢控制的"大权"至少有三方面:

——牢牢控制对市场的调控权。义乌市场的规划建设、资源配置,26 年来一直紧紧捏在政府手中。

——牢牢控制物流场站的主导权。物流是市场"生"与"死"的命脉,全部由政府投资建设,完全由政府调控。

——牢牢控制土地出让一级市场。义乌的土地出让都必须按计划进行,根据市场发展的需要及建设项目对资金的需求,由政府归口安排每年出让的土地数量。

义乌地方政府在小商品市场发展问题上"有所作为"的"反常"之处在于,他们是以完全市场化的手段来运作手中牢牢控制的"大权"的。

1993 年底,义乌市国有独资企业联合北京、上海等地的社会资本共同发起,成立了中国小商品城股份有限公司,公司总股本 10403 万股,资产总额超过 9 亿元。其中,义乌市政府因国有独资企业占有 40%股份,成为拥有最大话语权的控股方。与此同时,原先直接创办市场的工商行政管理部门实行"管办分离",只承担市场行政管理的公共职能。2002 年 5 月 9 日,公司股票在上海证券交易所挂牌交易,股票代码 600415。

自 1994 年第四代宾王市场始,义乌市场及物流场站建设基本上均由中国小商品城股份有限公司以业主身份承建开发,并负责物业管理。由于掌握了控股权,地方政府的战略意图不再以文件、公告等行政命令下达,而是通过公司董事会决议的方式行使。

对"政府掌舵、企业划桨"的独特模式,义乌地方政府的解释是,市场作为交易制度实质上属于准公共产品,其社会共享性决定了政府介入的必要,关键在于选择好介入的方式和程度。只有这样,才能实现"管而不死、活而不乱"。

争议一直存在,但义乌市场骄人的巨大成功,为"政府+企业"这一耐人寻味的混合主体的合理性提供了无可争辩的注脚。政府力量借助市场化管道强势发力的好处,在义乌随处可见。

我们已经了解到,决定义乌市场成败的命根子是商品难以想象的低廉价格。但随着市场日益火暴,人潮日益汹涌,如何抑制住各种要素成本快速上扬的冲动肯定会成为大问题。1998年7月,义乌市江滨中路1号地块拍出了每平方米6.9万元的天价,相当于每亩4600万元,是当年毫无悬念的中国"第一地王"。2003年9月10日,国际商贸城二期市场旁占地1443.4平方米的1号写字楼地块,拍卖价竟飙升至每平方米22万元,即每亩14667万元,再度毫无悬念地成为中国"第一地王"。跟着疯狂地"水涨船高"的还有义乌最金贵的资源——市场摊位。据官方调查,如私下交易,一个摊位的转让价格多在百万元以上,最高达到300万元。

灯火璀璨的义乌第五代市场——中国小商品城国际商贸城

保障"经营者有其摊",有效控制盲目高价炒作,大大降低市场进入门槛和经营成本——这一诱人且极为紧要的商业土壤,只有掌握了市场产权这一垄断资源的义乌地方政府,才会真正呕心沥血地精耕细作。

几乎没有人再怀疑政府是义乌这个"天下第一市"健康生长的最佳保姆。其背后,牢牢把握着垄断资源的政府"有形之手"与市场"无形之手"水乳交融,交相辉映,堪称浙江30年改革史上政府行为的经典。

但新的矛盾依然隐现。

2006 年，在距离义乌仅 8 公里的邻市东阳开始动工兴建世界贸易城。整个东阳世贸城占地超过 1000 亩，总投资 55 亿元，全部建成后建筑面积约为 150 多万平方米，商铺 2 万间。其规划面积之大、经营品种之多，颇有撼动义乌小商品城全国专业市场"头把交椅"的气势。

与义乌国际商贸城一次只给予商户 3 至 5 年经营权的做法不同，东阳世贸城将摊位 50 年的经营权一次性买断，折算下来商户每年租金均价仅 400 元 / 平方米，成为极具杀伤力的超低价"武器"。

为应对自开市以来最强有力的竞争，义乌市政府同年 7 月决定，全面启动总用地面积约 840 亩的国际商贸城三期市场规划建设，并谋划出台一系列以低成本力保市场繁荣的"组合拳"。

此举却遭到了担心利润被摊薄的持有中国小商品城股份有限公司股票的机构投资者的强烈反对。上市公司自身的局部资本利益与政府对义乌市场发展全局通盘考虑的社会利益，并不总是可以完全叠加的同心圆。与此同时，随着全流通时代上市公司收购兼并的活跃，政府尚未绝对控股的中国小商品城股份有限公司也存在着被恶意收购的隐患。

直到本书稿完成之时，"东阳危机"引发的大地震仍险象环生，远未终结。

"虽然我们已经赢得了掌声一片，但在市场经济环境下，政府如何把握好'无为'与'有为'的边界点，探索还在路上。"义乌开市以来的第八任市委书记吴蔚荣感慨而言，"我们始终在钢丝上跳舞。"

在浙江数以千计、灿若繁星的专业市场中，地处绍兴县柯桥镇的中国轻纺城是堪与义乌中国小商品城比肩的最为璀璨的"双子星座"之一。2007 年，绍兴中国轻纺城成交额达 332 亿元，直追义乌中国小商品城的 348 亿元标杆，已连续 10 多年摘得全国专业市场龙虎榜"榜眼"。

在这里，在"无为"与"有为"的边界，政府行政力量同样演绎了一出可圈可点的大戏。

1992 年 1 月 8 日，绍兴轻纺市场东交易区隆重开业。该市场总投资 2880 万元，拥有 1020 个交易门市部、5 台自动扶梯、4 台货用扶梯，其规模之大、设施之先进在全省轰动一时。当年，国家工商行政管理局在北京人民大会堂首次发布"中国十大专业市场"龙虎榜，以东交易区为主体的绍兴轻纺市场凭借 7.8 亿元成交额跻身第 5 位。

事实上，值得在绍兴中国轻纺城大事记中写下特殊一笔的不是东交易区的开业，而是差不多一年前的奠基。

那一天,在千余名全国各地客商的共同见证下,一位温州商人和一位绍兴商人携手走到现场,各拿一把铁锹为市场奠基培土。

掌声雷动。时任绍兴县县长陈敏尔(现任中共浙江省委常委,常务副省长)大声宣读县委、县政府的倡议书,表示将全力倡导"外地商品与本地商品一视同仁,外地商人与本地商人一视同仁。公平竞争,共同发展……"

这是一个差点被本地布老板用炸药包炸掉的市场。

绍兴县是浙江乡村工业最早的东方启动点之一。早在20世纪80年代中期,当地已年产各种轻纺面料近10亿米,成为"中国纺织第一县"。与南部100公里外以流通起家的义乌不同,产业实力雄厚的绍兴在很长时期并没有一个像样的专业市场,只有在轻纺企业比较集中的柯桥镇上自然聚拢成一条百把米长的"布街"。当地产品的买卖主要是靠1万多名"飞马牌"供销员走遍全国的两条腿。

1988年,全球纺织业出现了周期性疲软,普遍积压严重,绍兴也是一片风声鹤唳。而此时,隔壁义乌人的小商品市场炉火正旺。焦急的绍兴县政府官员心动了,他们决定要在家门口办市场筑巢引凤,帮助企业卖布。

一算账,投资需要500万元。县财政出一点,银行贷一点,不足的发动县里的大企业募捐。据时任县乡镇企业局局长、后来领衔中国轻纺城开发管委会副主任的范天福回忆:"说得难听点,这已几近于摊派了。但县领导办市场是铁了心的。"

当年10月,以专销本地产化纤面料为主的绍兴轻纺市场诞生了,地址就在原先的"布街"上。

随后发生的一切完全出乎意料:市场一开张,买布的客人还没来多少,卖布的同行却闻到了"腥味"。先是本省的温州人,跟着是老对手江苏人,再接着是南边的广东人,蜂拥而至。这些人带来的是潮水般的外地布。还有第二波打击:不久,中国香港、台湾的布商也来了,港台及韩国、日本人见人爱的花布随之铺天盖地。

款式老旧、手感僵硬的绍兴产品迅速被淹没,原本标价10元1米的布降至七八元也少有人问津。

罪魁祸首就是由这个政府热情万丈栽培起来的要命的市场。一时间,乡镇企业厂长们言辞激烈的联名信、请愿书堆满了县委书记、县长的办公桌。有一位厂长落笔千言,开列了"十大罪状"贴在市场的大门口,恳请县政府为民做主,"要么关门,要么限制外地客商进场"。还有人大代表为此郑重其事地向县人大提交了议案。更有性情急躁的经营户宣称,准备抱个炸药包把市场给炸了。

10年前曾经担任绍兴县委书记、时任浙江省省长沈祖伦也来调查了。走市场、开座谈会,反映的呼声都是"糟得很"。柯桥工商行政管理所所长濮耀胜回忆,有一次座谈会间隙,沈祖伦上洗手间,他亲耳听到省长边走边自言自语:"浙江市场究竟向何处去?"

调查进行了好几天。沈祖伦和县里的官员统一了看法,结论是办市场"好得很"。他们认为,市场是一个全面开放的空间,适者生存,优胜劣汰。公平是市场发展最重要的准则,绝不应该、也不可能存在什么"地方保护"。对这一点,政府不能含糊。

很快,就有了兴建更大规模、更高水平的绍兴轻纺市场东交易区的决策,也就有了外地商人和绍兴布老板一同奠基培土的意味深长的历史定格。

后来的结果是,大开放带来了大发展。绍兴的轻纺企业不仅没有在竞争中垮掉,反而奋起直追。10年间技改投入逾220亿元,国际最先进的无梭织机迅猛增至2.6万台,占全国总量的1/5,无梭化率达78.8%,跨越了欧美纺织强国30年才走完的路。至此,绍兴布老板的产品早已不再灰头土脸,而足以笑傲天下。

颇为强势且成功的绍兴地方行政力量亦十分明白什么叫"收放有度、进退自如"。1993年3月,以绍兴中国轻纺城市场建设与运营为主业、地方政府国有控股并吸纳社会资本的中国轻纺城集团有限公司成立。这是全国首家由大型专业市场改组的股份制企业,比义乌中国小商品城有限公司成立早了9个月;1997年2月,作为"中国专业市场第一股","轻纺城股份"在上海证券交易所挂牌流通,又比义乌整整早了5年零3个月。

绍兴与义乌地方政府行为的分岔点发生在2002年。

这年9月17日,绍兴县政府召开新闻发布会,宣布对轻纺城实施"国退民进"方案。经过激烈的竞价争夺,当地知名民营企业精功集团以25亿元的总价,协议受让两家国有资本大股东合计16.41%的股权,共6101万股,一跃成为中国轻纺城最大的老板。

出于对行政力量"有为"与"无为"边界点的自我解读,绍兴地方政府在"扶上马、送一程"后,最终完成了轻纺城建设运营的市场化蜕变。都是由政府主导的大型专业市场培育,"义乌模本"与"绍兴模本"的殊途同归引起了研究者延续至今的争论。

一种颇为流行的说法是,绍兴地方政府在成熟期将市场发展相对"市场化"并非明智之举。也正是因为这值得商榷的"最后的蜕变",导致了绍兴轻纺城始终没有冲上义乌小商品城那般令世界惊艳的辉煌顶点。

但也有另一种声音说,绍兴本来就是产业先导型经济,义乌则完全属于市场拉动型,起点不同、特质各异,围绕市场发育政府行为路径"异同兼具"并不奇

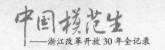
怪。市场作为一种涉及范围广泛的准公共产品，政府即使退出产权领域，仍然可以从多方面推动甚至主导市场建设，而不能将之简单地视作放弃。更何况，义乌模式也并非完美无缺，困惑与变局同样暗潮汹涌，现在远不是下最后结论的时候。专业市场"双子星座"的两种路径、两种模本，恰恰使得市场经济环境下浙江政府行为的探索创新呈现八仙过海、精彩纷呈的局面。

我们已经观察到，浙江30年改革进程，在最初商品经济的大面积萌生、市场交换体系的顽强崛起以及民营经济产权突破等许多改革领域，都不可否认地呈现出了比较清晰的南风北渐的态势，可谓"东南风来满眼春"。

而政府行为改革领域则大抵呈现了与之不同的如下演进路径：浙江南部改革初期弱势的"无为政府"逐步回归"有为"；浙江北部长期强势的地方政府随着改革的推进，最终以"有所为、有所不为"达成共识。更为重要的是，两大板块的地方政府都没有迷失于将"无为"与"有为"截然对立的彼岸，而是努力探寻如何以遵循市场经济规律的方式与手段"适度有为"。从时间段上看，这两种起点各异的改革探索在20世纪90年代殊途同归，南北交融。

按照学术界普遍认同的观点，财政支出占GDP的比重是衡量政府相对规模的一个基本指标。以此衡量，改革开放至今，浙江的政府相对规模大约缩小了1/3。1978年，浙江地方财政支出占GDP的14.1%；1995年达到最低点，仅5.1%；随后适度回升，以2004年为例，比重为9.5%，相当于1978年的2/3。

再从人口占比的视角看。截至2001年，浙江政府工作人员占全省人口的比重为7.2‰，低于全国平均水平1.3个千分点，居各省市区倒数第6位。

浙江政府规模的相对缩小除历史因素外，最关键的在于，改革开放以来，政府逐步从微观经济运行中全身而退，市场力量成为配置全社会生产要素的主角。比如，20世纪90年代中期前后，浙江各地的个体私营企业、乡镇和城镇集体企业及部分国有企业，基本完成了产权制度和关联组织制度比较彻底的转制改组。民营经济就此全面登上浙江改革发展大舞台，政府不再需要事无巨细亲力亲为，规模相对缩小在所必然。

"小政府、大市场"的浙江景象，并不意味着浙江的官好当，只要垂手而立即可。世界银行在1997年全球发展报告中的一段名言可以看作是对此最恰当的注解："历史反复证明，良好的政府不是一个奢侈品，而是非常必需的。没有一个有效的政府，经济和社会的持续发展都是不可能的。"

历经改革初期的风云激荡、摇摆彷徨，走过20世纪90年代的角色归位、成

熟定型,进入 21 世纪的浙江政府显现出了更多的自信。他们把适度行政力量的行为方向主要确立在以下两方面:

——努力提供包括市场经营环境、基础设施建设等在内的丰富而优质的社会公共产品;

——努力营造保护民营产权、推进民主和谐等良性而可持续的公共制度与公共秩序。

不可否认,鲜活而强大的民间力量是浙江 30 年成功改革的第一主角。同样不可否认的是,浙江各级政府顺应时代、自我转型的主动姿态与积极作为亦至关重要。放弃僵死而无益的管制权力需要勇气,学会拿捏有度的市场化管理更是一门并不轻松的政府艺术。

【浙江改革史档案一】
温州"下海"官员谱表

温州,可能是浙江乃至全国"下海"官员最多的地区。

由于缺乏当地组织部门的权威声音,我们不知道跻身这一特殊名单的官员们的准确数字。但从媒体陆续曝光的资讯看,至少已有数十位。

上自前温州市市长,下至前镇委书记,都赫然出现在这一名单。其中很多人都曾经是我的采访对象。今天,当走进温州某著名民营企业,你得小心,站在面前的总裁、副总经理,说不准原来就是一位声名显赫的地方政府大员。他们的眼角,仍不时地闪动着为官一任才积存下的特有的余晖。

温州官员"下海",基本上是 20 世纪 90 年代中期以后的事。个人的原因很复杂,共性因素不外乎两方面:一是被动也好主动也罢,温州的行政力量始终是相对"无为"的"有限政府"。正如几年前一位市经委主任在接受我的采访时笑称:"在温州,做官只有福利稍好。连我这个主任手头都没有什么批条的权力。设备采购、市场销售、技术改造统统让民营企业自己管了。"权力有限,官本位意识也就比较淡薄。二是温州老板遍地,官员受到的诱惑多,转身从商的财富机会也更多。

以下是"下海"温州官员中代表性人物的不完全名录:

·钱兴中:原温州市委副书记、市长;去向:香港嘉里集团中国公司副董事长;

·何树鑫:原温州市委副书记;去向:某房地产公司总经理;

·吴敏一:原温州市政府副市长;去向:黑龙江秋林集团总裁;

·林培云:原温州市政府副市长;去向:温州新城股份公司总经理;

·徐国林:原温州市委宣传部部长;去向:涉足房地产业;

·林可夫:原温州市委宣传部常务副部长;去向:正泰集团公司副总裁;

·郑达东:原温州市委宣传部副部长;去向:德力西集团副总裁兼集团党委书记;

·邹丽华:原温州市检察院副检察长;去向:浙江新湖集团股份有限公司董事长;

·何包根:原温州市政府秘书长;去向:温州伟明环保工程有限公司负责人;

·董希华:原平阳县委书记、温州市委副秘书长;去向:不详;

·王运正:原温州市政府副秘书长;去向:重庆奥康置业有限公司总经理;

·叶正猛:原洞头县委书记、温州市政府副秘书长;去向:浙江新湖集团股份有限公司总经理;

·钟普明:原温州市经委副主任、乡镇企业局局长;去向:温州康奈集团总裁;

·谢炳清:原永嘉县委书记;去向:不详;

·李浩然:原永嘉县副县长;去向:报喜鸟集团总裁;

·陈如奏:原苍南县政协副主席;去向:新雅集团党委书记;

·叶康松:原永嘉县城关镇镇委书记,温州官员"下海"第一人;去向:美国康龙集团董事长。

【浙江改革史档案二】

浙江"下海"官员中的两类人

2003 年,浙江省委组织部调研室调查发现,该省"下海"官员主要分两种类型:

——年轻官员(一般三四十岁)辞职"下海"。虽然人数不多,但有能力,往往也是组织部门看好的后备干部。

——提前退休而"下海"。这些人一般 50 岁上下,30 年工龄已满,仕途难以更上一层。在当时受调查的浙江省 11 个市 103 名"下海"官员(省直机关除外)中,提前退休的有74名,比例为72%。

虽然舆论普遍对官员"下海"的勇气给予赞扬,对官本位意识的破除给予期许,但有关"下海"官员可能借机腐败的质疑也一直未停止过。

浙江省委组织部调研室主任王俊曾在《党建研究》上撰文,将官员"下海"可能存在的权力腐败分为三种形式:

一是"洗钱",以经商之名,将在位时收受的贿赂洗白;二是"权力投资",在位时为企业主牟取了不正当利益,辞职后再到该企业上岗,搞权力期权;三是"榨取剩余政治资源",利用其原来编织起来的丰富的行政关系网为企业主牟利,从而换取个人好处。

中国式民主

——浙江改革开放30年全记录

第四部

2000——2008

与"成长的烦恼"同行

第九章

焦虑的富人们

800万。

——关于浙江富人数量的民间统计

今天,浙江究竟有多少富人?这绝对是一个极其吸引眼球的问题。

回答这个问题的最大难点在于:富人的标准又是什么?

至少到目前为止,没有听过来自官方的权威解释。2007年,万事达国际组织曾经发布了一份关于中国富裕阶层的报告。该报告根据对北京、上海和广州三大城市的抽样调查,给出的中国富裕阶层的界定标准是家庭年收入在2.5万美元以上——约合人民币18.9万元。万事达亚太地区首席经济顾问王月魂称,考虑到购买力评价因素,这个界定标准在全球范围亦属比较高的。

万事达的这份报告使用了"阶层"的外延概念。所谓"阶层",就是指人们基于相同的社会地位、谋生方式和财富水平等形成的具有共同性特征的社会群体。依照阶层概念,富裕群体除富人自身外,还包括其家庭成员。

如果以万事达的量化标准与阶层外延为测算坐标,那么认为浙江今天的富人总数达800万的民间版本肯定不是夸张离谱的说法。与其他省市区相比,在浙江30年的改革开放中,财富运动的全民参与性是显而易见的突出特征,这决定了浙江毫无疑义地成为了中国"最盛产老板"的地方。

我们还可以大抵勾画出浙江富人们的如下粗线条脸谱:

——大部分是中小企业主;

——主要从事日用消费品制造业或日用消费品流通业;

——其中许多人出身农民,文化水平较低,农村—小集镇—城市往往是他们螺旋式攀升的创富路径;

——相比全国其他省份,富人在浙江各地的分布比较均衡,浙南、浙中地区相对更为集中。

数量如此庞大的富人群体的出现,在浙江几千年历史上从未有过,其崛起的速度又是如此的惊人。浙江新财富阶层的快速生成集聚,既是前30年改革开放的必然成果,更是影响未来变革走向的重要力量。

伴随着财富分野,社会板块的裂变也正爆发出巨大的声响。旧的平衡已经轰然瓦解,新的和谐如何重构?这一切,在我们仍缺乏集体性心理准备的时候,扑面而来。

徐冠巨"出山"

2003年1月21日,浙江省政协九届一次会议会场。

上午9时许,依照预定程序,开始选举新一届领导班子。投票结束,委员们静候选举结果的公布。然而,这一次的等待出乎预料地漫长。会议工作组安排播放了一部电影。两个小时后,接着播放第二部电影。

快到中午休会就餐时间了,大会主持人终于在一片嘈杂的议论声中出场。他开始念起那份长长的新政协领导名单,副主席共有10位,最后一个被宣读的名字是徐冠巨。在本次617张有效票中,徐冠巨获得了566张赞成票,51张反对票。

出任省级高官的浙江民企老板第一人徐冠巨

据当时的官方资料显示,徐冠巨,男,43岁,私营企业浙江传化集团董事长,2002年资产总额12.5亿元。

由此,徐冠巨成为浙江民营企业主中当选省部级高官的第一人。稍前的1月12日,同为私营企业主的力帆集团董事长尹明善当选为重庆市政协副主席。全国仅此两例。

事实上,这一结果早在2002年时就已埋下伏笔。当年春夏之交,徐冠巨、尹明善及私营企业主贵州神奇集团董事局主席张庭芝先后当选为所在省市的工商联会长。这同样是改革开放以来私营企业的"中国第一次"。此前,该重要席位均由"体制内"有身份的人士出任,从未旁落。而省工商联会长当选为省政协副主席,这在中国长期以来就是顺理成章的政治惯例。

至于私营企业主首任省级工商联会长有何背景?《南风窗》资深记者章敬平

在所著的《权变》一书中做了这样的记录。2001年，全国工商联在杭州开会。出于提升中国私营企业主阶层政治地位的考量，有人倡议应胆子再大一点，将思想素质高、民意基础好、代表性强的私营企业主破格推上省级工商联会长岗位。该提议附和者甚众。嗣后，中央统战部即下发文件称："非公有制经济代表人士担任省级工商联会长，可先在个别具备条件的省进行试点，并根据人选条件在当地政协领导班子换届时统筹考虑。"

徐冠巨与尹明善，有幸成了"试点新贵"。

从当选之日起，私营企业主徐冠巨以其省政协副主席的身份，在浙江省政府大院里拥有了自己的办公室、专车和专职秘书，可以圈阅相当级别的文件。与其他副省级官员的唯一不同是，他不领工资。

有观察人士评价，虽然由于各省市政协会议召开时间早晚的偶然性，尹明善成为第一个当选者，但徐冠巨更具有广泛的代表性。"因为浙江是中国非公有制经济最活跃的试验田，也是发展最为成熟的样板。"基于此，他们更倾向将非公有制经济的代言人全面进入国家政治通道的趋势概括为"徐冠巨现象"。

徐冠巨的传化集团与鲁冠球的万向集团同属杭州萧山宁围镇。1980年至1986年，徐冠巨曾经在万向集团担任过会计。

从某种意义上说，徐冠巨的创业缘于冥冥之间的命运安排。1986年，25岁的徐冠巨突然患上了几乎无法治愈的溶血性贫血症。为治病，整个家庭背负了2.6万元的巨债。深陷绝境的父亲徐传化拿出借来的最后2000元，一口大缸、一只铁锅，生产液体皂的小作坊开张了。当初办厂的目的只有一个，为儿子筹措医药费。

后来，新产品"901去油灵"的成功开发，让这个家庭作坊一飞冲天。1992年，销售额已飙升到2000多万元。原本被医生判定最多活10年的徐冠巨在与父亲的共同打拼中，竟然神奇般痊愈了。

虽然老板越做越大，但徐冠巨却保持了一贯的谨慎、低调、不事张扬。他曾对媒体解释说，自己白手起家，钱是一分一分赚回来的，办企业图虚名注定要垮掉。他每天的安排简单得近乎枯燥：晚8点15分前离开办公室，很少应酬，一般回家看书。

认识徐冠巨的人对其最普遍的印象是宽厚、谦逊。为此，公司里的下属甚至有人将他称为"唐僧"。这一很有人缘的性格特质也许是出于家族的良好遗传。

有一次，浙江电视台记者去徐冠巨家采访，只有董事长的母亲一人在家。老太太紧紧握住记者的手，连声说："谢谢，谢谢。你们真是太好了，冠巨多亏了大

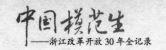

家相帮！"采访中，老太太一会儿削甘蔗，一会儿往记者口袋里塞花生，临走前还拿出一篮自家鸡下的蛋，非得让记者"带回去尝尝土货"。事后又得知，董事长的母亲一共养了几百头猪和成群的鸡，专供传化集团公司食堂。她固执地认为，"让职工吃外面买的菜不放心。万一吃坏了肚子，罪过。"

就任浙江省工商联会长是徐冠巨参选省政协副主席的前提。内部人士透露，当初与他竞选会长一职的浙江企业家还有正泰集团董事长南存辉等三位企业家，论企业规模和在全国的知名度都比徐冠巨大得多，但最后仍然是徐冠巨胜出。

不靠企业规模的大小，好人缘也肯定不是最重要的因素，那么，为什么是徐冠巨？

对传化集团发展大事记稍加研究，我们不难找到答案：历史选择徐冠巨，关键在于其"为探索中国私营企业中党的建设作出了突出贡献"。

关于"私营企业中党的建设工作"，徐冠巨尝试的第一步是1995年4月成立了传化集团党支部。就这一点而言，徐冠巨谈不上"率先"，浙江私营企业建党支部至少早在1993年即有案可查。同时，徐冠巨的尝试亦并非因为"觉悟高"，而是出于企业发展的客观需要。

《浙江发生了什么》的作者章敬平告诉我们这样一些情节：

1993年，求贤若渴的徐冠巨"挖"来了浙江丝绸工学院的副教授李盈善。李盈善是加盟传化的第一个高级知识分子，也是一位优秀的中共党员。但作为从体制内"下海"的人，李盈善的"党组织关系"仍然被卡在原机构，隔三岔五还得上岸过"组织生活"。

两年后，传化集团第一次招聘了10名大学生，其中又有多人是中共党员。他们的"组织关系"必须从学校迁出，却又无处落脚。如何让中共的高级知识分子和其他党员，在传化集团过上方便的"组织生活"？党员们建议尽快成立党支部。依照中国共产党的章程，3名党员就可以组建党支部。

要命的是，传化集团属于不折不扣的私营企业。私营企业成立党支部，这在当时还是一个需要十分谨慎研究的敏感问题。

小心翼翼地上报到集团所在的中共宁新村支部，再到更高一级的中共宁围镇党委。最后，难题被反映至中共萧山市委组织部。后者再三考虑的意见是"可以试一试"，"请求"得到了批准。

但集团现有党员中没有适合担任支部书记的党务人选。无奈之下，徐冠巨找到了在另外乡镇当村支书的舅舅苗裕华。虽然对方乡镇的党委觉得有些不妥,但最终还是同意放人。传化集团党支部就此成立。

1998年,随着企业的稳健扩展,传化集团的中共党员增加到了80多位。党章明确规定,50名党员设立总支,80名党员设立党委。苗裕华动心了,他将一份"拟建党委"的报告递交给了中共萧山市委组织部。据称,经层层递交,报告到了中共浙江省委组织部,没有肯定,也没有否定。末了,中共萧山市委组织部把报告转批给了宁围镇党委,宁围镇党委"锐意改革",同意了这一特殊的申请。

1998年9月18日,"中共浙江传化集团公司委员会"的牌匾,赫然竖立在了公司门楼。隆重而不事张扬,没有邀请一家媒体到场,中共萧山市委的一位副书记帮助完成了揭牌仪式。从现有资料看,这是中国第一个在私营企业建立的党委。

几个月后,我的同事新华社浙江分社资深记者慎海雄来到传化集团采访。"中国第一个"的价值令职业判断力精准的他迅速感到"抓住了一条新闻大鱼"。

1999年8月28日,时任中共中央政治局常委、国家副主席胡锦涛在慎海雄采写的内参《私企浙江传化集团建立党组织的启示》上批示,认为"要注意总结此类经验,研究共性问题。这不仅对浙江有现实意义,对全国也有积极作用"。

中共浙江省委组织部人士介绍,该省非公有制企业党建的实质性发展时期,正是从1999年到2000年前后开始的。传化集团因诞生了"中国第一"以及中央高层的关注与肯定,迅速站上了前台:

1999年9月3日,时任浙江省委书记张德江(现任中共中央政治局委员,国务院副总理)作出批示,要求3年内"在全省80%以上的私营企业建立党组织",力争"100人以上的非公有制企业建立党支部,50人以上的企业有党员";

2000年1月,中共浙江省委制定下发《关于加强非公有制企业党建工作的若干意见》;

2000年5月11日,时任中共中央总书记江泽民专程驱车考察传化集团党建工作。当天下午在杭州的一个座谈会上,徐冠巨向总书记专题汇报私营企业为什么支持党的建设;

2002年6月,浙江省工商业联合会第八次会员代表大会召开,徐冠巨毫无悬念地当选为省工商联会长,7个月后,徐冠巨又顺利当选为省政协副主席;

2003年底,据统计数据显示,浙江全省共有27617家非公有制企业建立了党组织,占企业总数的9.1%,其中有3名以上党员的企业建立党组织的达20050家,已建占应建的比例为98.1%。

我们将徐冠巨"出山"视作浙江改革进入21世纪初的重大标志性事件之一,怎么评价也不为过。

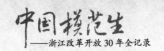

从某种意义上说,中国改革开放史就是一部民营经济发展史。但在最初的很长时间里,民营经济身份不明、地位未定,甚至一直被弄得灰头土脸。20年后,风姿绰约的它俨然已是社会主义市场经济百花园里的一朵俏丽玫瑰了。根据第二次全国工业普查的结果测算,1985年至1999年,在全部工业资产中,私有制经济占比由0.8%上升到42.5%;在全部从业人员中,私有制经济员工所占比重则由8.9%增加到45.2%。而在同时期浙江的许多最具发展活力的区域,民营经济占生产总值的比重已惊人地达到80%甚至90%。

与之相伴随,民营经济的社会地位亦从"拾遗补阙"到"有益补充",再到中共十五大明确宣告的"非公有制经济是社会主义市场经济的重要组成部分"。1999年3月举行的九届人大二次会议又郑重地将这一重要论断载入了修改后的国家宪法。

毫无疑问,20世纪90年代末,中国民营经济已经获得了法理意义上的生存权与发展权。但仍有一个绕不过去的命题悬而未决:我们既定的政党理念与日益庞大的有产阶层及其拥有的企业之间是否存在理论障碍?解开障碍的通道又在何处?

争议由来已久。

1989年,中共中央曾经专门发过文件,话讲得很明确:私营企业主不能加入中国共产党。原来是党员的,可以暂不考虑劝其退党。

民间的说法要简洁形象得多:百万富翁不能入党。老百姓就是老百姓,重大的原则问题也不忘从钱的多少来掂量。

眼睁睁被挡在党组织的大门之外,不得不令"老板"们寝食难安。但他们仍心怀一线希望:自己不能入党,在民营企业建立党组织总还是可以的吧,还是应该的吧?这里有大量的产业工人需要去组织、去教育,把民营企业纳入社会主义市场经济的大方向也需要更好的引导,党组织在这个全新的大舞台上有许多工作可做。

希望很美好,真的去做却得万分小心。雷区遍地,轻易碰不得的意识形态高压线无处不在。

1997年中共十五大的召开,意味着所有制坚冰彻底消融。一些讳莫如深的难题也终于到了破蛹化蝶之时。

恰恰在这一历史关口,徐冠巨和他的"中国第一个在私营企业建立的党委"迎面走来。随后发生的一切都应该被理解为"正逢其时,顺理成章"。

我们可以观察到,改革前20年长期边缘化的地位和所有制甄别,致使迅速成长起来的中国富人们备感焦虑和惶恐。财富的持续膨胀并不能让他们的焦虑和惶恐退潮,他们渴望被认同、渴望融入,他们急迫地寻找"自己人"的感觉。

塞缪尔·亨廷顿在他著名的《变动社会的政治秩序》一书中这样认为,一种政治体系要成功地适应现代化,必须首先能够革新政策,也就是说,必须首先能够通过国家行动促进社会和经济的改革;第二个必要条件是能够把那些产生于现代化并因现代化而达到新的社会觉悟的社会力量成功地吸收在这一体系中。

很显然,这种成功的"被吸收",需要我们打开通道。在民营企业建立党组织、允许符合条件的私营业主入党,将使这条通道变得宽敞起来。

2001年7月1日,中国共产党建党80周年,时任中共中央总书记江泽民发表了重要讲话:

"不能简单地把有没有财产、有多少财产当作判断人们政治上先进与落后的标准,而主要应该看他们的思想政治状况和现实表现,看他们的财产是怎么得来的以及对财产怎么支配和使用,看他们以自己的劳动对建设中国特色社会主义事业所作的贡献。"

浙江富人们悬着的一颗心总算落地:有钱的和比较有钱的私营业主也可以入党了。当然,他们知道门虽然打开了,但还是有一定门槛的——"承认党的纲领和章程,自觉为党的路线和纲领而奋斗,经过长期考验,符合党员条件"。

总书记讲话后的一个月内,仅温州市递交入党申请的老板就有200人。

2003年6月25日,传化公司党支部讨论通过了徐冠巨的父亲——集团董事局主席徐传化的入党申请。经集团党委审查批准,正式吸收其为中共预备党员。5天后,在中国共产党诞辰82周年纪念大会上,69岁的徐传化面向党旗举起右手宣誓:为共产主义奋斗终生!

新华社的消息说,早在徐传化入党前数年,徐冠巨就已递交过申请书。在2008年1月20日浙江省政协十届一次会议上,徐冠巨再度当选为省政协副主席。在副主席排序中,从5年前的最后一位上升到了第三位。

浙商的"政治经济学"

论及民营企业探索党的建设,有一位浙江商人是不能不说的。他就是中国最大的低压电器制造商——正泰集团公司董事长南存辉。

《南方周末》记者徐楠曾将南存辉的"党建历程"做了如下梳理:

1993年7月1日,正泰公司党支部正式成立,有中共党员7名。8月3日,时任中共中央组织部部长张全景来到正泰考察党建工作。这在浙江私营企业中是最早的一批，比传化公司差不多早了2年。

1998年12月13日，中共正泰集团党委成立，这在温州民营企业中是第一家，仅仅迟于"中国第一个"的传化集团党委约3个月。但与传化集团当时的低调相比，正泰集团党委的成立则引人注目得多。时任浙江省委书记张德江为此题词祝贺："在非公有制企业建立党组织非常必要，意义重大。希望正泰党委积极探索，不断总结经验。"

2000年5月10日，时任中共中央总书记江泽民视察正泰集团，听取党建工作汇报。时任中共中央政治局候补委员、书记处书记、中组部部长曾庆红随行。

南存辉(右)陪同江泽民视察正泰集团

2001年5月1日，时任中共中央政治局常委、国家副主席胡锦涛考察正泰集团党建。

2001年7月1日，当大部分私营企业主尚在遥远的各地聆听、领会江泽民"七一讲话"时，正泰集团党委书记颜厥忠已经作为"全国先进基层党组织"浙江省10位代表之一，光荣地走进北京人民大会堂，出席建党80周年大会。

根据正泰集团公关部门的统计，自1996年至今，正泰集团每年接待的来自国内外的参观、考察者超过4万人次，堪称浙江企业之最。其中包括了江泽民、胡锦涛、李瑞环、乔石、尉健行、吴邦国、田纪云等许多最高层的中国政要。

毫不夸张地说，南存辉以及他的正泰集团事实上已经成为"温州模式"——更准确的表述是提升完善后的"新温州模式"——最抢眼的"景点"。这首先基于南存辉企业办得的确漂亮，另一个重要原因是他的正泰集团始终绽放出健康阳光的独特气质。就如同其企业名称那样："正道泰兴"。这在曾经饱受诟病、颇显得有些灰色的温州背景下，更凸显弥足珍贵的亮丽。

南存辉生就一副方方正正的国字形脸庞，与他交谈后，许多人对他留下了良好的第一印象——很可能也是永远的印象：朴实、聪慧、诚信。

我多次采访过南存辉。2005年11月，受南存辉的邀请，我前往温州参加由其担任会长的温州青年企业家协会成立10周年庆典。有一个场景令我的记忆刀刻般深刻。庆典酒会上,温州青年企业家协会的各位会长登台亮相。南存辉居首,只见他一人健步走到舞台中央稳稳站定。而其他20位副会长与南存辉拉开了不小的距离,一堆人推推搡搡地尾随而上,并分列两旁。后者亦基本是身家数十亿元的显赫老板,但太阳与群星的差异仍是那样清晰。这是一种难以用语言描述的感觉,南存辉身上散发着卓尔不群的领袖人物的磁场,这在惯常生意人的言谈中是无法找寻的。

有一定说服力的解释是,南存辉长期以超越商人群落的眼光观察和思考问题,他的企业管理价值观的基点不再是单纯的利润多寡,而是内涵更为深厚的中国式"政治经济学"。这就决定了南存辉早晚会显山露水,表现出不一样的神韵。

当然,也有人批评他把太多的精力花费在接二连三的政治活动上。试举一例:2001年2月9日上午,时任国务院总理朱镕基将全国15家知名企业的总裁请进中南海,征求对即将提交九届全国人大四次会议审议的《关于国民经济和社会发展第十个五年计划纲要的报告》的意见。其他14位均为相当于厅局级甚至副部级官职的国有企业大佬,而只有南存辉是唯一的民营老板代表。座谈会上,南存辉精心准备的发言获得满堂喝彩。

所有的人都明明白白地看到,也许是大方向"把握得精准",南存辉的企业在20多年间令人信服地健康壮大,这让那些批评的声音显得苍白无力。

南存辉在接受媒体采访时,针对所谓中国企业家商而优则仕的"政治经济学"情结,曾有过精当的自我解读:"作为一个企业家,政治就是天。天气好出太阳,被子霉了可以晒晒呀!如果刮风下大雨,你却把被子拿出去,肯定会闯大祸嘛。"

善观"天相"而为之,南存辉可不是嘴上说说的,最经典的大动作可能就是以下这则"南存辉怒斥魏京生"了。

1999年7月,美国洛杉矶。

南存辉一年之中,大约有1/3时间奔走于世界各地。这一次,他来到美国西海岸加利福尼亚州北部的"硅谷",筹划建立自己的科研开发机构。

7月27日,南存辉一踏上这片土地,就听到了刺耳的不和谐声音:当年流亡美国的所谓"民运分子"魏京生、吴弘达公开发表言论,声称支持美国洛杉矶地区国会众议员罗克·马克的"57号提案"——一个即将于次日在华盛顿提交国会表决、关于取消给予中国"正常贸易关系"(原称"最惠国待遇")的提案。这些"民运分子"证明说,中国政府一向限制和歧视私营企业,也不尊重在华投资的外国厂商,而只保护政府所属的国有企业。

南存辉觉得自己应该做些什么事了。当晚,他发电子邮件给罗克·马克,说明真相,驳斥偏见。

7月28日,在温州旅美同乡会的支持下,南存辉赶赴洛杉矶举行记者招待会。会上,南存辉拿着国内出版的《中华工商时报》慷慨陈词:据这家报纸统计,正泰集团当时是中国第八大民营企业,1998年产值20多亿元人民币,约合3亿美元。假如一直受到限制和歧视,能在短短10来年时间里,由一个几万元起家的小作坊发展到如此规模吗?

他进一步反问:"在我的家乡中国温州市,私营经济占了95%。如果没有国家政策的扶持,怎么可能有私营企业的今天?"

他指出,中国政府为民营企业提供了一个公平竞争的市场,地位与国有企业"平起平坐"。私营企业享有银行贷款优惠计划,利息只有4厘,最低的仅1厘,而普通利率是6厘。私营企业的高科技产品还可以享有免税和退税的待遇。1998年正泰集团生产的一种智能型电器开关,所缴的税全部被返还。

南存辉坚定地说:"各位美国朋友如果不相信我的话,可以亲自去中国看一看。如果有必要,我也可以到美国国会去作证!"

由此引起的反响是预料之中的。《世界日报》、《国际日报》、《侨报》等10多家美国媒体迅速发表报道,将南存辉推上了显著版面——

《温州正泰集团董事长要为中国说公道话 指魏京生、吴弘达对大陆企业批评不实》;

《私有企业在中国大陆不受重视? 温州殷商南存辉以个人成就反驳》;

《魏京生、吴弘达呼吁美国取消对中国正常贸易关系 中国正泰集团以自身实例抨击》;

…………

北美电视台采访时问:"你只是一个到美国作短暂公务旅行的商人,如此举动出于什么考虑?"

南存辉答:"我首先是一个中国人,我有责任为我的祖国申辩,驳斥一切有辱祖国形象的不实之词。"

两位加州知名人士JOYPAN和JIMMY WANG深受南存辉正义之声的感染,他们随即给美国国会的决策人物曼杰森先生发了一封言辞中肯的电子邮件。

> 曼杰森先生:
> 我们向您转达一位名叫南存辉的中国商人的观点。他的企业叫正泰集团公司,是中国最大的低压电器制造商。
> 南先生正在美国访问,他听到有这样一种说法:在中国,民营企业

不受尊重,只有国有企业才受尊重。并有人(魏京生、吴弘达)建议美国国会取消对中国的最惠国待遇。对此,南先生提出强烈的抗议,并讲述了他亲自经营了15年的、100%私有的、1998年销售额达20多亿元人民币(约合3亿美元),根据最近调查名列全国民营企业第八位的正泰集团的发展史。郑重声明他的私营企业非但未受政府的限制,反而得到了政府各方面的支持与鼓励。

南先生同时列举了中国政府给予民营企业的许多优惠政策,例如,低息贷款、技术支持以及工业项目准入(电器制造业过去是由政府掌握的,如今鼓励民营企业进入这一领域)等。他认为民营企业和国有企业享受着同样的税务政策,在某些方面甚至比国有企业享有更优惠的政策,而且受到法律保护。在中国第九届全国人民代表大会上对宪法进行了修正,增加了合法保护民营企业的条例。政府还鼓励私营企业租赁、兼并、改造,甚至购买国有企业。

南先生愿意在美国国会和任何场合为此作证,并欢迎参观、访问他在中国的企业。

美国参、众两院的先生在对中国的政策投票前,应该了解中国的今天,多倾听中国商人的意见。健全的商贸关系必须建立在互利的基础上。南先生认为魏京生和吴弘达对中国的现状太不了解,他们的见解显得荒谬无知……

后来的事大家都知道了。不久,美国众议院表决否决了"取消对华正常贸易关系"的议案。南存辉说:"我不知道自己的行为对最后结果起了多大的作用,但我尽到了作为一个中国人义不容辞的责任。"

太平洋对岸这么大的响动,国内媒体当然不会无动于衷,头条、粗黑的标题被转载再转载。

第二年春,九届全国人大三次会议在北京召开。民营企业依然是热门话题,"洛杉矶事件"也余温尚存,事件的主角还是本届全国人大代表。于是,"南存辉怒斥魏京生"又一次被京城的主流大报发掘出来,在庄严的人民大会堂里广为传播。

会议期间,时任中共中央总书记江泽民前来浙江代表团参加座谈。次日的《人民日报》头版头条刊发了这条重要消息,同时配发大幅照片。照片的画面为江总书记与两位浙江代表团代表亲切握手。画面右侧是公认的中国乡镇企业代表人物、杭州万向集团董事局主席鲁冠球,居中的正是事实上已逐步被普遍认

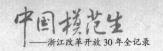
可的中国民营经济代言人南存辉。

在改革激荡中跃出潮头的浙江商人中风流人物无数，但如果非要推举所谓"第一人"的话，最没有争议的人选当属被普遍赞誉为"国家英雄"的万向集团鲁冠球了。鲁冠球的政治水性之娴熟堪称无人能出其右。

2008年春节前夕，我受邀参加万向集团的媒体答谢晚宴。这是一个小型的"圈内人"聚会，来的都是真正的老朋友。

端上的第一道菜肴，是鲁冠球宣布2007年度万向集团10件大事。以下两件大事我至今记忆犹新：一是2007年万向集团营业收入超过400亿元，出口创汇超过11亿美元，若加上全部关联企业，年度营业收入已达惊人的1000亿元；二是在2007年12月召开的中国共青团十五届六中全会上，鲁冠球的独子、万向集团总裁鲁伟鼎当选为团中央委员。

"政治"与"经济"，就以这样巧妙的方式走到了一起。鲁冠球极富感染力的爽朗笑声在大厅里久久回荡。

作为"我们完全没有预料到的最大收获"（邓小平语），20世纪80年代中国乡镇企业异军突起。鲁冠球亦随之异军突起，他几乎荣获了所有政治荣誉。那些年，全国性的大小评奖如果鲁冠球缺席，其权威性可能会遭到怀疑，甚至有人认为他将成为新时期的"陈永贵"。

中国革命博物馆曾派员前来鲁冠球的企业寻找最有历史价值的"改革文物"，就如同安徽凤阳小岗村那张摁满血手印的"生死契约"一样。他们开出的长长的文物征集清单包括：

——鲁冠球1969年企业初创时的铁匠铺照片；

——1986年，国务院将其列为中国第一个万向节出口基地的文件；

——1987年，美国合作方舍勒公司为表达对这位"农民企业家"的由衷敬意，赠送的一尊铜鹰的原件；

——1989年，国务院批准其为国家一级企业的证书；

——鲁冠球的有关日记、照片；

…………

媒体很快纷纷盯住了鲁冠球这一金光闪闪的"新大陆"，但许多记者从这位优秀企业家身上嗅出的是浓重的政治味儿。1986年4月，来自欧美、日本、澳大利亚等12个国家的43名记者联合到萧山采访。法新社记者事后播发的新闻标题是：《一位对共产党的哲学作出新解释的中国厂长》。

鲁冠球兴致盎然的政治追求并不是一路鲜花。

1986 年底，鲁冠球作为中国最优秀的共产党员代表来到北京，参加中共中央组织部召开的全国优秀党员、先进党支部交流会，并作"重点发言"。他穿着特意让妻子去萧山县城请最好的裁缝做的一套中山装上路。那是一个令人难忘的会议。他的发言很受关注，还得到了邓小平的亲切接见。

从北京载誉归来，在回萧山厂里的路上，前来迎接的县领导告诉他："老鲁，县里打算推荐你当人大副主任，有什么意见吗？"

"我服从组织的安排。"鲁冠球满面春风。

很快，县人代会召开，公布了 7 名候选人，他果然是其中之一。投票，选举，公布，鼓掌。万万没料想，落选的偏偏就是他鲁冠球，由此体会到的压力和苦闷可想而知。

很难确切肯定是否与这次挫折有何直接或间接的关联，但从那以后，鲁冠球没有再为自己谋求什么显赫的政治地位。他开始转而忠实地坚守自己农民企业家的身份，以稳健的实践、朴素的语言和恰到好处的敏锐思维，扮演起远远超越企业微观操作层面的思想者的角色。

迄今，只有初中二年级文化水平的鲁冠球至少发表了论文 100 多篇，几十次在全国各类学术评比中获奖。当中国企业面临起落沉浮的重要关口，我们总能听到鲁冠球发出的"大声音"：

——1988 年，鲁冠球提出了"企业利益共同体"的新概念，第一次对乡镇企业这种新型企业组织结构进行了系统的阐述。他还用生动的语言创立了口袋与脑袋的"两袋投入"说，表示应对乡镇企业职工进行物质上和思想上的双投入。

——1999 年，鲁冠球撰写的《中国乡镇企业分配方式初探》荣获全国企业改革 10 年创新奖，《论实践中的兼并》荣获中国企业家论坛改革征文二等奖，另一篇《虚事要实办，一步高一层》更被评为《半月谈》思想政治工作创新奖特等奖。这在当时的经济理论界已属于最高荣誉。

鲁冠球总是在关键时刻发出"大声音"

——1991 年，鲁冠球根据万向节厂自身在股权改革中的经验，大胆提出"花钱买不管"，大声呼吁为乡镇企业"松绑"，倡导"股份改革是乡镇企业走向规模经营的有效途径"。

——1992年，新一轮经济高潮骤然而至。鲁冠球的一篇《老虎出山好，猴子照样跳》，将国有企业与乡镇企业"虎跃猴跳"的改革锐气和自信刻画得畅快淋漓，一扫农民厂长们的恐慌和疑虑。

——1994年，鲁冠球理性地归纳了乡镇企业在制度创新上的三个阶段，多次撰文认为要"加快乡镇企业与现代企业制度接轨"。同年，万向集团主体企业万向钱潮股份有限公司的股票在深圳证券交易所上市，这也是中国第一只异地上市的乡镇企业概念股。

——1995年，鲁冠球提出培养民营经济"企业家群体"的新思路，并在万向集团大力推行先进的事业部制度。

从1969年的打铁铺到今天的国际级行业巨头，整整40年挺立潮头且如鱼得水般游走"政经"两端的鲁冠球及其万向集团，即使在全国范围亦称得上是十分罕见的样本。有人说他是"不倒翁"，有人赞叹他是"常青树"，这其间的奥秘显然不是在纯粹经济学意义的"企业家宝典"中能找到标准答案的。

有一年，新华社记者朱国贤以《鲁冠球"常青树"之谜》为题造访鲁冠球。双方的一段对话耐人寻味：

记者：你是第一代农民企业家里少数风采依然的"幸存者"之一。在数十年的创业中，你最重要的保养秘诀是什么？

鲁冠球：那就是不断地反思和超越自己。小心翼翼，去掉草莽气，呼吸新空气。

记者：那主要是靠自律了。

鲁冠球：就是靠自律。我们这些创业者是很奇特的，说有人管我们，似乎谁都可以来管一下；但是说没人管，又往往两头着空，事事要自己拿主意、担风险。

记者：也就是说，是处于一种权力的真空状态？

鲁冠球：是的，做人和做企业都必须学会自控，要有自我警觉心。我一直认为，唯有保持企业的常青和不倒，才有企业家的常青和不倒，为了企业的利益和前途，企业家应该敢于牺牲一切。

记者：你觉得这样的牺牲要到怎样的程度？

鲁冠球（沉吟片刻）：记得小时候听过一个传说，我现在常常会想起它。故事讲的是古代有一位炼剑高手，为了炼就一把天下无敌的宝剑，他不惜投身于火炉，与剑融为一体……

有关机构曾经在温州企业经营者中做了一次"温州老板与政治"的抽样调查。结果，有91%的被调查者表示"关心政治或非常关心政治"。

2002年11月，台州飞跃集团董事长邱继宝第一次以浙江省第一位民营企业家身份当选为中共十六大代表。2008年3月，鲁冠球、宗庆后、南存辉等12名民营企业家走进庄严的北京人民大会堂，占浙江省新当选的90名十一届全国人大代表的13%。

在最盛产老板的浙江，商人参政，无疑已成为21世纪政治生态圈的独特景象。从村、乡、县、市、省乃至国家级政治殿堂，各色老板的身影异常活跃，获得了改革前20年资本实力的深厚积淀，富人们的能量急切需要更高层面的宣泄。

有观察者认为，当今政治格局中的浙江民营企业主阶层大抵存在三种从政心态：

一是光环型从政。以当选各级委员、代表为政治荣誉或者政治资本，借此凸显自身的社会地位，显示得到官方承认，满足攀比炫耀的虚荣。

二是功利型从政。在国家仍强势把握着社会资源的当下，"曲线救国"，以参政来壮大企业。

三是公益性从政。走出个人或单一经济主体的狭隘心结，力图放大自己阶层的声音。

著名学者吴敬琏在其2001年出版的《改革：我们正在闯大关》一书中，对这一中国民营企业界日渐弥漫的"政治经济学"趋向公开表达了不满。他说，自己到一些工商界的朋友家去，看到他们书架上没有什么关于企业经营管理的书，却都有高阳著的《红顶商人胡雪岩》，以致"当官要看《曾国藩》，从商必读《胡雪岩》"成为了一句流行语。"这种情况使我很不安。"

事实上，也许被吴敬琏教授无意间忽略的是，"使我很不安"现象的背后，正隐藏了深埋于民营企业老板内心久久挥之不去的"不安"。

在浙江，类似柳市"八大王"事件的是是非非早已落满尘埃。但富人们仍觉得，自己得到的保障承诺是脆弱的。曾令他们有过无数次切肤之痛的"政治安全感"疑云，仍时隐时现。同时，所谓市场竞争也并不彻底，面对政府垄断性资源的"投资玻璃门"，留给他们的常常是苦涩与无奈。

至少到今天，浙江富人们这种缘于现实的焦虑和不安并未完全消散。

财富阶层的"灰色地带"

2004年初，所谓民营企业主的"原罪说"一夜发酵，截然相左的激辩声四起。

引燃争论的导火索，是 2003 年 12 月 31 日河北省政法委出台的《关于政法机关为完善社会主义市场经济体制创造良好环境的决定》。两天后，河北省委、省政府批转了这个文件。

文件关键的第 7 条规定：对民营企业经营者创业初期的犯罪行为，已超过追诉时效的，不得启动刑事追诉程序；在追诉期内的，要综合考虑犯罪性质、情节、后果、悔罪的表现和所在企业在当前的经营情况及发展趋势，依法减轻、免除处罚或判处缓刑。

该文件的核心精神，被解读为官方不赞成追究"原罪"，但不追究也就意味着认定了民营企业主——哪怕是曾经的——"原罪"的存在。

"原罪"本是西方宗教术语。《圣经·旧约·创世记》第三章说，上帝造出亚当和夏娃之后，两人因为受蛇的引诱，偷吃了伊甸园中的禁果。这一罪过，成为整个人类的原始罪过，即"原罪"。

针对 21 世纪初的中国民营企业主而言，所谓"原罪"，就是指他们在改革初期财富积累过程中难以洗脱的深重的罪过。主要表现为：假冒伪劣、行贿钻营、偷税漏税。

"原罪说"既出，来自政府、学者、民间的观点不外乎三种：一是"大赦派"；二是"清算派"；三是既不赞成"一律宽大"，也不赞成"彻底追究"的"折中派"。

这就像一场光天化日之下的缺席公审。不论具体观点有何分别，审判者的一个共同认定是：民营企业主大部分"曾经有罪"。他们以自诩的道德优越感，俯视着虽然拥有巨大财富却只能被动等待发落的有产者们。

"原罪说"并无法律意义的个案价值，事实上也没有哪个民营企业主因为所谓"原罪"被追诉且走上审判台。这是社会公众积蓄已久的某种情绪的宣泄，折射出了在改革走过 20 多年坎坷历程，鼓励、保护非公有制经济的文件也已下发无数次之后，对待迅速膨胀的私有财富及其拥有者阶层的真实的集体性姿态。

作为中国富人总数最多及比例最高的省份，"原罪说"在浙江并没有掀起多少波澜。但由于浙江富人的游商特性，改革开放以来商业活动的足迹遍及大江南北，他们仍然被无情地置于全国范围审视质疑的聚光灯下。

响动最大的事件，莫过于从 2001 年至 2006 年关于温州老板——浙江富人的代表群体——全国性炒房、炒煤、炒油、炒棉的连锁批判风潮。

中国沿海城市第一波楼市暴涨的行情，大约始于 2001 年。对大多数城市民众来说，这可能是改革开放以来最具震撼力的一次资产性分配机会，其力度和广泛度甚至远超更早兴旺的股市。有关机构前不久调查显示，杭州户籍居民的家庭总资产中,房产比重占70%以上,而房产价值在过去8年间普遍上涨了数倍。购房多少及购房早晚,几乎成为某个家庭间平民、小康或富裕分层的决定性因素。

偏偏又是已经富得流油的温州人美滋滋地喝上了"头口水"。他们在全国各地大肆购房炒卖,无非仗着自己口袋里有钱、有资本。说他们"炒房"那是客气的,说重了就是大白天"抢钱"!

关于温州人炒房的疯狂,许多媒体做过绘声绘色的长篇报道。我们不妨摘要如下:

温州炒房者究竟有多少人、动用了多少钱?比较受认同的说法是10万人,1000亿资金。最夸张的版本则是10万人,5000亿资金。

史上最牛的温州炒房者又是谁?有报道称此人在上海,乐清籍人士,姓名不详。他喜欢将所购置房产的钥匙环挂于腰间,一共60把。据说,此人的房产几乎全部租了出去,但极敬业,每天的唯一工作就是按照钥匙的顺序,挨家收租金。一天两户,轮一圈,一个月正好做完功课。这活脱脱一个现代城市版的"刘文彩"。

北京一家著名媒体对此的评点是结论式的:狼来了!这批来自南方的狼并不孤独,而是成群结队,穿行于城市。狼过处,寸草不生!

在有关温州炒房者的传播中,最为耸动、最吸引眼球的猛料当属"炒房团"。

2001年8月18日清晨,一支奇特的队伍出现在上海火车站。他们高举着《温州晚报》的牌子,但不是记者采访团;他们提着花花绿绿的旅行袋,但也不是旅行团——这就是见诸报道的第一支成规模的"温州购房团",民间俗称"温州炒房团"。

后来的报道说,这支由《温州晚报》广告部组织的"炒房团"总数为117人,

让人又爱又恨的"温州炒房团"

涉足的上海楼盘包括"新加坡美术馆"、"菊园"、"怡景园"、"四季之门半岛花园"等5个,一次性下单共1000万元。经《新民晚报》等许多新闻机构的滚动追踪报道后引起了巨大轰动,"温州炒房团"一夜之间成了声名远扬的另类品牌。

事实上,由于温州购房者的纯民间性,其购房行为是广泛而散漫的,地域跨度极大,但是在意图谋取房产商巨额广告费的媒体统一操作下,并借助了媒体天然的公信度及传播话语权,温州购房者摇身一变成了"有组织、有预谋"的"炒房团"。而有钱人一旦"有组织、有预谋",什么坏事干不出来?

我们不难观察到,在沿海大批城市的本轮房价长达数年持续飙升的过程中,一些地方政府和房产开发商是攫取最大红利的合谋者,媒体亦从自身利益出发推波助澜。而温州商人只是凭借其投机天赋及相对雄厚的资本积累,顺势分得了一杯羹罢了,但却被上述各方联手推上前台,背负骂名。谁让他们改革之初依靠"假冒伪劣"捞得"第一桶金",本来就形象不佳、名声不大好呢?

温州富人炒房风声正紧,炒煤、炒棉、炒油风潮又铺天盖地而来。

——在煤海山西,境内60%的中小煤矿(包括地方国有煤矿和乡镇煤矿)已经被温州人鲸吞,投资额高达40亿元,控制的煤矿年产量达8000万吨以上。这一产量是山西省煤炭年产量的1/5,全国煤炭年产量的1/20。

——在全国棉花主产地新疆,数以千计的温州人携带资金100亿元入市。在抢购战中,各棉区每公斤籽棉的收购价由1.6元飙升到8元以上。温州商人在当地开办的棉花一条龙加工厂也骤增至300家。

——温州"炒油团"则是从陕北转战新疆。仅以新疆为例,温州人即控制了约120口油井,投资总额18亿元以上。如算上后续加工的炼油设备等,总投资将超过50亿元。

被媒体披露、曝光的数字十分惊人,被记者发掘出来的许多细节可谓触目惊心,却往往难以查证。比如,"在太原街头,你随便拦下一辆高级轿车,十之八九就是温州煤老板。林肯、悍马、保时捷应有尽有"。再比如,"在陕北打一口井只需十几天,投资约50万元。一年的产值就是投资额的两倍,除去开支,年利润至少有50多万元,当年返本"。

动辄数亿元的投资,轻松赚取成倍的高额回报;屁股坐的是高档名车,手里玩的是煤炭、石油、棉花等国家战略资源。如此温州富人,不是令人作呕的"蝗虫"又是什么!

在这里,我更愿意花费笔墨,记录有关温州女子王荣森的故事。一个我两次面对面采访过的"温州炒油客"真实的血泪故事。

王荣森原名王月香，温州最穷的文成县的一名普通女子。在温州卖过皮鞋，后来和丈夫一起跑到西安做服装批发生意。一次旅途中，她遇到了因口袋空空而陷入困境的陕西地质学院教师屈茂稳。不由分说，她硬塞给对方 1500 元救急。事后，为了表示谢意，屈老师告诉王月香，陕北有石油，开采利润肯定比卖服装高。再说政府鼓励民间到贫困地区投资，产出的石油国家也全部回收。

王月香的命运就此改变。

1996 年 11 月 18 日，王月香拉上屈老师包车赶往延安甘泉县。3 个月后，终于在东沟乡李湾村一带找到了出油较为稳定的油层。专家测算，最初的 3 口勘探井需投资 480 万元。但王月香夫妇多年辛苦积蓄仅 250 万元。一咬牙，她跑回老家动员亲朋好友入股，费尽口舌总算凑足了 480 万元。

高高的井架矗立起来了，日夜难眠的王月香干脆就把铺盖搬到钻架下的临时帐篷。大西北的风沙很快将她的脸庞剥蚀得如同黄土高原般沟壑纵横，只有那口白灿灿的牙齿，让人依稀记得她本是江南女子。

1997 年 5 月 12 日，因劳累过度中暑，丈夫蔡高锡倒在了井架旁。当天下午 4 时，蔡高锡即撒手离世。

丈夫倒了，王月香并没有倒下。她把自己的名字改成了王荣森，她需要男人一样的坚强。

守寡一年零两天后，王荣森的油井喷出了黏稠浓黑的原油，但欣喜若狂的她万万没有想到这一切竟是昙花一现。由于技术等原因，这 3 口井出油仅两三天便油层凝固，成了枯井。紧接着与温州一家鞋业公司联合开发的第四口探井，又因接错管子而在出油后不久变为废井。这几口井的直接损失高达 700 余万元。

为了翻本，为了还债，2000 年，王荣森辗转来到甘泉相邻的靖边县继续开采石油。先是投资 280 多万元打了一口井，油层还挺好的，不料压裂时管子被压破。再砸进 148 万元将井修好，但出油量少得可怜。此后的几度尝试也以失败告终。

王荣森濒临崩溃。她无助地回到甘泉，日夜徘徊在丈夫曾经倒下的油井边，一遍又一遍地流泪，像祥林嫂一样一遍又一遍地向路人诉说她的油井故事。

接二连三的厄运，使王荣森背上了大山一样沉重的近千万元债务。房产和值钱的家具早已变卖，但仍是杯水车薪。走到尽头的王荣森已经开始为吃饱肚子发愁了。百般无奈之下，这位曾经的百万富翁只能到当地人家中做保姆，每月收入 300 元。

老家文成是不敢回了，讨债者如云。王荣森最牵挂的是自己才 13 岁的小儿子："我已经没钱供他读书，只能靠我 70 多岁的老母亲到处借钱撑着。"2002 年，王荣森偷偷摸回一趟老家。等待她的是更大的打击——她的宝贝儿子早在4年前就已溺水身亡，老母亲一直瞒着她。

王荣森最后一次出现在公众视野大概是2003年。据那位浙江记者报道，当时，王荣森孤独地躺在甘泉县的一家小医院里，憔悴得几近枯槁。此后，她与所有人失去了联系。

"石油梦"至死不灭的王荣森

故事还没有结束。谁也没想到，2008年6月，当纪念改革开放30周年的气氛在温州愈来愈浓的时候，多年杳无音信的王荣森居然又在当地一家电视台的访谈节目中出现了。这是一档关于她一个人的节目，题目是：《超越生命的力量——王荣森的故事》。她说，她已经回到温州，做些小生意，有生之年必须把欠下的钱全部还清。她没有告诉大家自己曾经过得有多苦，她说得最多的仍然是她和她丈夫的油井和梦想。

长达几十分钟的一档节目，王荣森除了流泪还是流泪。

王荣森的故事并不能代表所有的浙江富人。但可以肯定的是，无数已经成功或曾经失败的浙江富人都品尝过王荣森式的辛酸与血泪。

浙江以个体、私营为先锋的民营经济是一种面向全国实行大规模交换的开放性体系。与这种所谓"小商品大市场"格局相适应的，是一种在户与户、村与村、乡与乡甚至县与县之间实行专业化分工的生产技术网络。同时，绝大多数小商品的生产或经营环节很少存在足以产生垄断的进入壁垒，往往出现在一定的区域内，家家户户都按照分工的需要，共同生产或销售某类产品的所谓产业集群现象。只是在20世纪90年代之后，经过激烈的竞争筛选，一批经营者脱颖而出，逐步催生了某类产品专业领域的龙头企业。

因此，浙江富人们的财富获得具有明显的非垄断性和相对的"均富"特征。这同时注定了浙江富人们创造财富的历程从总体上是"阳光"的，没有捷径，唯有放手一搏和几多艰辛。所谓"假冒伪劣、坑蒙拐骗"等"阳光"下的阴影，显然是阶段性的,是从过去走向未来难以完全避免的发展代价。

值得注意的,是政府与公众对待改革中快速崛起的新生财富阶层的态度。千年以降,私有财产的罪恶感在中国社会价值体系中从未淡化。自改革开放始,"一部分先富起来"的人所造成的强烈的社会心理震荡以及贫富分化所带来的不容忽视的社会困局,更令许多人关注财富阶层的目光变得十分微妙和复杂。

我们发现的一个有趣现象是,在公众舆论对财富阶层的宽容度、认同度上,盛产老板的浙江高于全国,而老板最密集的温州又高于浙江全省。

据 2000 年中国人民大学社会调查中心组织的一项全国抽样调查,当被问及:您认为在如今社会上的富人中,有多少是通过正当手段致富的?回答不太多的占 48.5%;回答几乎没有的占 10.7%;回答不知道的占 20.8%;仅 5.3% 的人表示有很多。

恰巧,2000 年 5 月,温州也做了一次关于财富来源的调查问卷。在足以代表温州民间声音的 156 份有效卷中,有 57% 的答卷者认为温州老板们的钱是靠才能挣来的;有 37% 的答卷者认为是苦干得来的;只有 5 个人怀疑老板们的财发得不明不白。

2001 年 3 月,《温州晚报》再次推出"谁是温州青年的偶像"的大型调查,反响强烈。在包括薄熙来、雷锋、张艺谋等全部 10 名当选者中,正泰集团董事长南存辉以占总票数 9.78% 的 148 票名列第四。对他的评价是:"中国新兴民营企业的代言人、温州人奋斗发家史的缩影。"

享誉世界的社会学家马克斯·韦伯提出用收入、声望和权力三个维度的统一来研究人们社会地位的差异,这一"三元分层标准"被各国广泛采用。

从以上所述的两次调查不难看出,以温州为代表的浙江富人们虽无多大的权力,却普遍获得了声望高分,实现了收入与声望的统一。

社会学研究中有"先赋因素"和"自致因素"之说:先赋因素,即出身、性别还有独具中国特色的城乡、行业、单位级别等先天具有的特征;自致因素,即通过自身后天努力而获得的能力。如果决定收入的诸要素中,先赋因素起了主导作用,这样的机制就是非市场化的,不公平的状况就会相当突出;如果自致因素起了主导作用,这样的机制就是市场化的,就是公平的、竞争性的。

在浙江,对个人致富起主导作用的无疑是自致因素。改革开放 30 年来,这片土地上先富起来的庞大群体中,你很难找到背景显赫的权贵者。无论是行商走贩、家庭作坊主还是大规模的企业集团的掌门人,没有谁能独享垄断性的"保护地",彼此走向富裕的起跑线是一样的。

在这样的社会坐标系上,成功者必然能赢得掌声和喝彩,仇富心态注定是没有市场的。

2004 年 8 月 28 日晚 7 时,促进非公有制经济发展座谈会在温州城西的景山宾馆举行。座谈会的主持人是国务院总理温家宝,发言主角是当地的 9 位私营企业主。

此前的 4 月与 7 月,同一主题的座谈会已分别在北京、南昌、青岛举行了 3 次。但只有在温州会议上,私营企业主担当了真正的主角。

9 位私营企业主原定 3 人发言,每人 10 分钟。温家宝临时动议让每个人都谈谈,并取消了事先安排的浙江省领导汇报。对大家的发言,温家宝不时关切地插话询问,企业主的紧张感渐渐消失了,说情况、摆困难,甚至诉苦,气氛宽松而活跃。

会议中,一份促进非公有制经济发展的文件未定稿发给了每位企业主,讨论之后又收回。座谈会的唯一目的,是征求对这份文件的补充修改意见。

这份文件,就是备受瞩目和期待的"非公经济 36 条"。2005 年 1 月 12 日,温家宝在北京主持国务院常务会议,确定通过了文件。2 月 24 日,文件下发,正式名称为:《国务院关于鼓励支持和引导个体私营等非公有制经济发展的若干意见》。

"非公经济 36 条"的最大亮点,是新中国成立 50 多年来第一次以中央政府文件的权威形式,明确赋予非公有制经济国民待遇——允许非公有资本与国资、外资一样,进入法律法规未禁止的行业及领域。其关键词为 4 个字:消除歧视。

而"消除歧视",正意味着将民营企业深陷灰色地带的歧视是一直存在的。既存在于形形色色的红头文件里,也存在于不同阶层公众怀疑的目光中。

父辈旗帜下的"富二代"

浙江富人的焦虑不仅仅源于"外面的世界"。同样,他们已经听到了来自家族内部令人紧张不安的异响。

2007 年 5 月 15 日上午,宁波慈溪市委党校一间会议厅里举行了一场特殊的"开学典礼"——"宁波家业长青民企接班人专修学校"首期开课。这所学校被媒体认为是中国首家民营企业接班人的"黄埔军校"。

据报道,首期"家族企业接班人专修班"共招收了 30 名学员。其中 10 人已是家族企业的总经理或董事长,另有数人任"总经理助理"或"副总经理",其余尚未在家族企业任职。学员的家族企业资产规模在 5000 万元至 15 亿元,绝大部分为"80 后",最小的生于 1986 年。

该校总务部主任蒋大成称,这些学员在交付 1.2 万元学费后,将接受 10 天的培训。课程分"修身立志"、"创业兴业"、"管理实务"、"企业交接班"、"互动交流"等 5 个单元,教授者多为国内知名学者,也有现身说法的浙商。培训方法是"专家讲解点评 + 案例分析 + 现场答疑 + 情境模拟"。

在事后央视播出的专题新闻画面上我们看到,在这里,"接班人"们要从待人接物的点滴学起,包括吃西餐以及与商业伙伴打交道的技巧。教学语言则极为生动、实用——

老师:"任性、意气用事,绝对不适合市场经济。因为你们将身处商场,什么叫商场?是可以商量的地方。没商量,什么事情都没商量还行吗?就得商量嘛。尤其是经商,尤其是办企业,充满了商量。"

这所民企接班人学校的创立者本人就是颇有名气的私营企业主:宁波方太厨具有限公司董事长茅理翔。茅理翔于 1985 年创办慈溪无线电厂,曾被外商誉为"世界点火枪大王"。1995 年转轨创办的方太厨具公司迅速成长为中国厨具产业的领袖企业之一。

与埋首实战不擅理论的浙商群体相比,茅理翔擅长家族企业研究,以精于思考的"学者型企业家"形象脱颖而出。2002 年,他将公司交给了上海交大毕业的儿子茅忠群打理,自己也并没有闲着,而是将时间分成了"三个 1/3":1/3 的时间到全国各地的企业、论坛或大学讲课,几年下来演讲达 250 多场,"可能是浙商中演讲最多的";1/3 的时间用于读书写文章,他已经撰写了《管理千千结》等 4 本与管理有关的书籍,第五本家族企业研究专著《家业长青》也已出版;另外 1/3 的时间用于接待各地学者等来访的客人。

茅理翔在接受媒体采访时反复强调,自己办接班人学校的目的,就是要"使中国家族企业'家业长青',破除富不过三代的魔咒。这个问题很急迫"。

问题的确相当急迫。

据浙江有关机构 2008 年公布的一项调查显示,全省数十万家民营企业中,80% 是家族企业,而家族企业中已有 80% 以上面临接班人问题。在回答"当前面临的最大困难是什么"时,有 13% 的民营企业主认为是资金短缺;有 10% 认为是产品质量和技术创新;而有 77% 的民营企业主承认,最严峻的是如何抉择掌门人。"未来 5—10 年,将是浙江家族企业新老交替的动荡期。"

来自麦肯锡咨询公司的统计分析也不乐观:全球范围内,约有 70% 的家族企业未能传到下一代;有88%未能传到第三代;只有3%的家族企业在第四代及之后仍然存活。难以传承的原因有很多,缺乏"忠诚家族、技能卓越"的"又红又专"的接班人,是家族企业的头号杀手。

虽然建立现代企业制度、引入职业经理人已经成为时尚话题,但浙江绝大多数"第一代"民营企业主首先考虑的接班人,毫无疑问仍是血脉相通的子女。至少从东方式情感上说,这是确保自己辛苦打拼而来的江山"永不变色"的最佳交班方式。

他们被形象地称作"富二代"。《凤凰卫视·鲁豫有约》2007年12月曾经采制过"我是'富二代'"的专题访谈节目,收视率颇高。其间,对所谓"富二代"有过如下定义:20世纪80年代出生,继承过亿家产。他们拥有先天殷实的家族产业,他们拥有与众不同的童年生活,他们拥有出人意料的情感世界。

很少在媒体露面的万向少帅鲁伟鼎

应该不属于巧合,节目约请到的4位青春飞扬的年轻嘉宾均为浙江"富二代"。在父辈辉煌创业的旗帜下,在这个富人云集的省份,"富二代"们以其神秘而新鲜跃动的姿态,越来越频繁地闯入公众关注的视野。

成功接班的案例已经不少,鲁冠球之子鲁伟鼎可能是最具眼球效应的一位。

1971年出生的鲁伟鼎是鲁冠球的独子。我是1988年第一次见到稚气未消的他,那时他刚刚进入万向集团,并陆续在各种基层岗位轮转。1992年,他开始一跃而出任集团副总裁,1994年,23岁的他担任集团总裁。1999年,鲁伟鼎飞赴美国哈佛商学院读书。回国后继任集团总裁。

2001年6月14日,鲁冠球曾向全公司下发了一道关于接班人标准的"手谕",大致意思是:有德有才,大胆启用,可三顾茅庐,高薪礼聘;有德无才,可以小用,通过教育培训,视其发展而定;无德有才,绝对不可用,若其伪装混入,后患无穷;无德无才,可以不用,但可让其自食其力。

鲁冠球精准而严格的用人之道,被赞誉为创造"万向神话"的重要秘诀之一。他的妻子章金妹是 1967 年参与创业的"七元老"之一，却一直在一线车间做钻工直至退休。

对于为什么最终"钦定"鲁伟鼎，鲁冠球多次有过公开的说法："现在先选择儿子。如果以后有能力超过他的优秀人才冒出来，只要能把企业搞得更好，能为农村富裕作出更大贡献，也可以再调一个，是可以改变的嘛。"

这番话，是鲁冠球对公众的解释，同时不妨理解为是给鲁伟鼎的"考察期"压力。

但至少到目前为止，鲁冠球给鲁伟鼎亮出的是满意分。

除鲁伟鼎外，经常被媒体列举的还有：

——徐永安，横店集团徐文荣长子，2001 年接班。徐文荣有两个儿子一个女儿，交托帅印后，为避免家族冲突，徐文荣把其他两个孩子"请出"横店集团。女儿、女婿远走香港搞文化产业，小儿子则在本地经营另一家公司。徐永安在集团总部给父亲留了一间宽大的办公室，但徐文荣从来不去："去干什么呀？他做得好也罢、不好也罢，我不管的。"

——楼明、楼江跃，广厦控股公司董事局主席楼忠福之子。两人分别于 30 岁和 25 岁时接任总裁及董事局副主席职位，成为楼忠福打造广厦帝国的左膀右臂。

——苏显泽，中国最大的炊具企业浙江苏泊尔炊具股份有限公司创始人苏增福之子，23 岁出任公司总经理。2007 年，父子两人联手将公司控股权转让于法国 SEB 并成功套现 4.6 亿元，并以中国"反垄断审查听证第一案"轰动一时。

"打虎亲兄弟，上阵父子兵"，用这句中国古语比照民营企业主的交班心态恐怕再贴切不过了。在已知的浙江"富二代"接班人故事中，基本上是子承父业，少有小女子的插足之地。娃哈哈集团董事长宗庆后独女宗馥莉的"接班"传闻，则是在 2007 年娃哈哈与法国达能爆发世纪之战时，逐渐浮出水面。

作为唯一的"娃哈哈公主"，1982 年出生的宗馥莉很长时间从未引起过公众注意。她初中毕业即出国留学，1998 年 9 月至 2002 年 9 月，就读于美国南加州大学，主修国际贸易。2004 年回国后又在国内某高校攻读工商管理硕士。

2005 年 3 月，宗馥莉就任杭州娃哈哈萧山二号生产基地管委会副主任，该基地现有饮料、方便食品等 6 家企业。2005 年 7 月至今，又兼任娃哈哈童装与娃哈哈卡倩娜日化有限公司总经理——事实上已接管娃哈哈多元化业务。而更早的 2003 年，拥有美国国籍的宗馥莉就已出任在英属维京群岛注册的恒枫贸易有限公司董事长。恒枫贸易日后成长为宗氏家族海外离岸公司的旗舰，掌控了大量利润丰厚的与达能无关的非合资公司。

宗馥莉究竟会不会接班娃哈哈?针对外界被迅速引爆的浓厚兴趣,宗庆后的回答是:"不排除这种可能。"

从内心深处,宗庆后对公开谈论与自己退休有关的所谓"接班人"问题是相当反感的。娃哈哈是宗庆后一手拉扯大的,那是一种渗透灵魂深处水乳相融的情感。

宗庆后甚至扬言自己可以在岗位上干到 90 岁:"我看我还能干很多年。宗氏家族有长寿的光荣历史。我父母 80 多岁了,我的一个姑姑 90 多岁时身体依然硬朗。兵荒马乱的岁月,我爷爷还活了 70 多岁呢。我对自己也持乐观态度。"

但没有人能最终逃脱老之将至的宿命,毕竟宗庆后已是年过花甲,更何况宗馥莉是自己唯一的爱女。最终,接班人问题还是不动声色地摆上了议事日程。

刘华和左志坚合著的《出轨》一书认为,宗庆后意识到要扶持女儿上位,就必须培养她控制局面的威望。为此,近几年宗庆后马不停蹄地在娃哈哈集团内部展开了一系列针对性人事安排。

宗庆后一向是个大权独揽的强势人物,他甚至从来不设集团副总经理。他周围许多核心部门的负责人都是女性,"因为女同志听话。"

这一次,他的人事安排最简单的手段就是换人,用年轻人代替喜欢摆资格的老人。原因是同样的:"年轻人比较听话。"

被调整的是一批各地分公司的总经理。"他们手里掌握着娃哈哈产品的生产和调度,权力很大。"

直到今天,宗庆后这颗悬在娃哈哈人头顶上的太阳灿烂依旧,炙热如常。准接班人宗馥莉则好好学习,天天向上,迅速而茁壮地成长着。

以上我们描述的都是超级企业的超级"富二代"。庞大的资产所带来的巨大压力及荣誉感,驱使着他们担当责任,激流勇进。

有点麻烦的是占浙江民营家族企业 95% 以上的中小型公司。

浙江一家媒体 2006 年发起的《浙江商人培育继承人方式的调查》一文提供了这样的数据:有 37% 的"富二代"表示希望能自己创立一番事业;另有 45% 的人则认为目前还不具备接班的各项素质,不愿意接受其父辈的事业。

无论是能继承过亿元家产,还是数千万元或数百万元家产,大小"富二代"们与 80% 出身农民、80% 只有初中以下文化水平的父辈们相比,最大的差别是普遍拥有令人羡慕的高学历,而且往往都有英、美名校的海外高学历。

这就决定了他们眼界开阔,志向高远。而父辈们创立的中小企业基本上都是劳动密集型传统制造业,经营艰辛、利润微薄,听上去很美的"接班"其实接的是苦差使。

民营企业大市义乌就接连传出过"富二代"打广告卖厂的消息。在"中国衬衫之乡"义乌苏溪镇，一位29岁的小徐老板为了赶紧将年销售额近千万元的厂子转手，甚至闹到要和作为创始人的父亲脱离关系。结果，父亲气急病倒，厂子还是被人买走了。

"接班人"问题已经让浙江民营企业主们焦虑不安了，一些"富二代"依仗万贯家财而飞扬跋扈的出格之举更令他们日夜心惊。

新华社记者方益波、朱立毅在一篇现场报道中披露，2004年12月2日凌晨，浙中一家大型民营企业董事长之子、30岁出头的张敏（化名），驾驶一辆奔驰车回到自己居住的高档楼盘诸暨市桂花园小区。由于喝得酩酊大醉，便停下车在小区鱼池边呕吐。值班保安周位春上前询问，认为自己被冒犯了的张敏喝令周位春"跪下"，随后赶来的其他保安劝说、道歉都无效。

张敏打电话从桂花园中招来几个同伙，开始与保安互相推搡。张敏还宣称"丢了一块5万元的手表"。随后，他又拨电话说"兄弟我被打了，你们快来打死他们"。很快，从外面冲进了两批30多人，保安队长陈某被追打得跳入鱼池。

因为寻不到已经四散而逃的保安，张敏就说去找物业公司的老板，也就是诸暨大酒店的老板算账。他在小区的每个大门布置三四人把守，不让人进出；另一伙人又分别开着奔驰、宝马呼啸而去。

诸暨大酒店是一家涉外三星级宾馆，2003年刚按四星级标准装修过。监控录像显示，张敏等人闯入后，用大堂内的花盆、垃圾箱将两部电梯堵死使其无法运行，并将大堂吧的椅子、沙发、茶几等搬到大厅门口堆着以阻止出入。

110民警旋即赶到。但这伙人丝毫未将闪烁的警灯和赶到的民警放在眼里，继续动手砸破了吧台保鲜柜和酒店前门玻璃，遍地碎片。酒店员工说，亲耳听到张敏叫嚷着如果今天不把保安交出来并下跪就要砸光酒店。住店的几名外国宾客也被惊吓得连夜退房。

两位新华社记者的报道标题充满了忧虑——《民营企业家之子聚众打砸"富二代"将走向何方》。

的确，不知将走向何方的浙江"富二代"仍是一个摇摆不定的悬疑。这不仅关乎家族的命运，同样关乎改革后30年民营经济的命运。

在2004年举行的一次浙江民营企业CEO圆桌会议上，正泰集团公司董事长南存辉阐释了关于接班人问题的想法。他说，正泰集团共有100多个股东，其中有9位出任高管。公司鼓励这些高管的子女念完书以后不要进正泰，要到外面去打拼,并在打拼过程中对他们进行观察和考验。"若是成器的,可以由董事会聘请到正泰集团工作;若不成器,是败家子,我们原始股东会成立一个基金,请专家管理,由基金来养那些败家子。"

设立"败家子基金"传递给我们的是浙江民营企业主的明智和清醒,也可以说是一种无奈吧。

【浙江改革史档案】
私企浙江传化集团建立党组织的启示

中央最高层对新华社关于传化集团建立党委的内参稿件给予高度重视并作出批示,无疑是浙江民营企业政经生态的重要转折性事件。

以下是由新华社浙江分社记者慎海雄采写的这篇内参稿件全文。摘自对外公开的中共杭州萧山区委组织部主办的萧山党建网。

新华社杭州讯 浙江省最大的私营化工企业——浙江传化集团自1998年成立全省私营企业第一个党委以来,在发挥党组织的政治核心作用、妥善处理党组织与私营企业的关系等方面进行了有益的探索。

由萧山市老农徐传化和他的儿子徐冠巨一手创办的传化集团,经过13年的发展,目前已拥有3亿多元资产、1100多名员工、8家子公司。集团年销售额达6亿元,还与4个国家和地区展开了技术合作。随着人才的引进,集团内党员的比例也在不断增加,到1998年,共有正式党员104人。面对党员队伍的扩大,身为全国政协委员的传化集团总裁徐冠巨提出了一个大胆设想:能否在私营企业建立党组织,使党员的组织生活规范化,让他们有一个自己的家?1994年下半年,集团主动找当地党委,要求成立党支部。上级党委经过认真调查,决定予以批准。1995年4月,传化集团成立了党支部;1998年9月,集团建立了党委,下设4个党支部。

传化集团建立党委后,集团把党建工作列入企业的发展目标,把爱党爱国、遵纪守法、共同富裕、稳健发展作为企业的宗旨,写入企业发展纲要。由于集团董事会是徐传化父子3人,在决策上有一定局限性,集团组建了由党委参加的集团管委会,作为最高决策机构。党委委员、各支部书记参加总裁办公会议,对决策作进一步论证。这样,对企业发展的重大决策,党委和党支部就能够把握方向,出谋划策,以确保决策的正确性。集团党委还与企业各部门协调,充分发挥工、青、妇的作用,同心协力,共同办好企业。

时间、场地和经费是企业党组织开展活动的三大基础要素,集团董事会全力予以支持。集团党委书记苗裕华说,从几年的实践看,集团党建活动已经做到了三个保证:保证时间、保证场地、保证经费。党员参加党组织活动的时间,集团均按出勤计算。为保证党组织活动的顺利开展,集团拨出专项经费,建立了党建活动室和业余党校,并设立了党委会议室和接待室。集团在经费开支上不加限制,凡党建活动的经费都由党委书记一手审批。

传化集团建立党组织的实践有着以下启示:一是私营企业建立党组织,不仅拓展了党组织在非公有制企业的活动空间,也保证了企业的健康发展。目前,浙江省共有168万多家个体、私营企业,大部分尚未建立党组织。而传化集团总裁徐冠巨说:私营企业不能没有党组织,不能没有党员。在这家私营企业里,党员职工出现了"四多一少"的现象,即党员队伍中骨干多、先进多、完成任务多、勇挑重担多,违纪违规少。二是私营企业只有放心、放胆地让党组织发挥政治核心作用,才能真正形成企业发展的合力。在传化集团,党组织成了企业与职工沟通和理解的重要渠道。随着大批党员充实到传化集团的中高层管理队伍中去,集团的整体素质逐渐提高,社会信任度也大为增强。三是各级党组织在私营企业建立党组织的问题上,应该主动上门做工作,切实创造条件。目前浙江个体、私营企业有420多万从业人员,在人数如此众多的领域里,不能没有党组织的存在,党建工作应该同步跟上。各级党组织应理直气壮地把个体、私营企业的党建工作抓起来。

饱暖思民主

人生的目的，最初无非丰衣足食，既能温饱，则求繁富。然后得陇望蜀，憧憬于权力。

——黄仁宇：《资本主义与 21 世纪》

我们可以说"不"

2001 年 10 月 15 日，北京大学法学院举办"中国选举制度改革理论讨论会"。

参加讨论会的都是大人物。有中共中央政策研究室、全国人大法工委的高官，也有北京大学、清华大学、中国政法大学等名校的法学教授。

而只有小角色吴锡铭是一个异类。他的职务全称为：浙江省温州市瓯海区梧埏镇寮东村村民委员会主任。但吴锡铭在本次讨论会上所享受的，却是重量级专家的待遇。

应本次讨论会主持人、北京大学法学院蔡定剑博士之约，吴锡铭撰写了《村民委员会组织法立法解释建议稿（初稿）》，共 10 章 48 条，约 2 万字。在讨论会上，他就这个初稿作了整整 20 分钟的发言。会场响起了长时间的掌声。

当晚，应清华大学法学院邀请，吴锡铭又走进了设在明理楼的模拟法庭。没有任何讲稿，这位只念过 5 年书的南方农民为法学院的博士、硕士研究生一口气作了一个多小时的学术报告，题目很大也很专业——《村民自治组织的发展与创新》。之后，学生们开始提问。面对颇为尖锐的问题，吴锡铭坦然自若地一一作答。他的温州普通话不太好懂，却很生动。热烈的气氛中，原定晚上 8 时 30 分结束的报告会一再后延，直至 9 时 10 分经主持人干预才谢幕。兴致极高的学生们又在门口将吴锡铭堵住，他们完全被吴锡铭所描述的原生态的乡村民主故事吸引了。

吴锡铭充满魅力显然是有原因的。有关他的介绍是：《中华人民共和国村民委员会组织法》正式颁布实施以来，领导策动中国第一起由村委会合法主持的"村民罢免村委会主任"民主运动的"反对派领袖"。在领导运动成功罢免原村委会主任3个多月后，他被高票民选为新一任村委会主任。

章敬平在《浙江发生了什么》一书中，清晰再现了这一历史性事件的关键细节。

1999年5月24日上午，潮水般的人流早早就将设在梧埏镇第二小学操场的临时会场挤爆。为举行有史以来首次罢免村委会主任的村民大会，学校特地放假一天。空气中流淌着令人窒息的紧张与躁动。新闻记者们来了，官方甚至派出了一个由省、市、区、镇民政和人大组成的阵容堪称豪华的指导小组。学校门口也站满了一排"红袖章"，不相干的外村村民以及没有工作证的陌生脸孔一律不得入场。

所有迹象都表明，要出大事了。

9时许，村民大会开始。相关流程均严格依照1998年11月4日实施的《中华人民共和国村民委员会组织法》第16条规定的罢免村委会成员的法定程序。

作为被推举的村民代表，受联名要求罢免村委会主任的496位村民的委托，吴锡铭缓步登上主席台，首先宣读罢免理由："现任村委会主任潘洪聪于1996年当选。自任职以来，没有依法经营管理村级集体资产，在土地问题上利用职权侵占村民合法权益。财务管理失控，村财务从没有公开，村民对此意见极大。"

吴锡铭列举了瓯海区农村合作经济审计总站的审计报告为指控依据。该报告清楚显示，寮东村财务管理十分混乱，支出凭证85%是"白条子"，各项吃喝玩乐开支计66.42万元，占全村总收入的24.5%。

随后，被罢免人潘洪聪上台为自己申辩。当年48岁的潘洪聪和吴锡铭是小学同学，开办过加工剪刀等五金器材的家庭小厂，在村里也算是一个会跑码头、见过世面的人物。1992年出任村农业经济合作社社长，继而经村民大会民主选举当上了"一号村官"。

"没想到有这么多人联名要罢免我的职务。这是大家的合法权利，我表示理解。"潘洪聪神情落寞，一脸凄然。

潘洪聪的嗓音显然比吴锡铭低了一个八度。他承认了自己的某些不足之处，但重点就罢免理由中提到的若干关键问题进行自我辩解。他反复表示，自己就任村主任3年，还是做出了一些政绩的。主要表现在：1996年在3个村征用39亩耕地，建起了一所镇办小学；修了一条700多米长的道路；为全村50岁以上的老人分档落实了保险并每月发放100元生活费等。

两个小时的会议结束后，村民们在设置票箱的6个教室门口排队投票。天空哗哗地下起了雨，可男女老少仍热情高涨，亢奋快乐的情绪在人群中无声地

古祠堂里举行的浙江乡村选举

弥漫开来。不少心急的村民们投完票后也顾不得回家吃饭，一直坐在走廊里等待着投票结果。

下午 3 时，工作人员开始在主席台前的黑板上填写表决结果。台下的操场人头攒动、水泄不通，无数双眼睛盯得直勾勾的。每唱一次票、每填写一个罢免"正"字，就有人鼓掌喝彩。

最后的时刻来到了。当村民代表吴加云准备宣读表决结果时，他竟激动得拿不稳话筒。在如雷的掌声鼓励下，吴加云清了清嗓子，朗声念道："寮东村共有拥有合法选举权的选民 1351 人，参加投票表决的为 1295 人。本次表决共发出表决票 1295 张，收回票数 1241 张。表决结果是赞成罢免 1122 票，反对罢免 94 票，弃权 17 票，废票 8 票。"

村委会成员据此宣布：本村村民依法罢免现任村委会主任潘洪聪生效。

消息通过云集寮东的各路记者迅速传遍全国。向来喜欢从所谓"人权、自由"等普世价值观来挑剔中国的法兰西电视台等境外媒体亦对这一事件给出了正面的声音："这是发生在中国南方村庄的难得的民主进步。"

对吴锡铭来说，这一罢免的确来得"难得"。8 个月前的 1998 年 9 月 18 日，496 位寮东村民在由普通民众发起的罢免书上签字画押，这在中国可能也是第一次。逐级递交，漫长的等待。有官员答复说："这种事情民政部门没权表态，只有组织部和党委才能做主。"

　　等到冰雪漫天的年底，不死心的吴锡铭捡起了最后一件法宝：上访。在北京，他敲开了国家民政部的大门，并从基层政权和社区建设处处长刘喜堂那里得到了肯定的回答："这是法律赋予村民的权利，谁也阻挡不了的。"

　　虽然有了来自国家最高主管部门的声音，但事情的进展并不像预期中那般一帆风顺。又是几个月的推诿、观望、等待后，吴锡铭的坚韧才终于换来了实质性的突破。国家民政部将寮东村村民的罢免请求，向全国人大常委会内务司法委员会进行了专题汇报。时任全国人大常委会委员长的李鹏在摁满手印的罢免书上作了尽快落实查办的批示。于是，势如破竹，1999 年 5 月 24 日戏剧性的一幕如期而至。

　　1999 年 9 月 15 日，正如人们普遍预测的那样，罢免案的发起者吴锡铭在新一轮民选中高票胜出，就任寮东村村委会主任。

　　还有一个结果并非所有人都预想得到。同样经过漫长的艰难拉锯战，寮东村黄祝华等 46 位村民的集体控告尘埃落定。农历 2004 年腊月二十六，早已被开除党籍的潘洪聪因非法转让安置农户的集体土地，犯非法转让集体土地罪，被一审判处有期徒刑 3 年并缴罚金 10 万元。

　　其实，吴锡铭自己的命运也因这起轰动全国的罢免案而彻底改变了。2001年，年届半百的吴锡铭挑灯苦读，啃下厚厚一摞艰涩难懂的法律书籍，居然通过全国统考，拿到了法律工作者证书，具有了代理诉讼的资格。从此，他有了一门重要兼职：为"平民诉冤"。吴锡铭坚信，今后在中国，有理就能走遍天下！

　　从一定意义上说，所谓民主的价值就是使得社会的大多数民众拥有自由表达主张的话语权。吴锡铭以及寮东 1000 多名村民学会表达民主，则是从大声地说"不"开始的。学会说"不"，无疑是个体意志最大限度的体现，而这一声音响亮的"不"又得到了法律坚定的尊重。

　　在改革已经走过 20 年之后，寮东罢免案所生发出的民主新芽肯定不是偶然事件。稍加梳理，我们就可以发现这种难以抑制的渴望已经如春雷般四处回响：

　　1999 年，瑞安市潘岱乡白莲村 221 名有选举权的村民联名罢免村主任何光寿，罢免成功。

　　2001 年 7 月，温州市鹿城区城郊乡水心村村委会主任等 4 名村官被超过半数以上的法定票数合法罢免。主持罢免大会的不是村民委员会，而是由村民投票产生的董志平等 7 名"正式召集人"。此举再创全国首例。

　　2000 年 3 月，永嘉县瓯北镇中村 110 名村民因永嘉县人民政府对涉及本村切身利益的一起水事纠纷迟迟没有作出裁定，遂以县政府"不作为"为由将之推上被告席。当年8月,温州市中级人民法院一审判决永嘉县政府违法,并责成其在判决生效两个月内处理这一水事纠纷。这起农民告政府"不作为"案,在全国同类案件中开了先河。

我们观察到,这一时期,来自浙江民间并主要由民众主导的"民主事件"已渐呈燎原之势。其率先探索与创新,亦如同当初浙江民营经济的大胆破冰,令全国惊艳。

事实上,浙江民众学会说"不"的开嗓第一声,至少可以再向前推10年。发生在温州苍南县的中国首例农民告政府案,就像一粒饱满的种子,在这片土地上播撒来年的希望。

关于这一案件当年所引发的爆炸性轰动,作家黄传会的报告文学标题恐怕是再贴切不过的了——《中国的"挑战者号"》。

苍南县灵溪镇是浙江最南端的县城。20世纪80年代,从杭州坐客车翻山越岭一路颠到这里至少得花上15个小时。以致每次采访前,我心中都有点后怕。

1988年8月25日,小镇突然挤满了从全国各地赶来的人,新华社、《法制日报》等26家媒体近50位记者蜂拥而至。有1032个座位的苍南电影院被改造成了临时法院,国徽被悬挂在淡蓝色的天幕上方。这一天,中国首例农民告政府案开庭。

原告:巴艚镇61岁农民包郑照。被告:苍南县县长黄德余。法庭上,长着一把又长又乱灰白胡子、被传媒誉为倔强的"挑战者"的包郑照,一直抱着一个用竹子做成的水烟筒,一刻不停地埋头猛吸。在他身旁的是他的两个女儿、两个儿媳和老伴。法庭审理就在这一团倔强的烟雾和五个女人胆怯的低泣声中开始了。

事由是一件在乡镇每天都在发生的房屋纠纷。1985年,包郑照经镇城建办批准在巴艚镇东面的河滩上建造了3间3层楼房,占地面积126平方米,并办理了房产产权登记。两年后,苍南县政府下发了《关于强行拆除包郑照违章房屋的决定》,包郑照自然不服,双方矛盾激化。7月,苍南县调动70余位武警及县区镇干部300多人对包家附近进行了封锁,采用爆破手段连续爆炸17次,强行拆除了房屋。包郑照在诉状中称,县政府曾对其8位家属实施捆绑和人身侵害,非法拘禁达12小时之久。据此,包郑照状告县人民政府,要求确认他的房屋的合法性,赔偿经济损失并追究主要责任人的法律责任。

1988年3月29日,温州市中级人民法院向苍南县政府发出了应诉通知书。当时苍南县的县长叫黄德余。黄德余极富儒雅之气,善辩好思。同时,由于常年游走基层,他对温州民间的改革脉动了如指掌。正是得到了时任苍南钱库区委书记的他的支持,方培林创办了中国第一个私人钱庄。

当应诉书递送至黄德余手中时，他首先想到的不是找上级托门路或跟包家私了，把这件事捂住盖牢，而是立即决定亲自出庭应诉。

据回忆，当时县委、县政府就县长应不应该出庭进行过三次激烈的讨论，与会者80％表决不同意。很显然，在这起案件中，需要勇气的不仅仅是农民包郑照，更是县长黄德余。

"理亏心虚、不负责任，才不敢跟群众面对。我觉得我们当领导的，首先要解决一个基本的法律概念问题，即当被告并不一定是犯罪。这起案件的公开审理，如果有利于民主建设的话，那么我愿意成为试验品，成为垫脚石。"这是黄德余的原话，摘自当时讨论会的纪要。

在随后铺天盖地的媒体报道中，案件的具体内容已经显得不重要，而"农民告政府，县长当被告"本身却成为爆炸性新闻的核心。刚刚富裕起来的浙江农民的勇气，令全国舆论界击节称叹。

庭审是在一种近乎透明的氛围中进行的。包郑照要求苍南县政府赔偿他家各类损失总计13.012万元；而黄德余则提起了反诉，要求包郑照承担强行拆除其违章建筑的费用3156.02元。

为弱者呼号，年轻气盛的原告律师准备了一份饱含感情的精彩的代理词：同志，我们的同志，在燥热的夏夜，当你躺在凉席上，电风扇的习习凉风送你进入梦乡时，你可曾想到包家大小被河边的虻蚊叮咬；你可曾想到包家大小竖起耳朵在打探台风的行踪，心惊胆战地难以成眠；你可曾听到包家被炸房外那凛冽的海风在呼号；你可曾听到包家小妹嗷嗷待哺婴儿的哭声、包郑照老汉那长长的叹息……律师一念及此，竟情不自禁当庭失声痛哭，全场无不为之动容。

黄德余此时的尴尬可能比他走上被告席前所能够预料的还要严重。作为人民政府的负责人，他似乎被推到了"人民"的对立面。

但黄德余选择的是回到"人民"中间。以下这历史性的一幕出乎所有人预料。

当审判长宣布闭庭时，黄德余离开被告席，穿过蜂拥围堵的记者群，走到原告席前，微笑着向包郑照伸出了右手。包郑照显然一点准备也没有，先是愣了一下，然后才赶忙拘谨地伸出了左手。原告与被告的两双手紧紧握在了一起。

黄德余对61岁的包郑照说："无论官司胜了还是败了，你们一家人作为苍南县的公民，政府仍然一视同仁。今后你们一家人如有什么困难，还照样可以到县里来找我们。"

3天后，一审判决：经实地调查取证，包郑照的房屋盖在海堤闸坝的区域内，影响了挡潮防洪，危害水利安全，其有关建房手续未经水利主管部门同意，属手续不全。苍南县政府对其予以强行拆除，是有法律依据的。因此，驳回原告

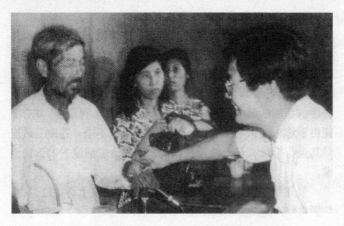

"被告"黄德余(右)与"原告"包郑照握手

的诉讼请求。

包郑照不服,继续向浙江省高级人民法院上诉。12月,省高院作出终审判决:驳回上诉,维持原判。

这起轰轰烈烈的中国首例民告官案并没有如很多记者事先所设想的,以"民"胜诉而告终。而在开庭前,一种严重情绪化的舆论氛围已经无形地弥漫开来:如果本案包郑照败诉,将意味着民主的倒退。

然而,案件终归是案件,判断标准只能依据事实与法律。最重要的是,我们看到了敢于对高高在上者说"不"的勇气。

2002年10月16日,已经74岁的包郑照因病去世。临终前,这位"中国民告官第一人"把众多儿孙叫到床前:"我当年的这桩官司虽然输了,但有那么多人关心,还和黄县长成了朋友,我无憾今生。今后你们一定要学法、懂法,只有守法才能为自己讨'说法'。"

据包郑照的子女介绍,其孙女高中毕业后,选择报考了浙江大学法律系,而其孙子则取名"包诉讼"。

当晚,已调任温州市人大常委会副主任的黄德余在接受记者采访时说:"我对老包的去世深表哀悼。当年那场官司使我们结识,作为老朋友和老乡,我至今钦佩他的勇气和胆识。它使更多人认识到,要勇于伸张自己的主张,依照法律维护自己的权益———这是那场官司最大的意义。"

法律界人士则评点称,包郑照"民告官"案当时几乎无法可依,其"鲁莽之举"无意间推进了中国的相关立法。1989年,第七届全国人大第二次会议通过了《行政诉讼法》。1999年,第九届全国人大第九次会议通过了《行政复议法》。从某种意义上说,包郑照奋力撞开的是一扇从未开启过的大门。

从以上多起经典"民主事件"的描述中,我们已经可以得出大体印象,植根于丰厚的改革土壤的民主春芽,21世纪初前后开始在浙江大地崭露锋芒,其活跃程度显现出较为清晰的地域性特征:自北而南,由弱呈强,尤其是浙江南部的温州、台州地区,起步最早,势头也最为迅猛。

对这一现象,以市场机制发育为主轴的经济活跃与民主冲动的正比例关系,应该是最恰当的解释。浙江南部地区市场经济的空前活跃,必然大大催生当地民众的契约精神和自由意识。而随着百姓生活水平的提升,其基本的生存诉求亦必然转向更高层面的权利诉求。

以寮东村为例,寮东村地处温州市近郊,温州火车站、温州汽车新南站均落户于寮东地界。八方商贾,从这里聚散,它早已成为令人眼热的财富之地。再如苍南巴艚镇老汉包郑照,长子包松柱 20 世纪 80 年代初就当上了"飞马牌"供销员,专业从事编织袋和塑片业务,包家迅速跻身"让一部分人先富起来"的成功者队列。经济发展不是民主成长的唯一条件,但肯定是不可或缺的必要条件。

浙江在这一时期民主萌动的另一个重要特征,表现为自下而上的广泛的民众参与。这种内源性、自主性的集体姿态,与浙江整个改革历程中民间力量的活跃与强势高度吻合,交相辉映。同时,面对这一趋势,浙江各地的许多政府官员展现出了可贵的政治智慧,没有他们的鼓励和引导,开明、和谐的政治文明绝不可能在浙江升腾起第一道曙光。正如 1988 年坦然走上被告席的苍南县县长黄德余,他与毅然站上原告席的农民包郑照一样,都有足够的理由赢得我们每一个人的崇高敬意。

我们还观察到,在今天的浙江,从政府到民众正共同形成一种对民主生长的"社会耐心"。浙江前 30 年变革的现实使所有人坚信,中国的改革——从经济到各种体制架构,都可以通过一种温和的渐进的方式来进行。对现有的社会秩序的改良必须是具有建设性的,否则就无益于现有的受惠于改革的各个利益阶层。

有这样一种共识,是最值得我们欣慰的。

倾听草根层的声音

21 世纪初以来,尤其是 2002 年 11 月中共十六大之后,以民营企业主为主体的所谓"富人参政"在浙江已成普遍现象。这无疑给浙江新时期的民主政治演变带来一股清新之气,但同时也招致了"代表委员老板化"的忧虑。

据统计,2003 年 1 月浙江第十届人代会共推选出省人大代表 641 位,有董事长、总经理头衔者 96 位,占 15% 左右,其中绝大多数都是民营企业主。同年3 月召开的第十届全国人大第一次会议的 89 名浙江代表名单中,民营企业主代表神速上升至 14 位。政协第十届全国委员会第一次会议浙江推选了 35 位全国政协委员,非公有制经济人士也达到了创纪录的 6 位。可供对照的一个数据是,第八届全国人大第一次会议召开时,全国总共只有 8 名非公有制经济人士代表参会。

"老板参政",必然使最高权力殿堂回响起更多有产阶层的声音。以 2003 年 1 月召开的浙江省第十届人代会第一次会议为例,提交本届人大的 470 多份议案中,有 327 件涉及财政经济领域问题。而民营企业主代表提交的议案大多集中于此。

研究人士对这些议案加以分析后将其归为五类,最为集中的是前三类:

其一,"关注企业及相关产业发展的前景";其二,"对营造有利于非公有制经济发展外部环境的探讨";其三,"呼吁提高非公有制经济的社会地位,要求健全可操作性的配套法律制度"。

让我们再将关注的目光向下:

几乎是同一时期,作为浙江民营经济萌发生长最为丰厚的土壤,数以千计乡村的政治舞台上,有产者亦开始登高而呼,"富人村官"一时成为颇有些扎眼的独特景致。

据浙江省民政厅 2003 年的专项调查分析显示,在当年义乌全市 2726 名村委会成员中,"先富群体"——关于有钱人的官方书面用语——当选比例高达 60%;在新当选的 421 名村委会主任中,比例更高达 65%。而这一比例在全省约为 30%。

对权力的无限渴望,使一些人红了眼。村官竞选中的"贿选"现象在浙江南部部分乡村沉渣泛起。

2002 年 10 月,曾被称作"贿选重灾区"的温州龙湾区沙城镇的一位村民告诉前来采访的《南风窗》记者章敬平,在人均年收入逾万元的当地,第一轮预选前的"小意思"通常是 35 元一盒的硬壳中华烟。第二轮正式直选前有候选人开始雇用帮手,用三轮车挨家挨户送"老人头"——面额 100 元的钞票,多的两张,少的一张。至于"贿选宴"那更是小菜一碟。这位村民粗略算了一下,在整个选举期间,他吃了 27 顿免费的"拉票酒席"。有酒店经营者因此由衷感言,如果村官选举年年搞,那该多好啊!

甚至有不止一人因为对权力的渴望丢掉了性命。2005 年 3 月 21 日,32 岁的温州度山村人朱中强被人用长刀捅死在自己的"别克"车中。他是堂兄朱道彪"竞选班底"的干将。事后,官方初步确认他死于一场空前惨烈的"选战"。

很显然,"贿选"是有钱人玩的不光彩的游戏,没有钱是万万不能的。因此,我们有合理的理由质疑，当金钱在民主选举中日益扮演强势者角色的时候，民主与生俱来的正当性意义是否会随之消退？"富人村官"在给出富人带领全民致富的美好遐想的同时，也多少蒙上了灰色调的道义阴霾。

自公元前5世纪最早出现民主概念的雅典城邦始，"民主"一词的古希腊语从字面解释即为"人民统治"。在"人民"中，无疑应该包括人数上居多数的所谓"社会弱势群体"。弱者的缺席，必将使民主失色。

从"富人村官"到"代表委员老板化"，我们首先看到的是，"一部分先富起来的人"得到了他们应该得到的话语权和社会尊重。问题是，弱者该怎么办？在许多地方的人大、政协选举中，不少"富人"是从"工人、农民"界进入代表、委员名单的。由于拥有更多的财富和连带的知名度，他们的参选竞争力当然非同一般，有关"富人"挤占了过多的参政通道的忧虑油然而生。

如何避免弱势群体边缘化，使全社会更有效地倾听到来自草根层的声音，这成为浙江新型民主政治是否真正富有活力及健康良性的重要标志。

恰在此时，"全国人大代表周晓光同志联系点"横空出世。

周晓光于2003年1月当选全国人大代表。时年41岁的她是浙江新光集团的董事长，中国饰品行业的"大姐大"，一个货真价实的亿万富姐。周晓光的企业是从义乌发迹的，但老家在相邻的诸暨。1978年，她离开穷山沟向义乌摆摊创业时的基本动力，来自于自己的一句誓言——"要让母亲成为村子里第一个戴上金戒指的人，要戴就戴最大的"。

25年后，她拥有的是一家员工达3600人的私营企业，远比一枚戒指值钱得多。伴随着财富水涨船高的还有她的政治身份。她在当选为全国人大代表之前，1998年是义乌市人大代表，2000年则是金华市人大代表。

周晓光很明白自己头上这道光环的分量："义乌户籍人口60万，暂住人口30万，流动人口10多万，只有我一个全国人大代表，而且我还不是本地人。"

2003年3月，高中文化水平的周晓光第一次走进北京人民大会堂全国人大会场，除了激动得心怦怦跳，还非常羡慕那些"能提交高质量议案的代表"。

回到义乌，她就去找市人大常委会副主任吴荣川，请求市人大帮助物色几名顾问，成立面向全社会的议案调研组，目的就是一个：整理能反映社会各个阶层——尤其是普通工人、农民——呼声的高质量议案。自己只熟悉企业经营，只清楚老板们的酸甜苦辣，而自己是100万新老义乌人选出来的人大代表，代表的应该是所有人的利益。

2003年10月，"全国人大代表周晓光同志联系点"开始在义乌市建设局热心提供的一间40平方米、编号为"907"的办公室挂牌。这是有案可查的第一个

周晓光:我必须对选民负责

公开面向公众的全国人大代表联系点。

议案调研组聘请的"顾问团"成员共 5 人,均为学识高、察民情、有影响力、有号召力的贤达人士:骆族法,义乌市原政协主席;冯志来、宋荣朝,义乌市原政协副主席;骆有光,金华市委宣传部从事理论教育的前官员;陆立军,时任杭州商学院(现改名浙江工商大学)经济学院院长,义乌市场经济研究所所长。

5 名专家至少每两周开一次碰头会,在会上商讨课题方向,根据每个人的特长到基层调研和倾听意见。然后在下一次的会上集中交流,最后由专人起草形成议案。

周晓光本打算拿出 50 万元作为人大代表联系点的运行费用,除添置电脑、电话、桌椅等办公设施外,主要考虑用来给 5 位专家发报酬。但专家们的态度很坚决:不谈酬劳,宁愿做民主的"快乐义工"。前去采访的《南方周末》记者曾再三向骆有光探问报酬一事,骆有光生气了,涨红着脸反问道:"这项工作的意义是花钱买得来的吗?"

"顾问团"是运转起来了,触须也延伸下去了,但周晓光觉得还远远不够:"因为知道的普通老百姓太少。"

2004 年春节将至,当地电视台广告部开始四处征集企业家拜年的广告。周晓光眼前一亮,她想起了以前听说过的一位香港女议员自费登广告征求选民意见的新闻。2004 年 1 月 18 日,农历腊月二十八,义乌电视台综合频道突然播出了一则闻所未闻的广告,大意是:为迎接第十届全国人大二次会议 3 月在北京召开,欢迎大家献计献策,现特公开征集议案内容。联络处地址、电话……

广告一直播放到正月十五,义乌电视台综合频道一天播两次,图文信息频道则是滚动播出。周晓光为此掏出了 8000 元广告费。

人大代表自费打广告征集议案,又是一个全国第一次。反响是爆炸性的。按照周晓光自己的话说,"做梦也想不到的强烈"。

最初一段时间,联系点每天接到 100 多个电话和雪片般的信函、传真、电子邮件,接待数批登门造访者。其中,只有不到 20% 的人来自义乌当地,更多的是从外市甚至从四川、福建、江西、新疆等外省蜂拥而来。

无数媒体也对周晓光的行为及其"政治价值"产生了异乎寻常的浓厚兴趣,报道铺天盖地。而这又加剧了该事件急速卷入舆论聚焦的风暴眼。

"顾问团"成员骆有光面色憔悴地告诉记者:"我快吃不消了。我都已经是快 60 岁的人了,半夜里还常常要从热被窝里爬起来,穿着衬裤接电话。"

负责联系点日常事务的骆有光平时就住在"907 室",一个小房间里摆上一张小床。自从电视广告播出后,工作负荷早已超过了所能承受的极限。以致他只能在晚上将电话拔掉,才能让自己安安静静睡上几个钟头。

面对这一切,周晓光称:"当了各级人大代表快 5 年,第一次真真切切地知道,人大代表的准确含义不是荣誉,而是一份巨大的责任。"

令人欷歔的感人故事还有一大把。

第一个打进热线电话的人,是金华市城东派出所的一名基层民警陈冠华。他花费 6 年时间撰写了与自己的本职工作似乎毫不搭界的两万字论文《怎样使财政支出趋于合理——兼谈财政资金的获取》。过了几天,他专程赶到义乌,郑重地将论文交到周晓光手里。

1 月 29 日,耳朵戴助听器的原义乌红旗电视机厂的退休工程师沈泳元撑着雨伞,颤颤巍巍地走了一个多小时的路,推开"907 室"的第一句话是,"我找人大代表周晓光同志"。他从上衣口袋里掏出一份已经湿漉漉的建议书《要关心破产国企退休职工生活》。

"你自己退休金有不少,何苦多管这份闲事?再说,找人大代表又有什么用?"出门前,女儿曾一再劝阻。

经过与周晓光一番掏心窝的交谈后,沈泳元坚信这一趟来对了:"要是多一些像周晓光这样的人大代表就好了。"

门庭若市的同时,棘手的难题也浮出水面。

来电、来信、来人中,除共性话题的议案建议外,相当数量的属反映个案困难的申诉。按照传统官方说法,就是"上访"。

失地农民、下岗职工、民办教师、退伍军人……怀揣一大堆资料、文件、签名信,纷纷找到联络点,长达数小时地痛陈自己已经被压抑几年甚至几十年的委屈与不公。在这里,他们寄托了最后一线希望。有时,甚至义乌市公安局分管治安的副局长也不得不亲临现场,劝导执拗的上访者离开"907 室"。

周晓光记得,外地一个县城的上访者曾在电话中向她告状。周晓光婉转地表示,这样的事情最好能向当地的人大代表反映。电话那头立即传来这位大男人凄楚的哭声:"我从来不知道县里的人大代表是谁,你让我到哪里去找他们啊……"

人大代表联络点变成"第二信访办",引来了上级人大领导的关注和介入。在官方人士的指导下,一份简短的"工作制度"拟定出台。联络点的关键工作有两项:征集本选区要求提交全国人代会的议案及与议案有关的内容;征集本选区选民要求提交国务院和各部委局的事关全局性的建议和意见。

很显然,"工作制度"明确限制了来访、来信的内容和范围,总的意思是要为政府"帮忙而不添乱"。

一些宪政专家在认真追踪剖析了"周晓光现象"的发生、发展、演变全过程后认为,这一偶然与必然并存的政治民主事件至少给全社会留下了三方面开放式疑问:

——作为最高民意的法定代表者,各级人大代表如何大力拓宽与民众尤其是底层民众的意见沟通渠道,真正强化履职冲动与能力?

——民众的意志和利益是否仅仅体现于"着眼大局"的议案或建议?人大代表是否应该介入一向由政府面对的民众个案问题?有序介入的制度又将如何设计?

——各级人代会闭会期间,怎样确保人大代表履职的制度,"907工作室"设立专职机构和专职人员的办法是否可行?其经费来源于何处,而不必仰仗周晓光等"富人"代表的觉悟与责任感?

针对这些疑问,"907工作室"乃至浙江社会的探索才刚刚开始。

2004年第十届全国人大第二次会议,周晓光带着沉甸甸的36份议案前往北京。次年第十届全国人大第三次会议,周晓光共提交议案31件,28件被大会列为正式议案,超过议案大省浙江代表团被采纳数的1/5。其中尤以涉及社会底层民众心声的议案为多,周晓光也因此成为"两会"的新闻人物。

值得庆幸的是,"周晓光现象"并非昙花一现。在其之后以及之前,学会倾听草根层声音的民主火花,在浙江已呈燎原之势。

2004年12月8日,省城杭州。由浙江万事利集团董事局主席、全国人大代表沈爱琴,浙江省总工会官员、省人大代表章凤仙,中国联通浙江分公司总经理、省人大代表朱评等牵头,涵盖了全国、省、市、区人大代表的中国第一条"四级人大代表联系选民热线"正式开通。

共有10位人大代表参加。大家轮流值班,每天两位代表,另外招募了4名志愿者担任助手。目的同样很明确:最广泛地走进民众,为各级人代会征集议案素材。据统计,从开通至 12 月 17 日的 10 天内,热线工作室先后接听电话 430 余个、接收电子邮件 80 余封、来信 30 余件。

1999 年后,浙南台州温岭。一种被定名为"民主恳谈会"、植根于民间的"协商民主"新机制吸引了越来越多的目光。

事实上,广受赞誉的"民主恳谈会"属计划外产物,其降生多少有些幸运的成分。最初,温岭接受了上级意识形态部门下派的一个任务:浙江省推进农民思想政治工作试点。担心农民不愿说话的两位市委宣传部干部尝试着加进了官员与农民"面对面"的工作程序,具体说来是增设了一个"群众发言"的环节。

没料想,小小的"改动"彻底引爆了社会底层长期郁积的民主潜能。拿惯锄头的粗糙大手,一开始犹豫继而底气十足地接过村镇领导人的话筒,大到村镇建设、学校撤并,小至邻里纠纷,统统摆上桌面说个清楚:"都几十年没有这样说话的机会了!"

从松门镇松西村发端,"民主恳谈会"迅速蔓延至温岭的各个乡镇。在泽国,镇政府通过乒乓球摇号的随机抽样方式,从全镇 12 万人口中抽选了 275 名民意代表。这些民意代表都会收到镇政府列出的全镇重大公共事项年度计划,并公开投票表决。

中共温岭市委随之将"民主恳谈会"列为发展地方基层民主的纲领性文件。其价值指向,也由原先设想的"改善干群关系"一步步深化为"公共决策咨询"及"民主听证"。

2003 年夏,温岭"民主恳谈会"以"我国基层政府就重大政策和建设规划等问题广泛征询群众意见的新举措"的概念,出现在当年的全国高考文科试卷上。更有宪政学者激情澎湃地大胆预测:温岭有可能成为中国基层民主政治创新的另一个"小岗村"!

几乎所有中国人的命运,都因为 30 年改革而改变。其中,命运变化最为巨大、人群也最为庞大的,无疑是"农民工"了。这一群体在全国范围有约两亿人,在浙江则超过 1000 万人。

从社会学意义上说,"农民工"是一个奇怪的含混不清的群体:远离家乡,不再是面朝黄土的农民;进了城,真正身份却从未被城市所认同,也一直没有被完全纳入产业工人队列。谁都明白,正是亿万"农民工"贡献了全球罕见的低廉劳动力,构建起了中国改革开放最稳定的财富基石和无与伦比的国际竞争力,至今如此。但在更多情况下,他们仍被视作靠不住的流民,就连对他们的称谓都透露出难以掩饰的灰色调:"农民工"、"打工仔"或"外来人口"。

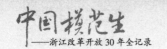

　　长期以来,他们仅仅是有经济价值的劳动力,却被置于政治归属的盲区。不管愿不愿意承认,他们的确沦为了弱者中的弱者。对他们而言,民主权利是近乎不搭界的奢侈品。

　　在浙江,他们的政治命运有了第二次被改变的机会。

　　2001年12月,义乌市乡镇人大代表换届选举。义乌市人大常委会决定,以大陈镇为试点,该镇第十三届人大代表的86个名额中,7个名额专门划归外来务工人员。"农民工"在异乡选举和被选举,这又创下了全国第一次。

　　义乌市这一举动的法律依据,是1984年颁布实施的《浙江省县乡两级人民代表大会选举实施细则》中的有关规定:"在本地劳动、工作或者居住而户籍在外地的选民,在户籍所在地选区登记;在现居住地1年以上而户籍在外地的选民,在取得户籍所在地选区的选民资格证明后,也可以在现居住地选区登记。"

　　一份已出台整整17年的文件,缘于一次"大胆的尝试",被长久尘封的"也可以"变为现实。

　　大陈镇被誉为"中国衬衫之乡",共有500家服装企业。全镇6万余人,外来务工人口占了一半,主要来自江西、安徽、广西、云南等地,多数为女工。据镇人大官员介绍,外来务工者取得选民资格必须符合一定的条件:一是自愿参加;二是在大陈镇居住1年以上;三是凭暂住证登记。而选民登记由企业负责人带队。截至登记日最后1天,3万名"农民工"共登记合法选民2940位。

　　当地媒体报道说,选举日那天的热烈气氛就像过节,"在每一个选区,打工人员们排起了长长的队伍。许多人手里紧紧攥着选民证,脸庞因为兴奋而涨得通红"。

　　江西人周远茂告诉《南方周末》记者谢春雷,自己给同公司的一名包装工投了一票,原因是他有正义感,敢说话,而打工者最怕的就是老板克扣工资。"今后,就有人合法地为我们出头说话了。"

　　7名"农民工"人大代表顺利当选。在稍后召开的大陈镇第十三届人大第一次会议上,他们共同提交了涉及"农民工"切身权益的6项议案。

　　一切才刚刚开始。难题和尴尬还有不少:7名"外来人口"代表的是3万多名同伴的心声,而大陈镇其他3万多本地人却拥有79名代表。天平依然严重倾斜。再则,他们既是具有法权和民意尊严的人大代表,同时仍旧是私营企业的被雇用者。面对"老板",他们真的能够无所畏惧吗?

　　2002年12月24日,义乌后宅街道第十选区的3000多位"农民工"选民利用上午交接班的工余时间投下神圣一票。据点票统计,来自浙江龙游县的候选人、27岁的朱林飞以2829票,当选为全国首位从外来务工者中选举产生的县

（市）级人大代表。

2008 年 1 月 23 日，宁波维科精华家纺有限公司制品分厂二车间质量员杨晓霞在浙江第十一届人大第一次会议上，成为该省历史上第一位当选全国人大代表的外来务工人员。

当选那天正是公司出货日，杨晓霞一直在车间加班到晚上 9 点半。听

浙江首位当选全国人大代表的"打工妹"杨晓霞

到同伴们的祝贺，这位到宁波已有 10 年的江西铅山县"打工妹"只淡淡地讲了一句话："说真的，心理压力挺大的。因为今后，有那么多双眼睛看着我呐。"

"非政府组织"胎动

研究者一般认为，"非政府组织"一词在 1945 年 6 月签订的《联合国宪章》第 71 款中被正式使用。尤其是在 20 世纪 80 年代后，日益成为国际社会广泛认同的全球性公共管理领域重要的新兴组织形态。

非政府组织是英文 Non-Government Organizations 的意译，英文缩写 NGO。仅仅从字面上理解，非政府组织即指"不是政府的组织"，中文中与之最贴近的词汇当为"民间组织"。

从某种意义上说，"民间组织"在当下中国早已大量存在。据浙江省民间组织管理局的官方统计，截至 2006 年底，全省经核准登记的各类民间组织总数多达 23405 个，拥有总资产近 150 亿元，每 10 万人拥有的民间组织数为 47 个，是名副其实的"民间组织大省"。

以目前国际公认的"非政府组织"概念为参照系，中国数量庞大的"民间组织"的内涵差异是显而易见的。最关键的差异在于中国式"民间组织"普遍的程度不一的官方色彩。在五花八门的协会、研究会、促进会中，随处闪动着现任尤其是退职前官员的身影。更有数量可观的"民间组织"直接享受了相当高行政级别的待遇。

很久以来，所谓"非政府组织"在我们的社会生活中仍属必须小心翼翼对待

的颇有些敏感的字眼。然而事实上，与政府没有姻亲关系、真正独立于官方的"非政府组织"已经在我们身边悄悄生发。值得庆幸的是，在我们期待"后改革"时期良好的民主政治生态时，"非政府组织"正日渐成长为传统的政府与社会公众力量之外新的建设性力量。

在浙江，我们首先发现了这种力量崛起时所留下的生动而新鲜的痕迹。

21世纪初，温州的行业商会已渐成气候。国内理论界的广泛兴趣，在于它们是完全由当地某一行业上规模的民营企业组成的自治组织，是真正的"民间商会"。

细加观察，我们还可以看到，温州民间商会的存在价值，已不仅仅局限于"经济学范畴"。

以下是章敬平在《浙江发生了什么》一书中记录的几个耐人寻味的场景。

2004年6月，中共佳木斯市市委书记一行到温州考察，与由温州中小企业发展促进会召集的当地著名私营企业家座谈。在座谈会上，促进会会长周德文俨然一个身份显达的官方代表，他以东道主的姿态，对来访的中共佳木斯市市委书记表示欢迎，并向客人介绍了改革25年来温州社会经济的发展态势。最后，周德文宣称，"将在条件成熟时，率温州企业家代表团赴佳木斯进行投资环境考察，进一步促进两地的经济往来与合作"。四下环坐的客人们掌声雷动。

2004年12月，同样由温州中小企业发展促进会组织的数十位温州老板前往山东滨州阳兴县访问。末了，老板们与阳兴政要合影留念。照片的上方，是令人肃然起敬的条幅："热烈欢迎各位领导莅临阳兴检查指导工作"。合影者第一排，中共阳兴县委书记和县长一左一右，居中被簇拥就座的，正是微展笑意的促进会会长周德文。

排场十足的温州中小企业发展促进会成立于1999年。10年后，拥有了1000名企业会员，被称作"温州第一商会"。

摘得"第一商会"桂冠凭借的是其光芒四射的惊人影响力，但身份却是清清白白的"非政府组织"：没有官方一分拨款，不占政府一个编制，最高权力机构为会员代表大会。会长周德文的入会头衔是私营温州管理科学研究院院长，人事关系挂在温州市人才交流中心。

与其他温州民间商会一样，在促进会成立之初，花费周德文最大精力的是替会员企业"维权解忧"。

私营企业老板在外行走受气吃亏是家常便饭，由"组织出面"可就分量不同了，但也不是想象中说句好话打个圆场那么简单的。几经挫折后，促进会形成了制度化的、格式标准统一的专用维权函件。这种被周德文称为"红头文件"的正式维权函件，仅2005年就发出了近30份，"涉及范围从广西扶绥县、福建霞浦县直到广东深圳。不少都得到了涉案部门的重视甚至是当地政府一把手的批示"。

有效维权的最大作用是增强了会员企业的向心力，促进会的声望日隆。作为会长的周德文被赞誉为《水浒》中"及时雨"宋江式的人物。

但这显然是不够的。

在很多外地官员眼中，温州是一个绝佳的学习榜样，更是招商引资的麦加圣地。巨大的需求，给长袖善舞的周德文铺就了再好不过的舞台。

正如我们以上摘录的有关佳木斯市及山东阳兴县的精彩镜头，"促进会"摇身一变已成为事实上的温州"第二经贸委"。他们不是政府职能部门，却时常受政府委托，接待外地城市官方招商团的到访；同时，又组织了一拨拨的温州老板穿行全国，寻找投资商机，"加强温州与各地的经贸联系"。

据不完全统计，仅2004年夏秋两季，"促进会"就"请进来"36批官方客人，操持了迎接秦皇岛市政府等16个大型温州招商会，并引领11拨会员企业外出考察了汕头、武汉等地的投资环境和项目，"受到隆重欢迎"。

弄出最大响声的"经贸活动"，当属2006年的北京国有企业"相亲之旅"。是年2月24日，应北京市国资委邀请，温州中小企业发展促进会率中驰财团、兴乐集团等温州65家企业巨头及9人律师团千里飞赴，参加北京产权交易所专门举办的"投资北京——温州企业合作洽谈会"。北京180家总资产超过300亿元的市属国有企业项目、50家中关村高科技企业以及部分金融项目，被纳入了此行的考察洽谈范围。

带队北上的周德文熟谙媒体运作，十分清楚舆论传播对"非政府组织"的价值。他联手北京产权交易所，早早透出风声，宣称温州老板挟资百亿元欲北上"炒国企"，引得众媒体兴致盎然。结果，兵马未动，满城皆知。

作为一个准"非政府组织"，温州中小企业发展促进会以独立于政府的民间组织的形象存在，并非只是一种孤芳自赏的清高姿态。而是随时准备"积极介入"，为自己所代表的民营企业主阶层争取能使利益最大化的"公共政策"。这一参政议政的顽强冲动，凸显了周德文和他的促进会颇为超前的民主政治特质。

2000年，身为中国民主促进会温州市副主委的周德文以市政协常委的头衔，在温州市政协七届三次会议上，大声疾呼政府"尽快建立中小企业贷款担保机构"。此前，温州中小企业发展促进会在走访中强烈感受到，当地民营企业"融资难、贷款难"问题相当突出。而这两难的关键在于担保难。

周德文调查数据翔实的慷慨陈词很快有了效果。参加会议的温州市市长当天对此作出了意见明确的批示。次日，市政协主席专门和他进行了电话沟通。随后，市有关部门约请周德文等人专题座谈。就在周德文"大会发言"过了差不多20天后，温州市政府常务会议讨论同意打造中小企业担保机构，并决定由政府一次性资助300万元，启动整个项目。

借此东风，"促进会"很快联手温州市总商会，筹建了温州中小企业信用担保投资有限公司，"促进会"又独立筹建了温州银信企业贷款担保公司。两家公司注册资金共达2900万元，形成了1.5亿元资金的担保规模。破冰之后，温州担保机构迅速增至32家，为饥渴难耐的中小企业提供了数十亿元的贷款担保。

周德文和他的"促进会"催生"公共政策"的另一个大动作，是"温州市中小企业发展专项基金"的设立。2004年温州市人代会期间，已转任市人大代表的周德文将"促进会"欲设立"专项基金"的共识，以议案的形式提交给了市人代会。数月后，即听到了政府"积极支持"的好消息。2005年，温州市政府为此拨付2000万元专项资金，无偿扶助有潜力的中小企业。

考察温州中小企业发展促进会样本，离不开其灵魂人物会长周德文。这个颇具知识分子斯文相的汉子几乎具备了作为"非政府组织"负责人的所有特质：横跨政经两线的阅历，交友广泛，人脉深厚，处事分寸拿捏精准，天然的意见领袖。

1983年，22岁的浙西江山县人周德文大学毕业后，被"分配"到了很活也很乱的温州。10年后，已是温州大学国际贸易教研室主任的周德文经不住自己的一位名气很大的学生——当年被抓的柳市"八大王"之一郑元忠的一再邀请，辞职下海，出任后者创办的中国服装著名企业庄吉集团的总经理。再之后，又受聘为巨龙集团的CEO。

然而，在温州这一老板云集的财富之地，周德文始终没能以"优秀商人"的声望脱颖而出。1999年，再度转型的他积极筹建温州中小企业发展促进会。按照温州人"谁主张谁主事"的乡

善于弄出很大"响动"的周德文

规民约,当年 9 月,周德文毫无悬念地当选为首届会长,并于 5 年后连任。

学者型企业家的功底,使周德文与温州其他许多民间商会的草根类当家人相比,视野更开阔、眼光更高远,对社会资源的整合开发手腕更为娴熟。以温州乃至当今中国尚十分稀缺的"社会活动家"的做派,周德文风光登场了。

从中国民主促进会温州市副主委这一独特的民主党派身份发端,周德文四面出击,他头顶上的"礼帽"迅速叠加到了惊人的程度:温州市政协常委转而市人大代表,并于 2008 年 1 月当选为省人大代表、温州市企业法律顾问协会会长以及中国中小企业协会副会长、中国中小企业国际合作协会副会长、APEC 中小企业服务联盟中国委员会副主任。

众多闪亮的社会角色、频繁介入的社会事务,周德文和他的"促进会"的影响力已令一般的民间商会望尘莫及。我们不妨费些笔墨罗列一下 2005 年某月,"社会活动家"周德文的大事记——

赴上海,应邀去长江三角洲中小企业服务研讨会演讲;返温州,在温州汽车高层论坛上作"温州经济形势分析报告";临温州新城发展大厦,祝贺新天地名家居国际馆的盛大开幕;出席温州市人大财经委会议,审议政府预算报告;参加中共温州市委召集的党外人士座谈会,提出解决历史遗留问题和群众性问题的能力,是执政党必须提高的能力;率"促进会"内的人大代表集体视察温州龙湾区的省重点工程,听取龙湾区常务副区长等官员的形势汇报。

剖析周德文苦心运作下的温州中小企业发展促进会,不难发现一个非常有趣的生存悖论:正因为与官方完全没有姻亲关系的纯民间背景,"促进会"方才得以安身立命,找准自己特立独行的存在价值。但"促进会"在具体谋划行事时,时时不忘与政府"沟通协商",处处谨记嫁接官方力量"借梯上楼"。

这样的理念与实践,在"促进会"内外可谓随处可见。

"促进会"的名誉会长及高级顾问团名单中,政府高官密密麻麻;凡"促进会"举办的重大活动,必有显赫政要莅临;"促进会"之所以能量很大,不可否认与会长周德文身兼中共温州市委政策研究室兼职研究员、温州市中级法院监督员、温州市行政审批中心监督员、温州市行政执法局监督员、温州市仲裁委员会仲裁员等有关,谁都掂得出这些"红帽子"里蕴藏的政府资源的分量。

不寻求与政府的对抗,在互动双赢中良性博弈,以政府、企业、民众之外的第三方的建设性力量而获得社会各阶层的认同和尊重,这就是周德文的"促进会"等当下中国式"非政府组织"雏形的现实主义生存路径。

需要补充说明的是,即使早已被媒体普遍誉为"温州第一民间形象大使",周德文在今天的温州仍是一个争议人物。最大的负面说法是,周德文"官不官、

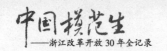

商不商、民不民,太会自我包装、自我推销,以温州之名谋一己(一会)之利"。

以上述周德文的温州中小企业发展促进会为例,"非政府组织"从诞生之日起就与政治性行为如影随行,事实上也的确显现出了一定程度的参政议政冲动。但从21世纪初期浙江各地崭露雏形的"非政府组织"的总体情况来看,其现阶段的民主政治诉求仍属指向较为明确的"经济民主",即希冀通过民主化的制度构建,为自身所代表的特定社会群体争取最大的经济利益。

从某种意义上说,中国既往的30年改革的价值主脉,正是社会公众对经济学范畴生存权的不断追求,而并非纯粹政治意味的革命性突破。这也就决定了同一时期政治文明可能选择的基本脉络取向。

对"经济民主"的浓厚兴趣,不仅仅来自于周德文们所组成的、代表着新兴民营企业主阶层的"非政府组织"。在边缘性弱势阶层中,"经济民主"同样点燃了炙热的向往。正因为这一阶层的单一个体人微言轻,凝聚成"非政府组织"以增强自身的博弈力量的必要性便尤为急迫。

2008年3月10日,浙江省委、省政府在温岭市召开推广工资集体协商现场会,计划用3年时间使全省企业工资集体协商覆盖面达到70%以上。这个现场会的特殊背景是,上年11月26日,国务院总理温家宝在温岭市政府层层递报的一份题为《温岭市新河镇羊毛衫行业工资集体协商构建和谐劳资关系的主要做法》的内部材料上,作出了肯定性的重要批示:"温岭的做法可以总结推广。"

但数年前,新河镇的劳资关系不是很和谐,而是"危机四伏"。

在温岭,新河属经济中等的一个乡镇。当地的羊毛衫加工业兴旺于20世纪90年代中期,主要集中在其所辖的长屿服务区。到2003年,长屿1公里长的街道两旁已挤满113家羊毛衫企业,雇用工人1.2万人,其中外地农民工9000多人,行业年产值约10亿元。

羊毛衫加工业季节性很强,每年8月后才是大量雇人全力生产的旺季。实行计件工资制的不稳定劳动关系,使得长屿企业之间用工竞争激烈,技术工人频繁跳槽,"哪里给的钱多就去哪里"。这又迫使企业想方设法阻挠工人离开,而拖欠工资、扣下保证金就成了惯常做法。

2001年开始,强烈不满的打工仔们罢工、上访,甚至砸机器,这些事件如同上了发条的闹钟般,一到旺季便准时发作。据温岭市人事劳动保障局的资料显示,仅2002年8月27日到9月6日,长屿就有8个企业的168人因拖欠工资问题上访,其中一个企业有40人包车上访找政府。

罢工、上访的起因是企业间工资水平的落差。于是,1999年底,一些企业主就私下商议形成了一份行业内部的统一工价表。但由于没有被雇用者的参与，老板们的自律自救举动无法奏效。

转机出现在 2003 年。

这年，新河镇工会约请温岭羊毛衫行业协会——由长屿羊毛衫老板们于 2002 年成立的民间商会——的几位理事，将羊毛衫生产分解为 5 个工种、59 道工序，并依据当地的"社会平均劳动时间"，制定出初步工价。

6 月 13 日，参照已经在全市普遍推广的民主恳谈会的思路，"羊毛衫行业职工工资恳谈会"在新河镇召开。13 位职工代表与 8 位企业老板"坐下来谈工价"，在场"帮助协调指导"的还有市劳动部门和镇工会的官员。

职工代表是从几家上规模的企业中选出来的，都必须符合以下要求：一、必须是外来务工人员；二、有两年以上工龄的熟练工；三、文化素质相对较高，会说话，能清楚表达自己的意愿。

由于事前已做了大量细致的沟通，第一次会议的气氛可以用"心平气和"来形容。会后，职工代表们受委托再回厂里征求工友意见，总共发了 500 余份意见表，然后以无记名方式向行业协会的老板们提交自己认为适当的工价。

经过"三上三下"的几轮讨价还价后，7 月底，劳资双方达成基本一致。《南方周末》记者余力的报道称，8 月 8 日下午，新河镇工会主席傅赧宝与温岭羊毛衫行业协会常务副会长王新法在《2003 年下半年羊毛衫行业职工工资（工价）集体协商协议书》上分别签字，傅赧宝代表 1 万多名工人，王新法代表 113 家企业。浙江省第一例由劳资双方直接谈判达成的行业工资标准由此诞生。

除每道工序的最低工价外，这份协议还规定员工 8 小时劳动所得不低于 27 元，每月最低工资不低于 800 元，工资必须在"当月产量结算后次月 25 日至 28 日发放"，如有困难可与工会协商适当推迟。"按月发放工资"的条款是在职工代表强烈要求下加上的，签约仪式却几乎因此流产，"几位老板坚决不同意，做了差不多两个小时工作，他们才勉强签字。"傅赧宝回忆说。

穷人团结起来的力量也是很大的。但临时召集的代表制不是长久之计，必须依靠稳固的"组织"。

8 月 9 日，工资协议签订后的第二天，长屿羊毛衫行业工会成立。这个改革 30 年来中国第一个非公有制企业的行业工会，共由 9 人组成，除新河镇工会常务副主席陈福清兼任主席之外，其余 8 位委员全部是一线工人。作为与传统中国工会迥异的"非政府组织"，羊毛衫工会的基本职能简单而明确——在平等协商的法律框架内，"为自己讨公道，为自己要尊严"。

效果是显而易见的。据温岭市总工会出具的数字显示，从 2003 年首次推行工资集体协商制至 2004 年,长屿羊毛衫行业务工人员因工资纠纷上访共 11 次 120 人;2004 年至 2005 年,这一数据降到 3 次 11 人;2005 年至 2006 年仅 1 次 3 人;2006 年至今,无工人上访记录。另一个统计数据是,除长屿羊毛衫业外,截至 2008 年 3 月现场会召开时,在温岭,水泵、轴承、注塑等 6 个区域性产业也先后成立了类似的以工资民主协商制为主要诉求的行业工会,涵盖企业 552 家,工人 2 万多人。

星火已开始燎原,问题还有很多。

研究人士在评点长屿羊毛衫工会这一"非政府组织"样本时认为,"行业工会必须更具代表性,才能在公开表达中更有话语权"。以 2003 年第一次工价对话为例,职工代表仅 13 人,而长屿务工人员有 1.2 万人。

在次年的工价对话中,职工代表增加到了 38 人,"但还是太少,最好是 113 家企业每家都有一位"。同时,职工代表如何产生、代表的权限究竟有多大、直选的流程如何设定,都还不清晰、不规范。

民主政治的价值很大程度在于程序与制度的公正。只有在这样的坚实基础上,民主的结果才可能是持久可靠的。

【浙江改革史档案】
浙江"先富群体"的竞选参政冲动

2002 年,浙江省近 4 万个村进行了村委会选举,这是"一法两办法"(即《中华人民共和国村民委员会组织法》、《浙江省实施〈中华人民共和国村民委员会组织法〉办法》及《浙江省村民委员会选举办法》)全面颁布实施以来的首次全省统一村级换届选举。其间,一部分"先富群体"积极参选,他们张榜言志、公开承诺、组织竞选班子,以独特而新鲜的方式展现了浙江底层民主的全新趋势。

为此,浙江省民政厅在 2003 年上半年专门组织专家深入浙江各地农村,对富人竞选村官现象进行了系统追踪调查。此后形成的这篇题为《"先富群体"竞选"村官"调查》的调查报告,在当年全国"村级选举与自治机制"研讨会被评为 3 篇一等奖论文之一。以下为该调查报告的摘要:

所谓"先富群体",在浙江农村,主要是指先富起来的企业家、工商户或种养殖业大户等相对富裕阶层。该提法最早由义乌市有关官员提出,认为它较日常的"老板"说法更贴切。据悉,这些"先富群体"大多数仍是当地"生于斯、长于斯"的农民,但其财富规模大大超出了普通农民,在生活和生产方式上也脱离了传统农民的主要特征,属于受益于政府富民政策的新型农民群体。

据初步统计显示,2002年全省新当选的133222名村委会成员中,"先富群体"占30%左右。义乌市2726名村委会成员当中,"先富群体"当选比例高达60%,在新当选的421名村委会主任中更占到65%。永康、东阳、瑞安、乐清等地,"先富群体"当选村委会成员的比例也都在60%左右。

——"先富群体"竞选"村官"的动机。调查报告认为不外乎三类:谋求经济利益;谋求政治利益;为民办事。

在第一类谋求经济利益的人中又分两类:一是为个人"捞一把";二是"保护既得利益"。其中,前者较少。因为这些富人觉得自己的经济实力已经足够,"犯不着"、"看不上"去捞村集体的钱。另外,村民们经过几年民主选举的实践,加上对参选人品行都比较了解,这些想"捞一把"的人不易当选。何况近年来村民会议、村民代表会议及罢免等制度日益规范,也有效约束了这些不当行为。

谋求政治利益的动机相对复杂,既有保护既得利益的潜在动机,也有"求名"的社会心理,多数是各种动机相互交织。据了解,这些富人拥有的经济和社会资源为他们参与政治活动提供了基础,而他们也往往希望通过村委会这个政治舞台,进一步结识地方党委、政府以及有关部门的领导,更好地保护和扩大既得利益。此外,当村官也是一种社会荣誉,可以"光宗耀祖"、"出人头地",这也是一个很大的心理推动力。

调查中,也发现部分"先富群体"确实是出于公心,为改变家乡落后面貌和造福邻里,甘愿作出经济上的牺牲。而且这些富人经历多年商海搏击,有较一般农民更强的实际能力,在带领村民开拓市场等方面颇具实际操作经验。

——"先富群体"大量当选"村官"的原因及途径。

"先富群体"往往具备特有的榜样和示范效应,对村民们具有强大的吸引力和号召力。同时改革开放后经济发展优先、勤劳致富光荣的政策引导,其结果在客观上也把富人推上了"农村社区管理者"和"带头人"的位置。

同时,也不排除由于现行法规制度尚有不完善之处,"先富群体"将其运用娴熟的经济手段转移至村级竞选,频繁出现请客送礼、派发实物等不正常现象,从而在一定程度上影响了村民的投票意向。

"先富群体"参与"村官"竞选的途径主要有两种,即走上层路线和走下层路线。走上层路线主要是指"先富群体"通过影响村党支部或乡(镇)党委政府的领导等来实现当选的意图,至少要保证他们不干涉自己的当选。走下层路线主要是指"先富群体"依靠村民的支持而当选。这种路线的成功程度依赖于"先富群体"对农民影响力的大小。目前左右农村社区影响力的因素错综复杂,主要是经济因素,即"先富群体"已经作出的经济贡献或当选后有望会作出的经济贡献的大小。当然,也不排除贿选、家族等因素的特殊影响。

简而言之,"先富群体"在参与"村官"竞选的实际过程中,上层路线和下层路线的运用往往是交叉的。多数情况下其竞选活动与经济手段的利用往往混杂在一起,而这也是引起最大争议的地方。

——"先富群体"竞选"村官"的"贿选"现象。

在浙江瑞安、义乌等地,不少富人在竞选期间,纷纷打出"当选后不要报酬"、"兴办公益事业"、"个人掏钱增加村民福利"、"以个人资产抵押发展村集体经济"等竞选承诺,起到了一定的拉票作用。调查显示,大多数在选举中作出捐赠承诺的富人当选后已兑现其承诺。

但是,在选举过程中,关于承诺捐赠和贿选也一度产生较多纷争。对此,调查报告认为,针对"承诺捐赠"这一政治选举中尚不成熟、但带有普遍性的现象,关键是规范选举程序,构建富有弹性的吸纳机制和公平的竞争机制。同时,明确了认定"贿选"的两条原则:一是选民意志是否受到左右,有无给选举工作带来不良后果;二是看钱物发放是否面广而量大,并要求一定要查实后再定性。在具体防范贿选上,提出了四点建议:一是采用召开村民大会集中投票选举的方式;二是村选举委员会要集中时间、地点、人员,组织正式候选人发表治村演说,回答村民提问;三是重视对候选人的教育和培训;四是候选人的竞选书、治村演说词、承诺书等,须经乡(镇)选举工作指导小组或村选委会同意后,方可公开。

调查报告总的结论是,在当前浙江农村基层民主建设的新形势下,"先富群体"竞选"村官"的趋势不可避免,当选不容置疑,手段有待规范,效果有待进一步观察,影响有待继续研究。

第十一章

"浙江制造"变局

> 企业的成长和创新就像地球的转动。不转过去，就永远是黑暗，就永远看不到明天。

> ——浙商语录

"莫言下岭便无难，赚得行人错喜欢。正入万山圈子里，一山放过一山拦。"

南宋诗人杨万里的这四句诗，习近平在任浙江省委书记时经常引用。他的解读亦颇具哲理："改革近 30 年浙江经济社会的发展，好比爬山越岭。上了一定的高度就过了一个坎，然后又要面对另一个高度，过更高的坎。这是一个渐进、艰难的过程，这是一座座陡峭的山，风光旖旎但又布满荆棘。"

以下两组统计数据可以从一定意义上视作对这一解读的注脚：

——2007 年，浙江 GDP 总值高达 18638 亿元，人均 GDP 37128 元，均跃居全国第 4 位；全省财政总收入 3239.89 亿元，比上年增长 26.2%。改革 30 年多项主要经济指标累计增长速度居全国第一，"浙江现象"受到广泛瞩目和赞誉。

——以 2003 年为例，浙江规模以上制造业的增加值率只有 22.8%，低于韩国 20 个百分点；规模以上制造业的人均劳动生产率只有 5.98 万元，这一水平只是美国 1995 年水平的 7.4%；浙江企业的污染物单位排放率远高于发达国家。

类似的对比与落差引发了浙江官方的忧虑与反思："发展是硬道理，不讲科学的硬发展是没道理。"

来自浙江商人们的说法就要直白多了："以往是想办法卖得更便宜换来竞争力，现在应当是想办法卖得贵。2 元卖 1 元是老浙江英雄，1 元卖 2 元才是新浙江英雄。"

然而，要想成为"新浙江英雄"并非易事。摆在"浙江制造"面前的是"一山放过一山拦"。

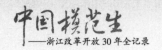
外面的世界

2006 年 9 月 19 日晚,杭州西湖边知名老字号楼外楼饭店,新任美国财政部长亨利·保尔森正在此"夜宴"浙江民营企业领袖级人物。

这是保尔森当上美国财政部长之后,首次访华的第一站。当年 5 月,时任浙江省委书记习近平在率团赴美国参加"2006 美国·中国浙江周"期间顺访了高盛公司,并与时任高盛董事长保尔森约定了 4 个月后的杭州之行。

是日"夜宴"的发起人是纽约证券交易所和纳斯达克。美方除保尔森外,出席者还有美国驻华大使和驻上海总领事。浙商方面也是精英尽出:娃哈哈集团董事长宗庆后、正泰集团董事长南存辉、复星集团董事长郭广昌、万向集团 CEO 鲁伟鼎、杉杉集团董事长郑永刚等共 12 位。阿里巴巴董事长马云原本也在被邀之列,但因在北京出差,最终没有露面。

"围坐在桌旁对话是最有效的。"与浙江最优秀商人围着一张长桌而坐的保尔森的第一句开场白,便为本次"夜宴"定下了"平等对话"的基调。他表示希望向在座各位求解三大问题,其中之一是对中美经济关系中最近出现的汇率、并购、贸易顺差等问题有何看法和建议。

"只要我们彼此能够在同样的游戏规则下公平竞争,浙江的民营企业不惧怕任何对手。"被保尔森赞叹为"你的思维方式更像一位'政治家'"的南存辉的发言,显然给这位美国财政部长留下了深刻印象。

"听习近平书记说,浙江民营企业家很多、很厉害,非常高兴能借此机会跟大家认识。"保尔森说的应该是真心话。

18 时 30 分左右"夜宴"开始,直到 21 时结束。

次日,保尔森飞赴北京。未来三天中,他将密集会见中国国家主席胡锦涛、时任国务院副总理吴仪以及发改委主任、财政部长、商务部长等中国高官。双方坦诚交谈的,正是稍前与浙商交流的同样话题:关于中美经贸关系。

保尔森对浙商和"浙江制造"的特殊重视是有道理的。

官方发布的资料称:2007 年,浙江进出口总额达 1768.4 亿美元,比上年增长 27.1%。其中进口 485.4 亿美元,出口 1283 亿美元,仅次于广东、江苏、上海。全年贸易顺差 797.5 亿美元,占全国总额的近 1/3。而美国则是浙江的第一大出口市场和第四大进口市场。

浙商对"外面的世界"一向心存向往。起初是游走全国,进而是游走全球。第一个推开国门的成功案例,当属 20 世纪 80 年代初的鲁冠球。凭着小小的万向节,一步成为美国跨国公司的座上宾。此后,浙商的国际化征程前赴后继,但真正国门洞开、大展手脚,应该是始于 21 世纪初。

自此,作为"中国制造"的急先锋和主力军,价廉物美的"浙江制造"一路杀进全球市场,其数量之巨、势头之猛,堪称波涛汹涌。

其间,精彩纷呈的传奇故事俯首可拾,每每溅起一片惊呼——

正如我们前面所描述的,浙江中部诸暨市的小镇大唐,年产各类花色、款式的袜子竟达 140 亿双,50% 以上出口全球 60 多个国家,以致位于美国南部亚拉巴马州阿巴拉契亚山区的另一个小镇佩恩堡不得不将已收藏百年的"世界袜都"桂冠拱手相让。

温州的"中国真皮鞋王"康奈公司 2001 年在巴黎第 19 街区开出了第一家海外专卖店,其目标是 2010 年在欧美迅速扩张至 1000 家。康奈董事长郑秀康在接受法国媒体采访时豪情万丈:"我们就是一匹狼,一匹来自中国温州有实力的狼!"

2004 年,由公务员下海的浙江商人卢伟光一举买下南美洲亚马孙河畔 1000 平方公里原始森林的永久砍伐权,面积相当于一个上海崇明岛。身为世界十大地板商的卢伟光还曾随国家主席胡锦涛出访拉美,并先后 6 次受到巴西总统卢拉的亲切接见。

2004 年至 2005 年,先是温州商人郑昌飙宣称将"整体承包平壤第一百货 10 年经营权",后有浙中东阳商人卢云雷再接再厉,表示自己已成为"中国浙江东阳国汇驻朝鲜平壤市第一百货商场总经理"。"平壤一百"与金日成广场毗邻,地位相当于北京王府井百货大楼。这则新闻虽然最终是开花而未果,但浙商开拓海外商机的疯狂劲头还是让国人狠狠感叹了一把。

浙江人将广阔的国内市场与更为广阔的国际市场紧紧地左拥右抱。这就像一只大鸟舒展开了强劲的两翼,"浙江制造"扶摇直上。

然而,传来的并非都是令人振奋的好消息。有时候,从天而降的也许是一场噩梦。

2004 年 9 月 16 日下午,西班牙东南部濒海城市埃尔切。

来自青田县的鞋商陈九松早早关掉了自己才开张两个月的"达尔美鞋业有限公司"的店门。当地警察传过话了,今天将有大批反对华商的游行队伍经过。但陈九松并没有离去,他有 16 个货柜的货要进仓库,这批从意大利、中国发出的货此时仍被堵在路上。晚上 7 点 04 分左右,鞋车抵达仓库,陈九松刚松口气,潮水般的游行

全球化背景下的西班牙埃尔切大火

队伍不期而至。

原本一直在高喊口号、正愁激昂的情绪无处宣泄的人群一看到中国货物，骚动被瞬间点燃。一只只装满了鞋的货柜被推倒、践踏、焚烧、哄抢，混合着难闻的焦煳味的大火迅速升腾，照亮了埃尔切的天空。几百米之外的西班牙警察冷眼旁观，没有西班牙人理会哭天喊地的陈九松，他的近百万欧元的鞋货以及店面、仓库不到半小时便化为了灰烬。这堆灰烬是他数年来卖鞋的积蓄外加从亲戚处筹集的全部本钱，站在一旁、持有该鞋铺股份的侄子已精神崩溃。

埃尔切人愤怒的对象不是陈九松，而是"浙江制造"。

西班牙是欧洲继意大利之后的又一个制鞋大国，其主要生产基地就在埃尔切。中国鞋商登陆埃尔切大抵始于 2000 年，增加的速度为几何级。到陈九松出事时，整个埃尔切鞋城总共 100 余家鞋类企业中，七成来自中国，而且几乎全部来自浙江温州。

相关的数字是，2003 年，中国向西班牙出口鞋子 6190 万双，占西班牙市场全年销售量的 47%。仅 1999 年到 2003 年短短 4 年间，西班牙进口的中国鞋子增长了 108.15%。越来越多的埃尔切人惶恐地发现，尾随中国鞋而至的是满街黄皮肤的中国人和奇怪的温州话。

便宜，成为"浙江制造"令任何商业对手恐惧的竞争利器。以温州鞋商在当地售价 10 欧元的主流款式的鞋子为例，国内出厂价仅 6 欧元左右，扣除运费、关税，仍有 10%—15% 的利润。而同一款鞋对手却必须卖到 20 欧元以上。背后的关键秘诀之一当然是中国的人力资源优势："温州鞋的人力成本占比约 10%—15%，西班牙则需 30%。"

这种巨大的落差让埃尔切同行完全丧失了信心。当地传统制鞋产业纷纷倒闭，失业率上升到 30%，"下岗工人"陡增，"民愤极大"。

9 月 16 日埃尔切大火之后，西班牙制鞋业主席 Rafael Calvo 发表过如下言论:"这些暴力事件(纵火、抢劫、破坏公众秩序)是理所当然的,西班牙人有充足的理由抵制中国鞋。"

埃尔切大火是"浙江制造"国际化"新长征"中最惨痛的标志性事件。但肯定不是唯一的噩梦——

2001年8月至次年1月,俄罗斯发生查扣中国产品事件。浙商首当其冲,损失约3亿元人民币。

2003年冬,20多家温州企业的鞋类产品在意大利罗马被焚烧,损失不详。

2004年1月8日,尼日利亚政府发布"禁止进口商品名单",共有41种商品被列入禁止进口和销售的黑名单。已在尼日利亚销售的浙江鞋遭封存,损失至少数千万元。

"当竞争力强劲的'浙江制造'势如破竹地挤占他国市场时,必然会遭遇对方各种手段的抵制。"外经贸人士对此的分析十分精辟。

据官方统计显示,中国是当今全球被提起贸易保护诉讼最多的国家之一,而浙江堪称第一"重灾区"。贸易保护的主要途径包括反倾销壁垒、技术标准化屏障和环境及知识产权保护等,其中反倾销涉及范围最广、杀伤力最强。

2002年2月,美国轴承协会提起的中国轴承倾销案成为中国加入世贸组织后的反倾销第一案,涉案金额达2亿多美元,涉案的253家轴承企业基本为浙商。截至2005年,中国"入世"后4年间,浙江遭遇来自美国和欧盟等提起的贸易摩擦案共125起,其中反倾销调查涉案84起,金额近15亿美元,占同期全国反倾销总涉案数和涉案总金额的40%以上。

正如埃尔切事件的翻版,"浙江制造"势如破竹的关键"撒手锏",仍然是产品价格的超级低廉。而在"低廉"的背后,除全世界惊羡的巨大劳动力优势外,还有令人捏把汗的产品低档化、品牌含量缺失、知识产权意识淡薄,以及同质化超低价行业恶斗。

这就像一个硬币的两面,成也"低廉",败亦可能缘于"低廉"。很多情况下,缺乏技术与文化强力支撑的"低廉",往往会眼睁睁地丢掉平等谈判的价码。

"浪莎风波"正是在这样的背景下悲壮登场。

2007年7月中旬,地处浙江义乌的浪莎集团高调宣布:本月底交完最后一单货,今后不会再接沃尔玛的订单了。

国人对浪莎并不陌生:袜子日生产能力超过400万双,在全国5000家规模袜厂中摘得第一只驰名商标,是名副其实的中国乃至世界第一"袜业大王"。

国人对沃尔玛更是如雷贯耳:全球最大的连锁零售商,在中国的年商品采

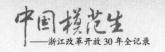

购额达 200 亿美元。

双雄对决，大戏已然揭幕。"叫板、抛弃、决裂"，黑体新闻标题赚足了眼球。

浪莎与沃尔玛的蜜月始于 2002 年。高峰期的 2005 年，浪莎接到来自沃尔玛的袜子订单达 300 万美元，成为了这个巨无霸全球采购网的一个终端供应结点。此后，订单却一路下滑：2006 年 250 余万美元，2007 年 220 万美元，直至惊爆"叫板事件"。

"浪莎抛弃沃尔玛"，或者另一种相反说法的"沃尔玛抛弃浪莎"，祸端都只有两个字——低廉。

"沃尔玛掌握着庞大的全球市场采购及零售网络。在这一近乎垄断的商业帝国主义面前，中国供应商基本丧失定价话语权。"浪莎集团外贸部经理曹国胜在接受《21 世纪经济报道》记者采访时表示，之所以不再接沃尔玛订单，完全是由于其强硬坚持低价政策，不愿与中国企业分担不断上升的成本。"低廉"换来了沃尔玛丰厚的利润，对中国企业而言却可能意味着死亡。

业内人士都知道，沃尔玛在中国采购商品，每次下给单个供应商的订单都不会太大。同一类产品会同时选择若干厂家分散下单，以便让多个供应商都感觉到竞争压力并互相杀价。以袜子为例，沃尔玛的报价留给浪莎的利润空间只有微薄的 2%—5%。

曹国胜算了一笔账，最近一年人民币汇率上升了 7%，针织行业的出口退税率下降了 2%，原材料价格上涨了 5%，工人平均工资上涨了 20% 左右。上述因素导致出口产品的价格必须提升 12%—15%，中国企业才能勉强维持基本的利润水平。上游成本的膨胀本应由多个环节共同分担，问题是，中间采购代理商及终端零售商兼于一身的沃尔玛傲慢地说"不"！

对浪莎来说，2007 年沃尔玛 220 万美元的订单已经没有利润空间，甚至会出现小幅亏损。这是一块索然无味、难以下咽的骨头。

很显然，浪莎高调宣称与沃尔玛"决裂"与其说是一种豪迈的勇气，毋宁看作是忍无可忍的无奈。"决裂"事件发生半个月后的 7 月底，浪莎一改"不再接沃尔玛订单"的强硬口吻，暧昧地转而表示"原本并没有打算停止和沃尔玛合作"，目前公司也正计划与沃尔玛谈判，以及"沃尔玛至少提高 30% 的价格，浪莎才有继续为沃尔玛加工产品的可能性"。

当年 12 月，事件似乎出现了转机。据《第一财经日报》报道，在僵持半年之后，浪莎已恢复承接沃尔玛订单。这批新订单主要是浪莎最近研发设计的报价较以往有所提高的中高档产品。关于后续合作的详细情况以及订单的实际价格，浪莎方面拒绝进一步透露。

《第一财经日报》为这则消息圈定的标题颇为振奋人心——《沃尔玛终向浪莎"低头" 纺织业对低价采购说"不"》。

浪莎与沃尔玛闭门商谈的内幕细节,我们尚不清楚。但可以肯定的是,其过程必定不像众多媒体弥漫着爱国主义情绪的报道所渲染的那般——是一场一边倒的"胜利"。尴尬与压抑,冷暖自知。

浪莎毕竟尚属重量级的大企业,而对数量庞大却人微言轻的中小企业来说,博弈的处境恐怕更为不妙。无论如何,"浪莎事件"都缺乏显现中国企业面对商业帝国主义时底气十足的集体性说服力。

统计资料表明,沃尔玛在华采购的商品包括服装、鞋类、玩具、家用电器、日用百货和家庭装饰用品等近千个品种。但这些品类的产品,同样可以去其他国家采购。沃尔玛的全球供应链已经延伸到70多个国家和地区,共由大中华及北亚区、东南亚及印度次大陆区、美洲区、欧洲中东及非洲区等四个区域所组成。

2006年达到顶峰后,沃尔玛开始削减中国的采购订单,2007年更传出其在华采购量将减少40%的消息。大批订单转而花落越南、印度、巴基斯坦、土耳其等所谓的"次新兴国家"。订单转移的原因很简单,上述国家同类商品的生产成本比中国大约要低10%。一句话,与沃尔玛最初恋上中国一样,其价格更"低廉"。

作为后工业化国家,与整个"中国制造"一样,"浙江制造"没有产品价格"低廉"的优势是不行的,这是一张出席国际化盛宴门槛最低的入场券。但仅有"低廉"是万万不行的,甚至是危险的。

建立在低附加值劳动密集型传统产业基础之上的国际化进程,从长远看,跌入内外交困、进退两难的境地是迟早的事。于是,在浙江,如何以技术、品牌、营销创新为价值取向,最终使"浙江制造"升级换代为"浙江创造"的声音已经日渐响亮。想法亦开始付诸行动:

2001年秋天,浙江华立集团斥资500万美元,收购飞利浦公司设于美国加利福尼亚州圣何赛的拥有CDMA手机芯片核心技术的移动通信机构。此举使华立跻身为国内完整掌握IT产业核心技术的前沿企业,其董事长汪立成因此被美国《财富》杂志中文版评选为2001年度中国大陆商界风云人物的"第一商人"。

1998年,万向集团全盘买断15年前给自己下订单的美国舍勒公司的品牌、技术专利以及专用设备,完成第一单跨国收购,一举而成为全球拥有万向节产品专利最多的企业。3年后,万向集团再度出手收购地处芝加哥的纳斯达克上市公司UAI,开中国民营企业海外收购上市公司之先河。借助类似的10余次购并,万向集团已先后开办 31 家海外分公司,在美国设立了永久研发中心及生产基地,美国经济界重量级人物前总统老布什之兄亦被鲁冠球聘为顾问。万向集团这朵与改革开放同步绽放的"乡土奇葩",已开始展露中国式跨国公司的霸王之气。

美国前总统老布什之兄(左)受聘为万向集团顾问

然而,至少迄今为止,这样的故事仍是被媒体津津乐道的少数派"传奇"。对绝大部分浙江传统制造型中小企业来说,"浙江创造"依旧停留于模糊的轮廓,要想让"外面的世界"真正变得精彩,还有很长的路要走。

千根断指的背后

永康市位于浙江中部。三国吴赤乌八年(公元 245 年),孙权之母因病到南向 100 多公里的石城山进香,祈求"永葆安康"。后,吴国太病愈,孙权大喜,遂将石城山周边地界赐名为"永康",并单立为县,永康因此得名。

与邻近的同属金华市的义乌相比,永康的声名虽略逊一筹,但极为发达的五金产业却为其毫无争议地摘得"中国五金之乡"美誉,成为浙江集群经济的代表性特色产业区块。

没曾料想,2002 年,永康再度在全国出了名。这一次出名,与千根齐刷刷被斩断的手指有关。

这则涉及"浙江制造"声誉的颇有些酸楚的新闻,最早的报道者是新华社记者李柯勇。2002年12月19日,新华社播发了他在永康实地调查采写的《"五金之乡"轧断多少手指?》报道,该文披露说,"被称为'中国五金之乡'的浙江省永康市,今年以来已发生手指断离或手掌残损等严重手外伤事故近千起,不少工人落下终身残疾"。

据介绍,永康五金产业共有企业1万多家,从业者20余万人,大多数是来自湖南、贵州等省份的农民工。其产品主要有电动工具、小家电、防盗门、滑板车、汽车摩托车配件等,普遍使用冲床、压床、剪板机、整平机等机械设备。正是这些机器吐出了"永康制造",也无情吞噬了农民工们赖以生存的宝贵手指。

关于这一报道最大的争议点是,永康五金产业一年究竟"吃掉"了多少根农民工的手指?

永康市经贸局的说法是,2001年全市工业企业因手外伤住院的病人只有300多人。但李柯勇看到的事实却大相径庭。

与永康相邻的缙云县钭氏伤科医院是一家知名的外伤医院。李柯勇在这家医院的出入院登记本上发现,仅2002年4月至11月,来此住院的永康手外伤患者就有234例,占所有病员的90%。附近还有一家田氏伤科医院,其院长是钭氏医院院长钭大康的大舅子。钭大康说,田氏外科医院收治永康手外伤病人的数量与该院相当。

永康市内具备手外伤治疗能力的正规医院有4家,但面对李柯勇的采访提问,相关负责人均讳莫如深,匆匆回避。在规模较小的永康卫校附属医院,手术外科的一名医生不经意间透露,该院当年前10个月至少收治了250名手伤病人,有的伤者还转到较远的金华市的一些医院就医。

李柯勇认为,仅从以上调查估算,永康五金企业当年发生的断指、损掌等严重手外伤事故就已近千起。考虑到许多伤者一次断损的手指不止一根,而且多家医院的情况被隐瞒,因此认定永康一年"吃掉"了超过千根的农民工手指绝非哗众取宠。

随后,中央人民广播电台《新闻纵横》记者前往追踪报道,以患者家属的身份,在永康最大的第一人民医院隐身咨询时,骨科门诊的一位大夫甚至自得地宣称,该院对治疗手外伤很有一套。因为永康的五金企业发生类似事故是家常便饭,病人多,临床经验自然也就十分丰富。

断指,并非只是永康民工的痛。

据统计,浙江从事冲压作业的大小企业约有8万多家,从业者数十万人,散布金华、宁波、台州、温州、杭州等地，断指属普遍现象。"永康千根断指事件"遭曝光后，2003年浙江省安监局等部门联合开展了全省冲压作业安全整治工作。整治简报说，经过一年来的努力，"取得了阶段性的成果"。其中，永康市当年断指事故同比下降了198起，减少了四成；乐清市同比下降了52%。

在永康，"永葆安康"对民工来说成了去当地香火鼎盛的胡公庙上香祈求的奢望。时任永康市劳动局副局长的李晓春解释称，"断指"主要因为工人文化程度低、自身素质差、违规操作多，"劳动者自身的原因"是导致事故的首要因素。

而李柯勇调查认为，祸根毫无疑问在于，有相当部分企业对民工的身心谈不上起码的关爱，新工人岗前培训缺乏，生产设备低劣，不愿花钱添置哪怕最简单的安保装置。许多断了一两根手指的民工，仅获赔两三千元，含泪返乡。

五金老板们则是一脸的无辜。就这么小的一个厂子，竞争又如此激烈，这要添置，那要保证，成本怎么降低？利润从哪里来？

现实苦涩得令人忧虑：很长时期以来，相当多浙江民营企业的惊人发展，并非建立于技术进步、产品创新等"向上的力量"，而是千方百计紧盯一点一滴的成本挤压。这种挤压往往是严酷的，被挤压的对象，恰恰是源源不断、招之即来的无助打工仔。

在永康，他们失去的是手指。有时，失去的甚至可能是生命。

2001年5月8日下午，吸引了国内各大媒体目光的泰顺矽肺损害案在温州中级人民法院开庭。

在这一天到来之前，已经有10条生命因为矽肺病逝去。活着的人当中，196人被确诊患上了不同程度的矽肺病，分别构成二至七级伤残，必将在痛苦中度过余生：肺功能严重受损，没有劳动能力，没有生命的欢乐——死神随时可能带走他们。

这起案件的原告是浙江南部泰顺县身患矽肺病的143名农民工。他们共向被告方索赔2.08亿元，是迄今中国金额最高的一起工伤索赔案。

48岁的蔡廷顺是受害者之一。坐在法庭的人群中，你一眼就可以看出他的不同之处：无精打采，瘦骨嶙峋，没有愤怒的言辞，没有眼泪。对于这一切，最初的痛苦感受似乎已经麻木。他得的是矽肺II期，在所有受害者中还不是最重的，最高的已达到III＋期。

几年前，蔡廷顺和数百名同乡一起，心怀挣钱养家的微小愿望，跟随几个当地的私营企业主来到一条高速公路的隧道开凿工地。工程完工后，揣着一小笔血汗钱，回到了老家。不久，蔡廷顺渐渐感到浑身乏力，于是踏上了漫长的求医之路。前后花去上万元医疗费,但结果医生还是告诉他,这病没法根治……他无奈地抱怨自己的命不好。

直到有一天,与蔡廷顺一样"命不好"的一批工友们通过艰苦的探寻,才发现共同的病根在于是当年开挖隧道。

说起来相当简单:这项工程的地质结构为石英砂岩和石英岩,二氧化硅含量高达 97.6%。而被告没有采取最起码的劳动安全防范措施,致使原告吸入过量的二氧化硅,患上了矽肺职业病。

"生不如死。"蔡廷顺说。

泰顺三魁镇是这场灾难的重灾区。村民陶敏楷共有 5 个儿子,老大、老三和老幺都加入过这项死亡工程。2000 年,大儿子和小儿子均被诊断为矽肺 I 期,三儿子患矽肺 II＋期。在极端痛苦之下,原本活泼的三儿子服毒自杀。

所有受害者的经历都是相似的:出发时,只是为了挣一点点钱,获得一点点生存的权利;回来时,却失去了一切。

2002 年 3 月,浙江省高级人民法院终审判决泰顺县私营企业主薛仕彪等被告,承担此案人身损害赔偿责任总计 5500 余万元。

但悲剧远未画上句号。

2004 年 5 月 6 日,中央电视台《焦点访谈》栏目播出了题为《救救他们的肺》的专题节目。节目的主角是 33 名在温州龙湾区永昌矿石研磨厂打工的重庆民工。除了老乡关系,他们的另一个共同点是,全部患上了严重的矽肺病。

来自重庆万州区石龙乡的农民吴家祥回忆,他们的工作就是将一种叫腊石的制陶瓷的原料磨成粉,然后进行分拣和包装。工作场地弥漫着雾一样的粉尘,干不了多大一会儿,头发、眉毛就被沾满,像个白头翁。车间里没有任何防尘措施,老板连个口罩都不发。

吴家祥们的命运并没有因为《焦点访谈》栏目的介入而得以迅速改变。随后几年,调解、仲裁、上诉、再上诉,漫长的等待。33 人中,11 人先后在病痛折磨间死去。为了讨回公道,民工牟之华等 3 人铤而走险,将早早躲藏的永昌研磨厂老板朱良宝挟持为人质,准备"同归于尽"。

2004 年 12 月,全国媒体再次聚焦温州龙湾,关注的话题仍是矽肺病,这次的主角换成了因当面向温家宝总理讨薪而一夜成名的重庆云阳县养猪农妇熊德明。这位中央电视台"2003 年度经济人物社会公益奖"获得者的丈夫有个表弟叫张仁和,在龙湾一家陶瓷制品公司打工,不幸身患矽肺病。张仁和向熊德明求援,希望能借助其名人效应为与自己命运相似的 20 多名云阳老乡讨回赔偿金。

热血沸腾的熊德明立即飞赴龙湾。她的特殊身份与"我会给温总理写信反映这些问题"的"撒手锏",使其龙湾之行拨弄出很大的响动。然而仅仅过了数日,身心憔悴的熊德明几度号啕大哭后黯然离开了龙湾。赔偿金催讨成效甚微,她的此种催讨方式的合法性又备受舆论争议。

事实上,几乎被生命不能承受之重压垮的岂止是一位热心肠的农妇?据《现代职业安全》杂志社记者2007年的调查,温州龙湾区包括制陶业在内的6000余家企业中,有职业病危害的占630家,从业人员1万多人,基本为外来民工。而这600多家企业中,当地卫生机构进行过职业卫生监测的仅60来家,不到1/10。

断指、矽肺病,还有来不及花费笔墨记录的苯中毒、非法童工、严重超时加班等事件,当我们还在为自己的"人口红利"所带来的全球罕见的劳动力资源优势而津津乐道时,剥夺、牺牲之类的字眼异常沉重。无论是否愿意面对,这样的现象在过去的数十年间一直发生着,只是进入21世纪后,随着经济自身的提升、社会公众意识的嬗变,这些问题才日渐清晰地浮出水面。

这一切,很容易被因"浙江制造"的巨大竞争力产生的喜悦所掩盖。为了更低的成本、为了更强的市场占有,许多牺牲都成为了难以避免的发展中的必需。

在劳动者弯曲的背影之后,我们又焦虑地发现了愈来愈浓重的阴云——环境污染。

与熊德明一样,钱塘江畔萧山南阳镇坞里村的韦东英也是一位农妇。她不养猪,而是以帮丈夫打鱼为生。她的出名是因为数年如一日坚持举报"杀人犯"——非法排污企业。但韦东英说,最让她痛心的,就是自己居然靠这件事出了名。

23岁那年,韦东英嫁到坞里村。一年后的1992年,她家的地被镇里征用建起了全省第一个乡镇级化工园——南阳化工园,共有企业26家,年产值约10亿元,镇上的干部说这将给南阳带来"致富的希望"。

但没过多久,韦东英就发现事情好像变得不太妙。

空气开始变得混浊起来,而且老是漂浮着刺鼻的怪味;钱塘江水黑了,有时像酱油汤似的;江边或明或暗的排污管整日浊流翻滚,由于污水的氧化侵蚀,排污口边上的水泥墩柱钢筋裸露,鱼也渐渐不见了。最可怕的是,自化工园开建后,不到2000人的坞里村,竟有60多位村民莫名其妙地接连死于癌症。

怀疑继而坚信,韦东英认定"杀人犯"就是所谓寄托了"致富希望"的化工厂。

她开始了顽强不屈地举报,从镇、区、市、省,直到国家环保总局。为了搜集铁的证据,韦东英经常和丈夫邵关通一起夜里撑着小木船摸到排污口取水样,并用花费积蓄买来的数码相机拍下污染现场。只有初中文化的她还硬逼着自己写起了"污染日记"。在 2004 年 9 月 5 日的日记中,她写道:"距离上个月我们向浙江省环保局举报已经 20 天了,没有接到省环保局的通知和处理结果。邵关通捕鱼回来说,江城桥下排的污水是血红血红的。"

对于韦东英近乎疯狂的执拗举动,有人叫好,也有人猜疑、讥讽以至威胁。她苦笑着告诉前来采访的央视《经济半小时》栏目记者:"暗地里别人跟我讲,你这样下去哪一天会被人家打死。我说反正受污染也是死,还不如轰轰烈烈地让他们打死。"

2003 年底以后的 1000 多个日夜,韦东英的"证据照"已经积累了 5 斤多重,明确标注日期的取样瓶也装满了一只编织袋。终于,她等到了政府姗姗来迟的回音。南阳化工园被官方正式列为"杭州市环境污染重点监管区",萧山区环保局也开始推出一系列严厉的整顿举措,钱塘江边的所有排污口必须限期封闭。杭州当地媒体则报道称,"有关部门决定,2007 年底,南阳化工园将全部搬迁撤销"。

2005 年 4 月 29 日,杭州市首届"平民英雄"评选揭晓,被赞誉为"环保女侠"的韦东英以最高票数当选。颁奖晚会结束后接受记者采访时,她泪流满面地大声说:"如果我从来没有获得过这份荣誉,那该多好!"

联想"教父"柳传志企业办得漂亮,其经营理念也广受推崇。他有一个很著名的"拧毛巾"理论,被认为是联想决胜跨国巨鳄的三件法宝之一。

环保农妇韦东英

柳传志对"拧毛巾"理论做了如下诠释:纵论天下商战,最要紧不过八个字——"与众不同,成本领先"。所谓成本领先,就是要善于把毛巾里剩下的水拧出来,直到最后一滴。市场以无形之手"拧"企业,"老板"则以有形之手拧成本。在一个产品竞争激烈的买方市场,"毛巾拧水"是企业关键的生存之道。

可以肯定的是,极端重视成本控制并非柳大师独创。日本企业在第二次世界大战后神奇崛起的秘诀之一,便是通过精细化现场管理,最大限度地降低产品成本,并做到近乎极致。

价格低廉是"浙江制造"所向披靡的最重要竞争利器,而价格低廉的背后一定是成本低廉。但我们不难发现,与联想或日本企业成本控制主要依靠改善管理、革新工艺、有效整合诸多生产流程等路径不同,很长时期,"浙江制造"的成本优势相当程度上仍依赖于低工资、低档化设备及高环境代价。换句话说,"浙江制造"也一直在坚定地"拧毛巾",拧痛的却是自己。

至少到今天,很多人坚持认为,这般令人酸楚甚至流血流泪的"拧毛巾"实属难以逾越的阶段性无奈。问题是,我们是否将会以此自我宽慰,并漠然地继续下去。放眼未来,这注定是不可持续和危险的。

所幸,我们已经清楚地听到了来自政府的声音。2003年7月,中共浙江省委十一届四次全体(扩大)会议做出了进一步发挥"八个优势"、推进"八项举措"的决策和部署,被赞誉为"浙江版"科学发展观的"八八战略"呼之欲出;2007年11月,作为"八八战略"的深化,中共浙江省委十二届二次全体会议又做出了扎实推进"创业富民、创新强省"的重大决定。

"科学发展观"不再是嘴边的口号,而是攸关浙江未来的正逢其时的一剂解药。

"2008"之痛

2008年3月18日,全国"两会"闭幕式的记者招待会上,温家宝总理说:"今年,恐怕将是中国经济最困难的一年。"

当时,肯定没有多少人真切地理解这句话的含义和分量。

刚刚走入改革开放30年,收获的是来自全球的赞誉,各种标志性数据的曲线高昂,我们似乎站上了辉煌的巅峰。回望、喜悦、庆典、礼花,理所当然成为2008年的关键词。

然而,几乎从天而降,"最困难的一年"真的来了。

2008年6月4日,《财经》杂志记者严江宁一篇题为《飞跃遭遇资金链危机》的短讯如同晴天炸雷。

该消息第一个公开披露称,地处台州椒江区的浙江省缝制设备生产龙头企业飞跃集团由于经营状况一蹶不振而陷入严重困境,其对所借贷的巨额资金无力偿还,无奈向政府申请"破产"。目前,台州市政府已经派人进驻飞跃,全面接管了飞跃的账目。

浙江各界对此的反应是两个字——"震惊"。

震惊,首先缘于飞跃集团堪称标杆的特殊地位。该集团网站资料显示,飞跃是当今全球最大的缝制设备生产基地。年生产能力500万台,其中超高速包缝机、绷缝机占世界总产量的50%,产品远销120多个国家和地区,居全国行业出口量首位。2007年,集团董事长邱继宝以25亿元身家,居"胡润百富榜"第328位。

地位的特殊还不仅仅在于规模总量。2000年12月11日,在一次民营企业座谈会上,时任国务院总理朱镕基听取了邱继宝历尽艰辛、闯荡世界的汇报后曾当面称赞说:"你邱继宝是个'宝贝',是个'国宝'。"邱继宝因此一夜成名。2002年11月,他当选为浙江数十万位民营企业主中的第一位中共十六大党代表。邱继宝无疑是"浙江制造"又红又专的一面旗帜。

随后,铺天盖地的追踪报道以"飞跃折翅"来形容其困境的严峻。邱继宝本人的说法则是"焦头烂额":台州市外经贸局数据显示,2008年1—4月,飞跃集团出口总额仅为1848万美元,比去年同期3300万美元大幅下跌44%。由于资金周转极度困难,没钱购买原材料,公司只得放弃部分海外订单。自5月后,生产基地每周仅开工两三天,一些待岗的员工为了能多赚些家用,被迫去建筑工地打零工。

"飞跃地震"有两个众说纷纭的争议焦点。

——飞跃究竟欠了多少钱?欠谁的?民间的说法称,飞跃总负债近40亿元。而各个来自"可靠渠道"的消息亦表述不一,一说保守估计其负债总额30多亿元,银行贷款约16亿元;一说总体负债率约80%,若以其24亿元资产规模计则接近20亿;新华社6月5日的报道则透露,至5月底,飞跃的银行贷款为8.9亿元,另有几千万元的银行承兑汇票。

——是什么致使飞跃一步步陷入难以自拔的泥潭?

"我就是太相信规模经济、园区建设、先进装备、新型工业化、国际化万岁、出口万岁。"邱继宝这样向媒体总结对此次危机的反思,"这些东西投入巨大。等产出的时候,才觉得费用这么高。"

邱继宝办公桌上的一只硕大的地球仪,曾被许多记者反复描述。据说,邱继宝空闲时总喜欢将之转来转去,看看自己国际市场的地盘又扩张了多少。飞跃产品出口始于20世纪80年代末,比"浙江制造"集体性冲出国门整整早10年。迄今,飞跃外销比重一直高达80%。

成功的海外扩张使邱继宝获得过各类荣誉,但美国次贷危机发生后的国际市场的急剧萎缩所带来的存货周转及应收账款的滞缓，后果同样是灾难性的。据媒体报道，邱继宝在2008年6月集团召开的一次高层会议上言及公司的海外业务状况，讲到动情之处不禁潸然泪下。他告诉下属们，飞跃的一批货物刚刚到达南美，随即就被扔下了大海。因为与登岸后慢慢地卖相比，不如马上就地处理，"仓储成本远远超过收益"。

海外市场销售现金流收益急剧下滑的同时，却是企业规模化扩张所带来的投资大放血。

1997年5月，飞跃兼并同在椒江的浙江第一工业缝纫机厂，成立飞跃集团五区。1998年7月，飞跃收购杭州杜邦缝纫机公司，建成当时国内最大的绷缝机生产基地。2001年12月，总投资7.5亿元、占地两平方公里的"飞跃工业城"正式启动。随后，邱继宝又豪气万丈地对外发布了公司的宏图大计：到"十一五"末即2010年，飞跃将实现销售额270亿元、进出口总额15亿美元、利税15亿元。270亿元意味着其总量增长必须达到近20倍，相当于2010年国内缝纫机行业约500亿预期市场总份额的一半以上。

借钱→投资→再投资→再借钱，巨大的财务压力已经把飞跃的赢利造血能力紧绷到了极限。2007年下半年以来，市场风云一旦出现异变，紧张的资金链马上塌垮。

危难当头，地方政府决意伸出援手。浙江省政府紧急召开了飞跃债权银行会议，明确要求不抽贷、不压缩贷款规模。台州市、椒江区政府则积极运作临时调剂资金、资产重组等救助措施。

《东方早报》资深记者徐益平调查认为，官方的这一主动姿态，一方面基于飞跃及邱继宝的既有"光环"，另一方面是担忧其倒下后给产业与区域经济带来的多米诺骨牌效应。

椒江区下陈街道是全国最大的缝纫机生产基地——台州产业集群的核心区块，飞跃则贵为领军者。2006年，下陈街道共有缝纫机整机企业40多家、零配件企业400多家，产量在全国约三分天下有其一，其中为飞跃供应零件和配套的占了当地企业数的1/4。飞跃崩盘，全局大乱，企业问题可能进而演变成社会稳定问题，这是官方无论如何都不愿看到的。

"飞跃折翅"拉响了最刺耳的警报，"浙江制造"的"2008之痛"已山雨欲来。

事实上，不良征兆早在几个月前就隐隐发作。最敏感的信号恰恰来自改革30年民营制造业的"圣地"温州。

2008年3月底，中央电视台《经济半小时》栏目播出《温州制造面临危机？》

专题节目。温州中小企业发展促进会会长周德文在访谈中语出惊人:"温州30多万家中小企业,可能有20%左右已处于停工或半停工状况。"

一言既出,周德文立马陷入舆论旋涡。真相还是传闻?停工、半停工还是倒闭破产?正当惊出一身冷汗的周德文忙着解释、澄清之时,温州权威部门发布了2008年一季度全市行业发展情况调研报告。初步统计结果显示,"以我市各重点工业乡镇为单位,倒闭企业占企业总数的比例最高为12%,最低5%"。一些企业反映,现在的状况是"不生产等死,生产是快死"。

虽然数据上有点出入,但现状的严重性已毋庸置疑。云集了全国10%的服装、20%的鞋、60%的剃须刀、65%的锁具、80%的眼镜、90%的金属外壳打火机和90%的水彩笔的"温州制造",似乎顿时风光不再。

以温州经济三大"花旦"之一的打火机产业为例。据温州市烟具行业协会统计,最高峰时全市打火机企业达3000多家,近几年下降到六七百家。而仅2007年后一年间,又有超过80%的企业骤然蒸发,剩余的不足100家中约一半属于勉强硬撑。

担任烟具行业协会副会长的温州日丰打火机有限公司董事长黄发静,2003年曾因"率领温州中小打火机企业挺身而出、应诉欧盟技术性贸易壁垒CR法案"而成名,并当选为"CCTV年度经济人物"。2008年7月,他在接受记者采访时说起了不久前举办的行业年会:"以前年会都得大办,请很多政府领导,几百号人济济一堂喝得面红耳赤。大家互相问候最多的是,你又接了多少订单。今年到场的不超过80人——很多人的厂子倒了,不好意思再来了。"

黄发静的语气中全然没有了当年的意气风发,而是充满伤感和心酸。他认为,大多数倒掉的企业是死于失去信心。压力太大,他们觉得等不到复苏的那一天了。

坏消息仍源源不断地从全省各地涌来。7月,浙江最高气温已逼近40度,热浪翻滚,但许多人感受到的却

2003年当选"CCTV年度经济人物"时,中央电视台为黄发静制作的漫画像

277

是透心的凉。

——中国最大的注塑鞋生产基地温岭市，5000 家鞋类生产企业中约 20% 停产或倒闭，前 15 强企业中有 10 家呈现负增长，从业员工由 17 万人锐减至 11 万。"遇到的困难之大，这 10 多年从未有过。"已经在这个行业跌打了 18 年的福德隆鞋业老板朱福德叹息，以前温岭的鞋一直很好销，客户往往是排队求着发货。仅仅一年时间，情况就变了，热热闹闹的发货场面已成记忆中的美景。

——中国最大的小商品市场义乌市，6 月的"义乌·中国小商品景气指数"为 1073.65 点，比上月下跌 56.96 点，逼近同年 3 月由于春节休市、雨雪灾害等原因创下的 1060.82 历史低点。同期入境义乌采购的外商人数也坐上了滑梯：4 月 2.5 万，5 月 2.1 万，6 月则不足 2 万。许多摊位的摊主开始百无聊赖地聊天、打牌、玩电子游戏。

——"中国家电之都"宁波慈溪市，1 万多家小家电企业近半数处在亏损边缘，命悬一线。其中年产能力超过 500 万台的 50 家中小冰箱企业，有大约 40 家根本接不上订单。"大家都两眼血红硬挺着，倒下了恐怕就再也站不起来了。"

——受资金短缺影响，一季度浙江省规模以上纺织业亏损企业达 3174 家，同比增加 414 家，亏损面高达 28.4%。年初时，台州市 52 家规模企业接连倒闭，产生银行债务 2000 多万元，极有可能成为一笔死账。

普遍的"浙江制造"困局的连锁效应开始显现，甚至已累及浙江工业化进程、就业目标的实现和城乡居民收入的增长。有数据披露，一季度浙江省城镇居民人均可支配收入、农村居民人均现金收入仅增长 1.7%、5.4%，这在向来以藏富于民而著称的省份是罕见的。

是什么捆住了浙商张扬矫捷的身姿？冰冷刺骨的"后天"何以突如其来？《21 世纪经济报道》援引 2008 年 7 月 7 日浙江官方紧急报送国家发改委的一份题为《当前中小企业生存环境亟待改善》的调查报告，并做了详尽分析。这份由浙江省经贸委、中小企业局、外经贸厅、省企业联合会等部门共同完成的调查报告的关键语颇为忧虑——"全省 200 多万家民营企业处境微妙，大量中小企业的生存面临危机"。

该调查报告认为，当前影响浙江中小企业生存和发展的原因包括：人民币升值、银根紧缩、成本上升、出口退税率下调、次贷危机等。

人民币不断升值对浙江出口企业造成的压力是巨大的。2008 年以来，浙江规模以上企业的主营业务利润率只有 3.81%，许多出口订单的赢利期望"打了水漂"。据测算，全省 1—4 月对美国出口 80 亿美元，因汇率波动，收入减少约

30亿元人民币。

同时，浙江深受美国次贷危机的伤害。美国历来是浙江的主要出口市场，2006年全省对美国出口增长36%，2007年增幅下降到12.34%，2008年一季度仅增长3.7%，增速节节回落。同年1—4月，浙江处理的涉美贸易纠纷案件金额达1409万美元，同比增长205%。

而银行信贷一再紧缩，致使本来就存在贷款难、担保难的浙江中小企业融资雪上加霜。2008年全省工行、农行、中行、建行新增贷款由上年的1487.27亿元缩减为1093.69亿元，减少了1/4。在中长期贷款中，技术改造贷款占比已从2000年的16.09%降至2007年的0.97%，下降了15.12个百分点。另据分析，由于受银行利率上调和民间高息借贷等影响，2008年1—4月，浙江规模以上中小企业财务费用增长40.55%，其中利息净支出增长45.18%。

至于成本上升的影响，主要表现在工业生产资料、企业用工成本及土地出让价格等方面。据统计，2008年4月，钢材、燃料、动力购进价格比上年同期增长12%，而工业品出厂价格仅提升5.3%，涨幅倒差从上年底的2.9个百分点扩大到6.7个百分点。1—4月，浙江规模以上工业企业从业人员的劳动力报酬则增长了16.42%，创近年来新高。

出口退税率下调也成了"架"在外向型企业脖子上的"一把刀"。以台州为例，全市有1800余家企业、1000多项商品受此次调整的影响，涉及80%以上的出口企业，造成的直接损失高达1.5亿美元。

国内外两个市场环境的"外患"钢性叠加是客观存在，但问题的关键还在于企业生存发展的价值理念偏好，其诱因正是"浙江制造"的超低价神话。

观察人士相当一致的判断是，改革开放之初，由于意识形态歧视造成的市场准入的制约，以及全民创业的"老百姓经济"的局限性，"浙江制造"必然首先大量涌入低门槛、低资本、低技术的日用消费品生产领域，随之而来的低档化倾向和普遍的低价竞争策略实在是顺理成章的天然选择。这一朴素的生存哲学曾造就了辉煌奇迹，自以为高明地对此加以断然否定，将是轻率的甚至是可笑的。问题是，长期的连续成功，致使"浙江制造"在相当程度上患上了低价依赖症，痴迷成瘾而难以自拔。一旦市场环境恶劣，久已深埋的痼疾会立即总爆发。这是一杯渐进中积累的苦酒，而并非毫无预兆、急转直下的恶化。

对"温州模式"颇有见地的知名学者马津龙则从新的视角诠释所谓"2008温州生死局"。他认为，温州多个产业领域的现状早已是过度进入、过度竞争，此次部分企业的倒闭退出可以看作是市场经济条件下对以往"过度竞争"的强制性矫正。资源要素会进一步向优势企业集中，而有战略眼光的优势企业完全应该

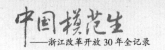

借势冲入提升科技、创立品牌的上行通道。"坏事会变成好事,这是难得的转身机会。"

这显然是对"浙江制造"普遍适用的一帖良方。但说到了、想到了,如何做到并做好又是另一回事。

再以飞跃集团为例。细加剖析,我们不无尴尬地发现,飞跃集团资金链断裂的部分压力,竟来自于为追求技术进步而支付的沉重的"血本"。

新华社的一篇热情洋溢的表扬式报道说,飞跃的科技"急行军"大约始于20世纪90年代后期。10年间,其举债斥巨资,投入数以亿元计,接连收购了日本的一家小型工厂,聘用德、意、日等强国的缝纫机洋专家为飞跃研发高新产品,并从美、韩及中国台湾地区引进上百台(套)世界顶级加工设备。1999年,飞跃机电一体化多功能家用缝纫机首次杀入日本市场,从此将日本高档缝纫机单向出口中国的历史画上句号。

在很多场合,邱继宝都讲过这样一则故事。2006年6月,他出访欧洲。在一次中外企业界见面会上,瑞士工商会会长发言时说,中国企业家是我心目当中最伟大的。你们可以买世界上最贵的原材料,却卖出去最便宜的产品。中国人真聪明,他们不搞研发,热衷于搞拿来主义。

此番揶揄,令邱继宝耿耿于怀。他下定决心:要造就造世界上最贵的缝纫机,而最贵意味着技术最新。

为了研发高档缝纫机自动化控制系统中的芯片,飞跃联合中科院,累计投入近两亿元。几年间,飞跃拥有自主知识产权的专利已达500项。"八五"时,飞跃每台缝纫机的平均售价为500元人民币;至"九五",单价上升到2500元;"十五"期末,这个数字已经飞跃到1万元。邱继宝的梦想是:未来能够生产一种机器,吃进棉花直接就可以生产出成品的服装。

没料想,壮志未酬,泪洒沙场。

我们没有任何理由因此怀疑飞跃追逐科技进步的路径选择。但这个世界上并不存在万能的药方,正确的思路仍然需要小心翼翼地正确运作。稍有闪失,同样可能付出血的代价。

2008年年中,包括温家宝总理在内的国务院高官密集调研中国沿海,浙江则是备受关注的重中之重。调研的指向十分明确,如何进一步调整和完善现行政策,避免中国经济出现过大回落。

当年7月,浙江省政府办公厅下发《关于促进全省外贸稳定健康发展的意见》,出台了14条"含金量"较高的扶持政策。同月5日召开的浙江省企业联合会第 6 次会员代表大会上,浙江省省长吕祖善向数百位与会企业家郑重承诺:"政府将和企业一起,齐心共渡难关。"

来自政府的殷殷之情可期,一系列良性扶持政策亦在预料之中。然而,真正的"救世主"不会是别人,只能是"浙江制造"自己。

改革 30 年,浙江民营经济发展的基本路径就是绝处发芽、逆境求生,在一次次难以想象的不可能中冲出血路。它们从来没有奢望过铺满鲜花的坦途。

与中国沿海其他多个表现抢眼的领跑者区域相比,浙江经济具有独一无二的草根性和本土化特征。这就决定了在这片天空下萌生成长起来的"浙江制造"看上去有点"土",却蕴藏着超强的生命力和适者生存的进化力。严冬过后,便又呈现活泼泼的盎然生机。

"请给我一次失败的机会。"这是被称作"汽车疯子"的浙江吉利集团董事长李书福的名言。面对磨难与挫折,他写下过一首题为《我清楚》的小诗。其间冷暖,用来比照"浙江制造"正在经历的"2008"之痛,恐怕再贴切不过了。现摘录如下——

> 人在旅途
>
> 谁能知道前方有多少条路
>
> 酸甜苦辣
>
> 早已留在记忆深处
>
> 清晨日暮
>
> 阳光星光为你引路
>
> 春夏秋冬
>
> 希望就在不远处
>
> 不低头　不认输
>
> 擦干泪　坚持住
>
> 该受的苦我来受
>
> 该走的路我清楚

阿里巴巴"芝麻开门"

谁都知道浙江是数百万中小企业的天堂。说中小企业还算是一句客气话,其间许多只能被叫做小作坊。

某天,当有一位浙江商人公然宣称,要在这片土地上创建"中国人自己的、全世界最伟大的公司"时,你一定会认为他是个说胡话的外星人。

立志创建全世界最伟大公司的阿里巴巴董事局主席兼首席执行官马云

夸下这番海口的这位浙江商人长得的确有点像外星人,他就是阿里巴巴公司董事局主席马云。

"我特地来看看,马云到底是怎样的一个人,阿里巴巴到底是一家什么样的公司。"2008 年 2 月 20 日上午,由中共中央政治局委员、广东省委书记汪洋带队的广东省党政代表团一行抵达地处杭州市华星路的阿里巴巴总部大楼。一进门,汪洋便开门见山地对马云如是说。

据披露此事的《第一财经日报》报道,该代表团阵容强大,广东省省长黄华华、深圳市委书记刘玉浦以及省委秘书长、省委宣传部长、三位副省长、三位省人大副主任均在其列,共 70 多人,"代表团规格之高、规模之大,为近年来广东省赴兄弟省省市学习考察之最"。

此日上午的"汪马会",缘于中央政治局委员、上海市委书记俞正声的一番肺腑之言。

汪洋说,几天前广东代表团在上海考察时,俞正声向他特别提到了马云,并感慨上海为什么留不住马云、出不了马云。两人随后就马云的话题进行了探讨,"俞正声的话让我震动很大"。

其实,早在 2008 年 1 月 27 日举行的上海市政协十一届一次会议上,俞正声面对政协委员,就曾公开对"上海为什么出不了马云"进行了反思。他说,阿里巴巴创始人马云给了自己一个"刺激":"有一天我见到了阿里巴巴的老板马云。马云跟我讲,阿里巴巴一开始是在上海,后来回到了杭州","我为失去这样一个由小企业发展而成的巨型企业感到相当遗憾"。

由此,汪洋产生了"一定要到阿里巴巴来看看"的念头。

那天上午,马云匆匆从家里赶到公司迎接汪洋。汪洋用手指着穿着普通的马云,对在场的浙江官员笑称:"这是浙江的一个宝啊。"

汪洋谈兴甚浓,他与马云就互联网发展趋势及阿里巴巴的业务运转进行了细致交流,并直接制止了工作人员要求马云尽量简短发言的示意,"放开讲,有多少事就讲多少时间。"

"阿里巴巴的商业模式与广东中小企业的发展思路非常契合。"汪洋表示他本人非常希望马云过些天去广东走走,并称期待和马云的合作。

对于汪洋的"力邀",陪同的浙江官员笑着要求"汪书记要手下留情"。汪洋"安慰"说,他不会挖浙江的"墙脚",但希望广东也能借力阿里巴巴这个巨大平台,携手双赢。

12时15分,汪洋意犹未尽地握别马云。这比原定行程推迟了20分钟。

30年,百万浙商,风流人物无数。但能让中国沿海重量级省市的两位书记同时备感"遗憾"和"好奇"的,马云恐怕属第一人。

要想清晰地揭开这个"为什么",我们有必要先粗略梳理一下马云和他的阿里巴巴的前世今生。

在《阿里巴巴:天下没有难做的生意》一书中,作者郑作时告诉我们,马云1998年毕业于杭州师范学院(现为杭州师范大学),他的第一份职业是杭州电子工学院(现为杭州电子科技大学)的英语教师。1995年,因为自认为"可能是杭州英语最好的一个人",他被郊县的一家公司请去作为与美国合作方就一条高速公路的投资进行谈判的翻译。

来到美国西雅图的一所大学,马云第一次听说了互联网。他回忆:"一开始我不敢碰电脑,因为我知道很贵,按键盘都怕把它弄坏了。"但这个特别擅长造梦的小个子杭州青年凭着第六感认定,网络这东西可能会有戏。

从美国返回,马云的行李中多了一台当时配置最先进的486电脑。同年4月,他下海了,用借来的2000美元,开办了包括夫妻俩在内、共3位员工的小公司——"中国黄页"。业务流程很简单:类似电话号码黄页的功能,把中国公司的网页挂到互联网上去,使它们"有机会和全世界做生意"。这已经让我们嗅到了后来的伟大的阿里巴巴的气息。

郑作时分析说,这段有点艰辛的互联网"初恋"的意义在于,马云开始坚信,IT公司的价值是赢利而非浪漫地烧钱,为中小企业服务则是赢利的最好途径。只要能为它们赚钱,就会受到空前的欢迎。

1997年后,马云有过一次短暂的北京之行。差不多两年间,帮助构建国家外经贸部官方网站,并成功打造同样归属外经贸部的"网上中国商品交易市场"。时任外经贸部部长石广生曾在不同场合多次称赞这个市场是一个"永不落幕的广交会"。

对马云来说,北京之行则是大戏开场前高水准的操练和彩排。"网上中国商品交易市场"网站中的许多构架和要素明显有阿里巴巴的影子,比如说搜索引擎、商品分类、客户缴费等阿里巴巴未来的核心技术要诀,都基本成形并得到了初步的实践验证。

1999年1月,马云做出了最重要的决定:二次南下,将老家杭州作为自己圆梦的大本营。许多IT同行在此前后纷纷潜入北京是为了"离钱更近"——找到风险投资。马云对自己南下的解释则是为了"离中小企业更近"——中国没有什么地方能像浙江拥有那么肥沃的中小企业土壤。

春天,被很多人认为名称古怪的阿里巴巴网站在位于杭州城西的湖畔花园的马云家里诞生了。开张那天,马云对18位创始员工发表了著名的演讲:"我们的目标有三个。第一,我们要建立一家能生存80年的公司;第二,我们要建设一家为中国中小企业服务的电子商务公司;第三,我们要建成一家世界上最大的电子商务公司,必须进入全球网站排名前十位。"

未来被描绘得如同一朵含苞待放的花儿一般。但至少开张之日,阿里巴巴和它的服务对象没什么两样——几乎所有浙江中小企业开始创业时均如此:白手起家,喝不到温热的奶水,肯吃苦是自己最大的竞争本钱。

公司的全部资本共50万元。马云说谁也不许向别人借钱,尤其不能向父母借钱,这是全体员工能凑起来的个人积蓄总和。每人月薪500元,为了节省金钱和时间,大家都得围绕着马云的家租房子住,步行距离不超过5分钟。还有一个值得记录的细节。公司成立那天,马云家的墙壁突然渗水了。他出去找回一大卷旧报纸,众人齐心动手,呼啦啦就糊上了墙。

一个立志成为最伟大公司的小公司上路了。以后发生的一切在马云预料之中,却在几乎所有人预料之外。

2000年7月,马云登上《福布斯》杂志全球版封面人物。前推50年,中国企业家无一人获此殊荣。

2001年底,阿里巴巴在全球B2B网站中第一个会员数超过百万。

2002年,阿里巴巴首次实现年度赢利1元钱。此后,又接连宣布:2003年每天营业收入100万元;2004年每天利润100万元;2005年每天上缴税收100万元;2006年每天创造就业岗位100万个。

2005年8月,阿里巴巴收购雅虎中国全部资产,并得到雅虎10亿美元投资。这是中国互联网史上迄今最大的一起并购案。

2007年4月,在博鳌论坛上,有记者问比尔·盖茨:"这个世界上,下一个比尔·盖茨会是谁?"他回答:"亚洲的马云。"

2007 年 11 月 6 日,阿里巴巴 B2B 在香港联交所挂牌上市。当日收盘时股价达39.5 港元,涨幅 192%。阿里巴巴市值飙升至 1980 亿港元(约 260 亿美元),打破了百度创下的纪录,成为市值最高的中国互联网公司,并以 17 亿美元成就全球第二大互联网融资案例。

据阿里巴巴 B2B 于 2008 年 3 月发布的 2007 年报,全年营业收入为 21.63 亿元,净利润 9.68 亿元。总注册用户 2760 万,总企业商铺达 300 万个。同时,比阿里巴巴B2B 晚 4 年出生的淘宝 C2C,在干净彻底地打败了全球互联网 C2C 创始者——美国 eBay 的中国公司易趣后,截至 2008 年一季度的用户数飙升到惊人的 6200 万,占据全国 70%以上的市场份额。

2008 年 7 月,马云宣布对淘宝追加投资 20 亿元,使当年预计交易量 1000 亿元人民币的淘宝在 10 年内超越沃尔玛。而沃尔玛 2007 年的年交易量已达35000 亿元人民币。"但天下没有什么是永远做不到的。"

短短 9 年,成就王者。马云和他的阿里巴巴的膨胀速度之快,其创业故事之神奇似乎非外星生物而不能为。

故事并不是仅仅拿来听的。对浙江来说,与从石头缝里蹦出来的孙行者类似的马云和阿里巴巴究竟意味着什么?是纯粹偶然的异形,还是彰显规律、昭示方向的启明星?这个玄乎得不得了的阿拉伯咒语,会给浙江带来一个什么样的未来?

直至今天,浙江的基本经济构架是四个字——"轻(轻工业)、小(中小企业)、集(集体经济)、加(加工业)"。随着深刻的所有制变革,"集体经济"已彻底转身为"民营经济"。其他三个字则全然依旧,毫不夸张地说,没有传统的"轻、小、加",就没有改革 30 年的浙江。

马云给浙江展示的是颠覆性的世界。阿里巴巴是那么庞大、那么现代、那么重量级。这种反差,恐怕只有倒立者才能看得清楚、想得明白。

阿里巴巴空前的成功是否表明,作为浙江活力的源泉、骄傲的本钱,"轻、小、加"的区域经济核心结构终于到了需要变一变的时候了?

事实上,这样的疑问并不是阿里巴巴横空出世后才浮现的。在浙江,争论一直存在。而大约 21 世纪最初 10 年的上中期,与"轻、小、加"相对应的重化工业思路,已经于激辩声中悄悄启动。

2006 年 1 月,浙江省十届人大四次会议审议通过"十一五"规划《纲要》,十分明确地提出浙江将"积极发展临港重化工业"。该省发展规划研究院专家课题

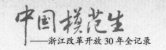

组则进一步具体指出,浙江新型临港重化工业建设要以石化、船舶修造、精品钢材、装备工业为重点,其区域布局遍及浙江沿海广大地区。

浙江官方研究者普遍将向重化工业转型视作该省在新形势下打造先进制造业基地的重要路径。他们的判断依据是,浙江已进入工业化中期,曾经拥有优势的产业结构不会一成不变,而应不断演进,"从国际经验看,人均 GDP 进入 2000 美元以后,产业结构必然要从轻工业向重化工业转变,这是一个不可逾越的阶段"。

地方官员们比省里更着急,动作也更快。

2005 年 3 月,温州市政府对外宣布了《温州市石油化工产业发展及总体布局规划》。作为温州"重型化"的支柱产业,"石化基地"项目由时任温州市市长刘奇亲自主抓,选址温州东部的海岛洞头县,预计 10 年间投资 300 亿元,项目建成后年销售收入逾 350 亿元。

同年 7 月,韩国首尔,韩国 SK 集团、英国瑞嘉国际有限公司、台州市广盛电子实业有限公司、玉环县国有资产经营公司签署"投资备忘录"。这个意欲在大麦屿港合作开发一期 100 万吨重油深加工的项目,将民企大市台州"时不我待"的勃勃雄心显露无遗。

即便是在美景如画的天堂杭州,媒体报道说,在 2006 年举行的一次适度发展重化工业研讨会上,与会的众多专家和当地官员也达成共识:中国工业重型化大势如潮,杭州面对的课题不是"该不该重型化",而是"怎样适度重型化"。

热潮渐起。但多少有些出乎意料的是,著名经济学家吴敬琏对此发表了题为《注重经济增长方式转变,谨防结构调整中出现片面追求重型化的倾向》的文章,还专门点了浙江的名,称"近年浙江努力向重工业转型,资源已出现严重短缺。2003 年开始已普遍拉闸限电,现在是开 4 天停 3 天"。由于吴敬琏的声望,他发出的"忧虑"所带来的压力可想而知。

让我们再把话题拉回阿里巴巴。

俞正声和汪洋两位书记所关切的,是政府部门从政策环境的角度能为"催生第二个马云"做些什么?同样需要关切的是,"第一个马云"诞生于怎样的产业环境?

稍前,我们曾经描述,1999 年马云离京南下并从此将创业大本营扎根杭州。他解释得很清楚,为了"离中小企业更近"。

其实,阿里巴巴的生长模式相当简单:"小的"企业只有依靠尽可能低的成本才能生存。而阿里巴巴提供的正是这样一个交易成本尽可能低、交易空间却尽可能大的商业平台。于是,"小的"企业热烈地投身其怀抱,无数"小的"企业在这一平台彼此粘连、整合,自然就有了"大大的"阿里巴巴。

"未来的商业世界是一个小型的世界,现在像恐龙般吓人的庞大企业将会被肢解。"马云调侃说,"这样的恐龙,就比如沃尔玛。"

《福布斯》杂志在 2000 年第一次以封面人物推介马云,即已洞察隐藏在"小的"背后的"大前景"。其在题为《小虾米的"B2B"》的封面文章中写道:"马云的方向是正确的。美国只有 20 家大公司有购买一集装箱锤子的需求,但有 555 个五金批发商,20900 个零售商只要买一箱或一盒锤子。这些小企业对阿里巴巴非常感激。"

在许多次接受媒体采访时,马云还语出惊人地澄清道,阿里巴巴并不认为自己归属于高科技公司,而是一家传统企业。它的基本业务就是"建一个网上集贸市场",利用互联网让全世界传统的小商人们做生意不再困难。

的确,从阿里巴巴身上,很容易捕捉到义乌小商品城的影子。这两颗晶晶亮的"双子星座"同时光耀浙江,不能不给人留下无限的遐想和合理的推论。

我们可以因此得出这样的结论,如果离开了浙江灿若繁星、活力四射的所谓"轻、小、加"传统企业的土壤,就不可能生长出庞大、现代、重量级的横跨"新旧"两个世界的阿里巴巴。这是一个有趣的因果相依的辩证关系。从来就不存在什么能够隔断历史而获得的涅槃与重生,任何发展都将是一个螺旋式提升的生动过程。

但无论怎么说,阿里巴巴只是一个给我们带来了巨大激动的个案。究竟什么才是"浙江制造"走过改革开放 30 年之后,其产业结构在下一个 30 年最合乎逻辑的优化选择?我们仍没有清晰的答案。

一如马云所言,阿里巴巴未来的成长是确定的,也是不确定的。恰恰是这种不确定性,使我们与小说中的那位阿拉伯青年一样,对仍然大门紧闭的藏宝洞里的秘密始终怀有炙热的憧憬。

【浙江改革史档案】
"八八战略":科学发展观的"浙江版"

进入 21 世纪,尤其是中共十六大后,为落实科学发展观、打开经济社会增长的良性通道,2003年7月10日,中共浙江省委十一届四次全体(扩大)会议提出了进一步发挥"八个优势"、推进"八项举措"的"八八战略",引起全国瞩目。

2006年初,时任浙江省委书记习近平在接受《人民日报》记者专访时阐述说,"八八战略"第一个"八"所指的"八个优势",并非单纯指已经体现出来的优势,而是按照科学发展观的要求,结合实际作出的总体把握,体现了继承与创新的统一。具体而言,是将已经显现出来的优势进一步发挥好;将潜在的优势变为现实的优势;对于一些劣势,要通过努力转化为优势,或者避开劣势。第二个"八"是指八个方面的举措,是针对进一步发挥、培育和转化优势提出的。通过实施这些举措,推动经济社会发展增创新优势、再上新台阶。

"八八战略"具体为:一、进一步发挥浙江的体制机制优势,大力推动以公有制为主体的多种所有制经济共同发展,不断完善社会主义市场经济体制;二、进一步发挥浙江的区位优势,主动接轨上海、积极参与长江三角洲地区的交流与合作,不断提高对内对外开放水平;三、进一步发挥浙江的块状特色产业优势,加快先进制造业基地建设,走新型工业化道路;四、进一步发挥浙江的城乡协调发展优势,统筹城乡经济社会发展,加快推进城乡一体化;五、进一步发挥浙江的生态优势,创建生态省,打造"绿色浙江";六、进一步发挥浙江的山海资源优势,大力发展海洋经济,推动欠发达地区跨越式发展,努力使海洋经济和欠发达地区的发展成为浙江经济新的增长点;七、进一步发挥浙江的环境优势,积极推进基础设施建设,切实加强法治建设、信用建设和机关效能建设;八、进一步发挥浙江的人文优势,积极推进科教兴省、人才强省,加快建设文化大省。

在贯彻落实中,"八八战略"得到了不断的完善深化。2007年11月6日,中共浙江省委十二届二次会议在此基础上作出了扎实推进"创业富民、创新强省"的重大战略部署。

创业创新是富民之本、强省之源。创业富民、创新强省,是改革开放以来浙江发展经验的深刻总结,是中共浙江省第十二次党代会作出的落实科学发展观、全面建设小康社会的重大决策,是今后一个时期推动浙江发展的总战略。创业富民、创新强省,就是要按照科学发展观的要求,在新时期新阶段,全面推进个人、企业和其他各类组织的创业再创业,全面推进理论创新、制度创新、科技创新、文化创新、社会管理创新、党建工作创新和其他各方面的创新,形成全民创业和全面创新的生动局面。使全省人民收入水平持续提高,家庭财产普遍增加,生活品质明显改善,走共同富裕道路;使全省综合实力、国际竞争力、可持续发展能力不断增强,加快建设富强民主文明和谐的新浙江。

浙江"三问"

如果仅仅从狭隘的经济学范畴眺望浙江,其结论注定是偏颇而肤浅的。

——题记

盘点改革开放 30 年后的家底,论 GDP 总量,浙江比不过广东;论引进外资的力度,浙江比不过江苏;论国际化高度,浙江比不过上海。

但浙江有自己的独特优势:千百万勤勉机敏、活力四射的浙江人。

明清时期,伴随着民族工商业的勃兴,以区域性商人群体为基本特征的徽、晋、陕、鲁、闽、粤、宁波、洞庭(江西)、江右(苏州)、龙游"十大商帮"纵横天下。其中,只有浙江独占宁波、龙游(现浙西南衢州市龙游县)两席。

早在 20 世纪 80 年代,"温州人经济"便已无人不知;90 年代末,"浙商"概念开始浮出水面,终成公认的当今中国第一大新商帮;21 世纪初,"浙江人经济"又以放大了的"温州人经济"的姿态备受瞩目。中国沿海有多个各竞风流的经济版块,但能够以省份为半径被冠于"某某人经济"的,迄今唯有浙江。

可供参考的数据是,以民间版本,浙江所谓大小"老板"约 800 万;以官方说法,浙江走遍省外境内经商办厂者约 400 万,飘游海外挣洋钱者近 100 万。如此规模,无一省份可比。30 年间,无数批参观取经的队伍来到浙江,兴奋之余,往往叹言学习之不易。关键在于,经济模式的躯壳似乎可以模仿照搬,但草根型的市场主体——浙江人群体却完全无法克隆复制。

2008 年 3 月,浙江当地媒体推出的"海选·30 年 30 事——浙江最解放思想的大事"揭晓。比如说"中国第一个个体工商户花落温州",比如说"中国第一个私营经济试验区诞生于温州",30 件大事中,堪称"全国第一"的竟多达 21 件。

解放思想是解放人的思想。无疑,解放了思想的浙江人方为浙江既往 30 年里最弥足珍贵的改革遗产。

展望下一个改革开放 30 年,浙江能否飞得更高、走得更远?关于浙江的悬念,其实质仍是关于浙江人的悬念。

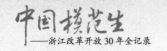

至少在当下,我们能给出的,是谨慎的乐观。悬疑,依然存在。

一问浙江:"四千精神"的红旗还能扛多久?

浙江人凭什么赢?解读的答案五花八门:浙江人头脑灵光,浙江人做事圆滑,浙江人数学好、特别会算账,等等。

比较被认同的观点是,浙江人极具深厚渊源的经商传统。相关的考证有理有据。

成功实践者如 2500 年前的陶朱公范蠡。范蠡是春秋时越国(今绍兴一带)大王勾践的第一谋臣,退隐江湖后精于商贾,终成家财万贯的中国商人始祖。

理论集大成者就多了。最著名的当属南宋永嘉(今温州)学派的水心先生叶适。其人极力提倡功利之学,讲究经世致用:"既无功利,则道义者乃无用之虚语尔"(叶适《习学纪言序目·汉书三》)。他提出的"反对崇本(农业)抑末(工商业),反对重官(政府)抑私(民营)"的经济思想,与差不多 1000 年后温州人的改革路径如出一辙。其他代表人物还有,南宋的浙中永康学派陈亮坚定地鼓吹"农商并重"。明清之际的浙东学派大家、浙江余姚人黄宗羲孜孜不倦地宣称"工商皆本"。

2000 年,浙江官方则将浙江人精神概括为"自强不息、坚韧不拔、勇于创新、讲求实效"。

观察分析的角度不同,各有各的道理。但给我们留下最深刻印象的是,浙江人成功的背后,最为紧要的基本前提都离不开三个字:"肯吃苦"。浙江人自己广为传播的精彩语录便是所谓"四千精神"——走遍千山万水,讲尽千言万语,想尽千方百计,历尽千辛万苦。

关于浙江人"四千精神"说法的起源,版本不少。有温州说、绍兴说、台州说、义乌说等。比较确信的,应该是发端于温州。最早的表述完整的文字记录,见诸 1985 年 5 月 12 日《解放日报》头版头条刊发的题为《温州 33 万人从事家庭工业》的长篇报道。也正是这一稿件,第一次在媒体上将温州改革实践正式冠以"温州模式"。

若干年前,著名作家梁晓声在他那部颇引起争议的畅销书《中国社会各阶层分析》中,用这样的笔调评价了这样一群人:

他们没有权势背景,没有稍纵即逝的美妙机遇,更没有凭着"灰色潜能"聚敛起"灰色财富"——而是砺砺斫斫、筚路蓝缕,百折不挠、坚韧挺进地加入了中国资产者阶层的人们。

他们最终成了中国资产者中的一员,大抵靠的是白手起家,渐渐从小本生意发展壮大的曲折过程。他们中相当一部分人,原本不过是些普通的工人、农民,脱去军装复员的下级军人,甚至是一些失业者,某一个时期内几乎穷途末路的人。他们的成功不是"运交华盖"的结果,而是与命运抗争的结果。

用以上文字来形容浙江数以百万计的民营创业者再确切不过了。这般境遇,决定了他们必须坚守"四千精神",流更多的汗、更多的泪、甚至更多的血。

离开了"四千精神",浙江奇迹几乎是不可想象的。但 30 年过去了,变化开始悄悄地发生。

数据称,中国已经成为宝马车全球销量增长最快的市场。而若以县级市为半径,拥有量最多的肯定是"世界超市"义乌。据义乌当地交警统计,目前全市共有宝马车 3000 多辆,另有奔驰 2000 多辆,其密度远超北京、上海。

在"中国五金之乡"永康市,富人们的爱好已经从比名车升级为比名狗。最受宠的是以凶悍著称"最能显示主人身份"的藏獒。该市江南街道下楼村陈氏三兄弟办的环宇生态养殖场则因养狗发了财,几年间售出藏獒 1200 只,"最贵的一只卖了 35 万元"。象珠镇岩前村每到夏至节庆还会举行斗狗比赛。村支书吕方庆说,以前夏至都是组织放电影、演戏,但村里的富人觉得"不够刺激"。

让我们再来看一看"四千精神"的摇篮——温州。

2005 年 8 月,《东方早报》报道说,近日 20 岁出头的温州女孩章颖(化名)出嫁。除了豪华婚宴、200 多平方米的豪宅以及轿车做嫁妆外,富商夫妇还"陪嫁"了一样特殊的"嫁妆"——在娘家服侍女儿 20 多年的安徽籍老保姆。章颖的母亲对媒体过多的关注很是不解,"独生女儿谁能放心啊?这又没什么大不了的。"而当地的奇能家政公司人士则对此表示,在温州,花钱为成年子女雇保姆的富人父母相当普遍。

2006 年,温州市人事局推出 449 个公务员岗位,报名者竟达创纪录的29407 人,报考者总数连续两年居全省各地市之最,其中不乏家财千万元甚至过亿元的富家子弟。在接受问卷调查时,许多老板对支持子女争抢"铁饭碗"的普遍解释是,自己当年艰辛打拼不堪回首,实在不愿意让下一代再吃这份苦。

无论我们是否愿意承认,浙江民营企业主群体的"四千精神"一定程度的退潮已经成为不争的事实。在创业者二代换季中尤其如此。

的确,当年催生"四千精神"的客观环境发生了翻天覆地的深刻变化。2000年来的普遍贫困演进而成令人惊羡的普遍富裕,苦日子终于熬出了头。这一切恍若隔世，其变化的速度之快以致许多人还来不及做好理性坦然的心理准备。更何况，当今世界经济的主导力量是信息和技术，埋头拉车似乎到了让位于抬头看路的时候，"四千精神"还能成为助推浙商神武无比的秘密武器吗？

2005年秋，温州瑞安市率先在全市47所中小学增设了强化"温州精神"教育的乡土校本课程。"形式上将摒弃说教灌输的授课方式，以互动为主。"具体包括，将父辈企业家请进课堂讲述创业经历、学生组成小分队进企业现场体验、在学校开办一些参与式小型创业项目等。

作为牵头人，浙江大学副教授肖龙海介绍说，该课题已被列入教育部"十五"规划课题。他认为，"吃苦、冒险、创新、合作、诚信"这一"温州精神"的基石是"四千精神"，"'四千精神'所面临的缺失与断层，才是真正决定温州兴衰沉浮的生死局"。

明天，"浙江制造"的产业结构及经济格局将往何处去曾引发广泛的讨论和猜测。但颇具共识的是，在相当时期，"浙江制造"仍会保持两个"基本不变"：以中小企业为主基本不变；以传统产业为主基本不变。

这两个"基本不变"意味着，"浙江制造"的未来仅有"四千精神"是不行的；然而，没有"四千精神"是万万不行的。

二问浙江：现代经济的文化竞争力从哪里来？

有学者认为，从基本竞争力的角度分析，改革开放以降，中国各地区域经济大抵将会经历三个阶段：

——政策竞争力阶段。善于和勇于主动抢抓改革先机或优先得到国家特定政策者胜出。改革初期，这一特征尤为明显。

——资源竞争力阶段。这里所谓的资源既包括市场机制发育水平、群体观念的开放程度、劳动力素质等软资源，也包括土地、矿产、能源等硬资源，以及各种资源的整合能力。改革中期至今，正处于该阶段。

——文化竞争力阶段。这是区域经济竞争的高级形态，其带来的效应将是长远的，可持续的。

上述三分法的总体规律同样适用于浙江。但另有声音认为，浙江的文化竞争力早已存在，并贯穿于改革发展全过程。

具体依据与浙江人绵延千年的商业传统密切关联，这也早已被许多媒体反复描述。比如，义乌的鸡毛换糖、永康的补锅钉秤、上虞的修伞匠、绍兴的染缸、永嘉的弹棉郎、东阳的木雕师傅等遍布全省。浙江人似乎天生就具有强烈的经商意识、流动迁徙偏好和企业家才能。

如此浓郁的商业传统或者说"文化遗传基因"，对浙江迅速崛起为中国改革开放的"东方启动点"至关重要。

但假如我们把目光从历史拉回当下，就会发现有关文化的另一层面。

2003 年的一份官方调查显示，浙江公众的人文社会科学素养总体达标率为 7.5%，即每千人中仅 75 人具备了基本的人文社会科学素养。该指标低于全国平均水平。

媒体曾无数次提及这样一个不完全统计，浙江几百万中小企业主中，有 80% 出身于农民。就文化教育程度而言，50% 是小学毕业；30% 是初中毕业；10% 是高中毕业；大学文化水平几乎为零，还有少数人是文盲。

统计数据总是枯燥的。请看以下颇具黑色幽默的"阿祥的故事"。

潘阿祥是湖州市织里镇的振兴阿祥集团董事长。10 多年前从废品加工厂起家，这位太湖边长大的浙江农民硬是把自己的厂子一手拉扯成年销售超过 10 亿元的民营企业。

潘阿祥是大字不识一个的"文盲企业家"。但他的出名缘于其自创了一套神秘的"象形文字"。

2002 年，在新华社记者慎海雄的反复要求下，潘阿祥终于拿出外界传言甚广的那本电话号码本。只见上面满是符号、图画和数字，慎海雄翻看这本子如坠云雾，而潘阿祥却如数家珍。在时任湖州市委书记杨仁争的电话号码旁，他画上一只大"羊"；因为织里镇镇委书记杨六顺也姓杨，他就画了一只小"羊"。一位当时已调任省委常委、公安厅长的原湖州市委领导的符号是一把大手枪；而市里公安局长的符号是把小手枪。医院院长的符号是一辆救护车，派出所所长是辆摩托车。邻县竹乡安吉领导的符号一律是毛竹，并根据所画毛竹的大小区分职务。

一次，省委宣传部领导前往考察。潘阿祥接过名片，问："领导姓陈吧？"四座皆惊：阿祥识字了！没料想他不好意思地解释了一句："我老婆也姓陈，这个字我看到过的。"

当年七兄弟连饭都吃不上一顿，潘阿祥并没觉得自己的象形文字有什么幽默可言："我最大的痛苦是不识字，最缺的是文化。"

很显然，潘阿祥们"最缺的文化"指的是建立在现代教育基础之上，以科学知识、技术智能等为核心内涵的人类文明结晶，而不是我们所说的以特定人群共同或类似的商业行为方式及商业价值观等为主体的"文化遗传基因"。此"文化"与彼"文化"的理解差异,必然造成我们对浙江改革30年开放间所谓"文化竞争力阶段"出现时间点早晚的争议。

传统商业文化持续发酵业已造就广泛而巨大的成功,这很容易使我们沾沾自喜,浓重的文化自恋情结同样广泛地滋生。甚至在传统商业文化优越感的无度膨胀之下,现代知识型文化开始沦为可怜的被嘲弄的尴尬角色。

著名学者杨轶清在新近出版的《商规》一书中,将目前普遍流行于浙江商人群体的商业成功之道与潜规则,精当到位地概括成了13条"商规"。其中与"文化"有关的是第三条商规,曰:"知识并不是越多越好。"

其大意是,对管理者来说,知识增加的风险之一,就是决策效率的降低。我们经常说"秀才造反,十年不成"。知识分子与企业管理者尤其决策者的一个主要区别,就是前者的特点是能够把简单的东西做得很复杂,本来一句话可以说清楚的,却要用一篇文章甚至五个公式来表达。而企业决策者刚好相反,他的本事在于能够把复杂的东西变得简单。所以,假如不能很好地驾驭知识而为知识所累,决策者知道得越多,越不能做出正确而快速的选择。所以,做企业重要的是智慧而不是知识。

此条商规足已勾画出浙商对知识型文化的现有集体性姿态。其貌似正确实为谬误之处在于,将广义的"有知识的人"与狭义的脸谱化的迂腐的所谓"知识分子"混为一谈,进而推出了丰富的文化知识与优秀的企业管理决策能力相悖离的结论。

英特尔公司创始人安迪·格罗夫说过一句惊世骇俗的名言,"唯有偏执狂才能生存"。的确,在很多情况下,难以言状的果敢的直觉或者行为习惯是企业家最稀缺的品质。但无论如何,稀缺的个案的成功决不是可复制推广的规律。而且,谁又能说格罗夫的偏执与直觉不是建立在丰富知识的积累之上?

把知识置于智慧的对立面是愚蠢而危险的,只有从知识的土地中发芽生长的智慧才是真正具有普遍价值的大智慧。

再以温州为例。

由于改革开放30年间书写了太多让人扼腕称叹的商业神话,许多学者热切地将温州人与犹太人相提并论。诚然,两者有着太多的共同点:四海为家、精于经商理财,对把玩货币皆有着极到位的感觉。但明显的差别是,与绝大多数出自中国社会底层、缺乏良好教育的温州人相比,犹太人的底蕴更为深厚,从马克思、爱因斯坦到弗洛伊德,他们在世界范围的哲学、科技、金融、法律领域都有过无与伦比的表现。至少到今天,温州人并不真的具备与犹太人同等的能量。导致彼此差别的关键无疑在于文化的积淀——科学文化水准的落差及在此基础上形成的新型商业文化的落差。

无须回避,从知识型文化的观察坐标衡量,浙商群体尚未实现"有钱人"与"有文化的人"的有机统一。这一现状对浙江经济最大的暗伤是,以价格低廉为基本特征的企业竞争策略长期盛行;产业同质、跟风克隆、品牌意识淡漠挥之不去;自主创新、技术进步的理念始终难以真正深入人心。困扰浙江经济已久的诸多痼疾,其实均可以从"文化"两字上找到病根。

任何文化的形成都是漫长的,一种文化的改变同样漫长。浙江传统商业文化的现代化转型与提升又何尝不需要恒久的努力?这远比投入巨资购买世界一流的顶级设备或在自己的口袋里揣上一本看上去吓人的 EMBA 烫金证书要复杂得多。

我们需要有足够的耐心等待。理清思路之后,培养一种与现代经济相适应的强大的文化竞争力,必须支付的代价是时间。

三问浙江:"黄灯意识"带来了什么?

在 2004 年 5 月 1 日颁布施行的《中华人民共和国道路交通安全法实施条例》中,第 38 条第 2 款对机动车信号灯有如下明确表述:"黄灯亮时,已越过停止线的车辆可以继续通行。"

谁都知道"红灯停、绿灯行"这一铁律,黄灯则不同了。本质上,黄灯属于停止行驶的警示,却又预留了"有条件行驶"的空间。同时,何为"已越过停止线"并没有准确的定义,交警对"闯黄灯"者处罚与否也是弹性而模糊的。

其结果是,对绝大多数司机来说,黄灯的含义就是加速冲刺。抢黄灯成了行车过程中最惊险的一跃,在红灯与绿灯的短暂间隙擦身而过,机会成本最低,当然破坏公共交通规则并引发严重事故的几率也最大。

改革历程亦如行车,禁区不少,险滩众多,而是否具有良好的"黄灯意识"则显得尤为重要。准确地说,在这一语境下所谓"黄灯意识"主要有两层含义:一是勇于抢抓机遇;二是善于利用模糊的灰色地带顺势变通。

中国改革开放 30 年间,浙江商人肯定是"黄灯意识"最优秀的群体。

同在共和国的朗朗一片天下,几乎同一时间听见了改革开放的响亮口号,胆子大且有着水一样性格的浙江人毫不迟疑地见缝就钻、遇阻便绕,市场经济起步最早,所谓的先发优势由此而来。

浙江人强烈而娴熟的"黄灯意识",在商品生产的萌动初期是可贵的觉悟,并具有对更广大人群的启蒙价值。但在日渐成熟的市场经济环境下,"黄灯意识"必然会显现出其固有的两面性,稍一失控就意味着对制度的不尊重和对商业游戏规则的漠视。

2005年5月,应法国达能公司之邀,我曾前往欧洲大陆游走了一番。巴黎—法兰克福—维也纳—罗马,此前在国内早已听说的中国货(其中的皮鞋、打火机、中低档服装等无疑大多来自浙江)、中国人(除了满大街乱窜的大陆游客外,当地的中国经营者中浙江商人同样属最为庞大的一群)无所不在的传闻终于得到了令人叹为观止的证实。

很巧,最后一天当我坐在罗马达·芬奇机场,百无聊赖地消磨候机回国的时间时,一位浙江商人落座于我右手边的座位。他很年轻,个头瘦小。相同的肤色、相同的语言,我们之间的交谈成了极自然的事。他说,自己曾是永嘉县楠溪江畔一个古老村落的种田人,8年前移民意大利水城威尼斯,目前做服装批发生意,这趟回国就是去老家进几个集装箱的货。

"威尼斯对小商品买卖也实行包税制,我向当地税务官自报的每月经营额是1万欧元。"估计考虑到我只是个过路客,他对自己的商业秘密并无忌讳。

"那实际上能做到多少?"我问。

"平均5万吧,利润率应该有百分之百。"他伸出了一只手掌,脸上浮起狡黠的笑,"税务官不会想到,这个漏洞有这么大。"

5万乘以12个月,再乘以当年1比11的欧元对人民币汇率,这意味着他一年的经营额达650万元人民币,净赚利润约300余万元!为了做一补充,他还告诉我,全家四兄妹都在威尼斯倒服装,整个家族共拥有各类汽车30辆。

更令人吃惊的是,他将自己及家族经商成功的奥秘之一归结为"古板的欧洲人傻得可爱"。在向我讲述以下这番话时,他的语气颇有些嘲讽——

"欧洲人做生意脑袋里的筋是直的:不懂人情世故,不善于变通,不会察言观色,不知道如何摆价格噱头。一句话,不会哄人。像这样的竞争对手,你说说看,我们不赢谁赢!"

这位颇为自得的永嘉人显然属于剑走偏锋的个案,并不能代表浙商群体的全部,但其"成功之道"还是足以让人惊出一身大汗。

我不知道该不该为他所描述的善变甚至颇有些圆滑的"黄灯意识"而鼓掌。欧洲人的"古板"完全基于他们敬畏制度并视制度为不可触犯的天条,这是千百年来的文明进化在其商业行为上的必然体现。嘲笑这种行为就是嘲笑文明进化本身。

　　极具竞争力的"浙江制造"早已声名远扬。事实上,在制造业能力全球性过剩的今天,浙江纵横四海的关键"秘密武器"首推强大的营销能力。从某种意义上说,浙江的财富不是"造"出来的,而是"卖"出来的。从游走全国数以百万计的浙商,到以义乌为代表的密如蛛网的市场体系,浙江商业力量的发育与成熟,几乎没有哪个省市堪与比肩。

　　"销—供—产"或者称之为"贸—工—技"基本折射出了30年来浙江经济生态链的因果逻辑关系。尤其是在浙江中、南部广大地区,更是呈现了"全民言商、人人做老板"的浓郁氛围。在这一背景下,短视投机的商业机会主义与商业利润至上的极端功利主义必将构成一定区域社会价值观的基本坐标系,"黄灯意识"大行其道、经久不衰。

　　30年的"全民言商",已经使浙江人实现了从普通人向商人群体的跨越。但如何进一步实现向敬畏契约与制度、富有社会责任感的优秀商人群体的跨越,并不是一件容易的事。

　　而唯有实现第二步跨越,浙江经济才会是真正可持续的。

生逢浙江

我一直认为自己是幸运之人。

1982年考进大学,幸运地正好赶上了"文凭热";

1986年得到第一份工作,又幸运地被"分配"进新华社当记者。彼时,伟大的改革开放炉火正旺。作为一名记者,没有比那个年代更能让人亢奋的了。

但我始终认为,自己最幸运的,是生逢浙江。这个清秀的、有山有水的沿海小省,却蕴藏了中国改革开放最鲜活、最深厚、最强劲的动力元素。

同是改革开放,广东有来自北京的政策礼包,有来自港澳的华人资本;江苏有扎实的集体经济积累,有跨国公司的投资拉动;上海有无人可比的中国财经"一哥"的崇高地位;山东有计划体制与市场体制兼容并蓄的双重优势。

浙江几乎什么都没有。她有的,是千百万民众脱贫致富的勇敢的心,是自由飞翔、自由创造的晴朗的天,是被人类经验无数次证明了的物竞天择、进化发展的市场经济规律。

于是,浙江涅槃重生,一飞冲天。

由于职业的缘故,在过往的20多年里,我走遍了浙江的每一个县市。那不是一种类似踏青者心绪漂浮的游历,而是如同老农伺候自家后院的一亩二分地,时时伏下身去嗅闻泥土的气息,小心翼翼地深耕,仔仔细细地观察。我一直相信,在这片土地上,在改革开放的雨露之下,秋天,必定会有不同寻常的收获。

去年底,当浙江人民出版社和我约谈整理撰写浙江改革开放30年书稿的时候,我知道,庄稼已经成熟了。

十分明确,这部书稿的写作仍是我20多年职业秉性的延续。我是记者,我的职责是竭尽全力地记录和还原历史真相,不会因为热爱与歌颂而忘乎所以。为此,我愿意并已经花费了数倍的时间,去查实、求证哪怕是一个不起眼的人物、地点、数字。为此,在开始着手写作后的半年,我被自己榨干了每一点滴可以榨取的空闲时光。

在电脑键盘数以万次计的敲打之后,浙江改革开放30年的影像逐渐变得连贯和清晰起来,枯燥写作的价值亦呈现出来。对这片给自己以无限滋养的土地,我是必须感恩与回报的。

感谢浙江，还要感谢很多位与浙江直接或间接有关的人。

感谢浙江人民出版社社长楼贤俊。如果不是他点题并极力相约，这部书稿就不可能降生。浙江人民出版社副社长杨林海及编辑室主任虞文军，也为此花费心血。

感谢著名财经作家吴晓波。作为相知近20年的挚友，他总是能在书稿的思路梳理、框架确立等关键点上给予我莫大的帮助。他让我发现，当思想的分享成为友情的重要组成部分时，是多么美好。

感谢东方早报社社长秦恒骥与总编辑邱兵。我的写作"副业"得到了你们宝贵的理解和支持，这个激情四溢的年轻团队令早已自认为"不惑"的我重新听到了自己狂野的心跳。还有东方早报社其他诸位同仁，张军、谢春雷、徐益平、吴正懿、吴昊，你们为我分担了因写作带来的额外的工作压力，每一次的热烈讨论及观点碰撞，都使我感悟匪浅。

感谢新华社浙江分社的前同仁。童宝根、陈坚发、虞云达、慎海雄、张和平、张奇志，你们是浙江改革开放30年前行的助推者和见证人。没有你们的无私相助，我的写作将不可想象。当然还要感谢新华社为我提供了眺望浙江的最佳平台，在这个中国最强大媒体18年的从业生涯使我学会了如何观察、如何思考，其影响令我受益一生。

感谢志同道合者。章敬平、杨轶清、郑作时、黄平、刘华、左志坚，你们有关浙江的充满智慧的发现使我确信，如果人类没有思想，这个世界注定将黯然无光。

最后需要感谢的，是我的妻子李靖。有人告诉我，深陷于书稿写作中的人往往会呈现难以理喻的精神状态。比如说莫名的亢奋，莫名的焦虑，莫名的莫名。我想，与之相伴的日子一定是一种煎熬。这已经是我第四部书稿的写作，每次她都得无条件地忍受，而且每一次的周期都是那么的漫长。

当我在电脑键盘上敲完本书稿的最后一行字时，妻子悄悄提示我，明天恰逢农历七夕节。

良久，我仍是憨憨地笑。我一直没想好是否要告诉她，其实，由于莫名的原因，我完全忘了为此备下什么值点钱的礼物。如果有，那只能是这个30年风雨、30年拼搏、30年伟大创造的关于浙江的故事。

胡宏伟

农历戊子年七月初六于杭州

浙江改革开放30年大事记

· 1978年12月4日,国务院正式批准开放宁波港。

· 1979年9月15日,浙江省革命委员会颁发《关于农村集市贸易管理的暂行规定》,开放杭州、宁波、温州三市农副产品市场,允许三类农副产品上市交易。

· 1980年6月27日,宁波北仑港10万吨级码头主体工程竣工。

· 1980年7月,浙江第一家外商投资企业——与香港地区合资的西湖藤器企业有限公司开建。

· 1980—1981年,走私狂潮席卷温州乐清、苍南等沿海各县市。

· 1980年10月1日,平阳县金乡镇(现属苍南县)信用社在全国首家试行利率浮动。

· 1980年12月24日,浙江省政府确定浙江麻纺厂、杭州炼油厂等14家国有企业,进行在国家统一计划指导下,独立核算、国家征税、自负盈亏的试点。

· 1980年12月,家住温州鹿城区解放北路83号的章华妹领取改革开放后全国第一份个体工商业营业执照,编号"10101"。

· 1981年8月20日,中共中央书记处研究室第282期简报刊登《1956年永嘉县试行包产到户的冤案应该彻底平反》一文,并加按语肯定永嘉"当年首创这种责任制"。

· 1982年7月,乐清县柳市镇五金电器市场的一批能人被作为重大经济犯罪分子,并受到严厉打击,或遭关押,或潜逃在外。1984年,他们陆续被宣布无罪。此谓轰动一时的"八大王事件"。

· 1982年8月9—17日,中共浙江省委召开全省农村工作会议,决定全面推行联产承包责任制。至当年底,推广面已达全省98%以上的农户。

· 1982年9月5日,义乌县"稠城镇整顿市场领导小组"下发了"一号通告",宣布将于当年9月5日起,正式开放"小商品市场"。这是全中国第一份明确认同农民商贩和专业市场合法化的政府文件。

· 1983年2月9—17日,中共中央顾问委员会主任、中央军委主席、全国政协主席邓小平,改革开放后首次视察浙江。

· 1983年2月,永嘉县桥头镇纽扣市场正式开业。至当年底,作为全国最早的一批专业市场,温州形成著名的十大商品产销基地和专业市场。

· 1983年11月5日,中共中央总书记胡耀邦对反映海盐衬衫总厂厂长步鑫生锐意改革事迹的新华社内参《一个有独创精神的厂长》作出首次批示。

· 1984年4月23日,苍南县龙港镇成立。而后,以土地有偿转让和级差地租的改革为突破口进行农民集资建设,建成中国第一座农民城。

· 1984年5月4日,中共中央、国务院批准《沿海部分城市座谈会纪要》,决定将宁波、温州列为全国进一步对外开放的沿海城市。

· 1984年8月1日,邓小平在北戴河首次提出了"把全世界的'宁波帮'都动员起来,建设宁波"的著名论断。

· 1984年9月29日,改革开放后中国第一家私人钱庄在苍南县钱库镇成立。

· 1984年10月18日,经国务院批准,浙江首家经济技术开发区在宁波小港诞生。

· 1985年1月15—19日,浙江召开首次家庭工业座谈会。据统计,截至上年底,全省已有家庭工厂和联户企业25万家,从业人员60多万人,年产值15亿元。

· 1985年1月20日,浙江省企业管理协会、浙江省厂长研究会、浙江人民广播电台进行的浙江省"万人赞"厂长评选揭晓。步鑫生、冯根生、鲁冠球等高票当选,浙商群体首次集体亮相。

· 1985年5月12日,《解放日报》头版头条登载《温州33万人从事家庭工业》的消息,并发表评论员文章《温州的启示》。率先提出"温州模式",在全国引起强烈反响。

· 1985年12月10日,国务院成立宁波经济开发协调小组。

· 1985年秋—1987年冬,以乐清县为中心,温州发生严重"抬会"事件。共涉及九县两区30多万人,会款发生额8亿余元。63人自杀,200多人潜逃,近千人被非法关押、拷打。

· 1986年2月28日—3月6日,全国政协副主席、社会学家费孝通来温州考察。后在《瞭望》杂志发表《温州行》一文,赞许温州模式。

· 1986年4月18日,国务院、中央军委同意将沈家门、定海、老塘山3个港区合并为一个港,总称舟山港,并批准对外开放。

· 1986年6月25日—7月4日,浙江省首次出口商品交易会在杭州举行,共有25个国家与地区1000多名客商参会,成交额超过1亿美元。

· 1986年9月28日,温州第一家通过规范化的股份合作企业——苍南县桥墩门啤酒厂开业。同年10月5日,该厂股东大会全票通过了全国第一部股份合作企业章程。

· 1986年11月6日,温州第一家民间股份合作制金融机构——东风城市信用社成立。这也是全国第一家城市信用社。

· 1986年11月,国务院办公厅针对前所未有的第一轮全国性"温州热",下发了全国第一个要求控制参观区域模式的文件——《关于各地立即停止到温州参观考察的紧急通知》。

· 1987年2月24日,国务院决定宁波市在国家计划中实行单列,赋予相当于省一级的经济管理权限,并继续推进经济体制综合改革试点。

· 1987年8月8日,杭州市工商行政管理部门在杭州市区武林广场,当众烧毁5000双温州劣质皮鞋。

· 1987年8月18日,温州市政府颁发《温州市挂户经营管理暂行规定》,这是全国最早的一个地方性挂户经营管理规定。

· 1987年9月16日,经国务院批准,温州市被列为全国13个农村改革试验区之一。

· 1987年10月26日, 经浙江省政府批准,《温州私营企业管理暂行办法》公布实施。这是全国最早的一个地方性私营企业管理办法。

· 1987年11月7日,温州市政府颁发《关于农村股份合作制若干问题的暂行规定》。这是全国第一个关于股份合作制企业的地方行政性规定。

· 1988年2月9日,温州市区金城典当服务商行开业。这是改革开放以来浙江省第一家"当铺"。

· 1988年3月,瓯海县沙城卫生院进行股份合作制改造,成为全国第一所股份合作制的乡村卫生院。

· 1988年3月21日,温州市区人民路改建工程开工。至1997年3月,总投资16亿元。此举开全国筹集非政府性社会资金进行城市建设的先河。

· 1988年8月,"包郑照诉苍南县政府赔偿损失"这一全国首例"农民告县政府"案,在苍南县开庭审理。

· 1988年10月24日, 温州率先颁发《温州市区社会养老保险实施办法》。1991年,又进行了一体化试验,是全国最早实现社会保险一体化的城市。

· 1989年8月26—31日,国务院研究室调查组前往温州。此后的1989年10月与1991年7月,国务院又两次派出调查组,力图对温州的改革方向作出判断。

· 1990年1月24日,陈云同志将"不唯上、不唯书、只唯实,交换、比较、反复"15字条幅书赠时任中共浙江省委书记李泽民。

· 1990年5月30日, 国务院办公厅史无前例地为乐清柳市一个镇"单独发文"——《关于温州乐清县生产和销售无证伪劣产品的调查情况及处理建议的通知》。国家七部局、省市县三级政府联合组织了近200人的工作组、督查队开进柳市,进行了温州历史上最著名的一次对假冒伪劣的围剿。

· 1990年7月4日,全国第一个依靠民间集资为主的温州机场建成。中国民航温州站举行首航仪式。

· 1991年7月28日,苍南县农民王均瑶创办的天龙公司试开长沙至温州包机航线,并于1992年4月创办中国首家私营包机公司。此后共承包全国38条航线。

· 1991年底,浙江义乌小商品市场乌鲁木齐分市场开业,占地3.6万平方米,拥有营业房700间,摊位3200个。这是浙江第一个大型省外分市场。

· 1991年5月14—16日,中共中央政治局常委李瑞环到温州视察,并提出了温州经济发展不唯成分的"光头论"。

· 1991年10月20—26日,中共中央总书记江泽民首次莅临浙江视察。

· 1992年10月15日,浙江商人陈金义以145.1万元,买下上海市首次公开拍卖的黄浦区6家长期亏损的小型国有、集体商店,成就了私营企业兼并国有企业的中国改革第一案。

· 1992年11月24日,国务院批准成立宁波保税区。

· 1993年11月18日,经中国人民银行批准,浙江第一家中外合资银行浙江商业银行在宁波开业。

· 1994年5月10日,温州市召开质量立市万人大会。温州"二次创业"转型启动。

· 1994年7月15日,浙江首家完成股份制改组的国有特大型企业镇海炼油化工股份有限公司成立。

· 1994年9月22日,国内首家完全按照《公司法》规定设立的专业证券公司浙江证券有限责任公司成立。

· 1994年9月30日,国务院同意开放温州航空口岸。

· 1995年11月,北京市铁腕清理地处丰台区大红门的"浙江村"。

· 1996年9月3日,全国首家省级私营企业工会联合会浙江省私营企业工会联合会在杭州成立。

· 1997年2月,作为"中国专业市场第一股",以绍兴中国轻纺城为母体的"轻纺城股份"在上海证券交易所挂牌流通。

· 1997年5月15日,浙江第一家在境外上市的地方企业浙江沪杭甬高速公路股份有限公司H股在香港联交所挂牌交易。

· 1997年12月30日,文成、泰顺两县脱贫。至此,浙江在全国率先实现无贫困县。

· 1998年7月6日,温州市在国外开办的首个市场——巴西圣保罗中华商城开业。

· 1998年9月18日,中共浙江传化集团公司委员会成立。这是全国第一个在私营企业建立的党委。

· 1999年5月24日,《中华人民共和国村民委员会组织法》正式颁布实施后,全国第一起由村委会合法主持的"村民罢免村委会主任"案在温州市瓯海区梧埏镇寮东村举行,罢免取得了成功。

· 1999年12月16—20日,温州在杭州成功举办"中国鞋都温州名优鞋(杭州)展销会"。其间,杭州工商行政管理部门和质监部门"再烧一把火",公开烧毁一批外地假冒温州品牌的皮鞋。

· 2000年7月28日,《浙江日报》发表特约评论员文章《弘扬浙江精神,开拓浙江未来》。对浙江精神首次公开做出官方概括,即"自强不息、坚韧不拔、勇于创新、讲求实效"。

· 2000年8月,永嘉县瓯北镇中村110名农民因县政府对一起水事纷争不作处理,以政府"不作为"为由,将之推上被告席。这场中国第一起农民告县政府"不作为"案以农民胜诉而告终。

· 2001年5月8日,泰顺矽肺损害案在温州中级人民法院开庭。这起案件的原告是143名身患矽肺病的泰顺县农民。他们共向被告方索赔2.08亿元,是迄今全国金额最高的一起工伤索赔案。

· 2002年3月21日,由行业商会牵头组织的温州烟具企业代表团飞抵德国,力图制止欧盟通过打火机CR法规。这是中国加入世贸组织后,中国民间第一次组团到境外就贸易争端进行正面交涉。

· 2002年10月15日,国家外汇管理局宣布,浙江成为全国唯一一个进行境外投资外汇管理改革的试点省份。

· 2003年1月21日,浙江传化集团董事长徐冠巨在省政协九届一次会议上当选新一届省政协副主席,成为浙江民营企业主当选省部级高官第一人。

· 2003年7月10日,中共浙江省委十一届四次全体(扩大)会议作出了进一步发挥"八个优势"、推进"八项举措"的决策和部署,被赞誉为"浙江版"的科学发展观的"八八战略"确立。

· 2003年10月11日,首届世界温州人大会在温州举行。

· 2003年11月15日,由浙江民营企业占股55%、世界最长的杭州湾跨海大桥打下首根钢管桩。

· 2004年9月16日,西班牙埃尔切市发生焚烧中国商品的恶性事件,青田县鞋商陈九松近百万欧元的鞋货以及店面、仓库化为灰烬。

· 2005年11月30日,中国首条民资参股的干线铁路衢常铁路动工,浙江民营企业独家持股18.88%。

· 2007年4月始,杭州娃哈哈集团与法国达能公司爆发了旷日持久的商标所有权争夺战。

· 2007年4月11日,经国家商务部批准,中国最大的炊具企业浙江苏泊尔炊具股份有限公司将控股权转让于法国SEB。中国"反垄断审查听证第一案"画上句号。

· 2007年11月6日,中共浙江省委十二届二次会议作出了扎实推进"创业富民、创新强省"的重大战略部署。

· 2007年11月6日,阿里巴巴B2B在香港联交所挂牌上市。当日收盘时阿里巴巴市值飙升至1980亿港元(约260亿美元),成为市值最高的中国互联网公司,并以17亿美元成就全球第二大互联网融资案例。

· 2008年6月,国内媒体披露称,台州缝制设备龙头企业飞跃集团陷入严重困境,无奈向政府申请"破产"。浙江中小企业面临的困难引起广泛关注。

主要参考文献

· 方民生等著:《浙江制度变迁与发展轨迹》,浙江人民出版社2000年版。

· 杜润生著:《杜润生自述:中国农村体制变革重大决策纪实》,人民出版社2005年版。

· (英)F. A. 哈耶克著,冯克利等译:《致命的自负》,中国社会科学出版社2000年版。

· (美)塞缪尔·亨廷顿著,张岱云等译:《变动社会的政治秩序》,上海译文出版社1989年版。

· 胡宏伟、吴晓波著:《温州悬念》,浙江人民出版社2002年版。

· 史晋川、汪炜著:《民营经济与制度创新:台州现象研究》,浙江大学出版社2004年版。

· 钟朋荣、章长胜等编:《解读绍兴县》,经济日报出版社2005年版。

· 高光等著:《大梦谁先觉》,文化艺术出版社1990年版。

· 王耀成著:《潮涌三江》,宁波出版社1999年版。

· 冷夏、晓笛著:《世界船王:包玉刚传》,广东出版社1995年版。

· 吴晓波著:《激荡三十年》,中信出版社、浙江人民出版社2007年版。

· 鲁冠球著:《鲁冠球集》,人民出版社1999年版。

· (德)赫尔曼·西蒙著,邓地译:《隐形冠军》,经济日报出版社2005年版。

· 章敬平著:《浙江发生了什么》,东方出版中心2006年版。

· 陆立军等著:《市场义乌》,浙江人民出版社2003年版。

· 张仁寿等著:《透析"浙江现象"》,浙江人民出版社2006年版。

· 朱幼棣、陈坚发著:《温州大爆发》,漓江出版社1989年版。

· 吴晓波著:《农民创世纪》,浙江文艺出版社1997年版。

· 刘华著:《袜子战争》,浙江人民出版社2008年版。

· (英)爱德华·卢斯著,张淑芳译:《不顾众神:现代印度的奇怪崛起》,中信出版社2007年版。

· 黄平著:《发现义乌》,浙江人民出版社2007年版。

· 杨新元著:《国药传人》,浙江文艺出版社2002年版。

· 黄传会著:《中国的"挑战者"号》,海潮出版社1990年版。

· 周冬梅主编:《风云浙商》,浙江人民出版社2004年版。

· 项飚编著:《跨越边界的社区》,三联书店2000年版。

· 刘华、左志坚著:《出轨:娃哈哈与达能的"中国式离婚"》,中信出版社2008年版。

· 蒋鑫富、徐志耕著:《鉴湖长歌》,作家出版社2003年版。

· 郑作时著:《阿里巴巴:天下没有难做的生意》,浙江人民出版社2007年版。

· 朱永祥主编:《8个农民20年》,浙江人民出版社1998年版。

· 马立诚著:《新中国私营经济风云录:大突破》,中华工商联合出版社2006年版。

· 章敬平著:《权变》,浙江人民出版社2004年版。

· 胡宏伟著:《温州炒房团》,浙江人民出版社2004年版。

《大败局Ⅱ》

作者：吴晓波

ISBN：978-7-213-03503-6

定价：29.00元

  在《大败局》畅销6年之后，作者对中国9家著名企业再做教案式解读，探索著名企业"中国式失败"的基因。

《大败局》（修订版）

作者：吴晓波

ISBN：978-7-213-02151-0

定价：29.00元

  本书解读十大著名企业盛极而衰的失败基因，关于中国企业失败的MBA式教案。6年重印30次，被评为"影响中国商业界的20本图书"之一。

《张瑞敏谈管理》（精华版）

作者：胡泳

ISBN：978-7-213-03487-9

定价：28.00元

  国内第一本系统收录和诠释海尔首席执行官张瑞敏管理思想精华的作品。中央电视台《对话》总策划、《赢在中国》总编辑，畅销书《海尔中国造》作者胡泳最新力作。

《任正非谈国际化经营》

作者：程东升　刘丽丽

ISBN：978-7-213-03574-6

定价：29.00元

  国内迄今第一本综合反映华为CEO任正非国际化经营思想的精华之作。畅销书《华为真相》作者程东升最新力作。

《将心注入》

作者：[美] 霍华德·舒尔茨　多莉·琼斯

ISBN：978-7-213-03183-0

定价：25.00元

  星巴克创始人、全球董事长霍华德·舒尔茨传记。

《张瑞敏如是说》

作者：胡泳

ISBN：978-7-213-02689-8

定价：42.00元

海尔首席执行官张瑞敏迄今唯一正式授权传记，中国企业家的本土管理"圣经"。作者继畅销书《海尔中国造》之后推出的最新作品。

《阿里巴巴：天下没有难做的生意》（精华版）

作者：郑作时

ISBN：978-7-213-03130-4

定价：30.00元

国内第一本实地采访、独立分析和记录互联网公司阿里巴巴成长史的著作。

《淘宝网：倒立者赢》

作者：沈威风

ISBN：978-7-213-03458-9

定价：29.00元

一个靠"倒立战术"三年击败全球第一行业巨人eBay的中国式传奇故事，国内第一本全面系统记录淘宝网成长史的著作。

《达芙妮模式》

作者：陈伟文

ISBN：978-7-213-03751-1

定价：35.00元

全面讲述由港台明星刘若英和S.H.E为代言人，中国女鞋第一品牌，中小企业的连锁专卖成功标杆——达芙妮DAPHNE的成长史。鞋业第一本营销管理专著。

《海尔的高度》

作者：胡泳

ISBN：978-7-213-03747-4

定价：35.00元

国内第一本系统反映中国本土企业的先行者海尔集团管理革命实践最新成果的作品，是中国本土企业管理革命的"圣经"。海尔研究权威胡泳最新力作。

图书在版编目（CIP）数据

中国模范生：浙江改革开放 30 年全记录 / 胡宏伟著.
杭州：浙江人民出版社，2008.12
ISBN 978-7-213-03900-3

Ⅰ.中…　Ⅱ.胡…　Ⅲ.改革开放–大事记–浙江省
Ⅳ.D619.55

中国版本图书馆 CIP 数据核字（2008）第 172392 号

书　　名	中国模范生
	——浙江改革开放 30 年全记录
作　　者	胡宏伟　著
出版发行	浙江人民出版社
	杭州市体育场路347号
	市场部电话：(0571)85061682　85176516
责任编辑	虞文军　李　雯
责任校对	戴文英
电脑制版	杭州兴邦电子印务有限公司
印　　刷	杭州钱江彩色印务有限公司
开　　本	710×1050毫米　　1/16
印　　张	20.5
字　　数	33.5万
插　　页	2
版　　次	2008年12月第1版
	2010年1月第3次印刷
书　　号	ISBN 978-7-213-03900-3
定　　价	39.00元

如发现印装质量问题，影响阅读，请与市场部联系调换。